DISCARD

SHUTTER ISLAND

Dennis Lehane

SHUTTER ISLAND

Traducción de María Vía

Título original: *Shutter Island*
Autor: Dennis Lehane

© 2003, Dennis Lehane
© de la traducción: 2005, María Vía
© de esta edición: 2007, RBA Libros, S.A.
Pérez Galdós, 36 - 08012 Barcelona
rba-libros@rba.es / www.rbalibros.com

Tercera edición: marzo 2010

REF.: OAFI350
ISBN: 978-84-9867-602-0
DEPÓSITO LEGAL: B-12493-2010
Composición: Davis Anglès
Impreso por Liberdúplex (Barcelona)

A Chris Gleason y Mike Eigen,
que me escucharon, que me entendieron,
y que, en algunas ocasiones, me soportaron.

¿... tendremos que soñar nuestros sueños
y además verlos realizados?

ELIZABETH BISHOP, *Preguntas para viajeros*

PRÓLOGO

EXTRAÍDO DE LOS DIARIOS
DEL DOCTOR LESTER SHEEHAN

3 de mayo de 1993

Hace varios años que no veo la isla. La última vez fue desde el bote de un amigo, que tuvo la osadía de llegar hasta el extremo más alejado del puerto; la divisé a lo lejos, más allá de la parte resguardada, envuelta en la neblina veraniega, una desaliñada mancha de pintura que destacaba en el cielo.

Hace más de veinte años que no pongo los pies en la isla; sin embargo, Emily afirma (algunas veces en broma, otras en serio) que no está muy segura de que jamás me haya marchado de allí. Una vez me dijo que para mí el tiempo es sólo una colección de puntos de libro que utilizo para avanzar y retroceder en el texto de mi vida, y así poder regresar una y otra vez a los acontecimientos que me marcaron, a los ojos de mis colegas más inteligentes, como si tuviera todas las características del típico melancólico.

Quizás Emily tenga razón, puesto que la tiene a menudo.

Pronto la perderé también a ella. El jueves pasado, el doctor Axelrod nos comunicó que era cuestión de meses. Nos aconsejó que hiciéramos el viaje. Ese viaje del que siempre estábamos hablando: Florencia, Roma y Venecia en primavera. Después añadió: «Lester, tú tampoco tienes muy buen aspecto».

Supongo que no lo tengo. Últimamente pierdo las cosas con demasiada frecuencia, especialmente las gafas, y también las llaves del coche. Entro en las tiendas y me olvido de lo que quería comprar, salgo del teatro y soy incapaz de recordar lo que acabo de ver. Si es cierto que para mí el tiempo es una colección de puntos de libro, entonces me siento como si alguien hubiera sacudido el libro, y como si esas amarillentas tiras de papel, las tapas rasgadas de las cajas de cerillas y los palitos para remover el café, hubieran caído al suelo, y como si las cubiertas manoseadas hubieran sido alisadas.

Por lo tanto, deseo anotar todas estas cosas. No quiero alterar el texto y que se me juzgue a una luz más favorable. No, no. Él nunca lo permitiría. A su extraña manera, odiaba las mentiras mucho más que cualquier otra persona que haya conocido. Sólo deseo preservar el texto, pasarlo de su ubicación actual (que, en realidad, está empezando a humedecerse y a gotear) a estas páginas.

El Hospital Ashecliffe estaba en la llanura central de la parte noroeste de la isla. Podría añadir que estaba situado en un lugar benigno. No parecía un hospital para reclusos con problemas mentales, y mucho menos el cuartel militar que había sido antes. De hecho, a casi todos nosotros nos parecía un internado. Al otro lado del recinto principal, una casa victoriana con el tejado abuhardillado hospedaba al director, y un bello y oscuro minicastillo de la época de los Tudor, que en su día había alojado al comandante de la Unión de la línea noreste de la costa, servía entonces de alojamiento para nuestro jefe de personal. En la parte interior del muro se encontraban las viviendas de los empleados: originales casas de tablillas para los médicos, y tres edificios bajos, construidos con bloques de hormigón, donde estaban las habitaciones de los ayudantes, de los vigilantes y de las enfermeras. El recinto principal tenía extensiones de césped, setos esculpidos, grandes robles, pinos escoceses, arces recortados y manzanos, cuya fruta caía a finales de otoño en lo alto del muro o en la hierba. En la parte central del recinto había unos edificios coloniales idénticos, construidos en ladrillo rojo, a cada lado del mismísimo hospital, una construcción de grandes piedras grises y de elegante granito. A lo lejos, estaban los peñascos, el agua de la marea alta y un largo valle donde se había establecido una granja colectiva que había dejado de funcionar en los años inmediatamente posteriores a la Revolución americana.* Los árboles que plantaron —melocotoneros, perales y aronias— sobrevivieron, pero dejaron de dar frutos, y los vientos nocturnos a menudo bramaban en ese valle, chirriando como si de gatos se tratara.

Y el fuerte, por supuesto, que ya estaba allí mucho antes de que llegaran los primeros empleados del hospital, y que sigue estando en el mismo sitio, sobresaliendo encima del acantilado de la parte sur de la isla. Y más allá, el faro, que dejó de funcionar antes de la guerra, ya que quedó obsoleto por el haz de luz del faro de Boston.

Desde el mar, la isla no parecía gran cosa. Uno debía imaginársela tal y como la vio Teddy Daniels esa tranquila mañana de septiembre de 1954. Una roca llana recubierta de arbustos en medio de la bahía. Apenas una isla, se diría, más bien la idea de una. Para qué serviría, pensó tal vez. Qué sentido tendría.

Las ratas representaban la parte más voluminosa de nuestra vida animal. Escarbaban en la maleza, se alineaban a lo

---

* Guerra entre Gran Bretaña y sus colonias americanas (1775-1783) que tuvo como consecuencia la independencia de dichas colonias. *(N. de la T.)*

largo de la orilla por la noche, trepaban por encima de las rocas mojadas. Algunas eran del tamaño de las platijas. En los años posteriores a esos cuatro extraños días de finales del verano de 1954, empecé a estudiarlas desde la hendidura de una colina que daba a la costa norte. Quedé fascinado al descubrir que algunas ratas intentaban nadar hacia la isla Paddock, una minúscula roca rodeada de arena que permanecía sumergida veintidós horas al día. En esa hora o dos en las que la isla era visible a causa de la marea baja, las ratas, en algunas ocasiones, se dirigían hacia allí; nunca eran más de doce, y las aguas revueltas siempre las devolvían al punto de partida.

He dicho «siempre», pero no es cierto. Una vez vi que una lo conseguía. Una sola vez. Esa noche de luna llena de octubre de 1956. Vi cómo el mocasín negro que tenía por cuerpo salía disparado por encima de la arena.

O, como mínimo, eso es lo que creo. Emily, a la que conocí en la isla, diría: «Lester, eso es imposible. Estabas demasiado lejos».

Tiene razón.

Y, sin embargo, sé lo que vi. Un mocasín gordo corriendo por la arena, una arena de color gris perla que empezaba a desaparecer de nuevo, a medida que la corriente regresaba para tragarse a la isla Paddock, y para tragarse también a la rata, o eso creo, puesto que nunca la vi regresar.

No obstante, en ese momento, mientras observaba cómo se escabullía en la orilla (y realmente la vi, al infierno con las distancias) pensé en Teddy. Pensé en Teddy y en su pobre mujer muerta, Dolores Chanal, y en aquellas dos personas igualmente terribles, Rachel Solando y Andrew Laeddis, y en los estragos que causaron en todos nosotros. Pensé que si Teddy hubiera estado sentado allí conmigo, también habría visto la rata. No cabe duda de que la habría visto.

Y voy a decirles otra cosa:
¿Teddy?
Teddy habría aplaudido.

PRIMER DÍA

RACHEL

I

El padre de Teddy Daniels había sido pescador. El banco se quedó con su barco en 1931, cuando Teddy tenía once años, y pasó el resto de su vida pescando en otros barcos cuando tenían trabajo para ofrecerle, descargando mercancías en los muelles cuando no había trabajo de pescador, y dando largos paseos cuando regresaba a casa antes de las diez de la mañana; se sentaba en un sillón y se miraba las manos, susurrando para sí mismo en alguna que otra ocasión, siempre con los ojos oscuros y muy abiertos.

Había llevado a Teddy a las islas cuando todavía era un niño, demasiado pequeño para ser útil en un bote. Sólo había podido desenmarañar los sedales y quitar los anzuelos. Se había cortado varias veces, y la sangre le había manchado las yemas de los dedos y las palmas de las manos.

Solían partir de noche y, cuando salía el sol, era como un frío marfil que emergía del borde del mar, y las islas aparecían gradualmente tras el crepúsculo, apretadas unas contra otras, como si las hubieran pillado haciendo algo malo.

Teddy vio pequeñas casitas de color pastel alineadas en la orilla de una de esas islas, y en otra, una finca de piedra caliza que estaba desmoronándose. Su padre le señaló la prisión de la isla Deer y el majestuoso fuerte de Georges. En la isla Thompson, los altos árboles estaban repletos de pájaros, y su parloteo se asemejaba a una ráfaga de granizo y cristal.

Un poco más allá, la isla que denominaban Shutter parecía algo que hubiera sido lanzado desde un galeón español. Por aquel entonces, en la primavera de 1928, la exuberante vegetación de la isla todavía no había sido modificada por la mano del hombre, y el fuerte, que se extendía a lo largo del punto más alto, estaba cubierto de parras y coronado de grandes nubes de musgo.

—¿Por qué se llama Shutter? —le preguntó Teddy.

Su padre se encogió de hombros.

—Tú y tus preguntas. Siempre haciendo preguntas.

—Sí, pero... ¿por qué?

—A algunos lugares se les pone un nombre, y es el que les queda. Seguramente se lo pusieron los piratas.

—¿Piratas?

A Teddy le gustó la explicación, e incluso llegó a imaginárselos: hombres grandes con parches en los ojos, botas altas y espadas relucientes.

—Ahí es donde solían esconderse —respondió su padre. Recorrió el horizonte con el brazo—. Se ocultaban en esas islas, y también escondían oro.

Teddy se imaginó cofres llenos de oro, con las monedas desbordándose por los lados.

Luego vomitó varias veces virulentamente, negros hilillos que cayeron desde el bote de su padre al mar.

Su padre se sorprendió, pues Teddy había empezado a vomitar cuando ya llevaba horas en el bote, y el mar estaba tranquilo y su propia quietud refulgía.

—No pasa nada —le tranquilizó su padre—. Es la primera vez, y no tienes de qué avergonzarte.

Teddy asintió con la cabeza y se limpió la boca con un trapo que le dio su padre.

—A veces el bote se mueve, y uno no se da cuenta hasta que ya está mareado.

Teddy asintió de nuevo, incapaz de explicarle a su padre que el mareo no había sido producido por el movimiento del bote.

Era toda esa agua. Rodeándolos por todas partes como si fuera lo único que quedara en el mundo. El hecho de que Teddy creyera que toda aquella extensión de agua podría tragarse el cielo. Hasta ese momento no se había percatado de que estaban tan solos.

Miró a su padre, con los ojos rojos y llenos de lágrimas.

—Ya se te pasará —le dijo su padre, y Teddy intentó sonreír.

En el verano de 1938, su padre se marchó en un ballenero de Boston y nunca regresó. La primavera siguiente, trozos del barco aparecieron en la playa Nantasket, en la ciudad de Hull, donde había crecido Teddy. Un pedazo de quilla, un calientaplatos con el nombre del capitán grabado en la base, latas de sopa de tomate y patata, un par de trampas para langostas deformadas y agujereadas.

Celebraron el funeral por los cuatro pescadores en la iglesia de Santa Teresa, de espaldas al mismo mar que se había cobrado las vidas de tantos feligreses suyos, y Teddy permaneció junto a su madre, y oyó el homenaje que le hacían al capitán, al segundo de a bordo y al tercer pescador, un viejo marinero llamado Gil Restak, que, desde que regresara de la Primera Guerra Mundial, había estado aterrorizando los bares de Hull con un tacón roto y demasiadas imágenes feas en su cabeza. Sin embargo, uno de los camareros a los que había aterrorizado había afirmado que, en la muerte, todo quedaba perdonado.

El propietario del barco, Nikos Costa, admitió que apenas conocía al padre de Teddy, puesto que le había contratado a última hora, al enterarse de que uno de los miembros de la tripulación se había roto la pierna al caerse de un camión. Con todo, el capitán le había hablado muy bien de él, y le había contado que toda la gente del pueblo sabía que era muy trabajador. ¿Y no era ése el mejor elogio que se le podía hacer a un hombre?

Mientras permanecía de pie en la iglesia, Teddy recordó el día en que habían salido en el bote de su padre, ya que no habían vuelto a navegar juntos nunca más. Su padre no cesaba de repetirle que volverían a hacerlo, pero Teddy sabía que lo decía para que su hijo pudiera sentir cierto orgullo. Su padre jamás reconoció lo que había sucedido ese día, pero habían cruzado una mirada mientras regresaban a casa, a través del grupo de islas, Shutter a sus espaldas, Thompson aún delante de ellos, con el perfil de la ciudad tan claro y cercano que les habría parecido posible levantar un edificio por su chapitel.

—¡Así es el mar! —había dicho su padre, tocándole ligeramente la espalda con la mano mientras permanecían apoyados en la popa—. Algunos hombres van a él, a otros se los lleva.

Y le había mirado de tal forma que Teddy supo de inmediato en qué clase de hombre acabaría convirtiéndose él.

Para llegar allí en el año 1954, cogieron el ferry en la ciudad y pasaron a través de una serie de islas pequeñas y olvidadas —Thompson y Spectacle, Grape y Bumpkin, Rainford y Long— que asían la cabellera del mar con recios mechones de arena, árboles nervudos y formaciones rocosas tan blancas como la nieve. Salvo por los trayectos que se hacían los martes y los sábados para abastecer a las islas, el ferry tenía un horario irregular, y la embarcación estaba desprovista de todo, a excepción de las láminas metálicas que cubrían el suelo y de los bancos de metal que se alineaban debajo de las ventanas. Los bancos estaban fijados al suelo con tornillos y, por ambos lados, a unas gruesas estacas negras; las esposas y sus cadenas colgaban de las estacas como montones de espaguetis.

Ese día, sin embargo, el ferry no llevaba ningún paciente; sólo estaban Teddy y su nuevo compañero, Chuck Aule, junto a unas pocas bolsas de lona llenas de correo y unas cuantas cajas con suministros médicos.

Teddy empezó el viaje arrodillado delante del váter, vomitando en la taza, a medida que el motor del ferry resollaba y chirriaba, y mientras los orificios nasales se le llenaban de los aceitosos olores del gasoil y del mar de finales de verano. A pesar de que sólo conseguía expulsar pequeños chorros de agua, el cuello le seguía apretando, notaba que el estómago golpeaba la parte inferior del esófago y el aire que tenía delante del rostro giraba con unas motas que parpadeaban como si de ojos se tratara.

Tras la última arcada, salió un globo de oxígeno retenido que pareció llevarse consigo una parte de su pecho mientras le explotaba en la boca; Teddy se sentó en el suelo metálico, se limpió la cara con el pañuelo, y pensó que no era la mejor manera de empezar a conocer a un compañero nuevo.

Imaginaba a Chuck contándole a su mujer —si es que la tenía, puesto que Teddy todavía no sabía tantas cosas de él— su primer encuentro con el legendario Teddy Daniels.

—Es un tipo como yo, cariño, incluso ha vomitado.

Desde que hiciera ese viaje de niño, a Teddy nunca le había gustado estar en el agua; le desagradaba estar lejos de tierra, el hecho de no poder divisarla, sentirse alejado de los objetos que podían tocarse sin que las manos se disolvieran en el agua. Uno se decía a sí mismo que no pasaba nada, puesto que ésa era la única manera de cruzar al otro lado, pero no era cierto. Incluso en la guerra, no eran los asaltos de las playas lo que más temía, sino esos últimos metros que separaban los botes de la orilla, el hecho de tener que avanzar penosamente en el agua profunda, con extrañas criaturas deslizándose por encima de las botas.

Aun así, prefería estar en cubierta, soportándolo al aire libre, y no allí encerrado, enfermizamente acalorado, tambaleándose.

Cuando estuvo seguro de que se le había pasado, cuando el estómago le dejó de borbotear y la cabeza cesó de darle vueltas, se lavó las manos y la cara y comprobó el aspecto que tenía en un pequeño espejo que colgaba encima del lavamanos, en su mayor parte erosionado por la sal del mar, con una pequeña nube en el centro, en la que Teddy apenas podía verse reflejado: un hombre relativamente joven con un corte de pelo al rape propiedad del Estado. No obstante, las arrugas de su rostro eran indicios de la guerra y de los años que habían transcurrido desde entonces, y en unos ojos que Dolores había calificado, en una ocasión, de «terriblemente tristes» se reflejaba su inclinación por la doble fascinación que sentía por la acción y la violencia.

«Soy demasiado joven para tener tan mal aspecto», pensó Teddy.

Se ajustó el cinturón alrededor de la cintura para que la pistola y la funda le descansaran sobre la cadera. Cogió el sombrero de la cisterna, se lo puso de nuevo y cambió de posición el ala hasta que le quedó ligeramente inclinada hacia la derecha. Luego se apretó el nudo de la corbata. Era una de esas corbatas chillonas con motivos de flores que habían dejado de estar de moda hacía un año, pero él seguía llevándola porque se la había regalado ella, poniéndosela delante de los ojos el día de su cumpleaños, mientras él estaba sen tado en la sala de estar. Le besó la nuez de la garganta. Una mano cálida en una mejilla. El olor a naranja en su lengua. Se deslizó en su regazo, le quitó la corbata mientras Teddy mantenía los ojos cerrados. El mero hecho de olerla, de imaginarla, de crearla en su mente y de retenerla allí.

Todavía podía hacerlo: cerrar los ojos y verla. No obstante, últimamente, unas manchas blancas desdibujaban algunas partes de su cara: el lóbulo de la oreja, las pestañas, el contorno de su pelo. Todavía no le sucedía lo bastante como para oscurecerla del todo, pero Teddy temía que el tiempo estuviera apartándola de él, destrozando las imágenes que tenía en su mente, aplastándolas.

—Te echo de menos —dijo, y cruzó la embarcación para salir a la cubierta de proa.

En el exterior hacía calor y el cielo estaba despejado, pero el agua estaba teñida de sombríos destellos color orín y de una intensa palidez grisácea, y eso indicaba que algo estaba formándose y se volvía cada vez más oscuro en las profundidades.

Chuck tomó un trago de un frasco e inclinó el cuello hacia Teddy, con una ceja alzada. Teddy negó con la cabeza. Chuck volvió a guardarlo en el bolsillo del traje, se tapó la cadera con el faldón del abrigo y se quedó mirando el mar.

—¿Te encuentras bien? —le preguntó Chuck—. Estás muy pálido.

Teddy le quitó importancia.

—Estoy bien —respondió.

—¿Seguro?

Teddy asintió con la cabeza.

—Simplemente estoy acostumbrándome a la vida a bordo.

Se quedaron en silencio un rato, el mar ondulante a su alrededor, infinidad de olas tan oscuras y sedosas como el mismísimo terciopelo.

—¿Sabías que antes era una cárcel para los prisioneros de guerra? —le preguntó Teddy.

—¿Te refieres a la isla? —interrogó Chuck.

Teddy movió la cabeza afirmativamente.

—En la época de la guerra civil. Construyeron un fuerte y unos barracones.

—¿Para qué utilizan el fuerte ahora?

Teddy se encogió de hombros.

—No lo sé. Hay bastantes fuertes en las islas y durante la guerra la mayoría de ellos se usaron para que los bombarderos de la artillería hicieran prácticas de tiro. No quedan demasiados.

—¿Y qué sabes de la institución?

—Por lo que sé, utilizan los viejos barracones de las tropas.

—Será como volver a lo básico, ¿no crees? —remarcó Chuck.

—No nos digas eso —Teddy se dio la vuelta junto a la barandilla—. ¿Y qué me cuentas de tu vida, Chuck?

Chuck sonrió. Era un poco más rechoncho y más bajo que Teddy, y debía de medir metro sesenta y poco; tenía el pelo negro y rizado, la piel color oliva, y unas manos delgadas y delicadas que no encajaban con el resto del cuerpo, como si las hubiera tomado prestadas mientras esperaba a que le llegaran las de verdad. En la mejilla izquierda tenía una pequeña cicatriz con forma de guadaña y se la tocó con el dedo índice.

—Siempre empiezo explicando lo de la cicatriz —dijo—. Tarde o temprano, la gente acaba preguntándomelo.

—Muy bien.

—No es consecuencia de la guerra —le explicó Chuck—. Mi novia me sugiere que diga que sí lo es, y así poder acabar antes con el asunto, pero... —Se encogió de hombros—.

Me la hice *jugando* a la guerra. Cuando era pequeño, otro niño y yo solíamos jugar con el tirachinas en el bosque. La piedra de mi amigo no me alcanzó, y hasta ahí todo bien; no obstante, la piedra rebotó en un árbol y una corteza salió disparada en dirección a mi mejilla. Y por eso tengo la cicatriz.

—Por jugar a la guerra.

—Sí, por jugar.

—¿Trabajabas en Oregón antes de que te trasladaran?

—No, en Seattle. Llegué la semana pasada.

Teddy esperó, pero Chuck no le dio ninguna otra explicación.

—¿Cuánto tiempo hace que trabajas de agente?

—Cuatro años.

—Entonces ya sabes que es un mundo muy pequeño.

—Sí, claro. ¿Quieres saber por qué solicité el traslado? —Chuck asintió con la cabeza, como si lo hubiera decidido por sí mismo—. ¿Y si te dijera que estaba cansado de la lluvia?

Teddy giró las palmas de las manos sobre la barandilla.

—Si eso es lo que quieres responder...

—Pero, tal y como has comentado, es un mundo muy pequeño. Todos se conocen. Por lo tanto, tarde o temprano habrá... ¿cómo lo llaman?, cotilleos.

—Es una buena manera de definirlo.

—Detuviste a Breck, ¿no es verdad?

Teddy hizo un gesto de asentimiento.

—¿Cómo sabías adónde iba a ir? Había cincuenta tipos persiguiéndole, y todos fueron a Cleveland. En cambio, tú fuiste a Maine.

—En una ocasión, cuando era niño, pasó allí las vacaciones de verano con su familia. ¿Recuerdas lo que les hizo a sus víctimas? Es lo que uno suele hacerles a los caballos.

Hablé con una tía suya, y me explicó que el único momento en que le había visto feliz fue en una granja de caballos cercana a la casita que alquilaron en Maine. Así que fui allí.

—¡Le disparaste cinco veces! —exclamó Chuck, y luego se asomó por la proa para ver la espuma de las olas.

—¡Y podría haberle disparado cinco veces más! —contestó Teddy—. Pero cinco fueron suficientes.

Chuck asintió con la cabeza y escupió por encima de la barandilla.

—Mi novia es japonesa. Nació aquí, pero ya sabes... Creció en un campo de concentración, y todavía hay mucha tensión en ciertos sitios: Portland, Seattle, Tacoma. A nadie le gusta que esté con ella.

—Así que te trasladaron.

Chuck asintió, escupió de nuevo y observó cómo la saliva caía sobre la agitada espuma.

—Dicen que será algo fuera de serie —afirmó Chuck.

Teddy levantó los codos de la barandilla y se enderezó. Tenía el rostro húmedo y los labios salados. En cierta manera, era sorprendente que el mar hubiera conseguido alcanzarle, puesto que no recordaba que se le hubiera mojado la cara.

Pasó la mano por encima de los bolsillos del abrigo, buscando sus Chesterfield.

—¿Quién lo dice? ¿A qué te refieres? —le preguntó.

—A los periódicos —respondió Chuck—. Dicen que será una gran tormenta. Enorme, de hecho.

Señaló el cielo claro con el brazo, un cielo tan blanquecino como la mismísima espuma que chocaba contra la proa. Pero a lo lejos, a lo largo del extremo sur, una delgada fila de algodones color púrpura empezaba a formarse, como si se tratara de manchas de tinta.

Teddy olfateó el aire.

—Recuerdas la guerra, ¿verdad, Chuck?

Chuck sonrió de tal manera que Teddy sospechó que ya estaban empezando a sintonizar, a aprender la forma de joder al otro.

—Un poco —respondió Chuck—. Recuerdo los escombros. Grandes cantidades de escombros. La gente no habla de ellos, pero pienso que también son importantes. Creo que tienen su propia belleza estética, y que todo depende de los ojos con que se miren.

—Hablas como si fueras el personaje de una novelucha. ¿Estás repitiendo las palabras de otra persona?

—No, se me ha ocurrido a mí —contestó Chuck.

Después le dedicó otra de sus breves sonrisas al mar, se inclinó sobre la proa y enderezó la espalda.

Teddy se palpó los bolsillos de los pantalones y a continuación, rebuscó en los interiores de la chaqueta del traje.

—¿Recuerdas con qué frecuencia los despliegues dependían del pronóstico del tiempo?

Chuck se rascó la barba de tres días con la palma de la mano.

—Sí, lo recuerdo —contestó.

—¿Y recuerdas con qué frecuencia acertaban con el pronóstico?

Chuck frunció el ceño para darle a entender a Teddy que estaba pensándolo detenidamente. A continuación, se relamió los labios.

—Diría que un treinta por ciento de las veces —respondió Chuck.

—En el mejor de los casos.

—Cierto —asintió Chuck.

—Por lo tanto, volviendo al mundo de ahora...

—¡Ah, vaya, volvemos! —exclamó Chuck—. Incluso podríamos decir que estamos instalados.

Teddy disimuló una sonrisa, aquel tipo empezaba a caerle muy bien. ¡Instalados, por el amor de Dios!

—Instalados —asintió Teddy—. ¿Qué razón puedes tener para creer que ahora los pronósticos del tiempo son más fiables que los de antes?

—Bien —contestó Chuck, a medida que la punta combada de un pequeño triángulo asomaba por encima de la línea del horizonte—, no estoy seguro de que la fiabilidad pueda ser medida según esos términos. ¿Quieres un cigarrillo?

Teddy, que estaba revisando todos sus bolsillos por segunda vez, se detuvo y vio que Chuck le observaba, con una irónica sonrisa grabada en las mejillas, justo debajo de la cicatriz.

—Los tenía cuando subí a bordo —remarcó Teddy.

Chuck miró por encima del hombro.

—Debe de ser cosa de los empleados del Gobierno. Pillan todo lo que pueden.

Chuck dio un golpecito a su paquete de Lucky para sacar un cigarrillo, se lo pasó a Teddy y se lo encendió con su Zippo; el hedor del queroseno se unió al del aire salado y se introdujo en la garganta de Teddy. Chuck cerró el mechero de golpe y, a continuación, lo abrió de nuevo con un gesto de la muñeca para encender su propio cigarrillo.

Teddy exhaló aire, y el puntito triangular de la isla desapareció durante un momento bajo el penacho de humo.

—En el extranjero —prosiguió Chuck—, cuando el pronóstico del tiempo dictaminaba si tenías que ir a la zona de salto con el paracaídas o dirigirte a la cabeza de playa, había muchas más cosas en juego, ¿no te parece?

—Cierto.

—Sin embargo, otra vez en casa, ¿qué hay de malo en una fe un tanto arbitraria? Eso es lo que quería decirte, jefe.

Ante ellos empezó a dibujarse algo más que la mera punta del triángulo, puesto que las secciones más bajas fueron apareciendo poco a poco hasta que el mar se calmó al otro lado y los colores llenaron el cuadro, como si hubieran sido trazados con un pincel: un verde claro allí donde la vegetación crecía de forma natural, la franja color canela de la línea de la costa, el apagado ocre de la superficie del acantilado en la parte norte. Y en lo más alto, a medida que se acercaban, empezaron a distinguir los bordes lisos y rectangulares de los mismísimos edificios.

—Es una lástima —remarcó Chuck.

—¿El qué?

—El precio del progreso. —Chuck colocó un pie sobre el cable de remolque y se apoyó en la barandilla al lado de Teddy; juntos observaron cómo la isla intentaba definirse a sí misma—. Con los avances que están haciéndose, y no te engañes, todos los días se descubren cosas nuevas, en el campo de la salud mental, los lugares como éste dejarán de existir. De aquí a veinte años lo calificarán de bárbaro. Dirán que es una desafortunada consecuencia de la pasada influencia victoriana, que esa institución tiene que desaparecer y que los pacientes deberían incorporarse a la sociedad. La inserción se pondrá de moda. Os animamos a volver al redil. Nosotros mismos nos encargaremos de tranquilizaros, de crearos de nuevo. Todos somos oficiales de justicia. Somos una sociedad nueva donde no hay lugar para la exclusión. Se han acabado las Elbas.*

Los edificios habían vuelto a desaparecer tras los árboles, pero Teddy alcanzó a ver la borrosa forma de una torre cónica, y después, unas aristas sólidas y prominentes que pensó que debían de ser del viejo fuerte.

* Elba: isla ubicada en el Mediterráneo, entre Córcega e Italia, y a la que Napoleón fue enviado durante su primer exilio (1814-1815). *(N. de la T.)*

—No obstante, ¿debemos perder el pasado para asegurarnos el futuro? —Chuck lanzó el cigarrillo al mar—. Ésa es la cuestión. ¿Qué es lo que pierdes cuando barres el suelo, Teddy? Polvo, migas de pan que acabarían atrayendo a las hormigas. Sin embargo, ¿qué pasa con el pendiente que ella perdió? ¿Está también en el cubo de la basura?

—¿Qué pendiente? —preguntó Teddy—. ¿A quién te refieres exactamente, Chuck?

—Siempre hay alguna mujer, ¿no es verdad?

Teddy oyó el chirrido del motor al cambiar de marcha, sintió cómo el ferry daba un pequeño giro a sus pies y, a medida que se dirigían hacia la parte occidental de la isla, vio el fuerte con mucha más claridad sobre el acantilado de la zona sur. Los cañones ya no estaban, pero Teddy pudo divisar los torreones con bastante facilidad. Tras el fuerte, la tierra se convirtió en colinas, y Teddy se figuró que los muros debían de estar en la parte trasera, desdibujándose en el paisaje que tenía ante él, y que el Hospital Ashecliffe debía de estar en alguna parte, más allá de los peñascos, dominando la costa occidental.

—¿Tienes chica, Teddy? ¿Estás casado? —le preguntó Chuck.

—Lo estaba —respondió Teddy, imaginando a Dolores, la mirada que le dirigió una vez en la luna de miel, volviendo la cabeza, la barbilla prácticamente rozando sus hombros desnudos, los músculos moviéndose bajo la piel cerca de la columna vertebral—. Murió.

Chuck se apartó de la barandilla y el cuello se le puso de color rosado.

—Oh, Dios.

—No pasa nada —replicó Teddy.

—No, no —Chuck levantó la mano a la altura del pecho de Teddy—. Lo que pasa es... Ya me lo habían contado. No sé cómo he podido olvidarme. Sucedió hace un par de años, ¿no es cierto?

Teddy asintió con la cabeza.

—Joder, Teddy, me siento como un idiota. Lo lamento mucho, de verdad.

Teddy la vio de nuevo, de espaldas a él mientras recorría el pasillo de su casa, con una de sus viejas camisas del uniforme, tatareando al entrar en la cocina, y de repente, un cansancio familiar le invadió los huesos. Preferiría hacer cualquier otra cosa —incluso nadar en esas aguas— antes que tener que hablar de Dolores, del hecho de que había estado en esta tierra durante treinta y un años para luego desaparecer. Así, sin más. Estaba allí cuando se marchó a trabajar por la mañana. Por la tarde se había ido.

Imaginó que era como lo de la cicatriz de Chuck, una historia que tenía que ser contada para poder seguir adelante, porque si no fuera así, siempre sería una pregunta pendiente. El cómo, el porqué, el dónde.

Habían transcurrido dos años desde la muerte de Dolores, pero por las noches volvía a la vida en sus sueños y, en algunas ocasiones, durante los primeros minutos de la mañana, Teddy incluso pensaba que su mujer estaba en la cocina o llevándose la taza de café al pórtico de la entrada de su apartamento de Buttonwood. Sí, cierto, era un engaño muy cruel de la mente, pero hacía mucho tiempo que Teddy había aceptado su lógica: despertar, al fin y al cabo, era un estado casi natalicio. Uno nacía sin historia, y después pasaba las horas muertas intentando reconstruir el pasado, poniendo los fragmentos en orden cronológico antes de fortalecerse para el presente.

Lo que resultaba mucho más cruel era la forma en que una lista aparentemente ilógica de objetos podía desencadenar recuerdos de su mujer que su cerebro encerraba como una cerilla encendida. Nunca era capaz de predecir qué objeto sería: el salero, el modo de andar de una mujer desconocida en una calle abarrotada, una botella de Coca-Cola, una mancha de barra de labios en un vaso, una almohada.

No obstante, de todos los detonantes, ninguno era menos lógico, por lo que se refiere a tejido conectivo, ni más mordaz, en cuanto a efecto, que el agua: goteando del grifo, cayendo ruidosamente del cielo, encharcada junto a la acera o, como en ese momento, rodeándole extensamente por todas partes.

—Hubo un incendio en nuestro bloque de pisos —le contó a Chuck—. Yo estaba trabajando. Murieron cuatro personas, y mi mujer fue una de ellas. Fue el humo lo que la mató, Chuck, no el fuego. Así que no tuvo una muerte dolorosa. Quizás estuviera asustada, pero al menos no sufrió. Eso es importante.

Chuck dio otro sorbo de su frasco y se lo ofreció a Teddy de nuevo.

Teddy negó con la cabeza.

—Dejé de beber después del incendio. A ella le preocupaba mucho eso, ¿sabes? Decía que los soldados y los policías bebían demasiado. Así pues... —Sentía a Chuck, junto a él, muerto de vergüenza—. Aprendes a vivir con algo así, Chuck. No tienes elección. Igual que toda la mierda que vimos en la guerra. ¿La recuerdas?

Chuck asintió con la cabeza, durante un instante sus ojos se empequeñecieron con los recuerdos, distantes.

—Es lo único que puedes hacer —afirmó Teddy con delicadeza.

—Claro —dijo Chuck al cabo de un rato, aún ruborizado.

Como si hubiera sido por una ilusión de la luz, el muelle apareció ante sus ojos, extendiéndose desde la arena, un trozo de chicle desde esa distancia, insustancial y gris.

Teddy se sentía deshidratado por lo que le había sucedido en el cuarto de baño y quizás un poco cansado a causa de aquellos últimos minutos; por mucho que hubiera aprendido a vivir con ello, a estar sin ella, el peso le agotaba de vez en cuando. Un pesado dolor se instaló en la parte izquierda de su cabeza, justo detrás del ojo, como si alguien estuviera apretándole con la parte plana de una cucharilla vieja. Era demasiado pronto para saber si era un mero efecto secundario de la deshidratación, el comienzo de un dolor de cabeza normal y corriente, o el primer síntoma de algo mucho peor: las migrañas que habían estado atormentándole desde la adolescencia y que, en ocasiones, eran tan fuertes que podían hacerle perder temporalmente la visión de un ojo, hacer que la luz le pareciera un vendaval de clavos ardientes o, tal y como le había sucedido una vez —sólo una vez, gracias a Dios—, quedarse parcialmente paralizado durante un día y medio. Las migrañas, las suyas por lo menos, nunca le abrumaban en épocas de presión o de mucho trabajo, sólo después, cuando todo se había calmado, después de que las bombas hubieran dejado de caer, después de haber alcanzado sus objetivos. Entonces, en los campamentos base o en los barracones o, tras la guerra, en habitaciones de hotel o al regresar a casa en coche por la autopista... era cuando se volvían más fuertes. Hacía mucho tiempo que Teddy había aprendido que el truco consistía en permanecer ocupado, concentrado. Si no dejabas de correr, no podían atraparte.

—¿Sabes muchas cosas acerca de este lugar? —le preguntó a Chuck.

—Lo único que sé es que es un hospital para enfermos mentales.

—Para presos con problemas mentales —le corrigió Teddy.

—Bien, si no fueran presos, no tendría ningún sentido que estuviéramos aquí —replicó Chuck.

Teddy le pilló esbozando esa irónica sonrisa de nuevo.

—Nunca se sabe, Chuck. No me parece que seas una persona completamente equilibrada.

—Ya que estamos aquí, quizás aproveche para dar un depósito, para el futuro, para asegurarme de que van a guardarme la cama.

—No es mala idea —respondió Teddy, mientras los motores se pararon durante un instante y la proa viró a estribor a medida que giraban con la corriente y que los motores se ponían en marcha de nuevo. Muy pronto, Teddy y Chuck se encontraron frente al mar abierto mientras el ferry iba marcha atrás en dirección al muelle—. Por lo que sé —prosiguió Teddy—, están especializados en métodos radicales.

—¿Propios de los comunistas? —le preguntó Chuck.

—Yo no he mencionado a los comunistas —replicó Teddy—. Sólo he dicho radicales. Hay una diferencia.

—Últimamente no es muy perceptible.

—En algunos casos, no lo es —asintió Teddy.

—¿Y qué hay de esa mujer que se ha escapado?

—Tampoco sé mucho sobre eso —contestó Teddy—. Se fugó ayer por la noche. Tengo su nombre apuntado en mi libreta. Supongo que ya nos explicarán todo lo demás.

Chuck observó el agua que los rodeaba.

—¿Adónde puede ir? ¿Nadando hasta casa?

Teddy se encogió de hombros.

—Según parece, aquí los pacientes padecen una gran variedad de ilusiones mentales.

—¿Esquizofrenia?

—Sí, creo que sí. En cualquier caso, aquí no encontraremos a los mongólicos habituales. Ni a nadie que tenga miedo de las hendiduras de las aceras, o que duerma demasiado.

Por lo que he podido averiguar en los archivos, aquí todo el mundo está, ya sabes, *verdaderamente* loco.

—No obstante, ¿cuántas personas crees que fingen? —le dijo Chuck—. Siempre me he hecho esa pregunta. ¿Recuerdas la gente de la Sección Ocho que conocimos en la guerra? ¿Cuántos crees que estaban locos de verdad?

—Estuve con un tipo en las Ardenas...

—¿Estuviste allí con el ejército?

Teddy asintió con la cabeza.

—Bien, pues ese tipo se despertó un día hablando al revés.

—¿Te refieres a las palabras o a las frases?

—A las frases —respondió Teddy—. Decía cosas así: «Sargento, hoy aquí sangre demasiada hay». A última hora de la tarde, le encontramos en un hoyo, golpeándose la cabeza con una roca. No paraba de golpeársela, una y otra vez. Estábamos tan desconcertados que tardamos un minuto en darnos cuenta de que había acabado arrancándose los ojos.

—¡Estás tomándome el pelo!

Teddy negó con la cabeza.

—Algunos años después, un tipo me contó que lo había visto en un hospital para ex combatientes de San Diego. Todavía hablaba al revés, y sufría una especie de parálisis que ningún médico era capaz de diagnosticar; también me explicó que se pasaba el día sentado junto a la ventana en su silla de ruedas, y que no paraba de hablar de las cosechas, de que tenía que ir a recoger su cosecha. Sin embargo, ese tipo creció en Brooklyn.

—Bien, si un tipo de Brooklyn cree que es granjero, supongo que le corresponde estar en la Sección Ocho.

—Sí, claro, es un indicio.

2

McPherson, el jefe adjunto de vigilancia, se reunió con ellos en el muelle. Era un hombre joven para tener ese cargo, y llevaba el pelo rubio un poco más largo de lo habitual; también tenía aquella especie de porte desmadejado que Teddy asociaba con los habitantes de Texas, o con la gente que había crecido en lugares en los que había caballos.

Iba escoltado por varios ayudantes, en su mayor parte negros, aunque había unos cuantos hombres blancos de rostro delgado y cansado, como si no los hubieran alimentado lo suficiente durante la niñez y se hubieran quedado achaparrados y enfadados desde entonces.

Los ayudantes vestían camisas y pantalones blancos, y se movían en grupo. Apenas miraron a Teddy y a Chuck. De hecho, apenas miraron nada, y se limitaron a ir hasta el ferry y esperar que descargaran la mercancía.

Teddy y Chuck mostraron sus respectivas placas cuando McPherson se lo pidió, y éste pasó un buen rato observándolas, comparando sus caras con las fotografías de la tarjeta de identificación, entornando los ojos.

—No estoy muy seguro de haber visto antes la placa de un agente federal —dijo.

—¡Y acaba de ver dos! —exclamó Chuck—. ¡Un gran día!

Le dedicó una desganada sonrisa a Chuck y le devolvió la placa.

La playa parecía haber sido azotada por el mar durante las últimas noches; estaba cubierta de conchas y de madera de deriva, de restos de moluscos y de peces muertos medio comidos por los animales carroñeros que habitaban esas aguas. Teddy se percató de que había basura y que debía de haber llegado de la dársena: latas y fajos mojados de papel, una placa de matrícula lanzada junto a la hilera de árboles que había perdido el color y los números a causa del sol. Los árboles eran, en su mayor parte, pinos y arces, delgados y viejos, y a través de las aberturas Teddy pudo ver algunos edificios en lo alto de la cuesta.

A Dolores, a quien le gustaba mucho tomar el sol, le habría encantado ese lugar; sin embargo, Teddy sólo podía sentir el movimiento constante de la brisa marina, la forma que tenía el mar de advertirle que podría atacarle cuando quisiera, y engullirle hasta las mismísimas profundidades.

Los ayudantes regresaron al muelle con el correo y con el material médico y lo cargaron todo encima de unas carretillas. McPherson firmó la hoja en la que constaba la lista de los artículos, y se la entregó a uno de los guardas del ferry.

—Así pues, nos marchamos —le comunicó el guarda.

McPherson parpadeó a causa del sol.

—La tormenta —añadió el guarda—. Nadie sabe lo que puede pasar.

McPherson asintió con la cabeza.

—Nos pondremos en contacto con el departamento cuando necesitemos que vengan a buscarnos —dijo Teddy.

El guarda hizo un gesto de asentimiento.

—La tormenta —repitió.

—Sí, sí, claro —asintió Chuck—. No lo olvidaremos.

McPherson los condujo a través de un sendero que subía

suavemente por una hilera de árboles. Tras dejar atrás los árboles, llegaron a una carretera asfaltada que cruzó el sendero como una sonrisa; Teddy alcanzó a ver una casa a cada lado de la carretera. La de la izquierda era la más sencilla de las dos: una rojiza casa victoriana de techo inclinado con un reborde negro, y unas ventanas pequeñas que parecían centinelas. La de la derecha era una vivienda de estilo Tudor que dominaba la pequeña cuesta como si de un castillo se tratara.

Siguieron adelante, subieron una acusada pendiente recubierta de vegetación en estado natural; a continuación, el paisaje se tornó verde y se suavizó a su alrededor, nivelándose a medida que la vegetación devenía más baja, y dio paso a un tipo de césped más tradicional que se extendía a lo largo de cientos de metros antes de detenerse ante un muro de ladrillo color naranja que parecía recorrer la isla entera. El muro medía unos tres metros de altura y estaba coronado por una única alambrada; hubo algo en esa alambrada que afectó a Teddy. Sintió una lástima repentina por toda esa gente que estaba al otro lado del muro, gente capaz de reconocer qué significaba aquella delgada alambrada, y de saber hasta qué punto el mundo exterior quería mantenerlos allí encerrados. Teddy vio varios hombres ataviados con uniformes color azul marino en la parte exterior del muro, con la cabeza baja, mirando al suelo.

—Vigilantes de prisiones en un centro para enfermos mentales —comentó Chuck—. Me parece algo muy extraño, si no le importa que se lo diga, señor McPherson.

—Esto es una institución de máxima seguridad —respondió McPherson—. Funcionamos según las leyes de dos organismos, las del Departamento de Salud Mental de Massachusetts y las del Departamento Federal de Prisiones.

—Lo comprendo —dijo Chuck—. Sin embargo, siempre me he preguntado... ¿tienen muchas cosas en común?

McPherson sonrió y negó ligeramente con la cabeza.

Teddy vio un hombre de pelo negro que llevaba el mismo uniforme que los demás vigilantes, pero el suyo se distinguía por unas charreteras amarillas y un cuello especial; además, su placa era dorada. Era el único que andaba con la cabeza erguida, con una mano tras la espalda mientras avanzaba a grandes pasos entre los otros hombres, y esa forma de andar recordó a Teddy los importantes coroneles que había conocido en la guerra, hombres para los que el mando era una carga necesaria, no sólo de los militares sino también de Dios. Llevaba un pequeño libro negro apretado contra el tórax y, tras hacer un gesto con la cabeza a modo de saludo, bajó la misma cuesta por la que ellos habían subido, con el negro pelo rígido a causa de la brisa.

—Es el jefe de vigilancia —les explicó McPherson—. Le conocerán más tarde.

Teddy asintió con la cabeza y se preguntó por qué no podían conocerle en ese mismo momento, y el hombre desapareció al otro lado de la cuesta.

Uno de los ayudantes usó una llave para abrir la puerta que había en el centro del muro; la puerta se abrió de par en par y los ayudantes entraron en el recinto con sus carretillas, mientras dos vigilantes se acercaban a McPherson y se detenían junto a él, uno a cada lado.

McPherson se enderezó todo lo que pudo, y adoptó cierto aire de profesionalidad.

—Tengo que explicarles el estado actual de las cosas.

—Sí, claro.

—Así pues, caballeros, les serán concedidas todas las atenciones que podamos ofrecerles, y toda la ayuda que nos sea posible. No obstante, durante su estancia, por corta que sea, tendrán que acatar el protocolo. ¿Les ha quedado claro?

Teddy asintió con la cabeza.

—Del todo —respondió Chuck.

McPherson clavó los ojos en un punto justo encima de sus cabezas.

—Estoy seguro de que el doctor Cawley les explicará las cuestiones más importantes del protocolo, pero tengo que insistir en lo siguiente: sin la presencia de un vigilante, está prohibido ponerse en contacto con los pacientes de esta institución. ¿Lo han comprendido?

Teddy estuvo a punto de decir «sí, señor», como si fuera un soldado raso, pero se limitó a responder con un simple «sí».

—El pabellón A de esta institución es el edificio que tienen a mis espaldas, a la derecha, y es la sala de los hombres. El pabellón B, el de las mujeres, está a mi izquierda. El pabellón C está ubicado un poco más allá de esos peñascos, justo detrás del recinto y de las viviendas de los empleados, en el interior de lo que en el pasado fue el fuerte Walton. Está prohibido entrar en el pabellón C sin un consentimiento por escrito y la presencia física del jefe de vigilancia y del doctor Cawley. ¿Entendido?

Volvieron a asentir con la cabeza.

McPherson alargó una enorme mano, como si le estuviera suplicando al sol.

—A partir de este momento les ruego que me entreguen las armas.

Chuck miró a Teddy, quien negó con la cabeza.

—Señor McPherson, somos agentes federales, y el gobierno nos ordena que llevemos nuestras armas en todo momento —dijo Teddy.

La voz de McPherson golpeó el aire como si de un cable de acero se tratara.

—La ley ejecutiva tres nueve uno del Código Federal de Penitenciarías e Instituciones para Presos con Enfermedades

Mentales declara que la obligación de los agentes federales de llevar armas puede ser alterada por una orden directa de su inmediato superior o de las personas responsables del cuidado y de la protección de las instituciones penales o de salud mental. Caballeros, se encuentran bajo la tutela de esa exclusión. Si no dejan las armas, no podrán cruzar esa puerta.

Teddy miró a Chuck, y éste inclinó la cabeza en dirección a la mano extendida de McPherson; luego, se encogió de hombros.

—Desearíamos que nuestras objeciones constaran en acta —dijo Teddy.

—Por favor, guarda, tome nota de las objeciones de los agentes Daniels y Aule —le ordenó McPherson.

—Apuntado, señor.

—Caballeros —dijo McPherson.

El vigilante que estaba a la derecha de McPherson abrió una pequeña bolsa de cuero.

Teddy echó el abrigo hacia atrás y sacó el revólver de la funda. Giró la muñeca para abrir de golpe el cilindro, y después depositó la pistola sobre la mano de McPherson. El jefe adjunto de vigilancia se la entregó al guarda, y éste la colocó en la bolsa de cuero; a continuación, McPherson volvió a extender la mano.

Chuck fue un poco más lento con su arma, y manoseó con torpeza la correa de la funda; no obstante, McPherson no dio muestras de impaciencia y simplemente esperó a que Chuck dejara, de una forma muy extraña, el arma sobre su mano.

McPherson le entregó la pistola al guarda; éste la metió en la bolsa y después cruzó la puerta.

—Guardaremos sus armas en el depósito que hay justo delante del despacho del jefe de vigilancia —declaró McPherson en voz baja, y sus palabras susurraron como si fueran hojas—, que es el edificio principal del hospital, en medio del recinto. Tendrán que pasar a recogerlas el día que se marchen. —La insegura sonrisa de cowboy apareció de nuevo en el semblante de McPherson—. Bien, de momento, eso es todo en cuanto a asuntos oficiales. No sé lo que piensan ustedes, pero yo estoy contento de haber terminado con este tema. ¿Qué les parece si vamos a ver al doctor Cawley?

Se dio la vuelta y los condujo a través de la puerta que se cerró a sus espaldas.

Dentro de la zona amurallada, extensiones de césped se esparcían a ambos lados del camino principal, construido con el mismo tipo de ladrillo del muro. Unos jardineros, que tenían los tobillos encadenados, cuidaban el césped, los árboles y las flores, incluso una hilera de rosales que crecía a lo largo de los cimientos del hospital. Los jardineros eran vigilados por ayudantes, y Teddy vio otros pacientes esposados recorriendo la zona, caminando de una forma extraña, propia de un pato. La mayor parte eran hombres, y había muy pocas mujeres.

—Cuando llegaron los primeros médicos —les explicó McPherson—, sólo había hierbajos y maleza. Deberían ver las fotografías, pero ahora...

A ambos lados del hospital se levantaban dos edificios coloniales idénticos, construidos con ladrillo rojo y con el reborde pintado de un reluciente color blanco; las ventanas tenían rejas, y los cristales habían amarilleado por la sal y la brisa marina. El edificio del hospital era de un color grisáceo, y los ladrillos habían ido desgastándose por el mar; tenía seis plantas hasta llegar a las buhardillas que los miraban fijamente.

—Fue construido para que fuera el cuartel general del batallón justo antes de la guerra civil —siguió McPherson—. Según parece, tenían la intención de convertirlo en un centro de entrenamiento. Sin embargo, cuando la guerra parecía inminente, se concentraron en el fuerte, y después lo convirtieron en un campamento para prisioneros de guerra.

Teddy vio el torreón que había divisado desde el ferry. La parte más alta asomaba por encima de la hilera de árboles del extremo más alejado de la isla.

—¿Qué es esa torre?

—Un viejo faro —respondió McPherson—. No se ha utilizado como tal desde principios de 1800. El ejército de la Unión apostó centinelas allí o, como mínimo, eso he oído decir, pero ahora se usa como centro de tratamiento.

—¿Para pacientes?

McPherson negó con la cabeza.

—De aguas residuales. No pueden ni imaginarse lo que llega a estas aguas. Desde el ferry parece muy bonito, pero la corriente arrastra hasta la dársena toda la basura de los ríos del estado, luego pasa por la parte resguardada y, al final, acaba llegándonos a nosotros.

—Es fascinante —dijo Chuck, y encendió un cigarrillo, pero se lo quitó de la boca para ahogar un débil bostezo mientras parpadeaba al sol.

—Al otro lado del muro, en esa dirección —dijo, señalándoles un poco más allá del pabellón B—, está el antiguo cuartel general del comandante. Seguramente lo vieron mientras subían la cuesta. En esa época, construirlo costó una fortuna, y el comandante fue relevado de sus deberes cuando el tío Sam* recibió la factura. Deberían ir a ver el edificio.

—¿Quién vive ahí ahora? —le preguntó Teddy.

—El doctor Cawley —contestó McPherson—. Nada de esto existiría si no hubiera sido por el doctor Cawley y por el jefe de vigilancia. Crearon algo realmente único.

* Personificación del Gobierno o de los habitantes de Estados Unidos. (*N. de la T.*)

47

Dieron la vuelta por toda la parte trasera del recinto, vieron más jardineros esposados y más ayudantes; la mayoría estaba azadonando una oscura marga junto al muro de la parte de atrás. Una de las jardineras, una mujer de mediana edad, de pelo ralo color trigo que estaba casi calva en la parte superior de la cabeza, se quedó mirando a Teddy, y después se llevó un dedo a los labios. Teddy cayó en la cuenta de que una cicatriz color rojo oscuro, tan gruesa como un palo de regaliz, le recorría el cuello de punta a punta. Le sonrió, con el dedo todavía en los labios, y después negó lentamente con la cabeza.

—Cawley es una leyenda en su campo —iba diciéndoles McPherson mientras acababan de dar la vuelta para dirigirse a la parte delantera del hospital—. Fue el primero de su promoción en el Johns Hopkins y en Harvard, y a los veinte años publicó su primer artículo acerca de las ilusiones patológicas. Scotland Yard, el M-15 y el Departamento de Servicios Estratégicos le han consultado en numerosas ocasiones.

—¿Por qué? —preguntó Teddy.

—¿Por qué?

Teddy asintió con la cabeza, puesto que le parecía una pregunta razonable.

—Bien... —McPherson parecía estar perplejo.

—El Departamento de Servicios Estratégicos, por ejemplo —dijo Teddy—. ¿Qué motivo podía tener para consultar a un psiquiatra?

—Para estudios relacionados con la guerra —respondió McPherson.

—De acuerdo —dijo Teddy lentamente—. Pero... ¿qué clase de estudios?

—Estudios clasificados como secretos —contestó McPherson—. O, como mínimo, eso creo.

—¿Hasta qué punto pueden ser secretos si estamos hablando de ellos ahora mismo? —le preguntó Chuck, mirando a Teddy con desconcierto.

McPherson se detuvo delante del hospital, con un pie en el primer escalón. Parecía confuso. Durante un instante apartó la mirada y fijó la vista en la curva del muro color naranja.

—Bien, supongo que pueden preguntárselo a él mismo —respondió, al cabo de un rato—. Ya debe de haber salido de la reunión.

Subieron las escaleras y atravesaron un vestíbulo de mármol, cuyo techo se arqueaba y formaba una cúpula artesonada sobre sus cabezas. Se acercaron a una puerta, que se abrió de forma automática, y después llegaron a una gran antesala; había un ayudante sentado delante de una mesa a ambos lados de la sala y, un poco más allá, se extendía un largo pasillo tras los confines de otra puerta. Mostraron de nuevo sus placas al ayudante que había junto a la escalera superior, y McPherson apuntó los tres nombres en una tablilla con sujetapapeles; mientras tanto, el ayudante verificó las placas y las identificaciones, y después se las devolvió. Detrás del ayudante había un pequeño cuarto, y Teddy vio a un hombre que llevaba un uniforme parecido al del jefe de vigilancia; en la pared que había tras él, unas cuantas llaves colgaban de sus respectivos llaveros.

Subieron a la segunda planta y se adentraron en un pasillo que olía a jabón y a madera; el suelo de roble brillaba bajo sus pies, y estaba bañado de una luz blanquecina que procedía de la gran ventana del extremo más alejado del pasillo.

—Mucha seguridad —observó Teddy.

—Tomamos todas las precauciones posibles —contestó McPherson.

—Estoy seguro de que todo el mundo se lo agradece mucho, señor McPherson —dijo Chuck.

—Tienen que comprender —prosiguió McPherson, dándole la espalda a Teddy mientras pasaban por delante de varios despachos (todas las puertas estaban cerradas y los nombres de los doctores estaban grabados en unas pequeñas placas de plata)— que no hay ninguna institución como ésta en todo el país. Sólo aceptamos a los pacientes más graves, a aquellos que no pueden ser tratados en ningún otro centro.

—Gryce está aquí, ¿verdad? —le preguntó Teddy.

McPherson asintió con la cabeza.

—Sí, Vincent Gryce. Está en el pabellón C.

—¿Gryce era el que...? —le preguntó Chuck a Teddy.

Teddy hizo un gesto de asentimiento.

—Sí, mató a todos sus familiares, les quitó el cuero cabelludo y se hizo unos cuantos sombreros.

Chuck asintió con rapidez.

—Y se los ponía para ir a la ciudad, ¿no es cierto?

—Según los periódicos, así es.

Se habían detenido delante de una serie de puertas dobles. La placa de bronce del centro de la puerta derecha rezaba: «Director, doctor J. Cawley».

McPherson se volvió hacia ellos, con la mano en el pomo, y los miró con una intensidad difícil de interpretar.

—En una época menos ilustrada, un paciente como Gryce habría sido ajusticiado. Sin embargo, aquí pueden estudiarle, definir una patología, quizás aislar la anormalidad de ese cerebro que hizo que se apartara tanto de los modelos aceptables de comportamiento. Si podemos hacer eso, tal vez llegue un día en el que ese tipo de patología pueda ser eliminado totalmente de la sociedad.

Parecía estar esperando una respuesta, puesto que seguía asiendo el pomo de la puerta con rigidez.

—Es bueno tener sueños —afirmó Chuck—. ¿No está de acuerdo?

3

El doctor Cawley era muy delgado, tenía un aspecto demacrado, pero no acababa de tener los huesos y los cartílagos casi al descubierto, tal y como Teddy había visto en Dachau; sin embargo, no cabía duda de que le hacían falta unas cuantas comidas suculentas. Sus ojos, pequeños y oscuros, estaban asentados en lo más profundo de las cuencas, y las sombras que rezumaban a través de ellos le cubrían todo el rostro. Tenía las mejillas tan hundidas que parecía que se le hubieran desmoronado, y la piel de alrededor estaba picada por un acné permanente. Los labios y la nariz eran tan finos como el resto de su cuerpo, y tenía la barbilla tan cuadrada que parecía casi inexistente. El poco pelo que le quedaba era tan oscuro como sus ojos y como las sombras que los rodeaban.

No obstante, tenía una sonrisa explosiva, luminosa y tan llena de confianza que le iluminaba el iris de los ojos; mientras se levantaba de detrás de la mesa para saludarlos, con la mano extendida, los recibió con esa misma sonrisa.

—Agente Daniels, agente Aule —dijo Cawley—, estoy contento de que hayan podido venir tan pronto.

Al estrecharle la mano, la del doctor le pareció a Teddy seca y lisa como una estatua; sin embargo, se la apretó con tanta fuerza, y le estrujó tanto los huesos, que Teddy incluso sintió la presión en el antebrazo. Los ojos de Cawley brillaron por un instante, como si quisiera decirle: «No se esperaba ese apretón de manos, ¿verdad?». Después saludó a Chuck.

Estrechó la mano de Chuck mientras le decía: «Encantado de conocerle, señor», y después, la sonrisa desapareció de su rostro.

—De momento, eso es todo —le dijo al jefe adjunto de vigilancia—. Muchas gracias.

—Sí, señor —respondió McPherson—. Ha sido un placer, caballeros.

A continuación, McPherson salió de la sala.

Cawley sonrió de nuevo, pero de una forma más viscosa; a Teddy le recordó la película que se forma encima de la sopa.

—Un buen hombre, McPherson. Ansioso.

—¿Por...? —le preguntó Teddy, mientras se sentaba delante del escritorio.

La sonrisa de Cawley surgió otra vez; la esbozó a un lado del rostro y se quedó allí un instante.

—¿Cómo dice?

—Es una persona ansiosa —dijo Teddy—, pero ¿por...?

Cawley se sentó tras el escritorio de madera de teca y alargó los brazos.

—Quiero decir que es una persona que quiere trabajar bien. Una fusión moral de ley, orden y cuidados clínicos. Hace sólo cincuenta años, en algunos casos incluso menos, la opinión que se tenía de los pacientes que tenemos aquí es que deberían ser encadenados y dejar que se pudrieran en su propia mierda, y eso en el mejor de los casos. Los golpeaban de forma sistemática, como si al hacerlo pudieran expulsar la psicosis. Los demonizamos, los torturamos. Sí, los colocamos encima de potros. Les metimos roscas en el cerebro y, en algunas ocasiones, los ahogamos.

—¿Y ahora? —preguntó Chuck.

—Ahora los tratamos, moralmente. Intentamos sanarlos, curarlos. Y si eso falla, proporcionamos, como mínimo, cierta serenidad a sus vidas.

—¿Y sus víctimas? —preguntó Teddy.

Cawley levantó las cejas, expectante.

—Todos los pacientes son delincuentes violentos, ¿no es cierto? —dijo Teddy.

Cawley asintió con la cabeza.

—De hecho, bastante violentos.

—Por lo tanto, han hecho daño a alguna gente —añadió Teddy—. En muchos casos, incluso han asesinado.

—Sí, en la mayoría.

—Así pues, ¿qué importancia tiene que estén serenos en relación con sus víctimas?

—Mi trabajo consiste en tratarlos a ellos, no a sus víctimas —contestó Cawley—. Yo no puedo ayudar a las víctimas. Tener límites es propio de la naturaleza de cualquier trabajo. Y ésos son los míos. Yo sólo puedo preocuparme de mis pacientes. —Esbozó una sonrisa—. ¿No les ha explicado la situación el senador?

Teddy y Chuck se lanzaron una mirada mientras se sentaban.

—No sabemos nada de ningún senador, doctor —respondió Teddy—. El caso nos lo han asignado los federales.

Cawley apoyó los codos sobre una carpeta de color verde y entrelazó las manos; a continuación, colocó la barbilla sobre ellas y se quedó mirándolos por encima de la montura de las gafas.

—Entonces, ha sido culpa mía. ¿Qué les han contado?

—Sabemos que se ha escapado una reclusa —dijo Teddy, al tiempo que ponía la libreta sobre las rodillas e iba pasando las páginas—. Una tal Rachel Solando.

—Una paciente —le corrigió Cawley, dedicándoles una sonrisa apagada.

—Paciente —repitió Teddy—. Le pido disculpas. Según tenemos entendido, no hace ni veinticuatro horas que se escapó.

Cawley asintió con una ligera inclinación de barbilla y manos.

—Sí, se escapó ayer, entre las diez y las doce de la noche.

—Y todavía no la han encontrado —remarcó Chuck.

—Así es, agente... —respondió Cawley, alzando una mano con ademán de pedir perdón.

—Aule —le corrigió Chuck.

El rostro de Cawley se estrechó sobre sus manos, y Teddy notó que unas gotas de agua golpeaban la ventana que había tras ellos. No sabía si provenían del cielo o del mar.

—¿Y se llama Charles? —le preguntó Cawley.

—Sí —contestó Chuck.

—El nombre de Charles le queda bien —dijo Cawley—, pero no estoy muy seguro del apellido Aule.

—Supongo que es una suerte.

—¿El qué?

—No escogemos nuestros propios nombres —respondió Chuck—. Así que está bien que la gente piense que uno de los dos, como mínimo, nos queda bien.

—¿Quién escogió su nombre? —le preguntó Cawley.

—Mis padres.

—¿Y el apellido?

Chuck se encogió de hombros.

—¡Quién sabe! Tendríamos que remontarnos veinte generaciones atrás.

—O una.

Chuck, que estaba sentado en una silla, se inclinó hacia delante.

—¿Cómo dice? —le preguntó.

—Usted es griego —contestó Cawley—. O armenio. ¿Qué me dice, lo primero o lo segundo?

—Soy armenio.

—Por lo tanto, Aule era...

—Anasmajian.

Cawley volvió sus ojos entrecerrados hacia Teddy.

—¿Y usted?

—¿Se refiere a Daniels? —le preguntó Teddy—. Décima generación de irlandeses. —Le dedicó una débil sonrisa a Cawley—. Y, sí, puedo demostrarlo, doctor.

—¿Y qué me dice del nombre de pila? ¿Theodore?

—Edward.

Cawley se reclinó en la silla y dejó de apoyar la barbilla en las manos. Empezó a dar golpecitos en el borde del escritorio con un abrecartas, y el sonido resultó ser tan suave y constante como el caer de la nieve sobre un tejado.

—Mi mujer —prosiguió— se llama Margaret; sin embargo, nadie la llama así, sólo yo. Algunos de sus viejos amigos la llaman Margo, y tiene cierto sentido, pero todos los demás la llaman Peggy. Nunca lo he entendido.

—¿El qué?

—La relación que Margaret guarda con Peggy. Pero, aun así, es algo bastante habitual. Tampoco comprendo por qué Teddy es el diminutivo de Edward. No hay ninguna «p» en Margaret, ni ninguna «t» en Edward.

Teddy se encogió de hombros.

—¿Y su nombre de pila?

—John.

—¿Alguien le ha llamado Jack alguna vez?

Cawley negó con la cabeza y respondió:

—La mayoría de la gente se limita a llamarme doctor.

El agua golpeó ligeramente los cristales, y Cawley pareció revivir su conversación mentalmente, puesto que tenía los ojos brillantes y distantes.

—¿Cree que la señorita Solando es peligrosa? —preguntó Chuck al cabo de un rato.

—Todos nuestros pacientes han demostrado tener cierta propensión hacia la violencia —contestó Cawley—. Por eso mismo están aquí, tanto los hombres como las mujeres. Rachel Solando era viuda de guerra. Ahogó a sus tres hijos en el lago que hay detrás de su casa. Los cogió uno a uno y los sumergió debajo del agua hasta que dejaron de respirar. Después los llevó de nuevo a casa y los sentó alrededor de la mesa de la cocina; cuando un vecino pasó a verlos, los encontró desayunando a todos juntos.

—¿También mató al vecino? —preguntó Chuck.

Cawley alzó las cejas y soltó un leve suspiro.

—No, le invitó a sentarse y a almorzar con ellos. El vecino, evidentemente, rehusó la invitación y llamó a la policía. Rachel todavía cree que sus hijos están vivos y que están esperándola. Eso podría explicar por qué ha intentado escapar.

—Para regresar a casa —añadió Teddy.

Cawley hizo un gesto de asentimiento.

—¿Dónde vivía? —preguntó Chuck.

—En una pequeña ciudad de Berkshire, a unos doscientos cincuenta kilómetros de aquí. —Cawley señaló la ventana que había a su espalda con una inclinación de cabeza—. Si uno nada en esa dirección, hay unos dieciocho kilómetros hasta tierra firme. Y si nada hacia el norte, es todo mar hasta Terranova.

—¿Y han registrado la isla? —preguntó Teddy.

—Sí.

—¿De arriba abajo?

Cawley tardó unos segundos en responder, y empezó a

jugar con un busto de plata con forma de caballo que había en un extremo del escritorio.

—El jefe de vigilancia y sus hombres, además de un numeroso grupo de ayudantes, pasaron la noche y buena parte de la mañana registrando la isla y todos los edificios de esta institución. No encontraron ni rastro de ella. Lo que aún es más preocupante es que no sabemos cómo salió de la celda. Estaba cerrada desde fuera y la única ventana que hay está enrejada. No hemos encontrado ningún indicio de que forzaran la cerradura. —Apartó los ojos del caballo y miró hacia Teddy y Chuck—. Es como si se hubiera esfumado a través de esas paredes.

Teddy garabateó «esfumado» en su libreta.

—¿Y está seguro de que estaba en la habitación cuando apagaron las luces?

—Del todo.

—¿Cómo puede estar tan seguro?

Cawley apartó la mano del caballo y apretó la tecla de llamada del interfono.

—¿Enfermera Marino?

—¿Sí, doctor?

—Por favor, dígale al señor Ganton que venga.

—Ahora mismo, doctor.

Encima de la pequeña mesa que había cerca de la ventana había una jarra de agua y cuatro vasos. Cawley se acercó a la mesa y llenó tres. Colocó uno delante de Teddy, otro delante de Chuck, y el suyo se lo llevó al escritorio.

—¿No tendría una aspirina? —preguntó Teddy.

Cawley le dedicó una leve sonrisa.

—Sí, diría que tenemos más de una. —Rebuscó en el cajón del escritorio y sacó un frasco de Bayer—. ¿Dos o tres?

—Tres estaría bien —respondió Teddy, que empezaba a sentir cómo le aumentaba el dolor detrás de los ojos.

Cawley se las pasó desde el otro lado de la mesa, Teddy se las metió en la boca y las tragó con el agua.

—¿Es propenso a los dolores de cabeza, agente?

—Por desgracia, soy propenso a marearme.

—Ah. Deshidratación —dijo Cawley, asintiendo con la cabeza.

Teddy también hizo un gesto de asentimiento. Cawley abrió una pitillera de madera de nogal y les ofreció tabaco. Teddy cogió un cigarrillo, pero Chuck negó con la cabeza y sacó su propio paquete. Los tres encendieron los cigarrillos mientras Cawley abría la ventana.

Se sentó de nuevo y les tendió una fotografía desde el otro lado del escritorio: era una mujer joven y hermosa, a pesar de que su rostro se veía desmejorado por las ojeras, unas ojeras tan oscuras como su pelo negro. Tenía los ojos demasiado anchos, como si algo caliente estuviera punzándoselos desde el interior de su cabeza. Al margen de lo que pudiera ver más allá del objetivo de la cámara, más allá del fotógrafo, más allá de cualquier cosa del mundo conocido..., lo más probable era que fuera algo impropio.

Había algo inquietantemente familiar en ella, y entonces Teddy hizo la asociación: le recordó a un joven de los campamentos de prisioneros que se negaba a comer lo que le daban. Se había quedado sentado contra una pared con aquella misma expresión en los ojos bajo el sol de abril, hasta que los párpados se le cerraron; al cabo de un tiempo, lo añadieron al montón de cadáveres de la estación de tren.

Chuck soltó un leve silbido.

—Dios mío.

Cawley dio una calada al cigarrillo.

—¿Está reaccionando ante su manifiesta belleza o ante su manifiesta locura?

—Ante ambas —respondió Chuck.

Esos ojos, pensó Teddy. Aunque fuera una fotografía, seguían aullando. A uno le entraban ganas de meterse en la imagen y de decir «no, no, no, no pasa nada; todo va bien, calma», de abrazarla hasta que dejara de temblar, de asegurarle que todo iría bien.

Se abrió la puerta del despacho, y un hombre negro, alto y con mechones de pelo cano entró ataviado con el uniforme blanco de los ayudantes.

—Señor Ganton —dijo Cawley—, éstos son los caballeros de los que le he hablado: los agentes Aule y Daniels.

Teddy y Chuck se pusieron de pie, y estrecharon la mano a Ganton; Teddy percibió en él una fuerte vaharada de miedo, como si no acabara de sentirse cómodo al estrechar la mano de un representante de la ley, quizás allá en el mundo todavía tuviera uno o dos mandamientos judiciales contra él.

—El señor Ganton ha estado trabajando con nosotros durante los últimos diecisiete años. Es el jefe de los ayudantes. Él mismo acompañó a Rachel a su habitación ayer por la noche. ¿Señor Ganton?

Ganton cruzó los tobillos, colocó las manos sobre las rodillas y se inclinó un poco hacia delante, con la vista clavada en los zapatos.

—Hubo un grupo a las nueve de la noche, y después...

—Se refiere al grupo que hace terapia con el doctor Sheehan y la enfermera Marino —explicó Cawley.

Antes de empezar de nuevo, Ganton se aseguró de que Cawley hubiera terminado.

—Sí, eso. Estaban los del grupo y acabaron a eso de las diez. Acompañé a la señorita Rachel hasta su habitación. Entró y yo cerré con llave desde fuera. Cuando las luces están apagadas, hacemos comprobaciones cada dos horas. Vuelvo a las doce, miro dentro y veo que su cama está vacía. Pensé que estaría en el suelo, los pacientes lo hacen a menudo, dormir en el suelo. Abrí la puerta...

—Usando sus llaves, ¿no es cierto, señor Ganton? —preguntó Cawley.

Ganton miró a Cawley, movió la cabeza afirmativamente, y después volvió a clavar la mirada en sus rodillas.

—Usé las llaves, sí, la puerta estaba cerrada. Entro, pero la señorita Rachel no estaba en ninguna parte. Cierro y compruebo la ventana y las rejas. También están cerradas. —Se encogió de hombros—. Llamé al jefe de vigilancia.

Ganton alzó los ojos hacia Cawley, y éste le dedicó un gesto de asentimiento delicado y paternal.

—¿Alguna pregunta, caballeros?

Chuck negó con la cabeza.

Teddy levantó la mirada de la libreta y le preguntó:

—Señor Ganton, acaba de decirnos que entró en la habitación y que descubrió que la paciente no estaba allí. ¿Qué quería decir con eso?

—¿Señor?

—¿Hay algún armario? ¿Un lugar debajo de la cama en el que pudiera esconderse? —preguntó Teddy.

—Sí, las dos cosas.

—¿Inspeccionó esos lugares?

—Sí, señor.

—¿Con la puerta todavía abierta?

—¿Señor?

—Nos ha explicado que entró en la habitación, que echó un vistazo y que no pudo encontrar a la paciente. Y que, después, cerró la puerta al salir.

—No, yo..., bueno...

Teddy esperó y dio otra calada al cigarrillo que Cawley le había ofrecido. Tenía un buen sabor, más fuerte que el de sus Chesterfield, y el olor también era diferente, casi dulce.

—No tardé ni cinco segundos, señor —replicó Ganton—. El armario no tiene puerta. Miré dentro y debajo de la cama, y cerré la puerta. No podría haberse escondido en ningún otro sitio. Es una habitación pequeña.

—¿Y junto a la pared? —preguntó Teddy—. ¿A un lado u otro de la puerta?

—No.

Ganton negó con la cabeza y, por primera vez, Teddy percibió cierta ira, una sensación de resentimiento primario tras los ojos abatidos y aquellos «sí, señor» y «no, señor».

—Es muy poco probable —le explicó Cawley a Teddy—. Entiendo lo que quiere decir, agente, pero cuando vea la habitación, comprenderá que es imposible que el señor Ganton no hubiera visto a la paciente, en caso de que se encontrara entre esas cuatro paredes.

—¡Cierto! —exclamó Ganton, mirando fijamente a Teddy, quien se percató de que el hombre estaba muy orgulloso de su ética profesional y que, al hacerle todas esas preguntas, le había insultado.

—Gracias, señor Ganton —dijo Cawley—. Eso es todo por ahora.

Ganton se puso de pie, con los ojos clavados en Teddy unos segundos.

—Gracias, doctor —dijo, y luego salió del despacho.

Permanecieron en silencio durante un minuto, terminaron sus cigarrillos y los apagaron antes de que Chuck dijera:

—Creo que ahora deberíamos ver la habitación, doctor.

—Por supuesto —dijo Cawley, y salió de detrás de su escritorio con un aro de llaves del tamaño de un tapacubos—. Síganme.

Era una habitación diminuta. La puerta, de acero, se abría hacia dentro y hacia la derecha, y las bisagras estaban tan bien engrasadas que, al abrirla, chocó directamente contra la pared. A la izquierda, había unos metros de pared y un pequeño armario del que colgaban, en unas perchas de plástico, unas cuantas blusas y unos pantalones con cordones.

—Mi teoría por los suelos —admitió Teddy.

Cawley asintió con la cabeza.

—No hay ningún lugar en el que pudiera haberse ocultado de alguien que estuviera en la puerta.

—En el techo —sugirió Chuck.

Los tres miraron hacia arriba, e incluso Cawley esbozó una sonrisa.

Cawley cerró la puerta a sus espaldas, y Teddy sintió de inmediato una sensación de encarcelamiento en la columna vertebral. Lo llamaban habitación, pero era una celda. La ventana que había encima de la cama estrecha estaba enrejada. Había una pequeña cómoda en la pared de la derecha, y tanto el suelo como las paredes eran de cemento blanco institucional. Con tres personas dentro de la habitación, apenas había espacio para moverse sin chocar unos con otros.

—¿Quién más tiene acceso a la habitación? —preguntó Teddy.

—¿A esas horas de la noche? Muy poca gente podría tener algún motivo para estar aquí.

—Sí, claro —dijo Teddy—. Sin embargo, ¿quién podría tener acceso?

—Los ayudantes, evidentemente.

—¿Y los médicos? —preguntó Chuck.

—No, sólo las enfermeras —añadió Cawley.

—¿Los médicos no tienen las llaves de esta habitación? —preguntó Teddy.

—Sí las tienen —respondió Cawley, con cierto tono de

irritación—, pero a las diez de la noche todos se han marchado.

—¿Y entregan las llaves antes de hacerlo?

—Sí.

—¿Y eso consta en algún registro? —preguntó Teddy.

—No le sigo.

—Nos preguntamos, doctor, si tienen que firmar cada vez que recogen y entregan las llaves —le aclaró Chuck.

—Por supuesto.

—¿Podríamos echar un vistazo al registro de ayer por la noche? —preguntó Teddy.

—Sí, sí, faltaría más.

—Supongo que lo guardan en el cuartito que vimos en la primera planta —dijo Chuck—. Me refiero a ese cuarto en el que hay un vigilante y todas esas llaves.

Cawley hizo un rápido gesto de asentimiento.

—También tendremos que acceder a los archivos del personal —dijo Teddy—, de los ayudantes y de los vigilantes.

Cawley se quedó mirándolo como si Teddy tuviera monos en la cara.

—¿Por qué? —preguntó.

—Doctor, una mujer ha desaparecido del interior de una habitación cerrada con llave. Se ha escapado de una isla diminuta y nadie puede encontrarla. Como mínimo, tengo que considerar la posibilidad de que alguien la ayudara.

—Ya veremos —respondió Cawley.

—¿Ya veremos?

—Sí, agente. Primero tengo que hablar con el jefe de vigilancia y con otros empleados. Tomaremos una decisión con respecto a su petición basándonos en...

—Doctor —replicó Teddy—, no es ninguna petición. Estamos aquí por orden del Gobierno. Esto es una institución federal, de la que una reclusa peligrosa...

—Paciente.

—Una paciente peligrosa se ha escapado —dijo Teddy, intentando mantener un tono de voz lo más imperturbable posible—. Si se niega a ayudar a dos agentes federales, doctor, en la captura de esa paciente, me temo que desgraciadamente está... ¿Chuck?

—Obstruyendo a la justicia, doctor —dijo Chuck.

Cawley miró a Chuck como si esperara la dureza de Teddy pero su radar no hubiera captado a Chuck.

—Sí, bien... —dijo Cawley, con voz cansada—, lo único que puedo asegurarles es que haré todo lo posible para satisfacer su petición.

Teddy y Chuck intercambiaron una breve mirada, y después siguieron observando la habitación, que estaba desprovista de muebles. Con toda probabilidad, Cawley no estaba acostumbrado a que siguieran haciéndole preguntas después de que hubiera mostrado lo mucho que éstas le desagradaban, de modo que le dieron un minuto para que se recuperara.

Examinaron el interior del armario diminuto y vieron tres pares de pantalones blancos y dos pares de zapatos blancos.

—¿Cuántos pares de zapatos se les dan a los pacientes?

—Dos.

—Entonces, ¿salió descalza de la habitación?

—Sí —respondió Cawley. Se arregló la corbata que llevaba debajo de la bata de laboratorio y, a continuación, les señaló el trozo de papel de encima de la cama—. Lo encontramos detrás de la cómoda, pero no sabemos qué significa. Teníamos la esperanza de que alguien pudiera explicárnoslo.

Teddy cogió la hoja de papel, le dio la vuelta y vio que eran unas pruebas de visión: las letras disminuían de tamaño y descendían formando una pirámide. Le dio la vuelta de nuevo y se la entregó a Chuck.

LA LEY DE LOS 4

YO TENGO 47
<u>ELLOS ERAN 80</u>

<u>+SOIS 3</u>
SOMOS 4
PERO
¿QUIÉN ES EL 67?

A Teddy ni siquiera le gustó sostener el trozo de papel. Los extremos de la hoja temblaban contra sus dedos.

—¡Que me jodan si lo entiendo! —exclamó Chuck.

—Bastante parecido a nuestra conclusión médica —añadió Cawley, mientras se les acercaba.

—Somos tres —dijo Teddy.

—¿Qué?

—Somos tres —repitió Chuck—. Podría referirse a los tres que estamos aquí ahora mismo, en su habitación.

Chuck negó con la cabeza.

—¿Y cómo podía saberlo?

Teddy se encogió de hombros.

—Es una suposición.

—Ya.

—Lo es —dijo Cawley—, aunque Rachel es muy inteligente con sus juegos. Sus ilusiones patológicas, especialmente las que le permiten creer que sus tres hijos están todavía vivos, son concebidas por una arquitectura frágil pero intrincada. Para mantener la estructura utiliza un elaborado hilo narrativo de su vida que es totalmente ficticio.

Chuck volvió la cabeza poco a poco y se quedó mirando a Cawley.

—Creo que necesitaría haber estudiado más para entender eso, doctor.

Cawley soltó una risita.

—Piense en las mentiras que les decía a sus padres cuando era pequeño. Eran muy elaboradas. En vez de limitarse a contar unas simples mentiras para justificar que no había ido a clase o que no había cumplido con sus obligaciones, las adornaba y las convertía en algo fantástico.

Chuck reflexionó sobre ello y asintió con la cabeza.

—Claro —comentó Teddy—. Los criminales hacen lo mismo.

—Exactamente, la idea es ofuscar. Confundir al oyente hasta agotarle, y así hacerle creer cualquier cosa que no guarde ninguna similitud con la verdad. Ahora piense que alguien está diciéndole esas mentiras a usted. Eso es precisamente lo que hace Rachel. En estos cuatro años, nunca ha reconocido que está internada en un centro. Por lo que a ella respecta, está en su casa de los Berkshires, y nosotros somos repartidores, lecheros o carteros que casualmente pasamos por su casa. Al margen de la verdadera realidad, siempre utiliza una gran fuerza de voluntad para conseguir que sus ilusiones cobren fuerza.

—Pero ¿cómo es posible que no acabe viendo la verdad? —preguntó Teddy—. Al fin y al cabo, está en una institución para enfermos mentales. ¿Cómo puede ser que no se dé cuenta de vez en cuando?

—¡Ah! —exclamó Cawley—. Ahora nos adentramos en la belleza, verdadera y terrible, de la estructura paranoide de los auténticos esquizofrénicos. Caballeros, si alguien cree que está en posesión de la verdad, entonces todos los demás deben estar mintiendo. Y si todos los demás mienten...

—Cualquier cosa que digan —añadió Chuck— debe ser una mentira.

Cawley levantó el dedo pulgar y le apuntó con el índice como si fuera una pistola.

—Está cogiéndolo.

—Y todo eso guarda cierta relación con estos números, ¿no? —preguntó Teddy.

—Seguro que sí. Tienen que representar algo. Con Rachel, no hay ningún pensamiento que sea gratuito o secundario. Tiene que evitar que la estructura de su cabeza se desmorone y, para conseguirlo, no puede dejar de pensar. Esto —señaló la hoja de papel— es esa estructura expresada por escrito. Además, creo sinceramente que nos indicará dónde está.

Durante un momento, Teddy sintió que el papel le hablaba, que cada vez lo entendía mejor. Eran los dos primeros números, estaba seguro, el 47 y el 80, y sentía que algo le rasgaba el cerebro, como si estuviera intentando recordar una canción a medida que en la radio sonaba una melodía completamente diferente. El «47» era la pista más fácil. Estaba justo delante de él. Era tan simple. Era...

Y, entonces, todos los puentes de la lógica se vinieron abajo, y Teddy notó que la mente se le quedaba en blanco, y supo que estaba perdiendo el hilo una vez más —la pista, la conexión, el puente— y volvió a dejar la hoja de papel sobre la cama.

—Es una locura —dijo Chuck.

—¿Cómo dice? —preguntó Cawley.

—Averiguar adónde ha ido —respondió Chuck—. Es mi opinión.

—Sí, claro —dijo Cawley—. Creo que todos estamos de acuerdo.

4

Estaban fuera de la habitación. El pasillo partía de una escalera de la parte central. La habitación de Rachel estaba a la izquierda de las escaleras, a mitad del pasillo y en la parte derecha.

—¿Es la única forma de salir de esta planta? —dijo Teddy.

Cawley hizo un gesto de asentimiento.

—¿No puede accederse al tejado desde aquí? —preguntó Chuck.

Cawley negó con la cabeza.

—Sólo puede salirse por la escalera de incendios. La verán en la parte sur del edificio. Además, la puerta siempre está cerrada con llave. Los empleados tienen la llave, claro, pero los pacientes no. Para acceder al tejado, tendría que haber ido a la planta baja, haber salido del edificio, haber usado una llave y haber subido de nuevo.

—Aun así, ¿inspeccionaron el tejado?

Cawley asintió de nuevo.

—No sólo el tejado, sino también todas las habitaciones del pabellón. Lo hicieron de inmediato, en cuanto se supo que había desaparecido.

Teddy señaló al ayudante que estaba sentado ante una pequeña mesa, justo delante de las escaleras.

—¿Hay alguien ahí las veinticuatro horas?

—Sí.

—Por lo tanto, ayer por la noche había alguien de guardia.

—Sí, el ayudante Ganton.

—Así que... —empezó a decir Chuck mientras iban hacia las escaleras, alzando las cejas en dirección a Teddy.

—Así que... —repitió Teddy.

—Así que —dijo Chuck— la señorita Solando salió de una habitación cerrada con llave, recorrió el pasillo y bajó esas escaleras. —Bajaron las escaleras, y Chuck levantó el dedo pulgar para indicarle al ayudante que los esperaba en el rellano de la segunda planta que todo iba bien—. Pasó por delante de otro ayudante, no sabemos cómo, haciéndose invisible o algo así, bajó al piso de abajo y salió...

Bajaron el último tramo de escaleras y se encontraron ante un gran espacio abierto: había varios sofás pegados a la pared, una gran mesa plegable en el centro con sillas igualmente plegables, y unos miradores que inundaban el espacio de una luz blanca.

—Es el salón principal —les explicó Cawley—. Aquí es donde la mayoría de los pacientes pasa la tarde. Y aquí mismo fue donde se hizo la terapia de grupo ayer por la noche. Como pueden ver, la sala de las enfermeras está justo detrás de ese pórtico. Cuando se apagan las luces, los ayudantes se reúnen aquí. Se supone que deberían fregar el suelo, limpiar las ventanas y cosas así, pero la mayoría de las veces los pillamos jugando a las cartas.

—¿Y ayer por la noche?

—Según las personas que estaban de guardia, la partida estaba en pleno apogeo. Había siete hombres sentados al pie de las escaleras, jugando a póquer descubierto.

Chuck apoyó las manos en las caderas y soltó un largo suspiro.

—Según parece, se hizo invisible de nuevo, puesto que se movió tanto a derecha como a izquierda.

—Si hubiera ido hacia la derecha, habría pasado por el comedor, después por la cocina, y al final habría llegado a una puerta enrejada, cuya alarma se activa a las nueve de la noche, cuando los empleados de la cocina ya se han marchado. A la izquierda está la sala de las enfermeras y el cuarto de estar del personal. No hay ninguna puerta que conduzca al exterior. La única forma de salir es cruzando la puerta que hay al otro lado de la sala, o siguiendo el pasillo de detrás de la escalera. Y ayer por la noche había hombres de guardia en ambos lugares.

Cawley miró el reloj.

—Caballeros, tengo una reunión. Si tienen más preguntas, pueden hacérselas a cualquier empleado o ver al señor McPherson. Él es el que se ha ocupado de la investigación hasta este momento, y estoy seguro de que tiene toda la información que necesitan. Los empleados cenan a las seis en punto en el comedor del sótano del edificio de los ayudantes. Más tarde, nos reuniremos todos en la sala de estar del personal y podrán interrogar a todas las personas que estuvieron trabajando durante el incidente de ayer por la noche.

Salió por la puerta principal a toda prisa, y ellos le observaron hasta que giró a la izquierda y desapareció.

—¿Hay algo en todo esto que no te sugiera que ha sido un trabajo desde dentro? —preguntó Teddy.

—Yo me inclino por mi teoría de la invisibilidad. Quizá tenga la fórmula en un frasco. ¿Me sigues? Y tal vez esté observándonos en este mismo momento, Teddy.

Chuck se apresuró a volver la vista atrás y después miró de nuevo a Teddy.

—Es algo en lo que pensar.

Por la tarde, se unieron al grupo de búsqueda y se dirigieron hacia el interior de la isla a medida que la brisa se volvía más fuerte y cálida. La mayor parte de la isla estaba descuidada, invadida por malas hierbas y altos matojos que se enredaban con los ávidos zarcillos de viejos robles y de las verdes parras cubiertas de pinchos. En algunos lugares, el acceso humano era imposible, incluso con los machetes que llevaban algunos de los vigilantes. Rachel Solando no debía de tener ningún machete y, aunque lo hubiera tenido, la naturaleza de la isla obligaba a cualquier visitante a regresar de nuevo a la costa.

A Teddy le llamó la atención la desgana con que se llevaba a cabo la búsqueda, como si él y Chuck fueran las únicas personas que estuvieran tomándosela en serio. Los hombres recorrieron la parte central que daba a la costa con la mirada baja y pasos cansados. En cierta ocasión, giraron por un recodo sobre la plataforma de unas rocas negras, y se encontraron ante un peñasco que se elevaba ante ellos y que caía al mar. A su izquierda, más allá de una hilera de musgo, pinchos y bayas rojas que formaban una masa desigual, se extendía un pequeño claro que iba a dar al pie de unas colinas bajas. Las colinas se elevaban regularmente, una más alta que la otra, hasta convertirse en un peñasco recortado. Teddy vio aberturas en las colinas y agujeros apaisados en la ladera del peñasco.

—¿Son cuevas? —le preguntó a McPherson.

El jefe adjunto de vigilancia asintió con la cabeza.

—Hay unas cuantas.

—¿Ya las han inspeccionado?

McPherson suspiró y cubrió una cerilla con la mano para poder encender un delgado puro a pesar del viento.

—Tenía dos pares de zapatos, agente. Y los dos están en su habitación. ¿Cree que ha podido atravesar la maleza que acabamos de cruzar, subir esas rocas y escalar el peñasco?

Teddy señaló el claro de la parte más baja de las colinas.

—¿No podría haber cogido el camino más largo y subir desde el oeste?

McPherson colocó su propio dedo al lado del de Teddy.

—¿Ve dónde acaba el claro? Lo que está señalando son pantanales. El pie de esas colinas está recubierto de hiedra venenosa, robles de Virginia, zumaques, miles de plantas diferentes, y todas ellas tienen unos pinchos del tamaño de mi polla.

—¿Qué quiere decir con eso? ¿Que son grandes o pequeños? —preguntó Chuck, que se había dado la vuelta, puesto que estaba un poco más adelante que ellos.

McPherson sonrió.

—Medianos —contestó.

Chuck asintió con la cabeza.

—Lo que quiero hacerles entender, caballeros, es que sólo ha podido seguir la línea de la costa y que, al margen de la dirección que tomara, llega un momento en el que la playa se acaba. —Señaló un acantilado—. Y que acabaría topándose con uno de ésos.

Una hora más tarde llegaron a la valla del otro extremo de la isla. Al otro lado de la valla se erigían el viejo fuerte y el faro. Teddy observó que el faro tenía su propia valla y que había dos vigilantes delante de la puerta, con sus respectivos rifles apoyados sobre el pecho.

—¿Depuración séptica? —preguntó.

McPherson hizo un gesto de asentimiento.

Teddy miró a Chuck y éste alzó las cejas.

—¿Depuración séptica? —preguntó Teddy de nuevo.

Nadie se acercó a saludarlos durante la cena. Estuvieron solos y mojados a causa de las indiferentes gotas de lluvia, de la cálida brisa que había empezado a encrespar el agua del mar. En el exterior, la isla había comenzado a crujir en la oscuridad y la brisa se había convertido en viento.

—Una habitación cerrada con llave —dijo Chuck.

—Descalza —añadió Teddy.

—Pasando por delante de tres puestos de control.

—Con una sala llena de ayudantes.

—Descalza —asintió Chuck.

Teddy empezó a darle vueltas a la comida, una especie de pastel de carne picada y patatas, ya que la carne le parecía demasiado fibrosa.

—Por encima de un muro con alambrada eléctrica.

—O cruzando una puerta vigilada.

—Y adentrándose en eso —dijo, mientras el viento sacudía el edificio—, la oscuridad.

—Descalza.

—Y nadie la ha visto.

Chuck masticó la comida y tomó un sorbo de café.

—Si alguien se muere en esta isla, son cosas que pasan, ¿no?, ¿adónde lo llevan?

—Lo entierran.

Chuck hizo un gesto de asentimiento.

—¿Has visto algún cementerio?

Teddy movió la cabeza negativamente.

—Debe de estar detrás de alguna valla.

—Sí, claro, como la planta depuradora. —Chuck apartó la bandeja y se reclinó en la silla—. ¿Con quién vamos a hablar después?

—Con los empleados.

—¿Crees que nos ayudarán?

—¿Lo dudas?

Chuck hizo una mueca y, sin apartar los ojos de Teddy, encendió un cigarrillo; la mueca se convirtió en una tímida risa y el humo salió de la boca acompañándola.

Teddy estaba de pie en el centro de la sala, el personal formaba un círculo a su alrededor. Apoyó las manos en el respaldo de una silla metálica, y Chuck, con las manos en los bolsillos y con aire despreocupado, se apoyó en una columna junto a él.

—Supongo que todo el mundo sabe por qué estamos aquí —dijo Teddy—. Alguien se escapó ayer por la noche. Por lo que sabemos, la paciente ha desaparecido. No hay ningún indicio que nos lleve a pensar que la paciente se marchó de la institución sin ayuda de nadie. ¿Está de acuerdo conmigo, señor McPherson?

—Sí, diría que, tal y como están las cosas, es una afirmación razonable.

Cuando Teddy estaba a punto de hablar de nuevo, Cawley, que estaba sentado en una silla junto a una enfermera, dijo:

—Caballeros, ¿tendrían la amabilidad de presentarse? Algunos de los empleados todavía no los conocen.

Teddy se enderezó todo lo que pudo.

—Soy Edward Daniels, agente federal. Y éste es mi compañero, el agente Charles Aule.

Chuck saludó al grupo con la mano y después volvió a meterla en el bolsillo.

—Señor jefe adjunto de vigilancia, usted y sus hombres han inspeccionado el terreno.

—Así es.

—¿Y qué han averiguado?

McPherson se estiró en la silla.

—No hemos encontrado ningún indicio que indique que alguien se ha fugado. No hay jirones de ropa, ni huellas, ni plantas pisoteadas. La corriente era muy fuerte ayer por la noche y la marea había subido; por lo tanto, es imposible que huyera a nado.

—Sin embargo, podría haberlo intentado —sugirió una enfermera.

Se llamaba Kerry Marino. Era una mujer delgada y se había soltado la mata de pelo color rojizo, quitándose una pinza de pelo que tenía justo encima de las vértebras, en cuanto había entrado en la sala. Había dejado la cofia sobre su regazo y se peinaba el pelo con los dedos de una forma tan perezosa que sugería cansancio; sin embargo, todos los hombres de la sala la miraban de reojo, puesto que esa misma expresión de cansancio indicaba la necesidad de meterse en la cama.

—¿Qué ha dicho? —le preguntó McPherson.

Marino dejó de peinarse el pelo con los dedos y los dejó caer sobre su regazo.

—¿Cómo sabemos que no intentó marcharse a nado? ¿O que no se ha ahogado?

—A estas horas, la corriente ya habría arrastrado su cuerpo hasta la orilla —respondió Cawley; luego, ocultó un bostezo con la mano—. ¿Con esa marea?

Marino levantó la mano, como si quisiera decir «lo siento, chicos», pero se limitó a responder:

—Sólo quería que se tuviera en cuenta.

—Y se lo agradecemos —dijo Cawley—. Agente, haga las preguntas que desee, por favor. Ha sido un día muy largo.

Teddy le lanzó una mirada a Chuck y éste se la devolvió con una ligera inclinación de ojos. Una mujer con un largo historial violento había desaparecido en una pequeña isla y todo el mundo parecía querer irse a dormir.

—El señor Ganton ya nos ha explicado que hizo su ronda a las doce de la noche y que descubrió que la señora Solando había desaparecido —dijo Teddy—. Las cerraduras de la reja de la ventana y de la puerta de su habitación estaban intactas. Señor Ganton, ¿hubo algún momento, entre las diez y las doce de la noche, en el que perdiera de vista el pasillo de la tercera planta?

Varias cabezas se volvieron para mirar a Ganton y a Teddy le sorprendió ver cierto regocijo en algunos rostros, como si él fuera el maestro de tercer curso y le hubiera hecho una pregunta al niño más listo de la clase.

—El único momento en el que dejé de vigilar ese pasillo fue cuando entré en su habitación y vi que había desaparecido —respondió Ganton, sin apartar la mirada de sus zapatos.

—Debió de tardar unos treinta segundos.

—Más bien quince —replicó, mirando fijamente a Teddy—. Es una habitación pequeña.

—¿Algún otro momento?

—No. A las diez de la noche todo el mundo estaba encerrado en su habitación. Ella fue la última en llegar. Me senté en el rellano y no vi a nadie en dos horas.

—¿Y nunca abandonó su puesto?

—No, señor.

—¿No fue a buscar ni una taza de café ni nada similar?

Ganton negó con la cabeza.

—Muy bien, chicos —dijo Chuck, apartándose de la columna—. Llegados a este punto, tengo que ir más allá. Imaginemos, de forma hipotética y sin intención de ofender al señor Ganton aquí presente, que la señorita Solando consiguió escaparse por el tejado o algo así.

Varios miembros del grupo soltaron una risita.

—Y que llegó a la escalera que conduce a la segunda planta —añadió—. ¿Por delante de quién tendría que haber pasado?

Un ayudante, blanco como la leche y con el pelo color naranja, levantó la mano.

—¿Cómo se llama? —le preguntó Teddy.

—Glen. Glen Miga.

—Muy bien, Glen. ¿Estuvo en su puesto toda la noche?

—Sí, claro.

—Glen... —dijo Teddy.

—¿Sí? —le preguntó, levantando la vista del padrastro que había estado rascándose.

—Quiero la verdad.

Glen miró a Cawley y después a Teddy.

—No abandoné mi puesto en ningún momento.

—Venga, Glen —dijo Teddy.

Glen sostuvo la mirada de Teddy y sus ojos empezaron a ensancharse.

—Fui al cuarto de baño —confesó al final.

Cawley se inclinó hacia delante apoyándose en las rodillas.

—Y, mientras tanto, ¿quién le sustituyó?

—Fue una meada muy rápida, señor —contestó Glen—. Lo siento, un pis, señor.

—¿Cuánto tardó? —le preguntó Teddy.

Glen se encogió de hombros.

—Un minuto, como máximo.

—¿Está seguro de que sólo fue un minuto?

—No soy ningún camello.

—No.

—Fue entrar y salir.

—Ha infringido el protocolo —dijo Cawley—. Por el amor de Dios.

—Ya lo sé, señor. Yo...

—¿A qué hora pasó? —le preguntó Teddy.

—A las once y media, más o menos.

El miedo que Glen tenía a Cawley estaba convirtiéndose en odio hacia Teddy. Unas cuantas preguntas más y se volvería hostil.

—Gracias, Glen —dijo Teddy, haciéndole una ligera inclinación de cabeza a Chuck para indicarle que prosiguiera con las preguntas.

—¿A las once y media —empezó Chuck—, más o menos, estaba todavía en pleno apogeo la partida de póquer?

Varias personas se miraron entre sí y luego volvieron los ojos hacia Chuck. Después, un hombre negro asintió con la cabeza, y lo mismo hicieron todos los demás ayudantes.

—¿Quién estaba todavía sentado en ese momento?

Cuatro hombres negros y uno blanco levantaron la mano.

Chuck se dirigió al cabecilla, el primero en responder y en levantar la mano. Era un tipo grueso y bajo y, a la luz, la cabeza se le veía afeitada y resplandeciente.

—¿Cómo se llama?

—Trey, señor. Trey Washington.

—Trey, ¿dónde estaban sentados?

Trey señaló el suelo.

—Aquí mismo, en el centro de la sala. Justo delante de la escalera, con un ojo puesto en la puerta delantera y el otro en la trasera.

Chuck se le acercó y estiró el cuello para echar un vistazo a ambas puertas y a la escalera.

—Buena posición.

Trey bajó la voz y dijo:

—No es sólo por los pacientes, señor. También por los médicos, y por algunas enfermeras que no nos miran bien. Se supone que no deberíamos jugar a las cartas. Así que tenemos que ver quién llega y pillar una fregona a toda prisa.

Chuck sonrió.

—Estoy seguro de que son muy rápidos.

—¿Ha visto relampaguear alguna vez en el mes de agosto?

—Sí.

—Pues así soy yo de rápido pillando la fregona.

Ese comentario disgregó al grupo. La enferma Marino fue incapaz de disimular una sonrisa y Teddy vio que unos cuantos hombres negros estaban haciendo gestos obscenos con los dedos. Entonces supo que Chuck haría de «policía bueno» a lo largo de toda su estancia en la isla. Tenía don de gentes y actuaba como si se sintiera cómodo con cualquier sector de la población, al margen del color de la piel o del vocabulario que utilizaran. Teddy se preguntó cómo demonios habían dejado escapar a un hombre así en Seattle, aunque tuviera una novia japonesa.

Teddy, en cambio, era instintivamente un macho alfa. Cuando los hombres aceptaban ese hecho, tal y como habían tenido que hacer en la guerra, se llevaban de maravilla con él. No obstante, hasta que eso ocurría, había tensiones.

—De acuerdo, de acuerdo —dijo Chuck, levantando una mano para calmar el alboroto, a pesar de que él mismo estaba sonriendo—. Así pues, Trey, todos estaban jugando a cartas al pie de la escalera. ¿Cuándo se enteraron de que algo iba mal?

—Cuando Ike, bueno, el señor Ganton, empezó a gritar: «Llamad al jefe de vigilancia. Alguien se ha fugado».

—¿Y a qué hora fue eso?

—A las doce horas, dos minutos y treinta y nueve segundos.

Chuck arqueó las cejas.

—¿Qué es usted, un reloj?

—No, señor, pero me han enseñado a mirar el reloj en cuanto hay indicio de problemas. Cualquier cosa podría ser lo que ustedes llaman «un incidente», y al final todos tenemos que rellenar un informe de incidentes. Lo primero que te preguntan cada vez que tienes que rellenar uno de ésos es la hora en que empezó el incidente. Cuando uno ya ha rellenado unos cuantos informes, lo primero que hace es mirar el reloj en cuanto se huele que puede haber problemas.

A medida que hablaba, varios ayudantes asentían con la cabeza, y varios «ajás» y «así es» salieron de sus bocas, como si estuvieran en una iglesia evangelista.

Chuck le lanzó una mirada a Teddy como diciendo: «¿Qué te ha parecido eso?».

—Así que a las doce y dos minutos —dijo Chuck.

—Y treinta y nueve segundos.

—Supongo que pasaban dos minutos de medianoche porque tuvo que inspeccionar varias habitaciones antes de llegar a la de la señorita Solando, ¿no es cierto? —le preguntó Teddy a Ganton.

Ganton asintió con la cabeza.

—Es la quinta habitación del pasillo.

—¿A qué hora llegó el jefe de vigilancia? —le dijo Teddy.

—Hicksville, uno de los vigilantes, fue el primero en cruzar la puerta principal —respondió Trey—. Creo que estaba de guardia junto a la verja de entrada. Llegó a las doce, seis minutos y veintidós segundos. El jefe de vigilancia llegó cuatro minutos más tarde, acompañado de seis hombres.

Teddy se volvió hacia la enfermera Marino.

—Cuando oyó todo el alboroto...

—Cerré con llave la sala de las enfermeras y llegué al vestíbulo prácticamente en el mismo momento en el que Hicksville cruzaba la puerta principal.

La enfermera Marino se encogió de hombros y encendió un cigarrillo; varios miembros del grupo siguieron su ejemplo y también encendieron uno.

—Y nadie pudo pasar por delante de la sala de enfermeras sin que usted lo viera.

La enfermera apoyó la barbilla en la palma de la mano y le miró a través de una nube de humo con forma de media luna.

—¿Para ir adónde? ¿A la sala de hidroterapia? Una vez allí dentro, uno se queda atrapado en una caja de cemento con un montón de tubos y unas cuantas piscinas pequeñas.

—¿Inspeccionaron esa sala?

—Sí, agente —contestó McPherson, con voz cansada.

—Enfermera Marino —dijo Teddy—, ¿estuvo presente en la sesión de terapia de grupo de ayer por la noche?

—Sí.

—¿Ocurrió algo anormal?

—¿Qué entiende usted por «anormal»?

—¿Cómo dice?

—Agente, esto es una institución para enfermos mentales. Para criminales con problemas psiquiátricos. Lo «normal» no es cosa de todos los días.

Teddy hizo un gesto de asentimiento y le dedicó una tímida sonrisa.

—Permítame que le formule la pregunta de otra manera: ¿ocurrió algo ayer por la noche que fuera especialmente...

—... anormal? —acabó la enfermera.

Eso hizo que Cawley sonriera y que unas cuantas personas se rieran.

Teddy asintió con la cabeza.

La enfermera se tomó un minuto para pensarlo, mientras la ceniza de su cigarrillo se volvía blanca y alargada. La enfermera se dio cuenta, la dejó caer en el cenicero y levantó la cabeza.

—No, lo siento.

—¿Habló la señorita Solando ayer por la noche?

—Sí, creo que en dos ocasiones.

—¿Sobre qué?

Marino se volvió hacia Cawley.

—De momento, vamos a prescindir de la norma de confidencialidad de los pacientes para ayudar a los agentes —dijo Cawley.

La enfermera asintió con la cabeza, a pesar de que era evidente que no le hacía gracia.

—Estuvimos hablando de cómo controlar la ira. Últimamente hemos tenido unos cuantos casos de volubilidad inapropiada.

—¿De qué clase?

—Pacientes gritando a otros pacientes, peleándose, ese tipo de cosas. Nada fuera de lo normal, sólo un pequeño aumento de casos violentos en las últimas semanas que probablemente se ha debido a la ola de calor. En consecuencia, ayer por la noche estuvimos hablando de las maneras, tanto apropiadas como inapropiadas, de mostrar la ansiedad o la indignación.

—¿La señorita Solando se ha mostrado violenta últimamente?

—¿Rachel? No, Rachel sólo se pone nerviosa cuando llueve. Ésa fue su contribución al grupo ayer por la noche. «Oigo lluvia. Oigo lluvia. Todavía no llueve, pero está a punto de hacerlo. ¿Qué podemos hacer con la comida?»

—¿Con la comida?

Marino apagó el cigarrillo e hizo un gesto de asentimiento.

—Rachel odiaba la comida de este centro. Se quejaba constantemente.

—¿Tenía motivos para hacerlo? —le preguntó Teddy.

Marino se contuvo antes de esbozar una amplia sonrisa, y luego bajó los ojos.

—Podríamos decir que sus razones entraban dentro de lo comprensible. No solemos adornar las razones o los motivos por lo que a suposiciones morales, tanto buenas como malas, se refiere.

Teddy asintió con la cabeza.

—Ayer por la noche estaba presente un tal doctor Sheehan. Era el responsable de conducir la terapia de grupo. ¿Está aquí?

Nadie pronunció palabra. Varios hombres apagaron los cigarrillos en los ceniceros verticales que había entre las sillas.

—El doctor Sheehan se marchó en el ferry de esta mañana —dijo Cawley, al cabo de un tiempo—. El mismo que usted tomó para venir a la isla.

—¿Por qué?

—Hacía tiempo que tenía planeado tomarse unas vacaciones.

—Pero tenemos que hablar con él.

—Tengo su informe de la sesión de ayer por la noche —le reveló Cawley—. Y también tengo acceso a todas sus notas. Se marchó del edificio principal a las diez de la noche y se retiró a sus dependencias. Se ha marchado esta misma mañana. Hacía tiempo que tenía planeadas esas vacaciones; además, había tenido que posponerlas en más de una ocasión. No vimos ninguna razón por la que tuviera que quedarse aquí.

Teddy se volvió hacia McPherson.

—¿Y usted dio su consentimiento?

McPherson asintió con la cabeza.

—Nadie debería haber abandonado la institución —protestó Teddy—. Una paciente se ha fugado. ¿Cómo han podido permitir que alguien se marchara?

—Por la noche nos dijo adónde pensaba dirigirse. Estuvimos pensándolo, y no vimos ningún motivo para retenerle —dijo McPherson.

—Es doctor, no paciente —añadió Cawley.

—Dios —dijo Teddy en voz baja.

Era la fuga más importante que se había producido en una institución penal de esas características, y todo el mundo se comportaba como si no fuera nada grave.

—¿Adónde ha ido?

—¿Cómo dice?

—Ha ido de vacaciones, sí, pero ¿adónde? —preguntó Teddy.

Cawley se quedó mirando el techo e intentó recordar.

—Creo que ha ido a Nueva York. Al centro de la ciudad. Su familia es de allí, de Park Avenue.

—Necesito su número de teléfono —dijo Teddy.

—No veo por qué...

—Doctor —insistió Teddy—, necesito su número de teléfono.

—Se lo daremos, agente —respondió Cawley, sin apartar los ojos del techo—. ¿Necesita algo más?

—Cómo lo sabe —contestó Teddy.

Cawley bajó la cabeza y se quedó mirando a Teddy.

—Necesito un teléfono —dijo Teddy.

El teléfono de la sala de las enfermeras no daba ninguna señal, salvo un tenue siseo de aire. Había cuatro teléfonos más en el edificio, cerrados con llave tras unas puertas de cristal. Cuando abrieron los cristales, los teléfonos dieron el mismo resultado.

Teddy y el doctor Cawley se dirigieron a la centralita, ubicada en la primera planta del edificio principal del hospital. Cuando entraron por la puerta, la operadora, que llevaba unos auriculares negros alrededor del cuello, levantó la vista.

—Señor —anunció—, no tenemos línea telefónica. Ni siquiera funciona la comunicación por radio.

—Tampoco hace tan mal tiempo —remarcó Cawley.

La operadora se encogió de hombros.

—Seguiré intentándolo. Pero lo que importa realmente no es lo que sucede aquí, sino el tiempo que hace al otro lado.

—Siga intentándolo —le ordenó Cawley—. Si consigue hacerla funcionar, avíseme. Este hombre necesita realizar una llamada muy importante.

La operadora hizo un gesto de asentimiento, se volvió y se puso los auriculares de nuevo.

En el exterior, el aire parecía una respiración contenida.

—¿Qué hacen si no tienen noticias suyas? —le preguntó Cawley.

—¿Se refiere a los de la oficina central? —dijo Teddy—. Lo apuntan en los informes nocturnos. Por lo general, pasan veinticuatro horas antes de que empiecen a preocuparse.

—Tal vez haya terminado para entonces —dijo Cawley, al tiempo que asentía con la cabeza.

—¿Terminado? —dijo Teddy—. Esto ni siquiera ha empezado.

Cawley se encogió de hombros y empezó a caminar hacia la valla.

—Tomaremos unas copas y quizá nos fumaremos un puro o dos en mi casa. A las nueve en punto, ¿le gustaría venir con su compañero?

—Ah. ¿Podremos hablar entonces?

Cawley se detuvo y se volvió hacia él. Los oscuros árboles del otro lado del muro habían comenzado a balancearse y a susurrar.

—Hemos estado hablando, agente.

Chuck y Teddy recorrieron los oscuros jardines, sintiendo en el aire cómo la tormenta se formaba cálidamente a su alrededor, como si el mundo estuviera preñado, dilatado.

—Vaya mierda —dijo Teddy.

—Sí.

—Podrido hasta la puta médula.

—Si fuera baptista, te diría «amén, hermano».

—¿Hermano?

—Así hablan allí. Yo pasé un año en Misisipi.

—¿Ah, sí?

—Amén, hermano.

Teddy gorroneó otro cigarrillo de Chuck y lo encendió.

—¿Has llamado a la oficina central? —le preguntó Teddy.

Teddy negó con la cabeza.

—Cawley me ha dicho que la centralita no funciona. —Levantó la mano—. Por la tormenta, ya sabes.

Chuck escupió un poco de tabaco.

—¿Tormenta? ¿Dónde?

—Es evidente que se avecina —respondió Teddy, mirando al cielo oscuro—. Sin embargo, no entiendo por qué no funciona su central de comunicaciones.

—Central de comunicaciones —dijo Chuck—. ¿Ya has dejado el ejército o todavía estás esperando a que te asciendan?

—La centralita, o como demonios la llamen —dijo Teddy, agitando el cigarrillo—. Y la radio tampoco funciona.

—¿La maldita radio? —preguntó Chuck, al tiempo que abría los ojos—. ¿La radio, jefe?

Teddy asintió con la cabeza.

—La cosa pinta muy mal, ¿no crees? Nos tienen atrapados en una isla, buscando a una mujer que se escapó de una habitación cerrada con llave...

—Que pasó por delante de cuatro puestos de control vigilados.

—De una habitación llena de ayudantes que jugaban al póquer.

—Escaló un muro de tres metros de altura.

—Recubierto de una alambrada eléctrica.

—Recorrió dieciocho kilómetros a nado...

—... en contra de una corriente encolerizada.

—Hasta la orilla. «Encolerizada». Me gusta esa palabra. Y en unas aguas frías. ¿A qué temperatura debe de estar el agua? ¿A diez o doce grados?

—A quince grados, como máximo. Pero, por la noche...

—Debe de bajar a diez grados —asintió Chuck—. Teddy, todo esto, sabes...

—Ah, y el desaparecido doctor Sheehan.

—También te parece muy extraño, ¿no es cierto? —dijo Chuck—. No estoy muy seguro, pero me parece que todavía no le has retorcido bastante el culo a Cawley, jefe.

Teddy se rió, y oyó cómo el sonido de sus risas se desvanecía en el aire de la noche, y desaparecía entre las lejanas olas, como si nunca hubiera existido, como si la isla, el mar y la sal se llevaran lo que uno creía que era suyo y...

—... ¿y si somos una tapadera? —estaba preguntándole Chuck.

—¿Qué?

—¿Y si fuéramos su tapadera? —repitió Chuck—. ¿Y si nos hubieran traído hasta aquí para ayudarlos a poner los puntos sobre las íes?

—Claridad, Watson.

Chuck sonrió de nuevo.

—De acuerdo, jefe, intente estar a la altura.

—Lo intento, lo intento.

—Supongamos que cierto doctor está encaprichado de cierta paciente.

—La señorita Solando.

—Veo que empieza a comprenderlo.

—Es una mujer atractiva.

—¿Atractiva? Teddy, cualquier soldado raso tendría colgada su fotografía en la taquilla. Se camela a nuestro chico, Sheehan... ¿Lo entiendes ahora?

Teddy lanzó el cigarrillo al viento, y observó cómo la ceniza se esparcía y se encendía de nuevo a causa de la brisa, y cómo era arrastrada una vez más hacia ellos.

—Sheehan se enamora y decide que no puede vivir sin ella.

—Y la palabra importante aquí es «vivir», vivir como una pareja libre en el mundo real.

—Así que se piran y abandonan la isla.

—En este mismo momento, podrían estar viendo una actuación de Fats Domino.

Teddy se detuvo en el extremo más alejado de las viviendas de los empleados y se puso de cara al muro color naranja.

—Pero, ¿por qué no han pedido ayuda a los responsables de prisiones?

—De alguna manera, ya lo han hecho —dijo Chuck—. Es una cuestión de protocolo. Tenían que avisar a alguien, y cuando alguien se fuga de un sitio como éste, tienen que comunicárselo a los federales. No obstante, si quieren encubrir un lío amoroso, sólo estamos aquí para justificar su historia, para corroborar que han procedido según las reglas.

—De acuerdo —asintió Teddy—, pero... ¿qué interés podían tener en encubrir a Sheehan?

Chuck apoyó la suela del zapato en la pared y flexionó la rodilla mientras encendía un cigarrillo.

—No lo sé. Eso todavía no lo he pensado.

—Si Sheehan realmente la ha sacado de aquí, entonces es que ha untado a alguien.

—Forzosamente.

—A muchos.

—Como mínimo, a unos cuantos empleados. Y a un vigilante o dos.

—Y tal vez a alguna persona del ferry. Quizás a más de una.

—A no ser que no se marcharan en el ferry. Quizá tenga un bote.

Teddy lo consideró con detenimiento.

—Viene de una familia adinerada. Según Cawley, viven en Park Avenue.

—Ahí lo tienes.

Teddy observó la fina alambrada que coronaba el muro, y el aire rebasaba a su alrededor como una burbuja atrapada tras un cristal.

—Eso me plantea tantas preguntas como respuestas —dijo Teddy, al cabo de un rato.

—¿A qué te refieres?

—¿Por qué estaban esos códigos en la habitación de Rachel Solando?

—Porque está loca.

—Sin embargo, ¿por qué nos los enseñaron? Lo que quiero decirte es que, si esto es realmente una tapadera, ¿por qué no nos facilitan el trabajo, nos hacen firmar los informes y nos mandan a casa? «El vigilante se quedó dormido» o «la cerradura de la ventana se había oxidado y no nos habíamos dado cuenta» sería más que suficiente.

Chuck apoyó la mano en el muro.

—Tal vez se sintieran solos. Todos ellos. Y necesitaran compañía del mundo exterior.

—Sí, claro. Se inventaron una historia para hacernos venir hasta aquí y tener algo de lo que hablar. Menuda teoría.

Chuck se dio la vuelta y miró en dirección a Ashecliffe.

—Bromas aparte...

Teddy también se dio la vuelta, y contemplaron el edificio juntos.

—Sí, claro.

—Estoy empezando a ponerme nervioso, Teddy.

5

—Lo llamaban la Gran Sala —les explicó Cawley, mientras los conducía a través de un vestíbulo con suelo de parqué hacia dos puertas de roble que tenían pomos de bronce del tamaño de una piña—. Estoy hablando en serio. Mi esposa encontró unas cartas del propietario, el coronel Spivey, en el desván. En todas ellas describía con detalle la Gran Sala que estaba construyendo.

Cawley asió una de las piñas y abrió la puerta de un tirón.

Chuck soltó un silbido. Teddy y Dolores habían tenido un piso en Buttonwood que era la envidia de sus amigos por el tamaño: un vestíbulo central que parecía tener la longitud de un campo de fútbol; aun así, esa sala era el doble de grande que su apartamento.

El suelo era de mármol y en algunas partes estaba recubierto de unas oscuras alfombras orientales. La chimenea era más alta que la altura media de un hombre. Sólo las cortinas —tres metros de terciopelo color morado por ventana, y teniendo en cuenta, además, que había nueve ventanas— debían de costar más de lo que Teddy ganaba en un año. O tal vez dos. Una mesa de billar ocupaba una de las esquinas, debajo de unas pinturas al óleo. En una de ellas estaba representado un hombre ataviado con el uniforme azul del ejército de la Unión; en la otra, una mujer que llevaba un vestido blanco con volantes, y en la tercera, un hombre y una mujer juntos, con un perro a sus pies y con la misma chimenea gigantesca a sus espaldas.

—¿Es el coronel? —preguntó Teddy.

Cawley le siguió la mirada e hizo un gesto de asentimiento.

—Fue relevado del mando poco después de que acabaran de pintar esos cuadros. Los encontramos en el sótano, junto a la mesa de billar, las alfombras y la mayor parte de las sillas. Debería verlo, agente. Es un sótano tan grande que podría utilizarse como campo de polo.

Teddy olió a tabaco de pipa. Él y Chuck se dieron la vuelta al mismo tiempo y se percataron de que había otro hombre en la sala. Estaba sentado, de espaldas a ellos, en una butaca orejera de respaldo alto, colocada justo delante de la chimenea. Le sobresalía un pie por encima de la rodilla de la otra pierna, y también se veía la esquina de un libro abierto.

Cawley los condujo hacia la chimenea y, mientras se acercaba al mueble bar, les señaló la hilera de sillas dispuestas ante la mismísima chimenea.

—¿Qué tipo de veneno desean, caballeros?

—Whisky de centeno, si tiene —dijo Chuck.

—Sí, creo que puedo ofrecerle un poco. ¿Agente Daniels?

—Gaseosa con hielo.

El extraño le miró y le preguntó:

—¿No suele beber?

Teddy observó al tipo. Una pequeña cabeza pelirroja estaba colocada, cual cereza, en lo alto de un cuerpo fornido. Había algo penetrantemente delicado en él, y Teddy tuvo la impresión de que pasaba demasiado tiempo en el cuarto de baño por la mañana, regalándose con talco y aceites aromáticos.

—¿Quién es usted? —preguntó Teddy.

—Es mi colega —respondió Cawley—. El doctor Jeremiah Naehring.

El hombre pestañeó a modo de saludo, pero no alargó la mano para estrechársela; en consecuencia, Teddy y Chuck tampoco lo hicieron.

—Tengo curiosidad —dijo Naehring, mientras Teddy y Chuck se sentaban en las dos sillas que estaban colocadas en círculo a la izquierda de Naehring.

—Eso está muy bien —dijo Teddy.

—¿Por qué no bebe alcohol? Creía que beber era algo muy común entre los hombres de su profesión.

Cawley le alargó el vaso, y Teddy se levantó y se dirigió hacia las estanterías de la derecha de la chimenea.

—Es bastante común —respondió—. ¿Y en la suya?

—¿Cómo dice?

—Me refiero a su profesión —contestó Teddy—. Siempre he oído decir que la gente le da mucho al frasco.

—No me he dado cuenta.

—Será que no se ha fijado mucho.

—Creo que no le comprendo.

—¿Qué hay en su vaso? ¿Té frío?

Teddy dejó de mirar los libros y se volvió hacia Naehring, que observaba el vaso, al tiempo que esbozaba una sonrisa que parecía un gusano de seda, con su dulce boca.

—Excelente, agente. Tiene unos mecanismos de defensa extraordinarios. Deduzco que los interrogatorios se le dan muy bien.

Teddy movió la cabeza a un lado y a otro, y vio que Cawley tenía pocos libros de medicina, al menos en esa habitación. Había unos cuantos libros, pero en su mayor parte eran novelas y unos cuantos tomos delgados que Teddy se imaginó que eran de poesía, además de varios estantes de historia y biografías.

—¿No es cierto? —insistió Naehring.

—Yo soy agente federal. Me ocupo de detener a gente, eso es todo. En la mayoría de ocasiones, son otros los que hacen las preguntas.

—Yo he utilizado la palabra «interrogatorio», y usted habla de «hacer preguntas». Sí, agente, no cabe duda de que tiene una habilidad extraordinaria para defenderse. —Golpeó la mesa varias veces con la base del vaso de whisky, como si estuviera aplaudiéndole—. Los hombres que tratan con la violencia siempre me han fascinado.

—¿Los hombres que qué? —preguntó Teddy.

A continuación se acercó a la butaca de Naehring, miró al hombrecillo e hizo sonar los cubitos del vaso.

Naehring inclinó la cabeza hacia atrás y tomó un trago.

—Con la violencia.

—Qué jodidas suposiciones hace, doctor —dijo Chuck, con un gesto de irritación que Teddy no había visto antes.

—No hay suposición. No hay suposición.

Teddy hizo tintinear los cubitos una vez más antes de apurar el vaso, y vio que algo se movía nerviosamente cerca del ojo izquierdo de Naehring.

—Me temo que estoy de acuerdo con mi compañero —dijo Teddy, al tiempo que tomaba asiento.

—No —dijo Naehring, pronunciando esa única sílaba como si fueran dos—. He dicho que eran hombres que tratan con la violencia; eso no es lo mismo que acusarlos de ser violentos.

Teddy le dedicó una amplia sonrisa.

—Instrúyanos.

Cawley, que estaba tras ellos, puso un disco en el gramófono, y el áspero sonido de la aguja fue seguido de unos ruidos secos y de unos siseos esporádicos que a Teddy le recordaron los teléfonos que había intentado utilizar. Después, un bálsamo de instrumentos de cuerda y de piano reemplazó a los siseos. Era música clásica, hasta ahí llegaba Teddy. De Prusia. Le recordó las cafeterías del extranjero y una colección de discos que había visto en el despacho de un subcomandante en Dachau; la misma música que ese hombre había estado escuchando mientras se pegaba un tiro en la boca. Todavía estaba vivo cuando Teddy y cuatro soldados rasos entraron en su habitación. Gorgoteaba. No podía coger la pistola para pegarse un segundo tiro, puesto que el arma había caído al suelo. Aquella música amable se arrastraba por toda la habitación como si de una araña se tratara. Tardó veinte minutos en morir y, mientras registraban la habitación de arriba abajo, dos de los soldados le preguntaron al *Kommandant* si le dolía. Teddy había cogido una fotografía enmarcada del regazo de ese hombre: una foto de su mujer y sus dos hijos. Y sus ojos, suplicantes, se habían abierto de par en par al ver que Teddy se la llevaba. Teddy dio un paso atrás, y miró alternativamente la fotografía y al hombre, una y otra vez, hasta que éste murió. Y mientras tanto, esa música seguía sonando, tintineando.

—¿Brahms? —preguntó Chuck.

—Mahler —respondió Cawley, al tiempo que se sentaba junto a Naehring.

—Nos ha pedido que le instruyamos —remarcó Naehring.

Teddy apoyó los codos en las rodillas y alargó las manos.

—Estoy convencido —dijo Naehring— de que ninguno de los dos ha dejado de tener enfrentamientos físicos desde la época del colegio. Con ello no quiero sugerir que les gustara, sino sólo remarcar que nunca se plantearon la posibilidad de no intervenir en las peleas. ¿Me equivoco?

Teddy se volvió hacia Chuck y éste, un poco avergonzado, le dedicó una breve sonrisa.

—No me educaron para huir de los problemas, doctor —confesó Chuck.

—¡Ah, sí, la educación! ¿Quién le educó?

—Unos osos —contestó Teddy.*

Cawley, cuyos ojos se habían iluminado, le hizo un pequeño gesto de asentimiento a Teddy.

Sin embargo, Naehring no parecía tener sentido del humor. Se ajustó los pantalones a la altura de la rodilla.

—¿Cree en Dios?

Teddy se rió.

Naehring se inclinó hacia delante.

—Ah, está preguntándomelo en serio —dijo Teddy.

Naehring esperó.

—¿Ha visto alguna vez un campo de exterminio, doctor?

Naehring negó con la cabeza.

—¿No? —le preguntó Teddy, inclinándose también hacia delante—. Su inglés es muy bueno, casi perfecto. Sin embargo, sigue pronunciando las consonantes con demasiada dureza.

—¿Es que la inmigración legal es un delito, agente?

Teddy sonrió y negó con la cabeza.

—Entonces, volvamos al tema de Dios.

—Primero vaya a ver un campo de exterminio, doctor, y luego cuénteme lo que opina de Dios.

Naehring se limitó a cerrar y abrir los ojos lentamente; a continuación se dirigió a Chuck.

—¿Y usted?

—Yo no he visto los campos.

—¿Cree en Dios?

Chuck se encogió de hombros.

* Juego de palabras basado en que el nombre del personaje remite en inglés a *teddy bear*, «osito de peluche». *(N. de la T.)*

96

—No he pensado en el tema, ni en un sentido ni en otro, desde hace mucho tiempo.

—Desde que su padre murió, ¿no es cierto?

Chuck también se inclinó hacia delante y miró fijamente al hombrecillo regordete con sus ojos límpidos.

—Su padre está muerto, ¿verdad? Y el suyo también, agente Daniels. De hecho, apuesto a que los dos perdieron a la figura masculina dominante de sus vidas antes de cumplir los quince años.

—El cinco de diamantes —dijo Teddy.

—¿Perdone? —preguntó Naehring inclinándose todavía más.

—¿Es ése su siguiente truco de salón? —dijo Teddy—. Está a punto de decirme la carta que tengo. O, no, espere..., va a cortar a una enfermera por la mitad, o a sacar un conejo del sombrero del doctor Cawley.

—Eso no son trucos de salón.

—¿Qué le parece éste? —preguntó Teddy, deseando arrancar aquella cabeza de cereza de los hombros disparejos—: Enseña a una mujer a atravesar paredes, a levitar por encima de un edificio lleno de ayudantes y de vigilantes, y a flotar por el mar.

—Ése sí es bueno —dijo Chuck.

Naehring se permitió parpadear una vez más con lentitud, y el gesto le recordó a Teddy al de un gato doméstico después de ser alimentado.

—Lo repito, sus mecanismos de defensa son...

—Otra vez.

—... impresionantes, pero el tema que nos ocupa...

—El tema que nos ocupa —dijo Teddy— es que, ayer por la noche, se produjeron nueve infracciones graves por lo que respecta a la seguridad de este edificio. Una mujer ha desaparecido y nadie está buscándola.

—Estamos buscándola.

—¿Con empeño?

Naehring se reclinó en la butaca y le lanzó tal mirada a Cawley que Teddy se preguntó quién mandaba en realidad.

Cawley se fijó en la expresión de Teddy, y la parte inferior de la barbilla se le puso ligeramente colorada.

—El doctor Naehring, entre otras funciones, es el principal intermediario con la junta de inspectores. Por lo tanto, en calidad de su cargo, esta noche le he pedido que venga para estudiar sus peticiones.

—¿A qué peticiones se refiere?

Naehring volvió a reavivar la pipa con la ayuda de una cerilla encendida.

—No les dejaremos ver los archivos personales del personal médico.

—¿Y los de Sheehan?

—Los de nadie.

—Esencialmente, está agarrándonos por los cojones.

—No estoy familiarizado con esa expresión.

—Debería viajar más.

—Agente, siga con su investigación y nosotros le ayudaremos en lo que podamos, pero...

—No.

—¿Cómo dice?

En ese momento fue Cawley el que se inclinó hacia delante; en consecuencia, los cuatro tenían los hombros encorvados y el cuello estirado.

—No —repitió Teddy—. Esta investigación ha terminado. Regresaremos a la ciudad en el primer ferry. Archivaremos nuestros informes y supongo que el caso pasará a manos de los chicos de Hoover. Nosotros hemos acabado.

Naehring se quedó sosteniendo la pipa en el aire. Cawley tomó un trago. Mahler tintineaba. En algún lugar de la habitación, un reloj hacía tictac. En el exterior, cada vez llovía con más intensidad.

Cawley dejó el vaso vacío sobre la pequeña mesa que había junto a la silla.

—Como usted diga, agente.

Cuando salieron de casa de Cawley, estaba lloviendo a cántaros; la lluvia golpeaba el tejado de pizarra y el patio de ladrillo, además del techo negro del coche que esperaba. Teddy podía verlo en la oscuridad a través de unas inclinadas láminas plateadas. Sólo tenían que dar unos cuantos pasos para llegar desde el porche de Cawley hasta el coche, pero, aun así, se mojaron hasta los huesos. McPherson entró por la parte delantera y se colocó tras el volante de un salto, y las gotas de lluvia salpicaron el tablero de mandos mientras movía la cabeza de un lado a otro y ponía el Packard en marcha.

—Una noche preciosa —dijo.

Su voz se elevó por encima del ruidoso limpiaparabrisas y de la taladrante lluvia.

Teddy se dio la vuelta para mirar por la ventana de atrás y vio las borrosas formas de Cawley y Naehring en el porche viéndoles marchar.

—Qué tiempo de perros —dijo McPherson cuando una rama delgada, arrancada del tronco por la fuerza del viento, pasó volando por delante del parabrisas.

—¿Cuánto tiempo lleva trabajando aquí, McPherson? —preguntó Chuck.

—Cuatro años.

—Y en todo ese tiempo, ¿se había fugado alguien antes?

—No, claro que no.

—¿Ni ningún intento fallido? Es decir, que alguien hubiera desaparecido durante una o dos horas.

McPherson negó con la cabeza.

—Ni siquiera eso. Uno tendría que estar completamente loco para hacer una cosa así. ¿Adónde podría ir?

—¿Y qué sabe del doctor Sheehan? —preguntó Teddy—. ¿Le conoce?

—Claro.

—¿Cuánto tiempo hace que trabaja aquí?

—Creo que llegó un año antes que yo.

—Por lo tanto, cinco años.

—Sí, eso creo.

—¿Trabajaba mucho con la señorita Solando?

—Que yo sepa, no. El doctor Cawley era su principal psicoterapeuta.

—¿Es habitual que el director se implique tanto en el caso de una paciente?

—Bien... —empezó McPherson.

Teddy y Chuck esperaron; los limpiaparabrisas seguían moviéndose de un lado a otro y los oscuros árboles se inclinaban hacia ellos.

—Depende —prosiguió McPherson, saludando al vigilante mientras el Packard cruzaba la puerta principal—. El doctor, como es natural, dedica casi todo su tiempo a los pacientes del pabellón C; sin embargo, también asume la responsabilidad de unos cuantos casos de las otras salas.

—¿A qué otros casos se refiere, aparte del de la señorita Solando?

McPherson paró el coche delante del dormitorio de hombres.

—¿No les importa que no salga del coche para abrirles la puerta, verdad? Intenten dormir. Estoy seguro de que el doctor Cawley responderá a todas sus preguntas por la mañana.

—McPherson —comentó Teddy, al tiempo que abría la puerta.

McPherson se volvió para mirarle.

—Esto no se le da muy bien —dijo Teddy.

—¿A qué se refiere?

Teddy le dedicó una sonrisa forzada y se adentró en la lluvia.

Compartieron habitación con Trey Washington y con otro ayudante, llamado Bibby Luce. La habitación era bastante grande, y en ella había dos literas y una pequeña sala en la que Trey y Bibby estaban jugando a las cartas cuando ellos llegaron. Teddy y Chuck se secaron el pelo con unas toallas blancas que cogieron del montón que alguien había dejado sobre la litera de arriba; a continuación acercaron unas sillas y empezaron a jugar con ellos.

Trey y Bibby apostaban peniques, pero si alguien se quedaba sin monedas, los cigarrillos se consideraban un sustituto aceptable. Teddy los embaucó a todos en una partida de póquer descubierto de siete cartas, y ganó cinco dólares y dieciocho cigarrillos con un color de tréboles; a partir de ese momento, se guardó los cigarrillos en el bolsillo y comenzó a jugar con prudencia.

Sin embargo, fue Chuck el que resultó ser un buen jugador. Se mostraba tan jovial como siempre, actuaba de tal manera que era imposible adivinar qué cartas tenía, y acabó amasando un montón de monedas y cigarrillos, y al final incluso de billetes. Cuando acabaron la partida, se quedó mirando sus ganancias como si le sorprendiera ver ese montón tan gordo ante sus ojos.

—Tiene de esos rayos X, agente —comentó Trey.

—Suerte, supongo.

—Y una mierda. Menudo hijo de puta con tanta suerte. Seguro que nos ha hecho vudú.

—Tal vez, cierto hijo de puta no debería tocarse el lóbulo de la oreja —sugirió Chuck.

—¿Cómo?

—Sí, señor Washington, se tocaba el lóbulo de la oreja cada vez que tenía algo inferior a un full. —Se volvió hacia Bibby—. Y este hijo de puta...

Los tres soltaron una carcajada.

—Él..., él no, esperad un momento, esperad, él pone ojos de ardilla y empieza a mirar las fichas de todo el mundo justo antes de tirarse un farol. En cambio, cuando tiene una buena mano, va de sereno e introvertido.

Trey rasgó el aire con una estridente carcajada y dio un golpe sobre la mesa.

—¿Y qué me dice del agente Daniels? ¿Qué es lo que le delata a él?

Chuck hizo una mueca.

—¿Se cree que voy a irme de la lengua en contra de mi compañero? No, no, no.

—¡Ooooooooh! —exclamó Bibby, al tiempo que los señalaba a los dos desde el otro lado de la mesa.

—No puedo hacerlo.

—Ya veo, ya —dijo Trey—. Es normal entre los «hombres blancos».

El rostro de Chuck se ensombreció y miró fijamente a Trey hasta que la habitación se quedó sin aire.

A Trey le temblaba la nuez de la garganta y, cuando empezaba a levantar la mano para disculparse, Chuck espetó:

—Evidentemente. ¿Qué otra razón podía tener?

Y la sonrisa que iluminó el rostro de Chuck fue descomunal.

—¡Hijo de puta! —exclamó Trey, al tiempo que estrechaba la mano de Chuck.

—¡Hijo de puta! —repitió Bibby.

—¡Hijo de puta! —exclamó Chuck, y los tres empezaron a reírse como unas chiquillas.

Teddy pensó que debería intentarlo, a pesar de que sabía que fracasaría. Un hombre blanco haciéndose el gracioso con ellos... Aun así, Chuck... De alguna manera, Chuck podía lograrlo.

—Así pues, ¿qué me ha delatado? —le preguntó Teddy a Chuck, mientras estaban tumbados en la oscuridad.

Al otro lado de la habitación, Trey y Bibby estaban ocupados haciendo una competición de ronquidos, y la lluvia había cesado durante la última media hora, como si contuviera el aliento mientras esperaba la llegada de los refuerzos.

—¿En la partida de cartas? —preguntó Chuck desde la litera de abajo—. Olvídalo.

—No, quiero saberlo.

—Hasta ahora habías creído que eras bastante bueno, ¿verdad? Admítelo.

—No pensaba que fuera malo.

—No lo eres.

—Me has dado una buena paliza.

—He ganado unos cuantos pavos.

—Ya lo tengo, tu padre era jugador.

—Mi padre era un capullo.

—Lo siento.

—No es culpa tuya. ¿Y el tuyo?

—¿Mi padre?

—No, tu tío..., pues claro que me refiero a tu padre.

Teddy intentó imaginárselo en la oscuridad, y sólo le vio las manos, recubiertas de cicatrices.

—Era un extraño —contestó Teddy—. Para todo el mundo, incluso para mi madre. Joder, dudo que él mismo supiera quién era. Él era su barco y, cuando lo perdió, simplemente se dejó llevar por la corriente.

Chuck no dijo nada y, al cabo de un rato, Teddy imaginó que debía de haberse quedado dormido. De repente vio a su padre, de pies a cabeza, sentado en su sillón en esos días en los que no había trabajo para él: un hombre engullido por las paredes, los techos y las habitaciones.

—Eh, jefe.

—¿Todavía estás despierto?

—¿De verdad vamos a dejarlo aquí?

—Sí. ¿Te sorprende?

—No te lo reprocho, pero... no sé...

—¿Qué?

—Yo nunca dejo nada a medias.

Teddy permaneció en silencio durante un rato.

—No hemos oído la verdad ni una sola vez —respondió, al final—. No hay forma de acceder a la información, no tenemos por dónde empezar, ni cómo hacer hablar a esa gente.

—Lo sé, lo sé —dijo Chuck—. Estoy de acuerdo con la lógica.

—¿Pero?

—Pero nunca dejo las cosas a medias.

—Rachel Solando no salió descalza de una habitación cerrada con llave sin ayuda, sin mucha ayuda. De hecho, sin la ayuda de toda la institución. ¿Y qué me dice la experiencia? Que uno no puede vencer a una sociedad entera que no quiere oír lo que tienes que decirle. Teniendo en cuenta, además, que sólo somos dos. En el mejor de los casos, las amenazas que le hemos proferido a Cawley quizá surtan efecto, y tal vez Cawley esté sentado ahora mismo en su mansión, replanteándose su actitud. Por la mañana puede que...

—En fin, que te tiras faroles.

—Yo no he dicho eso.

—Acabo de jugar a las cartas contigo, jefe.

Guardaron silencio, y Teddy escuchó el sonido del mar durante un rato.

—Te muerdes los labios —afirmó Chuck, con voz soñolienta.

—¿Qué?

—Que cuando tienes una buena mano te muerdes los labios. Sólo te los muerdes durante un segundo, pero lo haces siempre.

—Ah.

—Buenas noches, jefe.

—Buenas noches.

6

Entra y va directamente hacia él.

Dolores, hecha un basilisco, y Bing Crosby canturreando *Al este del edén* desde algún lugar del apartamento; la cocina, tal vez.

—Santo cielo, Teddy —dice Dolores—. Santo cielo.

Sostiene una botella vacía de whisky JTS Brown en la mano. La botella de Teddy y él cae en la cuenta de que Dolores ha encontrado uno de sus escondites.

—¿Estás sobrio alguna vez? ¿Hay algún puto momento del día en que estés sobrio? Contéstame.

Sin embargo, Teddy no puede hacerlo. No puede hablar. Ni siquiera sabe con certeza dónde está su cuerpo. Ve cómo Dolores avanza hacia él por ese largo pasillo, pero es incapaz de ver su propio cuerpo, y ni siquiera es capaz de sentirlo. Hay un espejo al otro lado del vestíbulo, detrás de Dolores, pero no se ve reflejado.

Dolores gira a la izquierda y entra en la sala de estar; tiene la espalda chamuscada y arde lentamente. Ya no tiene la botella en la mano, y le caen del pelo pequeñas cintas de humo.

Dolores se detiene junto a una ventana.

—Mira —dice—. Son tan bonitos, flotando de esa manera.

Teddy está delante de la ventana, junto a ella; Dolores ya no está ardiendo, sino que está empapada. Teddy se ve a sí mismo, ve su propia mano mientras la pone sobre el hombro de su mujer y le recorre la clavícula con los dedos; Dolores se da la vuelta y se los besa.

—¿Qué has hecho? —le pregunta Teddy, sin saber muy bien por qué.

—Míralos, ahí fuera.

—Cariño, ¿por qué estás empapada? —le pregunta, pero no se sorprende al ver que no le responde.

La vista desde la ventana no es la que él se imaginaba. No es la vista que tenían desde el piso de Buttonwood, sino la de un lugar donde pasaron una noche en una ocasión, la de una cabaña de madera. Hay un pequeño estanque sobre el que flotan diminutos troncos, y Teddy cae en la cuenta de lo delicados que son, puesto que se mueven de forma casi imperceptible; el agua tiembla y empalidece bajo los rayos de la luna.

—Un cenador muy bonito —dice ella—. Y es tan blanco. Puede olerse la pintura.

—Sí, es hermoso.

—Así que... —empieza Dolores.

—Maté a mucha gente en la guerra.

—Y por eso bebes.

—Tal vez.

—Está aquí.

—¿Quién? ¿Rachel?

Dolores asiente con la cabeza.

—Nunca se ha marchado. Estuviste a punto de verlo. A punto.

—¿La Ley de los Cuatro?

—Es un código.

—Sí, claro, pero... ¿qué significa?

—Ella está aquí. No puedes marcharte.

Teddy la estrecha con sus brazos por detrás y apoya la cara en su cuello.

—No tengo intención de marcharme. Te quiero. Te quiero mucho.

Se abre una vía de agua en el vientre de Dolores y las manos de Teddy se empapan de líquido.

—Sólo soy huesos dentro de una caja, Teddy.

—No.

—Sí, tienes que despertarte.

—Estás aquí.

—No, no es cierto, y tienes que enfrentarte a ello. Ella está aquí. Tú estás aquí. Y él también. Cuenta las camas. Él está aquí.

—¿Quién?

—Laeddis.

El nombre le atraviesa la piel y le recorre los huesos.

—No.

—Sí. —Dolores inclina la cabeza hacia atrás, y le mira—. Ya lo sabías.

—No.

—Sí, lo sabías. No puedes marcharte.

—Siempre estás tensa.

Teddy le acaricia los hombros y ella suelta un dulce gemido de sorpresa que le provoca una erección.

—Ya no estoy tensa —replica ella—. Estoy en casa.

—Esto no es nuestro hogar —replica él.

—Pues claro que lo es. Es mi casa. Ella está aquí. Él está aquí.

—Laeddis.

—Laeddis —repite ella—. Tengo que marcharme.

—No. —Él llora—. No, quédate.

—Dios mío —dice ella, apoyándose en él—. Déjame marchar. Déjame marchar.

—No te vayas, por favor. —Las lágrimas de Teddy resbalan por el cuerpo de Dolores y se mezclan con el líquido de su vientre—. Necesito abrazarte un poco más. Sólo un rato más, por favor.

Dolores emite un leve sonido, como si fuera una burbuja —mitad suspiro, mitad aullido, desgarrado y hermoso en su propia congoja—, y le besa los nudillos.

—De acuerdo, abrázame fuerte. Todo lo fuerte que puedas.

Teddy abraza a su mujer. Y la abraza interminablemente.

Eran las cinco de la mañana, y la lluvia caía sobre el mundo entero. Teddy bajó de la litera superior y sacó la libreta de su abrigo. Se sentó a la misma mesa en la que habían jugado al póquer y abrió la libreta en la página en la que había apuntado la Ley de los Cuatro de Rachel Solando.

Trey y Bibby seguían roncando, con la misma estridencia que la lluvia. Chuck dormía tranquilamente, boca abajo, con una mano pegada al oído, como si estuviera susurrándole un secreto.

Teddy miró la página. Una vez que sabías cómo leerla era muy sencillo. De hecho, era un código para niños. Sin embargo, seguía siendo un código, y Teddy no logró descifrarlo hasta las seis de la mañana.

Alzó los ojos y vio a Chuck observándole desde la litera de abajo, con la barbilla apoyada sobre una mano.

—¿Nos marchamos, jefe?

Teddy negó con la cabeza.

—Nadie puede marcharse con este jodido tiempo —comentó Trey, incorporándose en la cama y descorriendo la cortina de la ventana. Se vio un paisaje color perla recubierto de agua—. No sé cómo.

De repente, el sueño le pareció más difícil de recordar, y

el olor de Dolores se evaporó cuando Trey descorrió la cortina; además, oyó la tos seca de Bibby, y Trey se desperezó con un largo y ruidoso bostezo.

Teddy se preguntó, y no era la primera vez, si ése sería el día en el que echarla de menos sería finalmente demasiado para él. Si pudiera hacer retroceder el tiempo, volver a la mañana del incendio y reemplazar el cuerpo de Dolores con el suyo, lo haría. Eso era obvio, siempre lo había sido. No obstante, a medida que transcurría el tiempo, cada vez la añoraba más, y la necesidad que tenía de estar con ella se convertía en una herida que nunca cicatrizaría y que nunca dejaría de sangrar.

«La he abrazado —deseaba decirles a Chuck, a Trey y a Bibby—. La he abrazado mientras Bing Crosby canturreaba desde la radio de la cocina, y no sólo he podido oler a mi mujer, sino también el piso que teníamos en Buttonwood, y el lago junto al que estuvimos aquel verano; además, me ha rozado los nudillos con los labios.

»La he abrazado. Este mundo no puede ofrecerme nada igual. Este mundo sólo puede recordarme lo que no tengo, lo que nunca tendré y lo que no tuve durante suficiente tiempo.

»Dolores, se suponía que debíamos envejecer juntos, tener hijos, pasear bajo árboles centenarios. Quería ver cómo las arrugas te surcaban la piel, y saber cuándo cada una de ellas aparecía en tu rostro. Morir juntos.

»Esto no. Esto no.»

Deseaba decirles que la había abrazado, y tenía la certeza de que, si tuviera la garantía de que con su muerte podría verla de nuevo, entonces se llevaría rápidamente la pistola a la sien.

Chuck, expectante, estaba observándole.

—He descifrado el código de Rachel —dijo Teddy.

—Ah —suspiró Chuck—. ¿Eso es todo?

SEGUNDO DÍA

LAEDDIS

7

Cawley se reunió con ellos en el vestíbulo del pabellón B. Tenía la ropa y la cara empapadas, y parecía que hubiera pasado la noche en el banco de una parada de autobús.

—El truco, doctor, consiste en dormir mientras uno está tumbado —dijo Chuck.

Cawley se secó el rostro con un pañuelo.

—Ah, ¿es ése el truco, agente? Ya sabía que olvidaba algo. Dormir, dice. Eso es.

Subieron la escalera amarillenta y saludaron al ayudante que estaba de guardia en el rellano del primer piso.

—¿Y cómo se encuentra hoy el doctor Naehring? —preguntó Teddy.

Cawley alzó y bajó las cejas con aire cansado.

—Le pido disculpas por lo de anoche. Jeremiah es un genio, pero debería aprender buenos modales. Tiene pensado escribir un libro acerca de la cultura del guerrero masculino a lo largo de la historia. Siempre saca el tema que le obsesiona en cualquier conversación, e intenta que la gente encaje en sus modelos preconcebidos. Disculpas otra vez.

—¿Lo hacen muy a menudo?

—¿El qué, agente?

—¿Sentarse a tomar una copa y poner a la gente a prueba?

—Supongo que son gajes del oficio. ¿Cuántos psiquiatras hacen falta para enroscar una bombilla?

—No lo sé. ¿Cuántos?

—Ocho.

—¿Por qué?

—No debería analizar tanto las cosas.

Las miradas de Chuck y de Teddy se cruzaron, y ambos se echaron a reír.

—El típico sentido del humor de los psiquiatras —dijo Chuck—. ¿Quién podría habérselo imaginado?

—Caballeros, ¿saben en qué estado se encuentra el campo de la salud mental actualmente?

—No tengo ni idea —contestó Teddy.

—Es una guerra —dijo Cawley, al tiempo que ocultaba un bostezo con su húmedo pañuelo—. Es una guerra ideológica, filosófica y, sí, incluso psicológica.

—Ustedes son médicos —dijo Chuck—. Se supone que deben jugar limpio, compartir los juguetes.

Cawley sonrió y pasaron por delante del ayudante del rellano de la segunda planta. Una paciente gritó desde algún lugar del piso de abajo y el eco les llegó a toda velocidad por las escaleras. Era un aullido doloroso y, aun así, Teddy alcanzó a percibir la desesperación que lo acompañaba, la certeza de que, al margen de lo que pidiera, no le sería concedido.

—La vieja escuela —prosiguió Cawley— cree en la terapia de choque, en las lobotomías parciales y en los tratamientos de aguas termales para los pacientes más dóciles. Nosotros lo llamamos psicocirugía. Los miembros de la nueva escuela están entusiasmados con la psicofarmacología. Dicen que es el futuro. Tal vez tengan razón. No lo sé.

Se detuvo, con la mano en la barandilla, a medio camino entre el segundo y el tercer piso, y Teddy pudo sentir su agotamiento como si fuera algo vivo, roto, un cuarto cuerpo que subiera la escalera con ellos.

—¿En qué consiste la psicofarmacología? —dijo Chuck.

—Acaban de aprobar el uso de un medicamento, se llama litio, que relaja a los pacientes psicóticos, los amansa, como dirían algunos —respondió Cawley—. Los grilletes se convertirán en algo del pasado, como las cadenas y las esposas. Incluso las rejas o, como mínimo, eso es lo que dicen los optimistas. La vieja escuela, evidentemente, sostiene que nada podrá reemplazar a la psicocirugía, pero la nueva escuela es más fuerte, creo, y además contará con dinero.

—¿De dónde procederá ese dinero?

—De las empresas farmacéuticas, claro está. Caballeros, si compran acciones ahora, podrán retirarse a su propia isla. La vieja escuela, la nueva escuela... Dios mío, a veces no hago más que dar sermones.

—¿A qué escuela pertenece usted? —le preguntó Teddy con voz tranquila.

—Aunque no se lo crea, agente, yo creo que la mejor terapia consiste en hablar, en las habilidades interpersonales elementales. Tengo esa idea radical de que, si se trata con respeto a un paciente y se presta atención a lo que intenta decir, quizá pueda llegarse hasta él.

Otro aullido. Teddy estaba casi seguro de que era la misma mujer. Se filtró por las escaleras y pareció afectar a Cawley.

—No obstante, ¿qué pasa con esos pacientes? —preguntó Teddy.

Cawley sonrió.

—Sí, bien, muchos de esos pacientes necesitan tomar medicación, y algunos han de estar esposados. De eso no cabe ninguna duda, pero es un terreno resbaladizo. Una vez que se ha tirado el veneno al pozo, ¿cómo es posible sacarlo del agua?

—Es imposible —respondió Teddy.

Cawley asintió con la cabeza.

—Así es. Lo que debería ser el último recurso se convierte poco a poco en el procedimiento habitual. Y, ya lo sé, estoy mezclando las metáforas. Dormir —dijo, al tiempo que se volvía hacia Chuck—. Muy bien, lo intentaré la próxima vez.

—He oído decir que hace milagros —dijo Chuck, y se dirigieron hacia la última planta.

Una vez en la habitación de Rachel, Cawley se dejó caer pesadamente en un extremo de la cama, y Chuck se apoyó en la puerta.

—¡Eh! ¿Cuántos surrealistas hacen falta para enroscar una bombilla? —preguntó Chuck.

Cawley le miró un buen rato.

—Me rindo. ¿Cuántos?

—Pescado —respondió Chuck, soltando una sonora carcajada.

—Agente, algún día crecerá, ¿verdad? —le dijo Cawley.

—Tengo mis dudas.

Teddy sostenía el trozo de papel delante del pecho y le dio un golpecito para atraer la atención de los dos hombres.

—Échenle otro vistazo.

LA LEY DE LOS 4

YO TENGO 47

ELLOS ERAN 80

+SOIS 3

SOMOS 4

PERO

¿QUIÉN ES EL 67?

Un minuto más tarde, Cawley dijo:

—Estoy demasiado cansado, agente. En este preciso instante, todo me parece un galimatías. Lo siento.

Teddy miró a Chuck, que asintió con la cabeza.

—Fue el signo de adición lo que me dio la pista, lo que me hizo examinarlo de nuevo. Fíjense en la línea que hay debajo de «ellos eran ochenta». Se supone que debemos sumar las dos líneas. ¿Qué os da?

—Ciento veintisiete.

—Uno, dos y siete —dijo Teddy—. Muy bien. Ahora añadan el tres, pero por separado. Ella quiere que mantengamos los números de una cifra aparte. Así pues, tenemos: uno más dos más siete más tres. ¿Y eso da...?

—Trece —respondió Cawley, mientras se incorporaba un poco en la cama.

Teddy asintió con la cabeza.

—¿El número trece tiene una importancia especial para Rachel Solando? ¿Nació el día trece? ¿Se casó ese día? ¿Mató a sus hijos un día trece?

—Tendría que mirarlo —comentó Cawley—. Sin embargo, el trece suele ser un número importante para los esquizofrénicos.

—¿Por qué?

Cawley se encogió de hombros.

—Por la misma razón por la que lo es para mucha otra gente. Es un presagio de mala suerte. La mayoría de los esquizofrénicos vive en un estado de pánico. Ésa es la característica común a la enfermedad. Por lo tanto, la mayor parte de los esquizofrénicos son muy supersticiosos. El número trece forma parte de todo eso.

—Entonces, tiene sentido —remarcó Teddy—. Miren el siguiente número: cuatro. Uno más tres son cuatro, pero por separado...

—Trece —dijo Chuck, apartándose de la pared e inclinando la cabeza sobre el trozo de papel.

—Y el último número —sugirió Cawley—. El sesenta y siete. Seis y siete son trece.

Teddy asintió con la cabeza.

—No es la Ley de los Cuatro, es la Ley de los Trece. Hay trece letras en el nombre Rachel Solando.

Teddy observó a Cawley y Chuck contarlas mentalmente.

—Siga —le indicó Cawley.

—Una vez que hemos aceptado eso, Rachel nos deja muchas miguitas de pan por el camino. El código sigue el principio más rudimentario de la asignación de números y letras. Uno es A, dos es B... ¿Me seguís?

Cawley hizo un gesto de asentimiento, y Chuck le imitó unos segundos más tarde.

—Su nombre empieza por R. Y la asignación numérica de la R en el abecedario inglés es el dieciocho. A la A le corresponde el uno; a la C, el tres; a la H, el ocho; a la E, el cinco; a la L, el doce. Dieciocho, uno, tres, ocho, cinco y doce. Si lo suman, chicos, ¿qué da?

—Santo cielo —dijo Cawley en voz baja.

—Cuarenta y siete —contestó Chuck, con los ojos abiertos de par en par, y observando el trozo de papel que Teddy sostenía ante el pecho.

—Eso explica el «yo» —apuntó Cawley—. El nombre de pila, ya lo entiendo. Sin embargo, ¿quiénes son «ellos»?

—Es el apellido —respondió Teddy.

—¿El de quién?

—El de la familia de su marido y sus antepasados. No es el suyo por nacimiento. O tal vez se refiera a sus hijos. En cualquier caso, el porqué no importa. Es su apellido, Solando. Cojan las letras, sumen sus asignaciones numéricas y, créanme, da ochenta.

Cawley se levantó de la cama, y él y Chuck se colocaron delante de Teddy para echar un vistazo al código.

Al cabo de un rato, Chuck levantó la mirada y se quedó observando fijamente a Teddy.

—¿Quién eres, joder? ¿Einstein?

—¿Había descifrado algún código con anterioridad, agente? —le preguntó Cawley, con los ojos todavía clavados en el trozo de papel—. ¿En la guerra?

—No.

—Entonces, ¿cómo sabías...? —empezó Chuck.

A Teddy le dolían los brazos de sostener el papel durante tanto tiempo. En consecuencia, lo dejó sobre la cama.

—No lo sé. Hago muchos crucigramas y me gustan los rompecabezas —contestó, encogiéndose de hombros.

—Sin embargo, trabajó para el Servicio de Inteligencia del Ejército cuando estaba en el extranjero, ¿no es cierto? —le preguntó Cawley.

Teddy negó con la cabeza.

—No, el ejército regular —replicó—. Usted, en cambio, trabajó para el Departamento de Servicios Estratégicos.

—No, sólo les di cierto asesoramiento —dijo Cawley.

—¿Qué tipo de asesoramiento?

Cawley le dedicó una de sus breves sonrisas, que desapareció de su rostro casi inmediatamente.

—Eso es secreto.

—No obstante, este código es bastante simple —remarcó Teddy.

—¿Simple? —protestó Chuck—. Me lo has explicado y todavía me duele la cabeza.

—Y a usted, ¿qué le ha parecido, doctor?

Cawley se encogió de hombros.

—¿Qué quiere que le diga, agente? Nunca me dediqué a descifrar códigos.

Cawley inclinó la cabeza y se frotó la barbilla mientras volvía a prestar atención al código. La mirada de Chuck se cruzó con la de Teddy, que estaba llena de interrogantes.

—Así pues, hemos averiguado el significado, bien, lo ha hecho usted, agente, del cuarenta y siete y del ochenta. Y también hemos descubierto que todas las pistas son permutaciones del número trece. ¿Qué pasa con el «tres»?

—Una vez más —respondió Teddy—, o se refiere a nosotros tres, en cuyo caso es clarividente...

—No me parece muy probable.

—O se refiere a sus hijos.

—Eso me parece más creíble.

—Si añadimos a Rachel a los tres...

—Y pasa a la línea siguiente —sugirió Cawley—. Somos cuatro.

—Así pues, ¿quién es el sesenta y siete?

Cawley le miró un buen rato.

—¿Está hablando metafóricamente?

Teddy negó con la cabeza.

Cawley pasó el dedo por el borde derecho del trozo de papel.

—¿Ninguno de los números suma sesenta y siete? —preguntó.

—No.

Cawley se tocó la cabeza con la palma de la mano y se enderezó.

—¿Y no tiene ninguna teoría?

—Es el único que no puedo descifrar —dijo Teddy—. Se refiere a algo con lo que no estoy familiarizado, y eso me hace pensar que tiene algo que ver con la isla. ¿Y usted, doctor?

—¿Yo, qué?

—¿Tiene alguna teoría?

—Ninguna. No habría pasado de la primera línea.

—Sí, ya nos lo ha dicho, está cansado y todo eso.

—Muy cansado, agente —puntualizó, con los ojos clavados en la cara de Teddy. Luego se acercó a la ventana y observó cómo la lluvia la cubría de arriba abajo; la cortina de agua era tan gruesa que resultaba imposible ver más allá del cristal—. Ayer por la noche dijo que se marcharía hoy mismo.

—En el primer ferry de la mañana —respondió Teddy, siguiéndole la corriente.

—Estoy casi seguro de que hoy no habrá ningún ferry.

—Entonces me marcharé mañana, o pasado —contestó Teddy—. ¿Todavía piensa que Rachel Solando está ahí fuera? ¿Con este temporal?

—No —respondió Cawley—. No lo creo.

—Entonces, ¿dónde está?

Cawley soltó un suspiro.

—No lo sé, agente. No es mi especialidad.

Teddy cogió el trozo de papel de encima de la cama.

—Esto sólo es el principio, y seguro que es la guía para descifrar otros códigos. Me apostaría el sueldo de un mes.

—¿Y si eso es cierto?

—Entonces es que no tiene intención de escaparse, doctor. Nos ha traído hasta aquí, y diría que hay más códigos.

—En esta habitación, no —replicó Cawley.

—Aquí no, pero tal vez estén en el edificio, o en la isla.

Cawley inspiró profundamente el aire de la habitación y apoyó una mano en la repisa de la ventana; estaba tan cansado que apenas podía tenerse en pie, y Teddy se preguntó qué debía de haberle mantenido despierto toda la noche.

—¿Que ella los ha traído hasta aquí? —dijo Cawley—. ¿Para qué?

—Eso dígamelo usted.

Cawley cerró los ojos y guardó silencio tanto rato que Teddy se preguntó si se había quedado dormido.

Cawley abrió los ojos de nuevo y los miró a los dos.

—Hoy tengo una agenda muy apretada. Tengo reuniones con los empleados, reuniones con los inspectores para hablar acerca de los presupuestos y reuniones con el personal de mantenimiento para saber qué debemos hacer en el caso de que la tormenta nos afecte. Les alegrará saber que lo he organizado todo para que puedan hablar con los pacientes que estuvieron presentes en la terapia de grupo el día que Rachel Solando desapareció. Está previsto que esos interrogatorios empiecen dentro de quince minutos. Caballeros, les agradezco mucho que estén aquí. Lo digo en serio. Al margen de lo que parezca, estoy haciendo todo lo posible.

—Entonces déjenos ver el historial del doctor Sheehan.

—No puedo hacer una cosa así. De ninguna forma. —Cawley apoyó la cabeza en la pared—. Agente, le he ordenado a la operadora que intente contactar con él, pero de momento no hay línea. Por lo que sabemos, toda la costa oriental está inundada. Paciencia, caballeros, es lo único que les pido. Encontraremos a Rachel, o averiguaremos qué le ha sucedido. —Echó un vistazo al reloj—. Llego tarde. ¿Alguna cosa más, o puede esperar?

Estaban de pie bajo la marquesina de la entrada del hospital y la lluvia caía formando descomunales cortinas de agua, tapándoles el campo de visión.

—¿Crees que sabe lo que significa el sesenta y siete? —le preguntó Chuck.

—Sí.

—¿Piensas que había descifrado el código antes que tú?

—Lo que sé es que trabajó en el Departamento de Servicios Estratégicos y que allí debió de aprender unas cuantas cosas.

Chuck se secó la cara y chasqueó los dedos mirando al suelo.

—¿Cuántos pacientes tienen ahí dentro?

—Es un centro pequeño —respondió Teddy.

—Sí, es cierto.

—¿Cuánta gente debe de haber? ¿Veinte mujeres? ¿Treinta hombres?

—No tantos.

—No.

—Seguro que no llegan a sesenta y siete.

Teddy se volvió hacia él y le miró un buen rato.

—Pero... —empezó.

—Sí —respondió Chuck—, pero...

Contemplaron la hilera de árboles y, un poco más allá, la parte superior del fuerte, que permanecía semioculto tras las ráfagas de agua, y que se había vuelto tan borroso y confuso como un dibujo al carboncillo en una sala repleta de humo.

Teddy recordó lo que Dolores le había dicho en el sueño: «Cuenta las camas».

—¿Cuánta gente piensas que tienen allá arriba?

—No lo sé —contestó Chuck—. Tendremos que preguntárselo a nuestro servicial doctor.

—Sí, claro, salta a la vista que es un tipo muy servicial.

—Oye, jefe...

—¿Te has encontrado alguna vez en tu vida con un espacio tan grande y tan desaprovechado?

—¿Qué quieres decir?

—Pues que sólo hay cincuenta pacientes en esos dos pabellones. ¿No crees que esos edificios tienen capacidad para unos doscientos más?

—Como mínimo.

—Y la proporción de empleados y pacientes. Diría que

hay dos empleados por cada paciente. ¿Habías visto algo así con anterioridad?

—Sólo puedo responder negativamente.

Observaron los jardines, que chisporroteaban bajo el agua.

—¿Qué coño debe de ser este lugar? —preguntó Chuck.

La ronda de preguntas iba a hacerse en la cafetería, y Teddy y Chuck tomaron asiento junto a una mesa de la parte trasera. Había dos ayudantes sentados muy cerca de ellos, y Trey Washington era el encargado de conducir a los pacientes hasta allí y de llevárselos cuando hubieran terminado.

El primero, un hombre nervioso con barba de tres días, tenía muchos tics y parpadeaba constantemente. Estaba sentado con el cuerpo encorvado, como si fuera un cangrejo; se rascaba los brazos y se negaba a mirarlos a los ojos.

Teddy echó un vistazo a la primera página del historial que Cawley le había dado, a pesar de que no era el historial oficial, sino sólo unos cuantos apuntes que Cawley había garabateado de memoria. Aquel tipo era el primero de la lista y se llamaba Ken Gage. Estaba allí porque había atacado a un extraño en un pasillo de una tienda de comestibles; había golpeado a la víctima con una lata de guisantes, al tiempo que no cesaba de repetir en voz baja: «Deja de leer mi correo».

—Hola, Ken —dijo Chuck—. ¿Cómo estás?

—Tengo frío. Tengo frío en los pies.

—Lo siento.

—Sí, y me duelen al andar —añadió, rascándose los extremos de una costra que tenía en el brazo.

Al principio lo hizo con delicadeza, como si quisiera trazar un foso a su alrededor.

—¿Estuviste en la terapia de grupo de anteayer por la noche?

—Tengo frío en los pies y me duelen al andar.

—¿Quieres que te traiga unos calcetines? —le preguntó Teddy. Luego cayó en la cuenta de que los ayudantes estaban observándolos y se reían con disimulo.

—Sí, quiero unos calcetines, quiero unos calcetines, quiero unos calcetines —susurró, con la cabeza gacha y temblando ligeramente.

—Muy bien, enseguida te traeremos un par. Sólo necesitamos saber si estuviste...

—Hace tanto frío. Tengo frío en los pies y me duelen al andar.

Teddy se volvió hacia Chuck, y éste sonrió a los ayudantes mientras el sonido de sus risas llegaba hasta la mesa.

—Ken —dijo Chuck—, ¿podrías mirarme a los ojos?

Ken seguía con la cabeza baja, temblando un poco más. Se arrancó la costra con una uña, y un pequeño hilillo de sangre le cubrió los pelos del brazo.

—¿Ken?

—No puedo andar. Así no. Hace mucho, mucho frío.

—Vamos, Ken, mírame.

Ken golpeó la mesa con los puños, y los dos ayudantes se pusieron en pie.

—No deberían dolerme. No deberían dolerme —siguió diciendo Ken—. Pero ellos quieren que me duelan. Llenan la sala con aire frío. Me llenan las rótulas.

Los ayudantes se acercaron a la mesa y volvieron la mirada hacia Chuck.

—Bien chicos, ¿ya habéis terminado o queréis seguir oyendo historias de sus pies? —preguntó el ayudante blanco.

—Tengo los pies fríos.

El ayudante negro alzó una ceja.

—No te preocupes, Kenny. Te llevaremos a la sala de hidroterapia y pronto entrarás en calor.

—Hace cinco años que trabajo aquí —añadió el hombre blanco—, y siempre habla de lo mismo.

—¿Siempre? —preguntó Teddy.

—Me duelen al andar.

—Siempre —respondió el ayudante.

—Me duelen al andar porque alguien me ha puesto aire frío en los pies...

El siguiente paciente, Peter Breene, tenía veintiséis años, y era rubio y gordinflón. No paraba de hacer crujir los nudillos y de morderse las uñas.

—¿Por qué estás aquí, Peter?

Peter miró a Teddy y a Chuck desde el otro lado de la mesa con unos ojos que parecían estar permanentemente húmedos.

—Siempre tengo miedo.

—¿De qué?

—De las cosas.

—De acuerdo.

Peter apoyó el tobillo izquierdo sobre su rodilla derecha, se lo agarró y se inclinó hacia delante.

—Puede que parezca una estupidez, pero los relojes me dan miedo. El tictac. Me queda en la cabeza. Y les tengo pánico a las ratas.

—Yo también —dijo Chuck.

—¿De verdad? —le preguntó Peter, con una sonrisa.

—Pues claro que sí. Son unas cabronazas y unas chillonas. Se me ponen los pelos de punta cada vez que veo una.

—Entonces, no atravieses el muro por la noche —le advirtió Peter—. Están por todas partes.

—Es bueno saberlo. Gracias.

—Y de los lápices —añadió Peter—. De las minas, ¿sabes? Tengo miedo del chirrido que hacen sobre el papel. Y también tengo miedo de ustedes.

—¿De mí?

—No —dijo Peter, señalando a Teddy con la barbilla—. De él.

—¿Por qué? —le preguntó Teddy.

Peter se encogió de hombros.

—Es grandullón. Tiene el pelo cortado al rape como un tío duro. Es capaz de controlarse. Tiene cicatrices en los nudillos. Mi padre era igual que usted, aunque no tenía cicatrices. Tenía las manos delicadas. Pero también parecía un tipo duro. Mis hermanos también solían pegarme.

—Yo no voy a pegarte —replicó Teddy.

—Pero podría. ¿No se da cuenta? Tiene poder, y yo no. Y eso me hace vulnerable. Y ser vulnerable me asusta.

—¿Qué pasa cuando te asustas?

Peter se agarró el tobillo y empezó a balancearse adelante y atrás, mientras el flequillo le caía sobre la frente.

—Era una chica maja y yo no iba a hacerle daño. Pero me asustaba con sus grandes pechos, con la forma que tenía de mover el culo bajo ese vestido blanco..., el hecho de que viniera a casa todos los días. Solía mirarme... ¿Sabéis cómo sonreímos a un niño? Pues me miraba con esa sonrisa. Y eso que tenía mi edad. Bueno, sí, tal vez fuera unos cuantos años mayor que yo, pero no llegaba a los treinta. Y sabía mucho de sexo. Se veía en sus ojos. Le gustaba estar desnuda, había chupado pollas... y un día me preguntó si podía darle un vaso de agua. Estaba sola en la cocina conmigo, como si fuera lo más normal del mundo.

Teddy inclinó la carpeta para que Chuck pudiera ver las notas del doctor Cawley.

El paciente agredió a la enfermera de su padre con una botella rota. La víctima sufrió heridas de gravedad y le quedarán cicatrices
permanentes. El paciente se niega a hacerse responsable de sus acciones.

—Sólo lo hice porque me asustó —declaró Peter—. Quería
que le enseñara la polla para reírse de mí. ¿Qué pretendía?
¿Decirme que nunca estaría con una mujer, que nunca tendría hijos, que nunca sería un hombre? Porque, si no fuera
por esa razón, ya lo ven, soy incapaz de matar una mosca...
No soy malo, pero cuando me asusto... Ah, la mente...

—¿Qué quiere decir eso? —le preguntó Chuck, en un tono tranquilo.

—¿No piensan nunca en ello?

—¿En su mente?

—En la mente —respondió—. En la mía, en la suya, en
la de cualquiera. En esencia, es un motor. Eso es lo que es.
Un motor complejo y muy delicado. Y está formada por muchas piezas: engranajes, tornillos, bisagras. Y ni siquiera sabemos para qué sirve la mitad de esas piezas. Pero cuando falla un engranaje, uno solo... ¿Han pensado en eso alguna vez?

—Últimamente, no.

—Pues deberían hacerlo, es como un coche. No hay ninguna diferencia. Si falla un engranaje o se rompe un torni-
llo, entonces se estropea todo el sistema. ¿Pueden vivir sabiendo una cosa así? —Se dio un golpecito en la sien—. ¿Que
todo está ahí dentro, que no tienen acceso y que tampoco
pueden controlarlo? Es la mente la que nos controla, ¿no
creen? ¿Qué sucede si un día decide que no tiene ganas de ir
a trabajar? —Se inclinó hacia delante, y vieron cómo se le
tensaban los tendones del cuello—. Entonces uno está bien
jodido, ¿no?

—Una perspectiva muy interesante —dijo Chuck.

Peter se reclinó en la silla, súbitamente indiferente.

—Eso es lo que más me asusta.

Teddy, cuyas migrañas le habían hecho reflexionar acerca de la falta de control que tenía sobre su propia mente, estaba dispuesto a reconocer que Peter tenía razón respecto al concepto general; no obstante, lo que en realidad deseaba hacer era coger a aquel desgraciado por el cuello, lanzarlo sobre uno de los hornos de la parte trasera de la cafetería y preguntarle sobre esa pobre enfermera a la que había cosido a cortes.

«¿Recuerdas siquiera su nombre, Peter? ¿Qué crees que le asustaba a ella, eh? Tú. Ésa es la verdad. Sólo quería ganarse la vida, hacer un trabajo honrado. Tal vez tuviera hijos, marido. Quizás estuvieran ahorrando para poder pagar en el futuro los estudios universitarios a algunos de sus hijos, para poder ofrecerles una vida mejor. Un pequeño sueño.

»Pero, no, un maldito hijo de la gran puta decide que su sueño no va a hacerse realidad. Lo siento, pero no. Usted, señora, no va a tener una vida normal. Nunca más.»

Teddy observó a Peter desde el otro lado de la mesa, y deseó darle un puñetazo tan fuerte que los médicos nunca llegaran a encontrar los huesos de su nariz, golpearle con tanta fuerza que el sonido se le quedara metido en la cabeza para siempre jamás.

En vez de hacerlo, se limitó a cerrar la carpeta y a preguntarle:

—Estuvo con Rachel Solando en la terapia de grupo de anteayer por la noche, ¿no es cierto?

—Así es, señor.

—¿La vio dirigirse a su habitación?

—No, los hombres nos marchamos antes. Cuando me fui, todavía estaba sentada allí con Bridget Kearns, Leonora Grant y la enfermera esa.

—¿Ésa de ahí?

Peter asintió con la cabeza.

—Sí, la pelirroja. A veces me gusta, me parece sincera; pero otras..., ya me entiende, ¿no?

—No —contestó Teddy, en el mismo tono de voz calmado de Chuck—. No lo entiendo.

—La ha visto, ¿verdad?

—Sí. ¿Cómo ha dicho que se llamaba?

—No le hace falta ningún nombre —replicó Peter—. A una mujer así. No necesita nombre. Chica Guarra. Ése es su nombre.

—Pero... Peter —espetó Chuck—. Creía que habías dicho que te gustaba.

—¿Cuándo he dicho eso?

—Hace sólo un minuto.

—Bah. No vale un pimiento. Muy poca cosa.

—Deja que te haga otra pregunta.

—Guarra, guarra, guarra.

—¿Peter?

Peter miró a Teddy.

—¿Puedo preguntarte algo?

—Sí, claro.

—¿Sucedió algo raro durante la terapia de grupo de esa noche? ¿Rachel Solando dijo o hizo algo que se saliera de lo habitual?

—No pronunció palabra. Es un ratoncito. Sólo estaba allí sentada. Mató a sus hijos, ¿saben? A los tres. ¿Pueden creérselo? ¿Qué clase de persona puede hacer una cosa así? Si no les importa que se lo diga, señores, este mundo está lleno de gente tarada.

—La gente tiene problemas —dijo Chuck—. Unos más graves que otros. Y esa gente tarada, como usted ha dicho, necesita ayuda.

—Lo que necesitan es que los gaseen —dijo Peter.

—¿Cómo dices?

—Que los gaseen —repitió Peter mirando a Teddy—. Que gaseen a los retrasados. Que gaseen a los asesinos. ¿Que mató a sus propios hijos? Que gaseen a esa hija de perra.

Se quedaron en silencio, y Peter estaba radiante, como si hubiera iluminado el mundo para ellos. Al cabo de un rato dio un golpecito sobre la mesa y se puso de pie.

—Encantado de conocerlos, caballeros. Ya nos veremos.

Teddy empezó a garabatear la carpeta con un lápiz; Peter se detuvo, y se volvió hacia él.

—Peter —dijo Teddy.

—¿Sí?

—Yo...

—¿Puede dejar de hacer eso?

Teddy escribió sus iniciales sobre la carpeta con trazos largos y lentos.

—Me preguntaba si...

—Por favor, por favor, ¿podría...?

Teddy levantó la mirada, pero sin dejar de garabatear.

—¿Cómo?

—... dejar de hacer ese ruido?

—¿Qué ruido? —le preguntó Teddy, mirándole primero a él y después a la carpeta. A continuación levantó el lápiz y frunció el ceño.

—Sí, por favor, eso.

Teddy dejó caer el lápiz en la carpeta.

—¿Mejor?

—Gracias.

—Peter, ¿conoce a un paciente que se llama Andrew Laeddis?

—No.

—¿No? ¿No hay nadie aquí con ese nombre?

Peter se encogió de hombros.

—En el pabellón A, no. Quizás esté en el C. No solemos relacionarnos con ellos. Están completamente locos.

—Muy bien, gracias, Peter —dijo Teddy, y cogió el lápiz y empezó a garabatear de nuevo.

Después de Peter Breene llegó el turno de Leonora Grant. Leonora estaba convencida de que era Mary Pickford, de que Chuck era Douglas Fairbanks y de que Teddy era Charlie Chaplin. Pensaba que la cafetería era un despacho de Sunset Boulevard y que estaban allí para hablar de una oferta de United Artists. No cesaba de acariciar la palma de la mano de Chuck y de preguntarle quién iba a encargarse de la grabación.

Al final, los ayudantes tuvieron que apartarla a la fuerza de Chuck, mientras Leonora gritaba: «*Adieu, mon chéri. Adieu*».

Cuando habían recorrido la mitad de la cafetería, Leonora consiguió librarse de los ayudantes, se dirigió a toda velocidad hacia ellos y volvió a cogerle la mano a Chuck.

—No te olvides de darle de comer al gato —le dijo.

—Entendido —dijo Chuck, mirándola fijamente a los ojos.

A continuación interrogaron a Arthur Toomey, un hombre que insistía en que le llamaran Joe. Aquella noche, Joe había estado durmiendo durante toda la sesión de terapia de grupo. Joe, por lo visto, era narcoléptico. Mientras hablaba con ellos, se quedó dormido en dos ocasiones y, la segunda vez, pensaron que no despertaría hasta el día siguiente.

Para entonces, Teddy ya estaba sintiendo los efectos de ese lugar en la parte posterior del cráneo. Sentía comezón hasta en el pelo, y aunque sentía cierta compasión por los pacientes, a excepción de Breene, no podía evitar preguntarse cómo alguien soportaba trabajar allí.

Trey se acercó sin prisa acompañado de una mujer bajita, rubia y con una cara en forma de medallón. Sus ojos desprendían claridad, pero no la claridad de los enfermos mentales, sino la claridad cotidiana de una mujer inteligente que está en un mundo muy inteligente. Mientras se sentaba les sonrió y les hizo una breve y tímida inclinación de cabeza a cada uno de ellos.

Teddy revisó las notas de Cawley: Bridget Kearns.

—Nunca saldré de aquí —dijo Bridget cuando ya llevaban unos minutos sentados.

Fumaba sólo la mitad de los cigarrillos antes de apagarlos, tenía una voz dulce y confiada, y hacía poco más de diez años había matado a su marido con un hacha.

—Aunque no sé si debería —añadió.

—¿Por qué dice eso? —le preguntó Chuck—. Espero que no se lo tome a mal, señorita Kearns, pero...

—Señora.

—Bien, señora Kearns, lo que quería decirle es que a mí me parece una persona normal.

Se reclinó en la silla, tan cómoda como cualquier otra persona que hubieran conocido en ese lugar, y soltó una risita.

—Ahora supongo que sí, pero no era una persona normal cuando llegué aquí. Dios mío. Me alegro de que no me hicieran fotografías. Según mi diagnóstico, soy maníaco-depresiva, y no tengo ninguna razón para dudarlo. Tengo mis días negros, aunque supongo que todo el mundo los tiene. La diferencia es que la mayoría de la gente no mata a sus maridos con un hacha. Me han explicado que tengo graves conflictos sin resolver con mi padre, y con eso también estoy de acuerdo. Dudo que sea capaz de matar a alguien otra vez, pe-

ro nunca se sabe. —Los señaló con el extremo del cigarrillo—. Creo que si tu marido te pega, se folla a la mitad de las
mujeres con las que se encuentra y nadie parece dispuesto a
ayudarte, cargarte a tu marido con un hacha no resulta tan
incomprensible.

Su mirada se cruzó con la de Teddy, y hubo algo en las
pupilas de ella, cierta frivolidad infantil y tímida a la vez,
quizás, que le hizo reír.

—¿Qué? —preguntó ella, riéndose también.

—Tal vez no debería salir de aquí —contestó.

—Dice eso porque es hombre.

—Pues claro.

—Bien, entonces, le comprendo.

Era un alivio poder reírse después de haber estado con
Peter Breene, y Teddy se preguntó si también estaba flirte-
ando un poco. Con una enferma mental. Con una mujer que
había asesinado a su esposo con un hacha. «Ya ves lo bajo
que he caído, Dolores.» Sin embargo, no se sentía mal en absoluto, como si después de esos dos largos y oscuros años de
luto, tal vez tuviera derecho a cierto coqueteo inofensivo.

—¿Que qué haría yo si saliera de aquí? —preguntó Bridget—. Ya no sé lo que hay ahí afuera, en el mundo exterior.
Bombas, he oído decir. Bombas que pueden reducir ciudades enteras a cenizas. Y televisores. Se llaman así, ¿verdad?
Se rumorea que instalarán un televisor en cada pabellón, y
que podremos ver obras de teatro en esa caja. No estoy muy
segura de que vaya a gustarme. Voces y rostros saliendo de
una caja. Ya oigo bastantes voces y veo suficientes caras todos los días. No necesito más ruido.

—¿Puede contarnos algo sobre Rachel Solando? —le preguntó Chuck.

Bridget hizo una pequeña pausa; de hecho, fue más bien
una interrupción. Teddy observó que levantaba ligeramente

134

los ojos, como si buscara el archivo adecuado en su cerebro y, en consecuencia, garabateó «mentiras» en su libreta, y tapó la palabra con la mano en cuanto hubo terminado de escribirla.

Bridget habló con más cautela, y sus palabras sonaban a algo recitado de memoria.

—Rachel es bastante agradable. Muy reservada. Habla mucho de la lluvia, pero en general es muy callada. Cree que sus hijos todavía están vivos, que todos ellos viven aún en la zona de Berkshires y que nosotros somos vecinos, carteros, repartidores, lecheros. Es muy difícil llegar a conocerla.

Habló con la cabeza gacha y, cuando acabó, fue incapaz de mirar a Teddy a los ojos. Él la miró un buen rato, pero ella se limitó a observar la superficie de la mesa y encender un cigarrillo.

Teddy reflexionó sobre lo que acababa de decir, y cayó en la cuenta de que su descripción de Rachel era prácticamente idéntica a la que les había hecho el doctor Cawley el día anterior.

—¿Cuánto tiempo estuvo aquí?

—¿Cómo?

—Me refiero a Rachel. ¿Cuánto tiempo estuvo en el pabellón B con usted?

—¿Tres años? Sí, unos tres años más o menos. Pierdo la noción del tiempo. Es fácil en este lugar.

—¿Y dónde estuvo Rachel antes? —le preguntó Teddy.

—He oído decir que en el pabellón C. Sí, creo que la trasladaron.

—¿No está segura?

—No, yo... ya se lo he dicho, pierdo la noción...

—Sí, claro. ¿Sucedió algo raro la última vez que la vio?

—No.

—Fue en grupo.

—¿Cómo dice?

—La última vez que la vio fue durante la terapia de grupo de anteayer por la noche —dijo Teddy.

—Sí, sí. —Negó varias veces con la cabeza y dejó caer la ceniza en un extremo del cenicero—. En grupo.

—¿Y fueron juntas a sus respectivas habitaciones?

—Sí, con el señor Ganton.

—¿Cómo se comportó esa noche el doctor Sheehan?

Ella alzó la vista y Teddy vio confusión y tal vez terror en su expresión.

—No entiendo qué quiere decir.

—Esa noche, ¿estuvo presente el doctor Sheehan?

Bridget miró a Chuck, después a Teddy, y apretó el labio inferior contra los dientes.

—Sí, estuvo allí.

—¿Cómo es?

—¿El doctor Sheehan?

Teddy asintió con la cabeza.

—No está mal. Es agradable. Atractivo.

—¿Atractivo?

—Sí, como solía decir mi madre, no te duelen los ojos al mirarle.

—¿Ha flirteado alguna vez con usted?

—No.

—¿Se le ha insinuado?

—No, no, no. El doctor Sheehan es un buen médico.

—¿Y esa noche?

—¿Esa noche? —repitió Bridget, mientras se lo pensaba—. No, esa noche no sucedió nada raro. Hablamos acerca de..., de las formas de controlar la ira. Y Rachel se quejó de la lluvia. El doctor Sheehan se marchó justo antes de que se deshiciera el grupo, y el señor Ganton nos llevó a nuestras habitaciones y nos fuimos a dormir. Eso es todo.

Teddy apuntó «aleccionada» debajo de «mentiras», y cerró la libreta.

—¿Eso fue todo?

—Sí, y a la mañana siguiente Rachel había desaparecido.

—¿A la mañana siguiente?

—Así es, me desperté y me enteré de que se había escapado.

—Pero, ese día, alrededor de medianoche... lo oyó, ¿verdad?

—¿El qué? —preguntó Bridget, apagando el cigarrillo y agitando la mano para apartar el humo.

—El alboroto. Cuando averiguaron que había desaparecido.

—No, yo...

—Gente gritando, vigilantes llegando de todas partes, alarmas sonando...

—Pensé que era un sueño.

—¿Un sueño?

Bridget asintió con la cabeza rápidamente.

—Sí. Un sueño. —Se volvió hacia Chuck y añadió—: ¿Podría traerme un vaso de agua?

—Por supuesto.

Chuck se levantó, miró a su alrededor y vio un montón de vasos en la parte trasera de la cafetería, junto a una máquina de bebidas.

Uno de los ayudantes estuvo a punto de levantarse de la silla.

—¿Agente? —le preguntó.

—No pasa nada, sólo voy a buscar un poco de agua.

Chuck se acercó a la máquina, cogió un vaso y tardó unos segundos en decidir qué grifo era el del agua y cuál el de la leche.

Mientras apretaba la palanca, una especie de tirador grueso que se asemejaba a una pezuña metálica, Bridget Kearns le arrebató la libreta y el bolígrafo a Teddy. Se volvió hacia él, le miró fijamente a los ojos, buscó una página en blanco, garabateó algo, y le devolvió la libreta y el bolígrafo.

Teddy le lanzó una mirada burlona, pero ella se limitó a bajar los ojos y a manosear distraídamente el paquete de cigarrillos.

Chuck llegó con el vaso de agua y se sentó. Los agentes observaron mientras Bridget bebía medio vaso de un trago.

—Gracias. ¿Tienen más preguntas? Estoy un poco cansada.

—¿Conoce a un paciente que se llama Andrew Laeddis? —le preguntó Teddy.

Ella se quedó impasible. Absolutamente impasible. Era como si se hubiera vuelto de alabastro. Seguía con las manos apoyadas sobre la mesa, como si tuviera miedo de que, al levantarlas, la mesa fuera a salir flotando hacia el techo.

Teddy no sabía por qué, pero habría jurado que Bridget estaba a punto de echarse a llorar.

—No —respondió—, no le conozco.

—¿Crees que aleccionaron a Bridget Kearns para el interrogatorio? —preguntó Chuck.

—¿Tú no lo crees?

—Sí, la verdad es que ha sido un poco forzado.

Estaban en el pasillo cubierto que conectaba Ashecliffe con el pabellón B, resguardados de la lluvia, a pesar de que todavía estaban empapados.

—¿Un poco? Utilizó exactamente las mismas palabras que Cawley usó en algunas ocasiones. Cuando le preguntamos de qué habían hablado en la terapia de grupo, hizo una pausa y respondió: «Sobre las formas de controlar la ira».

Como si no estuviera segura, como si estuviera haciendo un examen y tuviera que acertar las respuestas que había estado repasando toda la noche.

—¿Y eso qué significa?

—No lo sé, joder —dijo Teddy—. Lo único que tengo son preguntas, y me da la impresión de que cada media hora surgen treinta preguntas más.

—Estoy de acuerdo —respondió Chuck—. Hablando de preguntas..., ¿quién es Andrew Laeddis?

—Veo que te has dado cuenta.

Teddy encendió uno de los cigarrillos que había ganado jugando al póquer.

—Se lo has preguntado a todos los pacientes con los que hemos hablado.

—No se lo he preguntado ni a Ken ni a Leonora Grant.

—Teddy, ni siquiera sabían en qué planeta estaban.

—Cierto.

—Soy tu compañero, jefe.

Teddy se apoyó en el muro de piedra y Chuck se le acercó.

—Acabamos de conocernos —replicó Teddy, mirándole a los ojos.

—Ah, así que no confías en mí.

—Sí confío en ti, Chuck, de verdad. Pero estoy infringiendo las reglas. Solicité este caso intencionadamente. En cuanto llegó el telegrama a la oficina.

—¿Qué quieres decir con eso?

—Pues que mis razones no son lo que puede decirse imparciales.

Chuck asintió con la cabeza, encendió un cigarrillo y se tomó un tiempo para pensar.

—Mi novia, Julie, Julie Taketomi, así se llama, es tan norteamericana como yo. No habla ni una sola palabra de japonés. Qué narices, sus abuelos ya vivían en este país. Pero la llevaron a un campo de concentración, y después... —Meneó la cabeza, lanzó el cigarrillo bajo la lluvia y se subió la camisa, dejando la cadera derecha al descubierto—. Echa un vistazo, Teddy, y verás la otra cicatriz.

Teddy miró. Era tan larga y oscura como la gelatina, y tan gruesa como su dedo pulgar.

—Ésta tampoco me la hice en la guerra. Me la hicieron cuando trabajaba para los federales. Crucé una puerta en Tacoma y el tipo al que estábamos persiguiendo me rajó con una espada. ¿Puedes creértelo? Con una puta espada. Tuve que pasar tres semanas en el hospital para que me cosieran los intestinos. Estaba trabajando para los federales, Teddy, para mi país. Y me echan de mi departamento porque estoy enamorado de una mujer que tiene los ojos y la piel de una oriental. —Se metió la camisa por dentro de los pantalones—. Que se jodan.

—Si no te conociera mejor —dijo Teddy, al cabo de un rato—, juraría que realmente quieres a esa mujer.

—Estaría dispuesto a morir por ella —añadió Chuck—. Y no me arrepentiría de ello.

Teddy asintió con la cabeza. No conocía ningún sentimiento más puro.

—No lo pierdas nunca, chico.

—No pienso hacerlo, Teddy, por eso pedí el traslado. Pero tienes que explicarme qué hacemos aquí. ¿Quién demonios es Andrew Laeddis?

Teddy dejó caer la colilla en el suelo de piedra y la apagó con la suela del zapato.

«Tengo que contarle lo de Dolores —pensó—. Esto no puedo hacerlo solo.

»Si después de todos mis pecados, de las borracheras, de las veces que te dejé sola durante demasiado tiempo, que te decepcioné, que te rompí el corazón..., si alguna vez puedo compensarte por todo eso, éste podría ser el momento, la última oportunidad que tendré.

»Quiero hacerlo bien, cariño. Deseo expiar mi culpa. Si alguien puede entenderme, ésa eres tú.»

—Andrew Laeddis —empezó Teddy, y las palabras se le quedaron atascadas en su garganta seca. Tragó saliva, se humedeció los labios y lo intentó de nuevo—: Andrew Laeddis —repitió— era el hombre que se ocupaba del mantenimiento del bloque de pisos en el que vivíamos mi mujer y yo.

—Entiendo.

—Además, era pirómano.

Chuck asimiló la información y observó el rostro de Teddy.

—Así que...

—Andrew Laeddis —prosiguió Teddy— encendió la cerilla que causó el incendio...

—Puta mierda.

—... que mató a mi mujer.

8

Teddy se encaminó hacia el extremo del pasillo cubierto y asomó la cabeza para permitir que la lluvia le bañara el rostro y el cabello. Podía verla en las gotas de agua, disolviéndose por el impacto.

Esa mañana, ella no había querido que fuera al trabajo. En el último año de su vida, se había vuelto inexplicablemente asustadiza y solía padecer insomnio, que la dejaba temblorosa y débil. Después de que sonara el despertador, le había acariciado y le había sugerido que cerrara las contraventanas para que no entrara la luz, y que se quedaran todo el día en la cama. Cuando le abrazó, lo hizo con demasiada fuerza y durante demasiado tiempo, y Teddy sintió cómo los huesos de sus brazos le aplastaban el cuello.

Mientras se duchaba, ella se le acercó, pero él tenía prisa porque llegaba tarde, y tal y como había estado sucediendo durante los últimos días, tenía resaca. Sentía la cabeza embotada y llena de clavos, y cuando su mujer apretó su cuerpo contra el suyo, le dio la impresión de que era de papel de lija. El agua de la ducha le pareció tan dura como una carabina de aire comprimido.

—Quédate —insistió Dolores—. Sólo hoy. No pasa nada por un día.

Teddy intentó sonreír, mientras la apartaba suavemente para poder coger el jabón.

—No puedo, cariño.

—¿Por qué no? —le preguntó ella, mientras le pasaba la mano por entre las piernas—. Trae, dame el jabón. Te la lavaré yo.

Le pasó la mano por debajo de los testículos y le mordisqueó el pecho.

Teddy intentó no empujarla. La cogió por los hombros tan dulcemente como pudo y la hizo retroceder uno o dos pasos.

—Venga —dijo—. Tengo que marcharme.

Dolores se rió de nuevo, intentó acariciarle una vez más, pero Teddy vio cómo sus ojos se endurecían por la desesperación. Deseaba ser feliz, que no la dejaran sola, recuperar el pasado... esos días antes de que su marido trabajara demasiado y bebiera en exceso, antes de que al despertarse por la mañana el mundo le pareciera demasiado luminoso, demasiado ruidoso, demasiado frío.

—De acuerdo, de acuerdo —dijo ella. Se inclinó hacia atrás de modo que Teddy pudo verle la cara mientras el agua le salpicaba los hombros y empañaba el cuerpo de su mujer—. Haré un trato contigo. No hace falta que sea el día entero, cariño. Sólo una hora. Puedes llegar una hora tarde.

—Ya llego...

—Una hora —repitió, acariciándole de nuevo, con la mano cubierta de jabón—. Una hora y puedes marcharte. Quiero sentirte dentro de mí.

Dolores se puso de puntillas para besarle.

Teddy le dio un beso rápido en los labios.

—No puedo, cariño —dijo, y luego volvió la cara hacia la alcachofa de la ducha.

—¿Volverán a llamarte a filas? —le preguntó.

—¿Qué?

—¿Tendrás que ir a luchar de nuevo?

—¿A ese país de mierda? Cariño, la guerra terminará muy pronto.

—No sé —replicó ella—. Ni siquiera sé por qué estamos allí. Quiero decir que...

—Pues porque al Ejército Popular de Corea del Norte no le llueven las armas del cielo, cariño. Ha sido Stalin el que se las ha suministrado. Tenemos que demostrar que lo de Múnich sirvió de algo, que por aquel entonces deberíamos haberle parado los pies a Hitler, y que ahora vamos a parárselos a Stalin y a Mao. En Corea.

—¿Irías?

—¿Si me llamaran a filas? No me quedaría más remedio que ir, pero no lo harán, cariño.

—¿Cómo lo sabes?

Teddy empezó a lavarse la cabeza.

—¿Te has preguntado alguna vez por qué los comunistas nos odian tanto? —preguntó Dolores—. ¿Por qué no pueden dejarnos en paz? El mundo va a estallar y ni siquiera sé por qué.

—El mundo no va a estallar.

—Sí estallará. Si lees los periódicos...

—Entonces deja de leer los periódicos.

Teddy se enjuagó el pelo. Dolores apoyó la cara en su espalda y le rodeó el abdomen con los brazos.

—Recuerdo la primera vez que te vi. Fue en el Grove e ibas de uniforme.

Teddy odiaba que hiciera eso. El mundo de los recuerdos. No podía adaptarse al presente, aceptar aquello en lo que se habían convertido, con todas sus imperfecciones, así que recorría sinuosos caminos para regresar al pasado y reconfortarse.

—Eras tan guapo. Y Linda Cox dijo: «Yo le he visto primero». Pero ¿sabes qué le respondí?

—Llego tarde, cariño.

—No, ¿por qué iba a decirle eso? No. Le dije: «Quizás hayas sido la primera en verle, Linda, pero yo le veré hasta el final de sus días». Ella creía que, visto desde cerca, parecías una persona ruin. Sin embargo, yo le pregunté: «¿Te has fijado en sus ojos, cielo? No hay nada ruin en ellos».

Teddy cerró el grifo de la ducha, se dio la vuelta y comprobó que su mujer se las había ingeniado para recubrir su cuerpo de pompas de jabón. Manchas de espuma le salpicaban la piel.

—¿Quieres que vuelva a abrir el grifo?

Ella negó con la cabeza.

Teddy se cubrió con una toalla hasta la cintura y se afeitó; Dolores se apoyó en la pared y, mientras las pompas de jabón se le secaban sobre la piel, se dedicó a observarle.

—¿Por qué no te secas? —preguntó Teddy—. ¿Por qué no te pones el albornoz?

—Ha desaparecido —replicó ella.

—No, no es cierto. Parece que hayas tenido sanguijuelas blancas por todo el cuerpo.

—No me refiero al jabón —contestó.

—¿A qué te refieres, entonces?

—Al Cocoanut Grove. Quedó reducido a cenizas mientras estabas allí.

—Sí, cariño, ya lo sé.

—Allí —repitió Dolores, cantando alegremente, en un intento por levantar los ánimos—. Allí...

Siempre había tenido una voz muy bonita. La noche en que había regresado de la guerra, se habían permitido el lujo de alojarse en el Parker House y, después de hacer el amor, la había oído cantar por primera vez desde el cuarto de baño, tumbado en la cama. Cantaba *Buffalo Girls*, mientras la espuma salía por debajo de la puerta.

—Oye —dijo Dolores.

—¿Sí?

Vio la parte izquierda del cuerpo de su mujer reflejada en el espejo. La mayor parte de las pompas de jabón se le habían secado, y hubo algo en ello que le molestó. Le sugería una clase de violación que era incapaz de describir.

—¿Tienes una amante?

—¿Qué?

—¿Sí o no?

—¿De qué coño estás hablando? Trabajo, Dolores.

—Te toco la polla en la...

—Por el amor de Dios, no digas esa palabra.

—... ducha y ni siquiera tienes una erección.

—Dolores —dijo Teddy, volviéndose hacia ella—. Estabas hablando de bombas, del fin del mundo.

Ella se encogió de hombros, como si eso no guardara relación alguna con la conversación que estaban manteniendo. Apoyó un pie en la pared y usó un dedo para secar las gotas de agua que le cubrían la parte interior del muslo.

—Ya no me follas.

—Dolores, te lo digo en serio, no me gusta que hables de esa manera en esta casa.

—Así que tengo que suponer que estás follándote a otra.

—No estoy follándome a nadie. Y, por favor, ¿podrías dejar de decir esa palabra?

—¿Qué palabra? —preguntó ella, pasándose la mano por encima de su oscuro vello púbico—. ¿Follar?

—Sí.

Teddy levantó una mano y comenzó a afeitarse con la otra.

—¿La consideras una palabrota?

—Sabes que sí.

Teddy empezó a pasarse la cuchilla de afeitar por el cuello, y oyó el raspado a través de la espuma.

—¿Qué palabra te parece bien?

—¿Qué?

Teddy limpió la cuchilla en el lavamanos y la sacudió.

—¿Qué palabra sobre mi cuerpo no te escandaliza?

—Yo no me he escandalizado.

—Sí.

Teddy terminó de afeitarse el cuello, secó la cuchilla con una toalla pequeña y empezó a pasársela por debajo de la patilla izquierda.

—No, cariño, no me he escandalizado —replicó, mientras miraba el ojo izquierdo de su esposa reflejado en el espejo.

—¿Qué palabra debería usar? —preguntó, pasándose una mano por el labio inferior y la otra por el superior—. Puedes chuparlo, puedes besarlo y puedes follártelo. También puedes ver cómo sale un bebé por ahí... ¿y no puedo pronunciar esa palabra?

—Dolores.

—Chocho —dijo ella.

Teddy apretó la cuchilla con tanta fuerza que se imaginó que había llegado hasta el hueso de la mandíbula. La herida hizo que abriera los ojos de par en par y que se iluminara la parte izquierda de su rostro. Después, la espuma de afeitar empezó a gotearle dentro del corte, sintió un fuerte estallido en la cabeza, y la sangre cubrió las blancas manchas de espuma y el agua del lavamanos.

Dolores se le acercó con una toalla, pero él la apartó de un empujón y comenzó a inspirar aire por la boca. Sintió que el dolor le debilitaba los ojos y le abrasaba el cerebro y, mientras la sangre goteaba en el lavamanos, le entraron ganas de echarse a llorar. No fue por el dolor, ni por la resaca, sino porque no sabía qué estaba sucediéndole a su mujer, a esa chica con la que había bailado en el Cocoanut Grove. No sabía en qué estaba convirtiéndose, ni ella ni el mundo, con sus lesiones de diminutas y sucias guerras, de odios intensos y de espías en Washington y en Hollywood, caretas antigás en las escuelas, refugios antiaéreos en los sótanos. Y, de alguna manera, todo estaba relacionado: su mujer, ese mundo, sus borracheras, la guerra en la que había luchado porque creía sinceramente que podría poner fin a todo eso...

La sangre seguía goteando en el lavamanos, y Dolores no cesaba de repetir «lo siento, lo siento, lo siento» y, aunque aceptó la toalla la segunda vez que ella se la ofreció, fue incapaz de tocar a su mujer, de mirarla. Podía oír las lágrimas en su voz, y también sabía que esas mismas lágrimas resbalaban por sus ojos y por su rostro, y lamentó que el mundo, y todo lo que el mundo contenía, se hubiera convertido en algo tan jodido y obsceno.

En el periódico habían publicado que lo último que le había dicho a su mujer era que la quería.

Una mentira.

¿Lo último que de verdad le había dicho?

Asiendo el pomo de la puerta, con una tercera toalla apretada contra la mandíbula, y al tiempo que su mujer le escrutaba el rostro, le había dicho:

—Por el amor de Dios, Dolores, debes sobreponerte. Tienes responsabilidades. Piensa en ellas alguna vez y ordénate la puta cabeza.

Ésas fueron las últimas palabras que Dolores oyó de sus labios. Cerró la puerta, bajó las escaleras y se detuvo en el último peldaño. Contempló la posibilidad de regresar, de subir las escaleras, de entrar en el piso e intentar arreglar las cosas. O, como mínimo, suavizarlas.

Suavizarlas. Sí, eso habría estado bien.

La mujer con la cicatriz de regaliz en el cuello recorría poco a poco el pasillo cubierto, con los tobillos y las muñecas encadenados, y con un ayudante a cada lado. Parecía feliz, emitía los sonidos propios de un pato e intentaba aletear los codos.

—¿Qué ha hecho? —preguntó Chuck.

—¿Ésta? —preguntó el ayudante—. Es nuestra querida Maggie. La llamamos Maggie Moonpie,* y ahora la llevamos a la sala de hidroterapia. Con ella no podemos correr ningún riesgo.

Maggie se detuvo delante de ellos, y los ayudantes trataron débilmente de obligarla a seguir avanzando, pero ella les hizo retroceder de un empujón y clavó los pies en el suelo de piedra. Uno de los ayudantes puso los ojos en blanco y soltó un suspiro.

—Ahora es cuando empieza a hacer proselitismo.

Maggie los miró fijamente a los ojos, con la cabeza inclinada hacia la derecha, y moviéndose cual tortuga que va sacando poco a poco la cabeza del caparazón al tiempo que olfatea el aire.

—Yo soy el camino —afirmó—. Yo soy la luz. Y no pienso haceros ninguna maldita tarta. ¿Queda claro?

—Sí —respondió Chuck.

—Clarísimo —dijo Teddy—. Nada de tartas.

* Tarta típica del sur de Estados Unidos que alcanzó su máxima popularidad en la década de los cincuenta. Asimismo, era considerada el clásico tentempié de la clase trabajadora. *(N. de la T.)*

—Si estáis aquí, aquí os quedaréis —afirmó Maggie, husmeando el aire—. Es vuestro futuro, vuestro pasado, y gira igual que la Luna alrededor de la Tierra.

—Sí, señora.

Se les acercó un poco más y los olfateó, primero a Teddy y después a Chuck.

—Tienen secretos. Eso es lo que alimenta este infierno.

—Bueno, eso y las tartas —replicó Chuck.

Maggie le sonrió, y por un momento pareció que alguien lúcido hubiera entrado en su cuerpo y hubiera desaparecido tras sus pupilas.

—Ríe —le ordenó a Chuck—. Ríe. Es bueno para el alma.

—De acuerdo —respondió Chuck—. Así lo haré, señora.

Maggie le tocó la nariz con un dedo ganchudo.

—Quiero recordarte así..., riéndote.

Entonces se dio la vuelta y echó a andar. Los ayudantes empezaron a llevar el paso, recorrieron el pasillo cubierto y cruzaron una puerta lateral que conducía al hospital.

—Una mujer muy curiosa —dijo Chuck.

—Sí, el tipo de chica que me encantaría presentar a mi madre.

—Sí, y después la asesinaría y la enterraría debajo del retrete, pero aun así... —Chuck encendió un cigarrillo—. Laeddis.

—Mató a mi mujer.

—Sí, eso ya me lo has contado, pero... ¿cómo?

—Era pirómano.

—Eso también me lo has contado.

—Era el encargado de mantenimiento de nuestro edificio. Discutió con el propietario. El propietario le despidió. Por aquel entonces, lo único que sabíamos era que el incendio había sido provocado. Alguien había incendiado el edificio. Laeddis estaba en la lista de sospechosos, pero tardaron bastante tiempo en encontrarle, y cuando lo hicieron, ya se había buscado una coartada. Ni siquiera yo estaba seguro de que hubiera sido él.

—¿Qué te hizo cambiar de opinión?

—Hace un año abrí el periódico y allí estaba él. Había incendiado una escuela en la que había estado trabajando. Era la misma historia: le habían despedido, y él regresó para incendiar el sótano. Además, cebó la caldera para que explotara. El mismo *modus operandi*, idéntico. No había niños en la escuela, pero la directora se había quedado a trabajar después de las clases y murió en el incendio. Laeddis fue llevado a juicio, pero afirmó que oía voces, y le encerraron en Shattuck. Algo debió de suceder allí, aunque no sé el qué, porque lo trasladaron a esta institución hace seis meses.

—Sin embargo, nadie le ha visto.

—No le han visto ni en el pabellón A ni en el B.

—Lo cual nos indica que está en el pabellón C.

—Así es.

—O muerto.

—Es una posibilidad. Razón de más para visitar el cementerio.

—Imaginemos que no está muerto.

—De acuerdo...

—¿Qué harías si le encontraras, Teddy?

—No lo sé.

—No me vengas con cuentos, jefe.

Se les acercaron un par de enfermeras, haciendo resonar los tacones y con los cuerpos pegados a la pared para protegerse de la lluvia.

—Estáis empapados, chicos —dijo una de ellas.

—¿Completamente húmedos? —preguntó Chuck.

La enfermera que estaba más cerca de la pared, una diminuta chica de pelo negro corto, se echó a reír.

Tras pasar por delante de ellos, la enfermera de pelo negro se volvió para mirarlos.

—¿Siempre flirtean tanto, agentes? —les preguntó.

—Depende —respondió Chuck.

—¿De qué?

—De la categoría del personal.

Ese comentario hizo que ambas se detuvieran por un instante; después lo comprendieron y la mujer de pelo negro ocultó el rostro tras el hombro de la otra enfermera; a continuación soltaron una carcajada y se dirigieron hacia la puerta del hospital.

Joder, cómo envidiaba a Chuck. Su habilidad para creer en las palabras que pronunciaba, sus tontos flirteos, su inclinación —propia de un soldado raso— por esos juegos de palabras ágiles y sin sentido. Sin embargo, lo que más envidiaba era la naturalidad de su encanto.

A Teddy siempre le había costado ser una persona encantadora. Tras la guerra, aún había resultado más difícil. Y después de Dolores, simplemente se había quedado sin encanto. Ser una persona encantadora era el lujo de aquellos que todavía creían en la justicia esencial de las cosas, en la pureza...

—¿Sabes? —le comentó a Chuck—, la última mañana que estuve con mi mujer, me habló del incendio del Cocoanut Grove.

—¿De verdad?

—Sí, allí fue donde nos conocimos, en el Grove. Ella tenía una compañera de habitación que era rica, y a mí me dejaron pasar porque hacían descuento a los militares. Fue justo antes de que me mandaran al frente. Bailé con ella toda la noche. Hasta un foxtrot.

Chuck estiró el cuello y miró fijamente a Teddy.

—¿Sabes bailar el foxtrot? Intento imaginármelo, pero...

—Si hubieras visto bailar a mi mujer esa noche..., habrías

saltado por toda la pista como un conejo si ella te lo hubiera pedido.

—Así que la conociste en el Cocoanut Grove.

Teddy asintió con la cabeza.

—Y el local quedó reducido a cenizas cuando yo estaba en... Italia. Sí, estaba en Italia por aquel entonces, y a ella ese incendio le pareció significativo, no sé. Le tenía pánico al fuego.

—Y murió en un incendio —remarcó Chuck dulcemente.

—Es el colmo, ¿no crees?

Teddy hizo un esfuerzo por no hablar de la imagen de su mujer esa última mañana: apoyando la pierna en la pared del cuarto de baño, desnuda, con el cuerpo cubierto de espuma blanquecina y seca.

—¿Teddy?

Teddy miró a Chuck.

Chuck extendió las manos.

—Te ayudaré con este asunto, sea lo que sea. ¿Que quieres encontrar a Laeddis y matarle? Adelante con los faroles.

—Con los faroles —dijo Teddy, sonriente—. No había oído esa expresión desde...

—Sin embargo, jefe, debo saber a qué atenerme. Estoy hablándote en serio. Tenemos que andar con mucho cuidado, porque si no lo hacemos... esto acabará como los juicios de Kefauver* o algo así. Actualmente, todo el mundo tiene los ojos bien abiertos, ¿sabes? Examinándonos, observándonos. Cada minuto que pasa, el mundo se vuelve más pequeño. —Chuck echó hacia atrás el mechón de pelo revuelto que

* Kefauver, Carey Estes (1903-1963). Líder político norteamericano que fue senador de Estados Unidos desde 1949 hasta su muerte. Se encargó de la investigación que el Senado hizo sobre el crimen organizado en la década de los cincuenta. *(N. de la T.)*

le cubría la frente—. Creo que sabes mucho de este lugar y que estás al corriente de muchas cosas que no me has explicado. Pienso que no has venido con buenas intenciones.

Teddy posó ligeramente la mano sobre el pecho.

—Estoy hablando en serio, jefe.

—Estamos empapados —dijo Teddy.

—¿Y?

—¿Te importaría mojarte un poco más?

Cruzaron la valla y empezaron a caminar a lo largo de la orilla. La lluvia lo envolvía todo. Olas del tamaño de una casa golpeaban las rocas, estallaban en lo más alto, y después retrocedían para dar paso a las siguientes olas.

—¡No quiero matarle! —gritó Teddy, para que le oyera a pesar del estrépito.

—¿No?

—No.

—No sé si te creo.

Teddy se encogió de hombros.

—Si se tratara de mi mujer —dijo Chuck—, le mataría dos veces.

—Estoy cansado de matar —dijo Teddy—. En la guerra llegué a perder la cuenta de la gente que maté. ¿Cómo es posible que suceda una cosa así, Chuck? Sin embargo, así fue.

—Con todo, se trata de tu mujer, Teddy.

Encontraron unas rocas negras y puntiagudas que brotaban en la playa y se alineaban en dirección a los árboles, y se dirigieron hacia el interior de la isla.

—Mira —dijo Teddy cuando llegaron a un pequeño altiplano y a una zona de altos árboles que los protegía parcialmente de la lluvia—, lo primero sigue siendo el trabajo. Hemos venido a averiguar qué le ha sucedido a Rachel Solando.

Y si mientras tanto encuentro a Laeddis... estupendo. Le diré que sé que mató a mi mujer. Le diré que, cuando le suelten, estaré esperándole en tierra firme. Le diré que, mientras yo esté vivo, no podrá seguir respirando.

—¿Y eso es todo? —preguntó Chuck.

—Eso es todo.

Chuck se secó los ojos con la manga y se apartó el pelo de la frente.

—No te creo. Simplemente no puedo creerte.

Teddy miró hacia el sur del grupo de árboles y vio la parte alta de Ashecliffe, sus vigilantes buhardillas.

—¿Y no crees que Cawley sabe por qué estás aquí realmente?

—Estoy aquí por Rachel Solando.

—Joder, Teddy, si el tipo que mató a tu mujer está encerrado en este lugar, entonces...

—No fue declarado culpable de ese incendio. No hay nada que pueda relacionarnos. Nada.

Chuck se sentó en una piedra que sobresalía del suelo y agachó la cabeza para protegerse de la lluvia.

—Pues vayamos al cementerio. ¿Por qué no intentamos encontrarlo ya que estamos aquí? Si viéramos la lápida de Laeddis, entonces sabríamos que la mitad de la batalla ya está librada.

Teddy contempló el grupo de árboles, la oscura profundidad que los envolvía.

—De acuerdo —respondió.

Chuck se levantó.

—A propósito, ¿qué te ha dicho?

—¿Quién?

—La paciente. —Chuck restalló los dedos—. Bridget. Me mandó a buscar agua, y sé que te dijo algo.

—No es cierto.

—Estás mintiendo, sé que...

—No me dijo nada, me lo escribió —replicó Teddy, y rebuscó la libreta en los bolsillos del impermeable.

Al final la encontró en el bolsillo interior y empezó a pasar las hojas.

Chuck comenzó a silbar, a hundir los pies en la tierra húmeda y a marchar a paso de ganso.

—Ya es suficiente, Adolf —dijo Teddy cuando encontró la página.

—¿La has encontrado? —le preguntó Chuck mientras se acercaba.

Teddy asintió con la cabeza y le dio la vuelta a la libreta para que Chuck pudiera ver la página, aquella única palabra, lo que Bridget había garabateado a toda prisa y que estaba empezando a borrarse bajo la lluvia: *Corre.*

9

Encontraron las piedras a unos ochocientos metros tierra adentro, mientras el cielo se teñía de negro bajo unas nubes color
pizarra. Subieron por unos mojados peñascos en los que la
hierba era alta y resbaladiza bajo la lluvia, y ambos quedaron cubiertos de barro tras ascender a gatas y a trompicones.

Por debajo de ellos se extendía un campo, tan llano como
la cara inferior de las nubes, desnudo, salvo por un matorral
o dos, algunas hojas grandes que la tormenta había arrastrado hasta allí, y una gran cantidad de piedras pequeñas que
Teddy inicialmente supuso que debían de haber llegado con
las hojas, cabalgando en el viento. Sin embargo, se detuvo a
medio camino del extremo más alejado del peñasco y las observó de nuevo.

Estaban esparcidas por todo el campo, formando montones pequeños y compactos, y debía de haber unos quince centímetros de distancia entre cada uno de los montones. Teddy
señaló las piedras al tiempo que cogía a Chuck del hombro.

—¿Cuántos montones ves?

—¿Qué?

—Me refiero a esas piedras —le explicó Teddy—. ¿Las ves?

—Sí.

—Están apiladas por separado. ¿Cuántos montones ves?

Chuck le miró como si creyera que la tormenta le había hecho perder las facultades.

—Son piedras.

—Estoy hablándote en serio.

Chuck volvió a mirarle de la misma manera, y después examinó el campo.

—Veo diez montones —respondió, un minuto más tarde.

—Yo también.

El barro se hundió bajo los pies de Chuck, que acabó resbalando. Cayó hacia atrás y Teddy le agarró del brazo hasta que Chuck se incorporó de nuevo.

—¿Podemos bajar ya? —le preguntó Chuck, al tiempo que le lanzaba una mirada de irritación.

Bajaron con cierta dificultad; Teddy se dirigió a los montones de piedras y vio que formaban dos hileras, una encima de la otra. Algunos montones eran más pequeños que los demás. Unos sólo estaban formados por tres o cuatro piedras, mientras que otros tenían más de diez, quizás incluso veinte.

Teddy caminó entre las dos hileras, se detuvo y se quedó mirando a Chuck.

—Creo que hemos contado mal.

—¿Qué quieres decir?

—¿Ves esa piedra entre esos dos montones de ahí? —Teddy esperó a que Chuck se le acercara, y después observaron la piedra—. Forma un montón por sí sola.

—¿Con este viento? No, seguro que ha caído de uno de los montones.

—Es equidistante a los otros montones. Quince centímetros a la izquierda de ése y quince centímetros a la derecha del otro. Y en la siguiente hilera, lo mismo ocurre dos veces. Piedras solas.

—¿Y qué significa?

—Que hay trece montones de piedras, Chuck.

—Veo que de verdad crees que los ha puesto ella.

—Lo que creo es que alguien los ha puesto.

—Otro código.

Teddy se acuclilló junto a las rocas. Se pasó el impermeable por encima de la cabeza y lo extendió por delante del cuerpo para evitar que se mojara la libreta. Empezó a moverse de costado como un cangrejo, y se detuvo delante de cada montón para contar las piedras y anotar la cantidad en la libreta. Cuando terminó, tenía trece números: 18-1-4-9-5-4-19-1-12-4-23-14-5.

—Tal vez sea la combinación del candado más grande del mundo —dijo Chuck.

Teddy cerró la libreta y la guardó en el bolsillo.

—Muy gracioso.

—Gracias, gracias —dijo Chuck—. Voy a hacer dos espectáculos diarios en el circo. Vendrás conmigo, ¿no?

Teddy se quitó el impermeable de la cabeza y se puso de pie. La lluvia arremetió de nuevo contra él, y volvió a oír la fuerza del viento.

Se dirigieron hacia el norte, con los acantilados a su derecha, y a su izquierda, Ashecliffe se veía envuelto por el estruendo de lluvia y viento. Durante la media hora siguiente, la situación empeoró considerablemente, arrimaron los hombros para poder oírse el uno al otro y siguieron andando encorvados como si estuvieran borrachos.

—Cawley te preguntó si estuviste en el Servicio de Inteligencia del Ejército. ¿Le mentiste?

—Sí y no —respondió Teddy—. Me licencié en el ejército regular.

—¿Cómo fuiste a parar al Servicio de Inteligencia?

—Por razones prácticas. Me mandaron a la escuela de radiofonía.

—¿Y después?

—Un curso acelerado en la Escuela Militar y luego, sí, empecé a trabajar para el Servicio de Inteligencia.

—¿Y por qué ahora eres agente federal?

—Porque la cagué —respondió Teddy, gritando para que Chuck pudiera oírle a pesar del viento—. Metí la pata al descifrar un código. Se trataba de las coordenadas de posición del enemigo.

—¿Fue grave?

Teddy todavía podía oír los sonidos que le habían llegado por la radio: gritos, ruidos de transmisión, sollozos, disparos de ametralladora seguidos de más gritos, de más sollozos y de más ruidos de transmisión. Y una voz de chico, entre todo aquel estrépito, que decía: «¿Has visto adónde ha ido a parar el resto de mi cuerpo?».

—Casi medio batallón —gritó Teddy al viento—. Se los puse en bandeja, como si fueran un rollo de carne picada.

Durante un minuto, Teddy sólo oyó el estrépito del vendaval.

—Lo siento. Es terrible —gritó después Chuck.

Llegaron al punto más alto de un montículo y el viento estuvo a punto de derribarlos; Teddy agarró el codo de Chuck y siguieron avanzando, con la cabeza gacha. Caminaron de esa forma durante un rato, inclinando la cabeza y el cuerpo para protegerse de la fuerza del viento; al principio, ni siquiera vieron las lápidas. Siguieron andando a duras penas, mientras la lluvia les llenaba los ojos, y entonces Teddy chocó contra una lápida color pizarra que estaba inclinada hacia atrás; el viento la había arrancado de su agujero, y lo miraba desde el suelo.

JACOB PLUGH

CONTRAMAESTRE

1832-1858

Un árbol se resquebrajó a su izquierda y, por el ruido que hizo, se diría que alguien había partido un tejado de hojalata con una sierra.

—Santo cielo —dijo Chuck.

La fuerza del viento arrastró algunas partes del árbol que pasaron volando por delante de sus ojos.

Entraron en el cementerio con los brazos tapándoles la cara; el barro, las hojas y los trozos de árbol se habían convertido en algo vivo y cargado de electricidad. Cayeron al suelo varias veces, prácticamente cegados por la violencia del vendaval. Teddy vio una gruesa figura color carbón a lo lejos y la señaló, a pesar de que sus gritos se perdieron en el viento.

Un trozo de algo le pasó tan cerca de la cabeza que notó cómo le rozaba el pelo. Echaron a correr mientras el viento les golpeaba las piernas y la tierra se levantaba y les sacudía las rodillas.

Un mausoleo. La puerta era de acero, pero las bisagras estaban rotas, y la parte inferior estaba cubierta de malas hierbas. Teddy tiró de la puerta hacia atrás, pero el viento arremetió contra él, y la puerta acabó asestándole un golpe en el costado izquierdo; Teddy cayó de bruces al suelo, la puerta se levantó a la altura de la bisagra rota de la parte inferior, dio un alarido y chocó contra la pared. Teddy, resbalando entre el barro, consiguió ponerse de pie, pero el viento le golpeó los hombros y cayó de rodillas al tiempo que veía la puerta negra ante él. Luego cayó hacia delante y logró entrar a gatas entre los restos.

—¿Habías visto alguna vez algo parecido? —le preguntó Chuck.

Se quedaron de pie junto al umbral, observando cómo la isla se convertía en un violento remolino. El viento arrastraba suciedad y hojas, ramas de árbol y piedras, acompañado de esa lluvia constante; chirriaba como una piara de cerdos y hacía trizas la tierra.

—Nunca —respondió Teddy, y se apartaron de la puerta.

En el bolsillo interior del abrigo, Chuck encontró una caja de cerillas que todavía estaba seca e intentó encender tres de golpe, protegiéndolas con su propio cuerpo para evitar que las apagara el viento. Se percataron de que la losa de cemento del centro del mausoleo estaba vacía, y de que alguien debía de haber trasladado o movido el cuerpo —o el ataúd— en el tiempo que había transcurrido desde que fuera sepultado. Al otro lado de la losa había un banco de piedra construido en la misma pared, y se dirigieron hacia allí mientras las cerillas se apagaban. Se sentaron, y el viento continuó soplando con fuerza en el exterior y batiendo la puerta contra la pared.

—En cierta manera, es hermoso, ¿no crees? —le preguntó Chuck—. La naturaleza descontrolada, el color de ese cielo... ¿Has visto cómo salía volando esa lápida?

—Lo he visto con el rabillo del ojo pero, sí, ha sido impresionante.

—¡Vaya! —exclamó Chuck, escurriendo la vuelta del pantalón hasta que se formaron charcos bajo sus pies—. Supongo que no deberíamos habernos alejado. Quizá tengamos que aguantar la tormenta aquí dentro.

Teddy asintió con la cabeza.

—No sé mucho sobre huracanes, pero tengo la sensación de que esto no ha hecho más que empezar.

—Si el viento cambia de dirección, acabará arrastrando al cementerio entero hasta aquí.

—Con todo, prefiero estar aquí dentro que ahí afuera.

—Sí, claro, pero resguardarse en una zona alta en medio de un huracán... ¿Crees que somos muy inteligentes?

—Diría que no.

—Todo ha sucedido muy rápido. Sí, es cierto, llovía mucho, pero un segundo más tarde he tenido la sensación de que éramos como Dorothy cuando se dirigía a Oz.

—Eso fue un tornado.

—¿Cuál?

—El de Kansas.

—Ah.

El chirrido se volvió más estrepitoso, y Teddy oyó cómo el viento encontraba el grueso muro de piedra que había tras ellos y lo golpeaba como si tuviera puños, hasta que llegó un momento en el que empezó a sentir diminutos golpes en la espalda.

—No ha hecho más que empezar —repitió.

—¿Qué crees que deben de estar haciendo ahora todos esos locos?

—Gritándole a la tormenta —respondió.

Se quedaron sentados en silencio un rato y fumaron un cigarrillo. Teddy recordó ese día en el que había salido en el bote de su padre, cuando se dio cuenta por primera vez de que la naturaleza no sólo no tenía ningún interés en él, sino que también era mucho más poderosa. Mientras el viento se abalanzaba sobre el mausoleo y graznaba, se imaginó que tenía cara de halcón y un pico ganchudo, que era un ser airado que podía convertir las olas en torres, reducir las casas a fósforos y levantarlo con sus garras para llevárselo a China.

—En 1942 estuve en el norte de África —dijo Chuck—, y tuve que soportar un par de tormentas de arena, aunque no fue nada comparable a esto. Sin embargo, uno tiende a olvidarse de las cosas, y tal vez fuera igual de espantoso.

—Yo esto lo aguanto bien —respondió Teddy—. Con eso no quiero decir que me apetezca salir ahí afuera y empezar a ir de un lado a otro, pero no es tan desagradable como el frío. En las Ardenas, joder, se te helaba el aliento con sólo abrir la boca. Aún no he conseguido olvidar esa sensación. Hacía tanto frío que tenía la impresión de que me ardían los dedos. ¿Puedes imaginártelo?

—En el norte de África teníamos calor. Los chicos se desmayaban. Parecían encontrarse perfectamente bien y, sin embargo, de repente, caían al suelo. A algunos les dio un infarto. Disparé a un tipo, y tenía la piel tan blanda por el calor que se dio la vuelta y vio cómo la bala le salía por el otro lado del cuerpo. —Chuck golpeó ligeramente el banco con el dedo—. Vio cómo salía volando —dijo Chuck en voz baja—. Lo juro por Dios.

—¿Es el único hombre que has matado?

—De cerca, sí. ¿Y tú?

—Mi caso fue todo lo contrario. Maté a mucha gente, y los vi morir a casi todos. —Teddy apoyó la cabeza en la pared y se quedó mirando el techo—. Si alguna vez tengo un hijo, no sé si le dejaré ir a la guerra. Ni siquiera a una guerra como ésa, en la que no teníamos elección. No estoy seguro de que pueda pedírsele una cosa así a alguien.

—¿El qué?

—Matar.

Chuck se llevó la rodilla al pecho.

—Mis padres, mi novia, algunos amigos que no pasaron las pruebas físicas... siempre me preguntan sobre la guerra, ¿sabes?

—Ya.

—Siempre quieren saber cómo fue, y a uno le entran ganas de responder que no lo sabe, que le sucedió a otra persona, que sólo estaba observándolo desde arriba, o algo así. —Alargó las manos—. No puedo explicarlo mejor. ¿Has entendido algo de todo esto?

—En Dachau se nos rindieron los guardias de asalto de la SS —dijo Teddy—. Quinientos hombres. Había periodistas, pero ellos también habían visto los cadáveres apilados en la estación de tren. Podían oler exactamente lo que nosotros estábamos oliendo. Nos miraron, y vimos que querían que hiciéramos lo que acabamos haciendo. Y nosotros, evidentemente, deseábamos hacerlo. Así que ejecutamos a todos y cada uno de esos malditos alemanes. Los desarmamos, los obligamos a apoyarse en la pared y los ejecutamos. Ametrallamos a más de trescientos tipos a la vez. Luego nos dedicamos a caminar entre las hileras y a meterle un tiro en la cabeza a cualquiera que todavía respirara. Fue uno de los peores crímenes de guerra de todos los tiempos, ¿no crees? Pero, Chuck, era lo mínimo que podíamos hacer. Los jodidos periodistas no paraban de aplaudir. Los prisioneros estaban tan contentos que se les saltaban las lágrimas. Así que les entregamos unos cuantos guardias de asalto y los hicieron pedazos. Al final del día habíamos eliminado quinientas almas de la faz de la tierra. Los asesinamos a todos. No fue en defensa propia, ni librando una batalla. Fue un homicidio. Y con todo, la situación estaba muy clara, puesto que se merecían algo mucho peor. Hasta aquí muy bien, pero... ¿cómo puede vivir alguien con ese peso? ¿Cómo puedes explicarles a tus padres, a tu mujer y a tus hijos que has hecho una cosa así? ¿Que has ejecutado a gente desarmada? ¿Que has matado a niños? Niños con pistolas y uniformes, pero niños de todas formas. La respuesta es... que no puedes contárselo. Nunca lo comprenderían, porque lo que has hecho ha sido por una buena razón, pero a la vez está mal hecho. Y nunca lo olvidas.

—Como mínimo, el motivo estaba justificado —remarcó Chuck, al cabo de un rato—. ¿Te has fijado alguna vez en esos pobres desgraciados que regresan de Corea? Todavía no saben por qué fueron a la guerra. Nosotros le paramos los pies a Adolf, salvamos millones de vidas. ¿No estás de acuerdo? Nosotros hicimos algo positivo, Teddy.

—Sí, es cierto —admitió Teddy—. A veces eso es suficiente.

—Tiene que serlo, ¿no?

Un árbol entero pasó volando por delante de la puerta, al revés, con las raíces hacia arriba, como si fueran cuernos.

—¿Has visto eso?

—Sí. Aparecerá en medio del océano y se dirá a sí mismo: «Un momento, no debería estar aquí».

—«Se supone que debería estar en otro sitio.»

—«He tardado años en conseguir que esa colina quedara como yo quería.»

Se rieron débilmente en la oscuridad y observaron cómo la isla se movía a toda velocidad como un sueño febril.

—Así pues, ¿qué sabes en realidad de este lugar, jefe?

Teddy se encogió de hombros.

—Algunas cosas. No demasiadas, pero las suficientes como para estar asustado.

—Estupendo. Estás asustado. Entonces, ¿qué se supone que debe sentir un mortal normal y corriente?

Teddy sonrió.

—¿Un gran terror?

—De acuerdo. Te comunico que estoy aterrorizado.

—Se sabe que es una institución experimental. Ya te lo he explicado: terapia radical. La financiación procede en parte de la Commonwealth, y en parte del Departamento Federal de Prisiones. Sin embargo, en su mayor parte procede de un fondo que el Comité de Actividades Antiamericanas* creó en 1951.

---

* El Comité de Actividades Antiamericanas fue un comité de la cámara de representantes de Estados Unidos creado en 1938 para investigar las actividades de agentes extranjeros en dicho país. Durante sus primeros años, su principal preocupación fue la lucha contra el fascismo. *(N. de la T.)*

—Vaya —dijo Chuck—. Fantástico. Estamos luchando contra los comunistas desde una isla del puerto de Boston. ¿Cómo se hace eso?

—Experimentan con la mente, creo. Anotan lo que averiguan, y después quizá se lo pasen a los antiguos amigos del Departamento de Servicios Estratégicos que Cawley tiene en la CIA. No lo sé. ¿Has oído hablar alguna vez de la fenciclidina?

Chuck negó con la cabeza.

—¿LSD? ¿Mescalina?

—No y no.

—Son alucinógenos —respondió Teddy—. Drogas que te producen alucinaciones.

—Ya entiendo.

—Incluso con una dosis mínima, gente perfectamente sana, tú y yo, por ejemplo, empieza a ver cosas.

—¿Árboles al revés que pasan volando por delante de una puerta?

—Ahí está el problema. Si lo vemos los dos, entonces no es una alucinación. Todo el mundo ve cosas diferentes. ¿Qué pensarías si bajaras los ojos y vieras que tus brazos se han convertido en cobras, y que las cobras se levantan y abren la boca para comerte la cabeza?

—Pensaría que tengo un mal día.

—¿O si esas gotas de agua se convirtieran en llamas? ¿O si ese arbusto se transformara en un tigre que está a punto de atacarnos?

—Que el día es peor de lo que pensaba. Que no debería haberme levantado. ¿Estás intentando decirme que una droga como ésa podría hacerte creer que esas cosas están sucediendo realmente?

—No «podría», puede. Si te dan las dosis adecuadas, empiezas a tener alucinaciones.

—Eso sí son drogas.

—Lo son. Y si te administran una dosis elevada, se supone que te comportas como si fueras un verdadero esquizofrénico. ¿Cómo se llamaba ese tipo? Ken. El que tenía frío en los pies. Él lo cree de verdad. Y Leonora Grant no estaba viéndote a ti, sino a Douglas Fairbanks.

—No te olvides de Charlie Chaplin, amigo mío.

—Si supiera cómo habla, le imitaría.

—No está nada mal, jefe. Puedes empezar a abrirme camino en el Catskills.

—Hay casos documentados de esquizofrénicos que se han arrancado la piel de la cara porque creían que sus propias manos eran otra cosa, animales o algo similar. Ven cosas que no existen, oyen voces que nadie más puede oír, saltan de tejados seguros porque creen que el edificio está en llamas... Las sustancias alucinógenas crean ilusiones similares.

Chuck señaló a Teddy con el dedo.

—De repente, estás hablando con más erudición de lo habitual.

—¿Qué quieres que te diga? —respondió Teddy—. Me he documentado. Chuck, ¿qué crees que sucedería si administraran sustancias alucinógenas a personas que padecen una esquizofrenia grave?

—Nadie haría una cosa así.

—Lo hacen, y es legal. Sólo los humanos padecen esquizofrenia. Ni las ratas, ni los conejos, ni las vacas pueden tener esa enfermedad. Por lo tanto, ¿de qué otra forma puede experimentarse con los posibles remedios?

—Con humanos.

—Un cigarrillo para el caballero.

—Pero un cigarrillo que sea un cigarrillo, ¿de acuerdo?

—Si así lo deseas —dijo Teddy.

Chuck se puso en pie, colocó las manos sobre la losa de piedra y observó la tormenta.

—Por lo que veo, están administrándoles a los esquizofrénicos unas drogas que todavía los vuelven más esquizofrénicos.

—Ése es uno de los grupos con los que experimentan.

—¿Cuál es el otro?

—También administran esas sustancias alucinógenas a gente que no está enferma, para ver cómo reacciona su cerebro.

—Es imposible.

—Es de dominio público, compañero. Ve algún día a un congreso de psiquiatras. Yo ya lo he hecho.

—Pero has dicho que es legal.

—Y lo es —respondió Teddy—. También lo era la investigación en torno a la eugenesia.

—Pero si es legal, no podemos hacer nada.

Teddy se apoyó sobre la losa.

—Eso es indiscutible. No estoy aquí para detener a nadie, de momento. Me han enviado para obtener información. Eso es todo.

—Un momento. ¿Enviado? Por el amor de Dios, Teddy, ¿hasta qué punto estamos metidos en esto?

Teddy suspiró y le miró un buen rato.

—Muy metidos.

—Rebobina —dijo Chuck levantando la mano—. Desde el principio. ¿Cómo te metiste en todo este asunto?

—Empezó hace un año, con Laeddis —dijo Teddy—. Fui a Shattuck con el pretexto de que quería interrogarle. Me inventé la historia de que había un mandamiento judicial en contra de un conocido suyo, y que, por lo tanto, creía que Laeddis podría darme alguna pista acerca de su paradero. Sin embargo, Laeddis no estaba allí. Le habían trasladado a

Ashecliffe. Me puse en contacto con ellos, pero me aseguraron que tampoco estaba aquí.

—¿Y?

—Eso despertó mi curiosidad. Hice algunas llamadas a unos cuantos hospitales psiquiátricos de la ciudad y, aunque todo el mundo conocía Ashecliffe, nadie quería hablar del tema. Hablé con el director del Hospital Renton, que también es un centro penitenciario para enfermos mentales. Ya le había visto un par de veces antes, y le pregunté: «Bobby, ¿qué pasa? Es un hospital y una prisión a la vez, igual que el centro en el que tú trabajas». Él negó con la cabeza y me respondió: «Teddy, ese lugar es completamente diferente. Es una institución clasificada, controlada por agentes del gobierno. Ni se te ocurra ir allí».

—Pero lo has hecho —remarcó Chuck—. Y a mí me han encomendado la tarea de acompañarte.

—Eso no era parte del plan —replicó Teddy—. El agente responsable me dijo que tenía que traer a un compañero, y eso es lo que he hecho.

—Así que simplemente has estado esperando una excusa para poder venir.

—Sí, prácticamente sí —contestó Teddy—. Y eso que no tenía la certeza de que fuera a suceder algún día. Aunque se fugara un paciente, yo podría haber estado fuera de la ciudad ese día. O también podrían haberle asignado el caso a otra persona. Qué demonios, un millón de «podrías». He tenido suerte.

—¿Suerte? Y una mierda.

—¿Qué quieres decir?

—No ha sido una cuestión de suerte, jefe, la suerte no funciona así. El mundo no funciona así. ¿De verdad crees que te han asignado este caso?

—Claro, parece descabellado, pero...

—Cuando llamaste por primera vez a Ashecliffe para preguntar sobre Laeddis, ¿te identificaste?

—Claro.

—Entonces...

—Chuck, hace un año de eso.

—¿Y qué? ¿De verdad crees que no lo tienen en cuenta? ¿Especialmente en el caso de un paciente del que en teoría no saben nada?

—Te lo repito. Sucedió hace doce meses.

—Por el amor de Dios, Teddy —Chuck bajó la voz, colocó las palmas de la mano sobre la losa e inspiró profundamente—. Imaginemos que están haciendo cosas muy graves. ¿Qué sucedería si hubieran estado siguiéndote la pista desde mucho antes de que pusieras un pie en esta isla? ¿Qué pasaría si fueran ellos los que te han traído hasta aquí?

—Y una mierda.

—¿Y una mierda? ¿Dónde está Rachel Solando? ¿Dónde está la más mínima prueba de que jamás haya existido? Nos han mostrado la fotografía de una mujer y un historial que podría haber redactado cualquiera.

—Pero, Chuck, aunque se hubieran inventado la existencia de esa mujer, aunque todo esto fuera un montaje..., es imposible que hubieran podido prever que me asignarían el caso a mí.

—Has estado haciendo pesquisas, Teddy. Has investigado este lugar y has estado haciendo preguntas por ahí. Tienen una valla electrificada alrededor de una planta séptica, un pabellón dentro de una fortaleza. Tienen menos de cien pacientes en una institución que podría dar cabida a trescientos. Este lugar da miedo, Teddy. Los médicos de los demás hospitales ni siquiera quieren oír hablar de él, ¿es que eso no te dice nada? El director está relacionado con el Departamento de Servicios Estratégicos, y el centro está financiado por unos fondos para sobornos que creó el Comité de Actividades Antiamericanas. ¿No te das cuenta de que todo lo que hay en este lugar forma parte de una operación del Gobierno? Y, con todo, ¿aún te sorprende la posibilidad de que en vez de haber estado investigándoles durante este último año, hayan sido ellos los que han estado investigándote a ti?

—¿Cuántas veces tendré que repetírtelo, Chuck? ¿Cómo podían saber que me asignarían el caso de Rachel Solando?

—¿Eres tonto, o qué te pasa?

Teddy se enderezó y se quedó mirando a Chuck.

—Lo siento. Lo siento. Estoy nervioso, ¿de acuerdo? —dijo Chuck, levantando la mano.

—De acuerdo.

—Lo que intento hacerte entender, jefe, es que sabían que aprovecharías cualquier excusa para poder venir hasta aquí. El asesino de tu mujer está encerrado en esta institución. Lo único que tenían que hacer era inventarse que alguien se había fugado. Y entonces, tendrían la certeza de que harías todo lo que estuviera en tus manos para llegar hasta la isla.

La puerta se soltó de su única bisagra y chocó contra la entrada; los dos agentes observaron cómo golpeaba la piedra, se levantaba por los aires y desaparecía en el cielo por encima del cementerio.

Ambos se quedaron mirando la entrada.

—Lo hemos visto los dos, ¿verdad? —preguntó Chuck.

—Están utilizando seres humanos como conejillos de Indias —afirmó Teddy—. ¿Y eso no te preocupa?

—Me aterroriza, Teddy. Sin embargo, ¿cómo lo sabes? Me has contado que te han enviado para obtener información... pero ¿quién te ha enviado?

—La primera vez que vimos a Cawley, ¿recuerdas que me preguntó por el senador?

—Sí.

—Se refería al senador Hurly, demócrata, de New Hampshire. Dirige un subcomité de financiación pública para asuntos de salud mental. Se percató del tipo de dinero que estaba siendo encauzado a este lugar y no le gustó lo más mínimo. Además, yo había conocido a un tipo que se llama George Noyce. Noyce pasó cierto tiempo en esta institución. En el pabellón C. Hacía dos semanas que se había marchado de la isla cuando entró en un bar de Attleboro y comenzó a apuñalar a gente, a desconocidos. Una vez en la cárcel, empezó a hablar de los dragones del pabellón C. Su abogado quería alegar demencia. Y si hay alguien que realmente está loco, ése es Noyce. Está chalado. Sin embargo, Noyce despide a su abogado, se planta delante del juez, se declara culpable, y prácticamente suplica que le manden a la cárcel, a cualquiera, que lo único que no quiere es regresar al hospital. Después de un año en la cárcel, empieza a recuperar el juicio y, poco a poco, a contar historias sobre Ashecliffe. Historias que parecen disparatadas, pero el senador piensa que quizá no sean tan disparatadas como la gente se imagina.

Chuck se sentó en la losa, encendió un cigarrillo y lo fumó mientras observaba a Teddy.

—Pero ¿cómo te encontró el senador a ti, y cómo os las arreglasteis los dos para localizar a Noyce?

Por un instante, a Teddy le pareció ver luces formando un arco entre las explosiones del exterior.

—De hecho, fue al revés. Noyce me encontró a mí, y yo encontré al senador. Fue cosa de Bobby Farris, el director del Renton. Me llamó una mañana y me preguntó si todavía tenía interés en Ashecliffe. Yo le dije que por supuesto, y me explicó que había un recluso en Dedham que no paraba de hablar de Ashecliffe. Fui unas cuantas veces a Dedham para hablar con él. Noyce me contó que, cuando iba a la universidad, un año se puso un poco tenso en época de exámenes. Le gritó a un profesor y rompió la ventana de su dormitorio con el puño. Acabó hablando con alguien del departamento de psiquiatría. Casi sin darse cuenta, aceptó formar parte de unas pruebas para ganarse un poco de dinero extra. Un año más tarde había dejado la universidad, se había convertido en un esquizofrénico hecho y derecho, e iba desvariando por las calles, viendo cosas, cualquier cosa que puedas imaginarte.

—Estás refiriéndote a un chico que era normal...

Teddy volvió a ver luces resplandeciendo en la tormenta, se acercó a la puerta y asomó la cabeza. ¿Relámpagos? Pensó que tendría sentido, pero no los había visto antes.

—Tan normal como una tarta de manzana. Tal vez tuviera que resolver, ¿cómo lo llaman aquí?, el control de su ira, pero en conjunto, estaba perfectamente cuerdo. Un año más tarde está completamente loco. Un día se encontró con un tipo en Park Square, y pensó que era el profesor que le había recomendado que fuera a ver a alguien del departamento de psiquiatría...; en fin, resumiendo, que no era él, pero Noyce le dio una buena paliza. Así que le mandan a Ashecliffe, al pabellón A. Sin embargo, no pasa allí mucho tiempo, pues para entonces ya se ha convertido en un ser bastante violento y le mandan al pabellón C. Le llenan el cuerpo de alucinógenos, y ellos se retiran a contemplar cómo se vuelve loco y cómo los dragones se lo comen. Supongo que se volvió un poco más loco de lo que se habían imaginado en un principio, porque al final le practicaron una operación.

—Operación —repitió Chuck.

Teddy asintió con la cabeza.

—Le hicieron una lobotomía transorbital. Son unas operaciones muy divertidas, Chuck. Te machacan con descargas eléctricas y te hacen la operación a través de los ojos con, no te lo pierdas, una piqueta. No bromeo. Sin anestesia. La introducen por todas partes, te sacan unas cuantas fibras nerviosas del cerebro, y ya está. Eso es todo, es muy fácil.

—El Código de Nuremberg prohíbe...

—... experimentar con humanos con fines meramente científicos, sí. Yo creía que teníamos un caso basado en Nuremberg, y el senador también. Pues no. La experimentación se permite si se usa para atacar directamente la enfermedad del paciente. Así que mientras un médico diga «eh, simplemente intentamos ayudar a ese pobre desgraciado, ver si esas drogas pueden provocar esquizofrenia, o si esas otras pueden acabar con la enfermedad...», estarán dentro del campo de la legalidad.

—Un momento, un momento —dijo Chuck—. Me has dicho que a Noyce le hicieron una lobotomía trans...

—Sí, una lobotomía transorbital.

—Pero si la finalidad de esa operación, por medieval que sea, es calmar a alguien, ¿cómo consiguió pegarle una paliza al tipo ese de Park Square?

—Es obvio que la operación no salió bien.

—¿Y eso es normal?

Teddy vio las luces arqueadas de nuevo, y esa vez estaba bastante seguro de que también oía el sonido de un motor entre todo aquel estruendo.

—¡Agentes!

La voz les llegó débil en el viento, pero ambos la oyeron.

Chuck balanceó las piernas en un extremo de la losa, bajó de un salto y se reunió con Teddy, que ya estaba en el umbral. Vieron unos faros en el extremo más alejado del cementerio, y oyeron el graznido de un megáfono y el chirriar de la transmisión.

—¡Agentes, si están ahí, hágannos una señal, por favor! ¡Les habla el jefe adjunto de vigilancia McPherson! ¡Agentes!

—¿Qué te parece, Chuck? —le preguntó Teddy—. ¡Nos han encontrado!

—Estamos en una isla, jefe. Antes o después, tenían que encontrarnos.

Teddy miró a Chuck a los ojos y asintió con la cabeza. Por primera vez desde que se conocieran, Teddy vio miedo en los ojos de Chuck, que apretaba la mandíbula intentando controlarlo.

—Todo saldrá bien, compañero.

—¡Agentes! ¿Están ahí?

—No sé —dijo Chuck.

—Yo sí —dijo Teddy—. No te separes de mí. Vamos a salir de este maldito lugar, Chuck. No lo dudes.

Salieron del mausoleo y se adentraron en el cementerio. El viento golpeó sus cuerpos como si de un equipo de futbolistas se tratara, pero se mantuvieron en pie, cogidos del brazo y asiendo el hombro del otro, a medida que avanzaban con dificultad hacia la luz.

10

—¿Se han vuelto locos? —preguntaba McPherson, que gritaba al viento, mientras el jeep se precipitaba violentamente por un camino improvisado a lo largo del extremo occidental del cementerio.

Estaba sentado en el asiento del acompañante, los miraba con ojos enrojecidos, y cualquier rastro de su característico encanto de chico de Texas había desaparecido con la tormenta. No les habían presentado al conductor. Lo único que Teddy alcanzó a ver desde debajo de la capucha de su impermeable era que se trataba de un chico joven, de cara delgada y mandíbula puntiaguda. Sin embargo, conducía el jeep como un verdadero profesional, y avanzaba a gran velocidad entre la maleza y los desechos de la tormenta como si ni siquiera estuvieran allí.

—Han anunciado que se trata de un huracán y no de una mera tormenta tropical. En estos momentos, el viento sopla a ciento cincuenta kilómetros por hora. A medianoche se espera que alcance los doscientos cincuenta. ¡Y a ustedes va y se les ocurre salir a pasear!

—¿Y cómo sabe todo eso? —le preguntó Teddy.

—A través de un radioaficionado, agente. Creemos que de aquí a un par de horas también perderemos esa conexión.

—Sí, claro —asintió Teddy.

—En este preciso instante, podríamos estar apuntalando el recinto pero, en vez de eso, hemos tenido que salir a buscarlos.

Dio un golpecito en el respaldo de su asiento y se volvió hacia delante, puesto que había terminado de hablar con ellos.

El jeep dio un salto a causa de un bache y, por un momento, Teddy sólo vio el cielo y no sintió nada debajo de las ruedas; luego, los neumáticos cayeron sobre el fango y giraron en una curva pronunciada que bajaba en picado hasta el sendero. Teddy vio el mar a su izquierda. Las aguas revueltas formaban una espuma blanca y extensa que se asemejaba a una nube con forma de hongo.

El jeep se lanzó a través de una elevación de pequeñas colinas, y después se adentró en un grupo de árboles. Teddy y Chuck se agarraban con fuerza a sus asientos, chocando entre sí en la parte de atrás del vehículo. Luego, vieron los árboles a sus espaldas y divisaron la parte trasera de la mansión de Cawley. Antes de llegar al camino de entrada, tuvieron que cruzar unos mil metros cuadrados de astillas de madera y de agujas de pino. El conductor cambió de marcha y se lanzó con estruendo hacia la entrada principal.

—Los llevamos a ver al doctor Cawley —les comunicó McPherson, al tiempo que se volvía hacia atrás—. Se muere de ganas de hablar con ustedes.

—Y yo que creía que mi madre había regresado a Seattle —dijo Chuck.

Se ducharon en el sótano del dormitorio de los empleados y les dieron ropa limpia que pertenecía a los ayudantes. Habían enviado su ropa a la lavandería del hospital. Chuck se peinó el cabello hacia atrás en el cuarto de baño, y observó la camisa blanca y los pantalones, también blancos.

—¿Le gustaría ver la carta de vinos? La especialidad de esta noche es ternera con champiñones y queso. Es muy buena.

Trey Washington asomó la cabeza por la puerta del cuarto de baño. Parecía reprimir una sonrisa mientras examinaba su ropa nueva.

—Tengo que llevarlos a ver al doctor Cawley.

—¿Tenemos problemas serios?

—Yo diría que sí.

—Caballeros —dijo Cawley—. Me alegro de verlos.

Parecía estar de buen humor, y le brillaban los ojos. Teddy y Chuck dejaron a Trey junto a la puerta y entraron en la sala de juntas de la última planta del hospital.

La sala estaba llena de médicos. Algunos llevaban bata blanca de laboratorio, mientras que otros vestían traje. Todos estaban sentados alrededor de una larga mesa de madera de teca que tenía lamparillas verdes delante de las sillas y oscuros ceniceros de los que sobresalían humeantes cigarrillos y puros; el único que fumaba en pipa era Naehring, que estaba sentado a la cabeza de la mesa.

—Doctores, les presento a los agentes federales de los que hemos estado hablando. Los agentes Daniels y Aule.

—¿Dónde está su ropa? —les preguntó un hombre.

—Una buena pregunta —respondió Cawley, que, por lo que le pareció a Teddy, estaba pasándoselo en grande.

—Nos ha pillado la tormenta —añadió Teddy.

—¿Han salido con este tiempo? —les preguntó el doctor, señalando los altos ventanales.

Las ventanas habían sido entrecruzadas con una cinta gruesa, y parecían respirar ligeramente, como si estuvieran inspirando el aire de la sala. Los cristales retumbaban a causa de las gotas de lluvia, y el edificio entero crujía bajo la intensidad del viento.

—Me temo que sí —contestó Chuck.

—Tomen asiento, caballeros —dijo Naehring—, estamos a punto de acabar.

Encontraron dos sillas en un extremo de la mesa.

—John —le dijo Naehring a Cawley—, necesitamos consenso sobre este tema.

—Ya sabes lo que pienso.

—Y creo que todos respetamos tu opinión, pero si los neurolépticos pueden producir la disminución necesaria en los desequilibrios de serotonina 5-HT, creo que no tenemos mucha elección. Debemos seguir con la investigación. La primera paciente que va a someterse a la prueba..., esa mujer llamada Doris Walsh, reúne todos los requisitos. No veo el problema por ninguna parte.

—Me preocupan los costes.

—Sabes que es mucho más barato que la cirugía.

—Me refiero al riesgo de dañar los ganglios basales y la corteza cerebral, a las investigaciones que se han hecho en Europa y que han demostrado que existen riesgos de disrupción neurológica similar a la causada por la encefalitis y las apoplejías.

Naehring alzó una mano y pasó por alto la objeción.

—Todos aquellos que estén a favor de la petición del doctor Brotigan, levanten la mano, por favor.

Teddy observó que todos los presentes levantaron la mano, a excepción de Cawley y de otro hombre.

—Entonces estamos de acuerdo —dijo Naehring—. Pediremos al consejo que financie las investigaciones del doctor Brotigan.

Un hombre joven, que debía de ser Brotigan, inclinó la

cabeza en todas direcciones para dar las gracias. Tenía la cara chupada, las mejillas lisas y un aspecto muy norteamericano. A Teddy le pareció que era el tipo de persona que necesitaba que le admiraran, demasiado seguro de haber cumplido los sueños más disparatados de sus padres.

—Bien, entonces... —comentó Naehring, y cerró la carpeta mientras miraba a Teddy y a Chuck—. ¿Cómo va todo, agentes?

Cawley se levantó de la silla y se preparó una taza de café junto al aparador.

—He oído rumores de que los han encontrado en un mausoleo.

Se oyeron varias risitas en la mesa y los médicos se llevaron la mano a la boca.

—¿Conoce un sitio mejor en el que poder resguardarse de un huracán? —le preguntó Chuck.

—Aquí —dijo Cawley—. Especialmente en el sótano.

—Hemos oído decir que tal vez alcance los doscientos cincuenta kilómetros por hora.

Cawley asintió con la cabeza, de espaldas a la sala.

—Esta mañana, la población de Newport, en Rhode Island, ha perdido el treinta por ciento de sus hogares.

—Espero que no haya dañado la casa de los Vanderbilt —dijo Chuck.

Cawley se sentó de nuevo.

—Por la tarde, el huracán ha llegado a Provincetown y a Truro. Nadie sabe las consecuencias, porque las carreteras están cortadas y es imposible comunicarse por radio. Sin embargo, parece que se dirige hacia aquí.

—Hacía treinta años que no había una tormenta así en la costa Este —afirmó uno de los doctores.

—Hace que el aire se convierta en pura electricidad estática —añadió Cawley—. Y, por esa razón, la centralita dejó de funcionar ayer por la noche. Y, por ese mismo motivo, las radios sólo han funcionado a medias. Si nos afecta directamente, probablemente nos quedaremos sin electricidad.

—Por eso sigo insistiendo en que todos los pacientes de la Zona Azul deberían estar esposados.

—¿De la Zona Azul? —preguntó Teddy.

—Del pabellón C —respondió Cawley—. Los pacientes que son considerados un peligro para sí mismos, para esta institución y para la sociedad en general. —Se volvió hacia Naehring—. No podemos hacer una cosa así. Si se inundan las instalaciones, se ahogarán. Y lo sabes.

—Tendrían que inundarse mucho.

—Estamos en una isla, a punto de sufrir las consecuencias de unos vientos huracanados de doscientos cincuenta kilómetros por hora. El hecho de que se «inunde mucho» es una posibilidad que contemplar. Doblaremos la guardia y en todo momento tendremos controlados a los pacientes del pabellón C. Pero no podemos atarlos a la cama. Ya están encerrados en una celda, por el amor de Dios. Sería excesivo.

—Los resultados pueden ser imprevisibles, John.

Esas palabras fueron pronunciadas tranquilamente por un hombre de pelo castaño sentado en el medio de la mesa. Junto con Cawley, era la única persona que se había abstenido en la votación que estaban haciendo cuando Teddy y Chuck entraron en la sala. No cesaba de dar golpecitos con un bolígrafo y tenía los ojos clavados en la superficie de la mesa; sin embargo, por su tono de voz, Teddy supo que era amigo de Cawley.

—Es completamente imprevisible. Supongamos que se va la luz.

—Tenemos un generador.

—Pero si también falla el generador, se abrirán las puertas de las celdas.

—Estamos en una isla —replicó Cawley—. ¿Adónde podrían ir? No pueden montarse en un ferry, llegar hasta Boston y causar estragos. Si los esposamos, y el lugar se inunda, caballeros, todos ellos morirán. Estamos hablando de veinticuatro seres humanos. Supongamos, y que Dios no lo quiera, que se inunda todo el recinto. ¿Qué sucedería con las otras cuarenta y dos personas? ¡Santo cielo! ¿Podrían vivir con esa carga? Yo no.

Cawley miró a un lado y a otro de la mesa y, de repente, Teddy sintió una capacidad para experimentar compasión que apenas había notado antes. No sabía por qué Cawley les había permitido estar presentes en esa reunión, pero estaba empezando a pensar que el médico no tenía muchos amigos en esa sala.

—Doctor —dijo Teddy—, no desearía interrumpir.

—Adelante, agente. Somos nosotros los que le hemos invitado a venir.

Teddy estuvo a punto de preguntarle: «¿De verdad?».

—Cuando esta mañana estábamos hablando acerca del código de Rachel Solando...

—¿Todo el mundo sabe de qué está hablando el agente?

—La Ley de los Cuatro —dijo Brotigan con una sonrisa, y Teddy deseó arrancársela del rostro con unas tenazas—. Me encanta.

—Esta mañana me ha dicho que no tenía ninguna teoría sobre la última pista —prosiguió Teddy.

—¿Se refiere a quién es el sesenta y siete? —le preguntó Naehring.

Teddy asintió con la cabeza y, después, expectante, se reclinó en la silla.

Desconcertado, se percató de que todo el mundo estaba mirándole.

—¿De verdad no lo ven? —preguntó Teddy.

—¿El qué, agente? —dijo el amigo de Cawley.

Teddy echó un vistazo a su bata de laboratorio y vio que se llamaba Miller.

—Tienen sesenta y seis pacientes en esta institución.

Le miraron fijamente como si fueran niños en una fiesta de cumpleaños, impacientes por ver el siguiente ramillete de flores del payaso.

—Cuarenta y dos pacientes en los pabellones A y B. Y veinticuatro en el C. Eso hace un total de sesenta y seis.

Teddy vio cierta comprensión en algunos rostros, pero la mayoría todavía parecían perplejos.

—Sesenta y seis pacientes —repitió Teddy—. Eso sugiere que la respuesta a la pregunta «¿quién es el sesenta y siete?» es que hay un paciente número sesenta y siete.

Silencio. Algunos doctores se miraron desde ambos lados de la mesa.

—No le sigo —dijo Naehring al cabo de un rato.

—¿Tan difícil es? Rachel Solando nos ha sugerido que hay sesenta y siete pacientes.

—Pero no es verdad —replicó Cawley, con las manos extendidas sobre la mesa—. Es una idea estupenda, agente, y no cabe duda de que resolvería el código si fuera verdad. Pero dos más dos nunca son cinco, al margen de lo mucho que lo desee. Si sólo hay sesenta y seis pacientes en esta isla, entonces la pregunta que se refiere al paciente sesenta y siete es discutible. ¿Entiende lo que quiero decirle?

—No —respondió Teddy, en un tono de voz calmado—. Diría que no le sigo.

Dio la sensación de que Cawley elegía cuidadosamente sus palabras antes de hablar de nuevo, como si quisiera escoger las más simples.

—Por ejemplo, si no hubiera sido por el huracán, esta mañana habrían llegado dos pacientes nuevos. Eso subiría el total a sesenta y ocho pacientes. O, si un paciente, y Dios no lo quiera, hubiera muerto mientras dormía, entonces nos habríamos quedado con sesenta y cinco. El total puede cambiar todos los días, todas las semanas, en función de un número de variables.

—Sin embargo —prosiguió Teddy—, si nos referimos a la noche en la que la señorita Solando escribió el código...

—Esa noche había sesenta y seis pacientes, ella incluida. Se lo aseguro, agente. Pero todavía nos falta uno, ¿no es eso? Los números no cuadran. Está forzando las cosas.

—Ésa era precisamente la intención de ella.

—Sí, ya lo entiendo, pero su intención era errónea, puesto que aquí sólo hay sesenta y seis pacientes.

—¿Estaría dispuesto a permitir que mi compañero y yo leyéramos el historial de los pacientes?

Varias personas de la mesa fruncieron el ceño y parecieron ofenderse.

—De ninguna manera —respondió Naehring.

—No podemos hacer una cosa así, agente. Lo siento.

Teddy bajó la cabeza durante unos instantes, y observó su estúpida camisa blanca y los pantalones a juego. Parecía un vendedor de helados y, con toda probabilidad, tenía un aspecto menos autoritario. Tal vez debería empezar a repartir cucuruchos de helado para conseguir que le hicieran más caso.

—No tenemos acceso a los historiales del personal ni de los pacientes. ¿Cómo se supone que vamos a encontrar a la paciente desaparecida, caballeros?

Naehring se reclinó en la silla y ladeó la cabeza.

Cawley se quedó inmóvil, a pesar de que estaba llevándose el cigarrillo a los labios.

Algunos de los doctores empezaron a susurrar entre ellos.

Teddy se volvió hacia Chuck.

—No me mires a mí —dijo Chuck—. Yo también estoy perplejo.

—¿No se lo ha comunicado el jefe de vigilancia?

—No hemos hablado con el jefe de vigilancia, fue McPherson el que vino a buscarnos.

—Vaya por Dios —dijo Cawley.

—¿Qué sucede?

Cawley, con los ojos muy abiertos, miró a los demás doctores.

—¿Qué sucede? —repitió Teddy.

Cawley espiró aire y los miró de nuevo desde el otro lado de la mesa.

—La hemos encontrado.

—¿Cómo dice?

Cawley asintió con la cabeza y dio una calada al cigarrillo.

—Rachel Solando. La hemos encontrado esta tarde. Está aquí, caballeros. Por esa puerta y bajando el vestíbulo.

Teddy y Chuck se volvieron para mirar la puerta.

—Ahora ya pueden descansar, agentes. Su búsqueda ha terminado.

11

Cawley y Naehring los condujeron a lo largo de un pasillo
con azulejos blancos y negros, y después cruzaron unas puertas dobles que los llevaron al pabellón del edificio principal
del hospital. Dejaron el cuarto de enfermeras a su izquierda,
giraron hacia la derecha y entraron en una gran sala con largos tubos fluorescentes y con unas barras de cortina en forma de U que colgaban de unos ganchos en el techo. Y allí
estaba ella, sentada en la cama, ataviada con una bata color
verde claro que le llegaba hasta la altura de las rodillas, con
el pelo oscuro recién lavado y peinado hacia atrás.

—Rachel —dijo Cawley—. He venido a verte con algunos amigos. Espero que no te importe.

Rachel se alisó el dobladillo de la bata por debajo de los
muslos, y observó a Teddy y a Chuck con un aire infantil de
expectación.

No tenía un solo rasguño.

Su piel era del color de la piedra arenisca y no tenía ni una
mancha en los brazos, en las piernas o en la cara. Iba descalza, y no tenía heridas en los pies, lo que evidenciaba que no
había rozado ramas, pinchos o rocas.

—¿Qué puedo hacer por usted? —le preguntó a Teddy.

—Señora Solando, hemos venido para...

—¿Venderme algo?

—¿Señora?

—Espero que no hayan venido a venderme nada. No quisiera ser desagradable, pero mi marido es el que se encarga de tomar ese tipo de decisiones.

—No, señora. No hemos venido a venderle nada.

—De acuerdo, entonces. ¿Qué puedo hacer por ustedes?

—¿Podría decirme dónde estuvo ayer?

—Estuve aquí, en casa. —Se volvió hacia Cawley—. ¿Quiénes son estos hombres?

—Son agentes de policía, Rachel —contestó Cawley.

—¿Le ha sucedido algo a Jim?

—No —respondió Cawley—. No, no, Jim está bien.

—¿O a los niños? —preguntó, echando un vistazo a su alrededor—. Están ahí afuera, en el patio. No han hecho ninguna travesura, ¿verdad?

—No, señora Solando —dijo Teddy—, sus hijos no se han metido en ningún lío, y su marido se encuentra bien. —Su mirada se cruzó con la de Cawley y éste le hizo un gesto de aprobación—. Bien..., la cuestión es que ayer nos enteramos de que había un elemento subversivo muy conocido en su barrio. Le vieron en la calle, repartiendo propaganda comunista.

—Santo cielo. No puede ser. ¿A los niños?

—Que nosotros sepamos, no.

—Pero... ¿en este barrio?, ¿en esta calle?

—Me temo que sí, señora —contestó Teddy—. Esperaba que pudiera explicarnos dónde estuvo ayer para saber si se cruzó con el caballero en cuestión.

—¿Están acusándome de comunista?

Rachel despegó la espalda de los cojines y cogió la sábana con los puños.

Cawley le lanzó una mirada a Teddy que sugería: «Tú has cavado el hoyo. Tú sólo tendrás que salir».

—¿Comunista, señora? ¿Usted? Ninguna persona en su sano juicio podría pensar una cosa así. Usted es tan estadounidense como Betty Grable. Sólo un ciego podría no darse cuenta.

Aflojó una mano, soltó la sábana y se rascó la rodilla.

—Pero yo no me parezco a Betty Grable.

—Sólo lo decía por su evidente patriotismo. Físicamente, diría que se parece más a Teresa Wright, señora. ¿Qué película era esa que hizo con Joseph Cotton... hará unos diez o doce años?

—*La sombra de una duda*. Ya la conozco —contestó, y consiguió esbozar una sonrisa que era afable y sensual a la vez—. Jim luchó en esa guerra. Regresó a casa y me explicó que el mundo ya era libre, porque los norteamericanos habían luchado por él, y que el mundo entero se había dado cuenta de que el estilo de vida norteamericano era el único estilo posible.

—Amén —comentó Teddy—. Yo también luché en esa guerra.

—¿Conoció a mi Jim?

—Me temo que no, señora, pero estoy convencido de que es un buen hombre. ¿Estuvo en el ejército de tierra?

Al oírlo, Rachel arrugó la nariz.

—Con los marines —respondió.

—*Semper fidelis** —dijo Teddy—. Señora Solando, es importante que sepamos cualquier cosa que hiciera ayer ese elemento subversivo. Tal vez ni siquiera le vio, puesto que es muy sigiloso. Por lo tanto, necesitamos saber qué hizo usted, para ver si coincide con lo que sabemos que hizo él y así averiguar si sus caminos se cruzaron.

---

* Lema de la Infantería de Marina norteamericana que significa «fiel para siempre». *(N. de la T.)*

—¿Como barcos en la oscuridad?

—Exactamente. ¿Lo comprende?

—Sí, sí.

Rachel se incorporó en la cama y cruzó las piernas. Teddy sintió sus movimientos en el estómago y en la ingle.

—Así que si me explicara lo que hizo ayer...

—De acuerdo, veamos. Preparé el desayuno para Jim y para los niños; a continuación empaqueté la comida de Jim y mi marido se marchó. Después mandé a los niños a la escuela y decidí irme a nadar al lago.

—¿Lo hace a menudo?

—No —respondió Rachel, inclinándose hacia delante y riendo, como si Teddy se le hubiera insinuado—. No sé, simplemente me sentía un poco inquieta. ¿No le sucede a veces? ¿Que se siente algo inquieto?

—Sí, claro.

—Bien, pues así me sentía yo. Me quité la ropa y estuve nadando en el lago hasta que noté que los brazos y las piernas me pesaban como si fueran troncos. Luego salí del agua, me sequé, me vestí de nuevo y di un largo paseo por la orilla. También salté por encima de unas cuantas piedras y construí unos pequeños castillos de arena. Muy pequeños.

—¿Recuerda cuántos? —le preguntó Teddy, y éste se percató de que Cawley le miraba.

Rachel se quedó pensativa, con los ojos clavados en el techo.

—Sí.

—¿Cuántos?

—Trece.

—Son bastantes.

—Pero algunos eran muy pequeños —replicó Rachel—. Del tamaño de una taza de té.

—¿Y qué hizo después?

—Pensé en usted.

Teddy vio que Naehring miraba a Cawley desde el otro lado de la cama. Teddy cruzó una mirada con Naehring y éste levantó las manos, como si estuviera tan sorprendido como todos los demás.

—¿Por qué pensó en mí? —preguntó Teddy.

La sonrisa de Rachel dejó entrever unos dientes blancos prácticamente unidos salvo por la diminuta punta roja de la lengua que los separaba.

—Porque eres mi Jim, tonto. Eres mi soldado. —Se incorporó sobre las rodillas, cogió la mano de Teddy y la acarició—. Eres tan brusco. Y me encantan los callos de tus manos. Sentirlos sobre mi piel. Te echo de menos, Jim. Nunca estás en casa.

—Trabajo mucho —respondió Teddy.

—Siéntate —le dijo, tirándole del brazo.

Cawley le lanzó una mirada para indicarle que le siguiera el juego y, en consecuencia, Teddy permitió que le llevara hasta la cama. Se sentó junto a ella. Fuera lo que fuera, lo que hubiera causado el aire asustadizo de la fotografía había desaparecido por completo, temporalmente como mínimo, y era imposible, estando tan cerca de ella, no darse cuenta de lo hermosa que era. Daba una impresión general de pureza: ojos oscuros que brillaban con la claridad del agua, movimientos corporales tan lánguidos que parecía que los miembros de su cuerpo flotaban en el aire, un rostro de labios y barbilla quizá demasiado prominentes.

—Trabajas demasiado —le dijo, y le pasó los dedos por el espacio que había justo debajo de su garganta, como si intentara alisar una arruga del nudo de la corbata.

—Tengo que ir a comprar el beicon —dijo Teddy.

—No te preocupes —respondió ella, y Teddy pudo sentir su aliento sobre el cuello—. Tenemos suficiente.

—De momento —replicó Teddy—. Estaba pensando en el futuro.

—Nunca he visto el futuro —afirmó Rachel—. ¿Recuerdas lo que decía mi padre?

—Lo he olvidado.

Rachel le acarició el pelo sobre la sien.

—Mi padre decía que el futuro era como ahorrar dinero, pero que él siempre pagaba al contado. —Soltó una risita y se le acercó tanto que pudo sentir sus pechos sobre el hombro—. No, cariño, tenemos que vivir el presente. Aquí y ahora.

Dolores también solía hablar así. Además, tenía el pelo y los labios muy parecidos; de hecho, se parecían tanto que, si Rachel se le hubiera acercado más, habrían podido perdonarle por pensar que estaba hablando con Dolores. Incluso tenían la misma tímida sensualidad, y Teddy nunca había sabido —ni siquiera después de tantos años juntos— si su mujer era consciente del efecto que producía.

Intentó recordar lo que se suponía que tenía que preguntarle. Sabía que debía hacerle hablar de nuevo sobre el tema que los ocupaba. Eso era, que le contara lo que había hecho el día anterior, lo que había sucedido después de pasear por la orilla del lago y de construir castillos de arena.

—¿Qué hizo después de irse del lago? —le preguntó.

—Ya sabes lo que hice.

—No, no lo sé.

—Ah, ¿quieres oírmelo decir? ¿Es eso?

Se inclinó hacia delante y colocó la cara justo debajo de la de Teddy, le observó con aquellos ojos oscuros, y el aire que salía de su boca empezó a adentrarse en la de él.

—¿No lo recuerdas?

—No.

—Mentiroso.

—Estoy hablando en serio.

—No, no es cierto. Si te has olvidado de eso, James Solando, estás buscándote problemas.

—Cuéntamelo —le susurró Teddy.

—Simplemente quieres oírlo.

—De acuerdo, eso es.

Le pasó la palma de la mano por la mejilla y por la barbilla y, al hablar de nuevo, usó un tono de voz más apagado.

—Volví a casa del lago aún mojada y tú me secaste el cuerpo con la lengua.

Teddy puso las manos en la cara de Rachel antes de que ella pudiera acortar la distancia que los separaba. Deslizó los dedos por encima de sus sienes y sintió la humedad del cabello sobre sus dedos. La miró directamente a los ojos.

—Cuéntame qué más hiciste ayer —susurró Teddy, y vio que algo luchaba en contra de la claridad transparente de sus ojos.

Estaba casi seguro de que era miedo. Después lo notó también en el labio superior y en el espacio entre las cejas. Teddy sintió cómo el cuerpo de Rachel temblaba.

Rachel le escudriñó el semblante, abrió los ojos de par en par y comenzó a moverlos de un lado a otro.

—Yo misma te enterré —dijo.

—No, estoy aquí.

—Te enterré en un ataúd vacío, porque tu cuerpo quedó desperdigado por todo el Atlántico norte. Enterré tus placas de identidad, porque eso fue lo único que pudieron encontrar. Tu cuerpo, tu hermoso cuerpo fue incinerado y devorado por los tiburones.

—Rachel —dijo Teddy.

—Como si fuera carne.

—No.

—Como si fuera carne negra, tan quemada que ya no era tierna.

—No, no era yo.

—Mataron a Jim. Mi Jim está muerto. Entonces, ¿quién coño eres tú?

Se apartó de él de golpe, se dirigió al extremo de la cama pegado a la pared y después se dio la vuelta para mirarle.

—¿Quién demonios es este hombre? —preguntó, al tiempo que le señalaba. Luego le escupió.

Teddy era incapaz de moverse. Sólo podía mirarla fijamente, observar el terror que invadía sus ojos como una ola.

—¿Querías follarme, marinero? ¿Es eso? ¿Querías metérmela mientras mis hijos jugaban en el jardín? ¿Era ése el plan que tenías? Haz el favor de salir de aquí, joder. ¿Me oyes? ¡Sal de aquí...!

Rachel arremetió contra él, con una mano levantada por encima de la cabeza, pero Teddy bajó de la cama de un salto, y dos ayudantes pasaron a toda velocidad por delante de él con unos cinturones de cuero colgados del hombro. A continuación cogieron a Rachel por debajo de los brazos y la tumbaron encima de la cama.

Teddy podía sentir el temblor del cuerpo de Rachel y cómo las gotas de sudor le salían por los poros.

La voz de Rachel resonó por todo el pabellón:

—¡Violador! ¡Maldito violador! ¡Mi marido vendrá y te rajará el cuello! ¿Me oyes? ¡Te cortará la cabeza y nos beberemos tu sangre! ¡Y nos bañaremos en ella, cabronazo!

Un ayudante se tendió sobre su pecho, el otro le agarró los tobillos con una mano enorme, y juntos consiguieron pasar los cinturones a través de las ranuras metálicas de la barandilla de la cama, ponerlos por encima del pecho y de los tobillos de Rachel y engancharlos en las ranuras del otro lado de la cama. Luego los tensaron y los introdujeron en unas hebillas que hicieron un ruido sordo al cerrarse. Cuando acabaron, los ayudantes dieron un paso hacia atrás.

—Rachel —comentó Cawley en un tono de voz dulce, paternal.

—¡Sois todos unos malditos violadores! ¿Dónde están mis hijos? ¿Dónde están mis hijos? ¡Devolvédmelos, jodidos hijos de puta! ¡Devolvedme a mis hijos!

Rachel soltó un grito que recorrió la columna vertebral de Teddy como si fuera una bala, y luego arremetió contra los cinturones con una violencia tal que la barandilla de la cama resonó estrepitosamente.

—Pasaremos a verte más tarde, Rachel —dijo Cawley.

Rachel le escupió, y Teddy oyó cómo el escupitajo caía al suelo, y después gritó de nuevo, y empezó a salirle sangre del labio, que debía de haberse mordido. Cawley les hizo un gesto con la cabeza, echó a andar y todos los demás empezaron a llevar el paso tras él. Teddy se dio la vuelta y vio que Rachel le observaba, mirándole fijamente a los ojos, al tiempo que arqueaba los hombros para levantarse del colchón, con el cuello hinchado y los labios cubiertos de sangre y de saliva mientras le gritaba. Por el grito que dio, podría decirse que Rachel había visto a centenares de muertos trepando por su ventana y acercándose a su cama.

Cawley se dirigió al mueble bar de su despacho en cuanto entró en la sala, cruzando hacia el lado derecho de la habitación, y entonces fue cuando Teddy le perdió durante un instante. Desapareció tras un velo de gasa blanca.

«No, ahora no. Ahora no, por el amor de Dios», pensó Teddy.

—¿Dónde la ha encontrado? —le preguntó Teddy.

—En la playa, cerca del faro. Estaba tirando piedras al mar.

Cawley apareció de nuevo, pero sólo porque Teddy ladeó la cabeza hacia la izquierda mientras Cawley seguía estando a su derecha. Cuando Teddy movió la cabeza, el velo cubrió una estantería empotrada y la ventana. Se frotó el ojo derecho, sin ninguna esperanza, pero no le sirvió de nada, y entonces lo sintió también en el lado izquierdo de la cabeza: un cañón repleto de lava atravesándole el cerebro, justo debajo de la raya del pelo. Había pensado que se debía a los gritos de Rachel, al lío que se había formado, pero era algo más que eso, y tuvo la sensación de que alguien le clavaba lentamente una docena de puñales en el cráneo. Parpadeó y se llevó los dedos a la sien.

—¿Agente?

Levantó los ojos y vio a Cawley al otro lado del escritorio, una mancha fantasmagórica a su izquierda.

—¿Sí? —consiguió decir Teddy.

—Está muy pálido.

—¿Se encuentra bien, jefe? —le preguntó Chuck, que apareció de repente junto a él.

—Estoy bien —respondió Teddy a duras penas.

Cawley dejó el vaso de whisky encima de su escritorio, que hizo un ruido parecido al disparo de una escopeta.

—Siéntese —le sugirió Cawley.

—Me encuentro bien —replicó Teddy, pero para ir desde el cerebro hasta la lengua esas palabras tuvieron que bajar por una escalera claveteada.

A medida que Cawley se inclinaba sobre el escritorio para acercarse a Teddy, sus huesos crujían como troncos en llamas.

—¿Tiene migraña?

Teddy intentó divisar la mancha borrosa que tenía ante él. En circunstancias normales, habría asentido con la cabeza, pero la experiencia le había enseñado a no moverla cuando tenía migraña.

—Sí —logró contestar.

—Lo he sabido por la forma en la que se frota la sien.

—Ah.

—¿Tiene migrañas muy a menudo?

—Unas seis... —a Teddy se le secó la boca y tardó varios segundos en humedecer de nuevo la lengua—... veces al año.

—Tiene suerte —dijo Cawley—. Desde cierto punto de vista, claro está.

—¿A qué se refiere?

—Mucha gente que padece migraña la sufre aproximadamente una vez a la semana.

El cuerpo de Cawley volvió a hacer ese ruido de troncos en llamas mientras se levantaba del escritorio. Teddy oyó que abría un armario.

—¿Qué síntomas tiene? —le preguntó a Teddy—. ¿Pérdida parcial de la visión, boca seca, martilleo en la cabeza?

—Bingo.

—Hace siglos que se estudia el cerebro, pero nadie conoce la causa de las migrañas. ¿No le parece increíble? Sabemos que, por lo general, afectan al lóbulo parietal. También sabemos que causan un coágulo sanguíneo. Es algo infinitesimal, pero ocurre en algo tan delicado y pequeño como el cerebro, y la gente siente estallidos de dolor. Sin embargo, a pesar del tiempo que ha transcurrido y de todos los estudios que se han realizado, sabemos tan poco de las causas que las provocan o de los efectos a largo plazo que tienen como de los remedios para curar el resfriado común.

Cawley le dio un vaso de agua y le colocó dos píldoras amarillas en la mano.

—Creo que esto es lo que necesita. Dormirá una o dos horas, pero cuando se despierte, se encontrará bien. Más fresco que una rosa.

Teddy observó las píldoras amarillas y el vaso de agua que estaba a punto de caérsele de las manos.

Levantó los ojos, miró a Cawley e intentó concentrarse con su ojo bueno, ya que el hombre estaba bañado por una luz tan blanca y resplandeciente que despedía rayos de luz a la altura de los hombros y los brazos.

«Pase lo que pase...», empezó a decir una voz en la mente de Teddy.

Sintió que alguien le clavaba las uñas en el lado izquierdo del cerebro y que le vertía una coctelera repleta de chinchetas dentro. Teddy siseó, al tiempo que intentaba respirar.

—Santo cielo, jefe.

—Se pondrá bien, agente.

La voz lo intentó de nuevo: «Pase lo que pase, Teddy...».

Alguien le clavó una barra de acero por encima de las chinchetas, y Teddy se apretó el ojo bueno con la palma de la mano, mientras se le saltaban las lágrimas y se le retorcía el estómago.

«... no tomes esas píldoras».

El estómago se le hundió por completo, se deslizó hacia la cadera derecha, mientras unas llamas le lamían los lados de la fisura que tenía en la cabeza. Estaba casi seguro de que, si las cosas empeoraban, acabaría mordiéndose la lengua.

«¡No tomes esas malditas píldoras!», gritaba la voz, recorriendo el ardiente cañón de un lado a otro, ondeando una bandera, replegando las tropas.

Teddy bajó la cabeza y vomitó en el suelo.

—Jefe, jefe. ¿Se encuentra bien?

—Vaya, vaya —dijo Cawley—. Sí que son fuertes.

Teddy alzó la cabeza.

«No...

Tenía las mejillas húmedas por sus propias lágrimas.

... tomes...

Alguien había clavado una sierra a lo largo del cañón.

... esas...

La sierra había empezado a moverse hacia delante y hacia atrás.

... píldoras».

Teddy apretó los dientes y sintió que el estómago se le revolvía de nuevo. Intentó concentrarse en el vaso que tenía en la mano, pero notó algo extraño en su dedo pulgar. Decidió que la migraña estaba haciéndole perder la percepción.

«Notomesesaspíldoras».

Sintió otro largo tirón de los dientes de la sierra en los rosados pliegues de su cerebro, y Teddy tuvo que morderse la lengua para no gritar y, junto con el crepitar del fuego, oyó también los gritos de Rachel, la vio mirándole fijamente a los ojos, sintió su aliento en sus propios labios, sintió el rostro de aquella mujer en sus manos, mientras le acariciaba la sien con el dedo pulgar, y la jodida sierra no cesaba de atravesarle la cabeza...

«Notomesesasmalditaspíldoras».

... Y se llevó la palma de la mano a la boca, sintió cómo las píldoras se precipitaban dentro, las acompañó con un poco de agua, se las tragó, sintió cómo le bajaban por el esófago y bebió del vaso hasta dejarlo vacío.

—Me lo agradecerá —afirmó Cawley.

Chuck, que estaba junto a él, le entregó un pañuelo. Teddy se secó la frente y la boca, y después se desmayó.

—Ayúdeme a levantarle, agente —exclamó Cawley.

Le sentaron en una silla, le dieron la vuelta y Teddy pudo ver una puerta negra delante de él.

—No se lo diga a nadie —dijo Cawley—, pero tras esa puerta hay una habitación en la que a veces echo la siesta. Está bien, todos los días. Vamos a llevarle allí, agente, para que pueda dormir. Dentro de dos horas estará completamente recuperado.

Teddy vio que las manos le colgaban de los hombros, y

eso le causó una extraña impresión..., el hecho de que las manos colgaran de aquella forma por encima de su esternón. Y sus pulgares... estaban afectados por una ilusión óptica. ¿Qué demonios era? Quería poder arañarse la piel, pero Cawley ya estaba abriendo la puerta, y Teddy echó un último vistazo a las manchas de ambos dedos.

Manchas negras.

«Betún para zapatos», pensó, mientras le conducían a la oscura habitación.

«¿Cómo demonios he podido ensuciarme los dedos con betún?»

12

Fueron las peores pesadillas que jamás había tenido.

Al principio, Teddy vagaba por las calles de Hull, calles que había recorrido infinidad de veces, desde la infancia hasta la madurez. Pasó por delante de su antigua escuela, por delante del pequeño bazar en el que había comprado chicles y batidos. Volvió a pasar por delante de la casa de los Dickerson y de los Pakaski, de los Murray, de los Boyd, de los Vernon y de los Constantine. Sin embargo, nadie estaba en casa. No había nadie en ninguna parte. La ciudad entera estaba vacía y terriblemente tranquila. Ni siquiera podía oír el sonido del mar, y eso que el mar siempre se oía en Hull.

Era terrible: era su ciudad, y todo el mundo había desaparecido. Se sentó en el pequeño dique que se extendía a lo largo de Ocean Avenue y contempló la playa vacía. Se quedó sentado y esperó, pero no se le acercó nadie. Se dio cuenta de que todos estaban muertos, de que habían fallecido hacía mucho tiempo. Era un fantasma que había regresado siglos después a su propia ciudad fantasma. La ciudad ya no estaba aquí. Él ya no estaba aquí. Ya no había aquí.

A continuación estaba en un gran vestíbulo de mármol, lleno de gente, de camillas y de tubos rojos para el goteo intravenoso. Se sintió mejor inmediatamente. No le importaba dónde estuviera, no estaba solo. Tres niños —dos chicos y una chica— pasaron por delante de él. Los tres llevaban las batas del hospital, y la niña estaba asustada. Cogió las manos de sus hermanos y dijo:

—Ella está aquí y nos encontrará.

Andrew Laeddis se inclinó hacia delante, encendió el cigarrillo de Teddy y le preguntó:

—No me guardas rencor, ¿verdad, amigo?

Laeddis era un lúgubre espécimen humano: un cuerpo que se asemejaba a una cuerda torcida, una cabeza larguirucha con una pronunciada barbilla que era el doble de larga de lo que debería haber sido, dientes deformados, ralos mechones de pelo rubio sobre un cráneo rosado y lleno de costras. Aun así, Teddy se alegró de verle, puesto que era la única persona que conocía en toda la sala.

—Si quieres ir de juerga más tarde, tengo una botella —le comunicó Laeddis.

Le guiñó el ojo a Teddy, le dio una palmadita en la espalda y después se volvió hacia Chuck, lo que parecía perfectamente normal.

—Tenemos que marcharnos —dijo Chuck—. El tiempo pasa, amigo mío.

—Mi ciudad está vacía. No hay ni un alma —respondió Teddy.

Y echó a correr porque allí estaba ella, la mismísima Rachel Solando, gritando al tiempo que cruzaba la sala con un cuchillo de carnicero. Antes de que Teddy pudiera llegar hasta ella, Rachel ya había agredido a los tres niños, y el cuchillo iba arriba y abajo, arriba y abajo... Teddy se quedó paralizado, extrañamente fascinado, pues sabía que ya no podía hacer nada. Los niños estaban muertos.

Rachel, que tenía la cara y el cuello manchados de sangre, le miró.

—Ayúdame —le sugirió.

—¿Qué? —dijo Teddy—. No quiero problemas.

—Si me ayudas, seré Dolores —respondió Rachel—. Seré tu esposa y será como si la hubieras recuperado.

—Pues claro que sí —respondió Teddy, y la ayudó.

De alguna manera, levantaron a los tres niños a la vez, los sacaron por la puerta trasera y cuando llegaron al lago, los metieron en el agua. No los lanzaron de golpe. Lo hicieron con cuidado. Los pusieron en el agua y los niños se hundieron. Uno de los chicos salió a la superficie, agitando una mano.

—No pasa nada —dijo Rachel—. No sabe nadar.

Se quedaron de pie en la orilla, observaron cómo se ahogaba el niño y Rachel le pasó a Teddy el brazo por la cintura.

—Tú serás mi Jim y yo seré tu Dolores. Tendremos otros hijos.

A Teddy le pareció una solución perfectamente justa, y se preguntó por qué no se le había ocurrido antes.

La siguió hasta Ashecliffe, se reunieron con Chuck, y los tres juntos recorrieron un largo pasillo que medía más de un kilómetro y medio de largo.

—Va a llevarme hasta Dolores —le dijo Teddy a Chuck—. Regreso a casa, amigo.

—¡Estupendo! —exclamó Chuck—. Me alegro. Yo nunca saldré de esta isla.

—¿No?

—No, pero no pasa nada, jefe. Soy de aquí, y éste es mi hogar.

—Mi hogar es Rachel —contestó Teddy.

—Querrás decir Dolores.

—Sí, claro, ¿no he dicho eso?

—No, has dicho Rachel.

—Lo siento. ¿De verdad crees que éste es tu hogar?

Chuck asintió con la cabeza.

—Nunca he salido de aquí y nunca me marcharé. Mírame las manos, jefe.

Teddy se las miró, pero le parecieron perfectamente normales, y así se lo dijo.

Chuck negó con la cabeza.

—No encajan. A veces los dedos se convierten en ratones.

—Bien, entonces me alegro de que te sientas en casa.

—Gracias, jefe.

Chuck le dio una palmadita en la espalda y después se encontró con Cawley. De un modo u otro, Rachel se les había adelantado, y Teddy echó a correr para alcanzarla.

—No puedes querer a una mujer que ha matado a sus hijos —remarcó Cawley.

—Sí puedo —contestó Teddy, caminando aún más rápido—. Lo que sucede es que no lo entiendes.

—¿Qué? —Cawley no movía las piernas pero, aun así, se deslizaba silenciosamente y llevaba el mismo paso que Teddy—. ¿Qué es lo que no entiendo?

—No puedo estar solo. No puedo soportarlo, y mucho menos en este maldito mundo. La necesito. Ella es mi Dolores.

—Es Rachel.

—Eso ya lo sé. Pero hemos hecho un trato. Ella será mi Dolores y yo seré su Jim. Es un buen trato.

—Ya veo —dijo Cawley.

Los tres niños, que iban corriendo por el pasillo, se les acercaron. Estaban empapados y gritaban como locos.

—¿Qué clase de madre puede hacer una cosa así? —le preguntó Cawley.

Teddy observó cómo los niños corrían en fila. Habían pasado por delante de él y de Cawley, pero entonces el aire cambió o algo así, pues corrían y corrían, pero sin moverse del sitio.

—Me refiero al hecho de matar a sus hijos —añadió Cawley.

—No tenía intención de hacerlo —contestó Teddy—. Sólo estaba asustada.

—¿Igual que yo? —le preguntó, pero había dejado de ser Cawley y se había convertido en Peter Breene—. Mata a sus hijos, pero como está asustada, eso lo justifica todo.

—No..., sí. No me caes bien, Peter.

—¿Y qué piensas hacer para remediarlo?

Teddy apuntó a Peter en la sien con su revólver.

—¿Sabes a cuánta gente he ejecutado? —le preguntó, mientras las lágrimas le resbalaban por las mejillas.

—No lo hagas —suplicó Peter—. Por favor.

Teddy apretó el gatillo y vio cómo la bala salía por el otro extremo de la cabeza de Breene. Los tres niños lo habían presenciado todo y no paraban de llorar.

—Maldita sea —dijo Peter Breene, y se apoyó en la pared, con la mano encima de la herida de bala—. ¿Delante de los niños?

Entonces la oyeron. Un chillido procedente de la oscuridad. Era ella, y estaba acercándose. Se encontraba allí arriba, en algún lugar de esa negrura, y corría hacia ellos a toda velocidad.

—Ayúdanos —dijo la niña.

—No me corresponde hacerlo, no soy vuestro padre.

—Yo te llamaré «papá».

—De acuerdo —dijo Teddy, suspirando al tiempo que la cogía de la mano.

Recorrieron los peñascos de la costa de Shutter Island, y luego deambularon por la isla hasta llegar al cementerio. Teddy encontró una barra de pan, un poco de jalea y manteca de cacahuete, y les preparó unos bocadillos en el mausoleo. La niña estaba muy contenta, sentada en su regazo, comiéndose el bocadillo. Teddy la llevó al cementerio y le enseñó la lápida de su padre, la de su madre, y la suya propia.

EDWARD DANIELS
MAL MARINERO
1920-1957

—¿Por qué eres un mal marinero? —le preguntó la niña.

—No me gusta el agua.

—A mí tampoco. Eso nos convierte en amigos.

—Supongo que sí.

—Ya estás muerto. Tienes una cómo-se-llame.

—Una lápida.

—Eso.

—Entonces, debo de estarlo. No había nadie en mi ciudad.

—Yo también estoy muerta.

—Ya lo sé. Lo siento.

—No hiciste nada por detenerla.

—¿Qué podía hacer? Cuando conseguí llegar hasta ella, ya os había..., ya sabes.

—Vaya.

—¿Qué sucede?

—Ahí viene otra vez.

Y ahí estaba Rachel, entrando en el cementerio, junto a la lápida que Teddy había derribado durante la tormenta. Rachel se les acercó muy poco a poco. Estaba tan hermosa, con el cabello mojado y chorreante a causa de la lluvia. Había cambiado el cuchillo de carnicero por un hacha de mayo largo que arrastraba junto a ella.

—Vamos, Teddy. Son míos.

—Ya lo sé, pero no puedo entregártelos.

—Esta vez será diferente.

—¿En qué sentido?

—Ahora me encuentro bien. Conozco mis responsabilidades y me he recuperado.

—Te quiero tanto —dijo Teddy entre sollozos.

—Yo también te quiero, cariño.

Rachel se le acercó y le besó —un beso de verdad—, le puso las manos en la cara y deslizó su lengua sobre la de él, y un tenue gemido subió por la garganta hasta la boca de Teddy mientras ella le besaba con más y más fuerza. La quería tanto.

—Ahora, entrégame a la niña —le ordenó Rachel.

Teddy le entregó a la niña y Rachel la cogió con una mano, sosteniendo el hacha con la otra.

—Vuelvo enseguida, ¿de acuerdo?

—Muy bien —respondió Teddy.

Teddy saludó a la niña con un movimiento de la mano, sabiendo que ella no lo entendía. Pero era por su propio bien, y él lo sabía. Los adultos a veces tenían que tomar decisiones difíciles que los niños no llegaban a comprender. Sin embargo, uno las tomaba por el bien de los niños. Teddy siguió saludándola con la mano, a pesar de que la niña no le devolvió el saludo mientras su madre la llevaba hacia el mausoleo. La niña pequeña se quedó mirando fijamente a Teddy, con una mirada que expresaba que no tenía ninguna esperanza de que la rescatara, resignada al mundo en que vivía, a ese sacrificio, y con la boca todavía manchada de jalea y de manteca de cacahuete.

—¡Dios mío!

Teddy se sentó. Estaba llorando. Tenía la sensación de que se había despertado de golpe, de que había obligado a su mente a recuperar la conciencia para poder acabar con esa pesadilla. La sentía en su cerebro, al acecho, con las puertas abiertas de par en par. Para adentrarse de nuevo en ella lo único que tenía que hacer era cerrar los ojos y apoyar la cabeza en la almohada.

—¿Cómo se encuentra, agente?

Teddy parpadeó varias veces en la oscuridad.

—¿Quién es?

Cawley encendió una lamparilla que estaba junto a su silla, en un extremo de la habitación.

—Lo siento, no quería asustarle.

Teddy se incorporó en la cama.

—¿Cuánto tiempo llevo aquí?

Cawley le dedicó una sonrisa a modo de disculpa.

—Las píldoras han resultado ser un poco más fuertes de lo que pensaba. Ha dormido cuatro horas.

—Mierda —exclamó Teddy frotándose los ojos con las palmas de las manos.

—Tenía pesadillas, agente. Pesadillas muy graves.

—Estoy en una institución mental, en una isla, y está azotándonos un huracán —respondió Teddy.

—*Touché* —asintió Cawley—. Cuando llegué, tardé un mes en poder dormir bien. ¿Quién es Dolores?

—¿Qué? —preguntó Teddy, y balanceó las piernas en un extremo de la cama.

—No ha hecho más que repetir su nombre.

—Tengo la boca seca.

Cawley asintió con la cabeza, se dio la vuelta, cogió un vaso de agua de la mesilla que había junto a él y se lo dio a Teddy.

—Me temo que son los efectos secundarios. Aquí tiene.

Teddy cogió el vaso y bebió el contenido de unos cuantos tragos.

—¿Se le ha pasado el dolor de cabeza?

Teddy recordó por qué estaba en esa habitación y tardó

unos instantes en considerar la respuesta. Veía con claridad, ya no tenía chinchetas en la cabeza y, a pesar de que tenía el estómago un poco revuelto, no era nada grave. Sentía un ligero dolor en el lado derecho de la cabeza, como si unos cuantos días antes hubiera sufrido una contusión.

—Me encuentro bien —respondió—. Eso sí que son píldoras.

—Estamos aquí para ayudarle. Así que, ¿quién es Dolores?

—Mi mujer —contestó Teddy—. Está muerta. Y, sí, doctor, todavía no lo he superado. ¿Le parece bien?

—Perfectamente bien. Y lamento que sufriera esa pérdida. ¿Murió de forma repentina?

Teddy le miró y se echó a reír.

—¿Qué pasa?

—La verdad es que no estoy de humor para que me psicoanalicen, doctor.

Cawley cruzó las piernas a la altura de los tobillos y encendió un cigarrillo.

—No tengo ninguna intención de perturbarle, agente. Sin embargo, esta noche ha sucedido algo con Rachel. No ha sido sólo ella. Como soy su terapeuta, estaría desatendiendo mis obligaciones si no me preguntara qué clase de demonios le atormentan a usted.

—¿Que qué ha sucedido en esa habitación? —preguntó Teddy—. He representado el papel que ella quería.

Cawley soltó una risita.

—Debería conocerse mejor, agente. Por favor..., ¿está intentándome negar que, si los hubiéramos dejado solos, los habríamos encontrado después completamente vestidos?

—Soy agente de la ley, doctor —respondió Teddy—. Sea lo que sea que crea haber visto en esa habitación, no es cierto.

—De acuerdo. Lo que usted diga —dijo Cawley levantando una mano.

—Lo que yo diga —asintió Teddy.

Cawley se reclinó en su asiento, fumó, y pensó en lo que le había respondido el agente. Teddy oyó la tormenta, sintió cómo golpeaba las paredes y cómo penetraba en el edificio a través de las hendiduras bajo el tejado. Cawley le observaba en silencio.

—Murió en un incendio —respondió Teddy finalmente—. La echo tanto de menos que..., si estuviera sumergido en el agua, no echaría tanto de menos el oxígeno. —Miró a Cawley con las cejas levantadas—. ¿Satisfecho?

Cawley se inclinó hacia delante, le dio un cigarrillo a Teddy y se lo encendió.

—Una vez quise a una mujer en Francia —le explicó Cawley—. No se lo cuente a mi mujer, ¿de acuerdo?

—No se preocupe.

—Quería a esa mujer del mismo modo que usted..., en fin, nada —dijo, con una nota de sorpresa en la voz—. Esa clase de amor no es comparable a nada, ¿verdad que no?

Teddy negó con la cabeza.

—Es un don único —añadió Cawley.

Después siguió el humo del cigarrillo con los ojos y su mirada se elevó más allá de esa sala, más allá del océano.

—¿Qué estaba haciendo en Francia?

Cawley sonrió y apuntó a Teddy con el dedo.

—Ah —exclamó Teddy.

—En cualquier caso, esa mujer iba a reunirse conmigo una noche. Supongo que tenía prisa. Era una noche lluviosa en París, tropezó y cayó, y ahí acabó todo.

—¿Cómo dice?

—Que tropezó y cayó.

—¿Y? —le preguntó Teddy, mirándole fijamente a los ojos.

—Y nada. Tropezó. Cayó al suelo, se dio un golpe en la cabeza y murió. ¿No le parece increíble? En época de guerra.

De todas las formas posibles en las que uno puede morir en una guerra... tropezó.

Teddy pudo ver el dolor en su rostro, incluso después de tantos años, el terrible recelo de haber sido el blanco de una broma cósmica.

—A veces —dijo Cawley en voz baja—, consigo pasar tres horas sin pensar en ella. Otras, paso semanas enteras sin recordar su olor, las miradas que me lanzaba cuando sabía que podríamos pasar un rato juntos una determinada noche, su pelo..., la forma que tenía de jugar con él cuando estaba leyendo. A veces... —Cawley apagó el cigarrillo—. Dondequiera que fuera su alma... si hubiera una puerta, bajo su cuerpo, y se hubiera abierto cuando murió y se hubiera ido a través de ella, volvería mañana a París para cruzar esa misma puerta y reunirme con ella.

—¿Cómo se llamaba? —preguntó Teddy.

—Marie —contestó Cawley y, al hacerlo, algo se rompió en él.

Teddy dio una calada al cigarrillo y dejó salir el humo perezosamente de su boca.

—Dolores se movía mucho mientras dormía, y siete veces de cada diez su mano iba a parar encima de mi cara, y lo digo en serio. Encima de la boca o de la nariz. Zas, y ahí estaba otra vez. A veces la apartaba con bastante brusquedad porque estaba durmiendo tranquilamente y, un segundo después, estaba despierto. Gracias, cariño. Otras veces, sin embargo, la dejaba tal y como estaba. La besaba, la olía, de todo. La inspiraba. Si pudiera volver a tener esa mano sobre mi cara, doctor, vendería el mundo entero.

Las paredes retumbaron y la noche se estremeció por el viento.

Cawley observó a Teddy tal y como se observa a los niños de una esquina transitada.

—Soy bastante bueno en mi trabajo, agente, y admito que soy un egotista. Tengo un cociente intelectual muy alto, e incluso de niño ya podía interpretar a la gente, mejor que nadie. No quiero ofenderle con lo que estoy a punto de decirle, pero, ¿ha pensado alguna vez que tiene tendencias suicidas?

—Me alegro de que no quisiera ofenderme —dijo Teddy.

—¿Lo ha pensado alguna vez?

—Sí —dijo Teddy—. Por eso he dejado de beber, doctor.

—Porque sabe que...

—... si lo hiciera, ya me habría pegado un tiro hace mucho tiempo.

Cawley asintió con la cabeza.

—Como mínimo, no se engaña a sí mismo.

—Sí —asintió Teddy—. Como mínimo, es un tanto a mi favor.

—Cuando se marche de aquí —añadió Cawley—, puedo darle algunos nombres. Médicos excelentes. Podrían ayudarle.

Teddy negó con la cabeza.

—Los agentes federales no van al psiquiatra. Lo siento, pero si alguien llegara a enterarse, perdería el trabajo.

—De acuerdo, de acuerdo. Muy bien, agente, pero...

Teddy levantó los ojos.

—... si sigue así, la cuestión no será si lo hará o no. La cuestión será cuándo.

—Eso no lo sabe.

—Sí, sí lo sé. Estoy especializado en traumas dolorosos y en la culpabilidad del superviviente. A mí me pasa lo mismo, y por eso me he especializado en eso. Hace unas cuantas horas, le vi mirar fijamente a Rachel Solando, y vi a un hombre que deseaba morir. Su jefe, el oficial superior, me contó que usted era el agente más condecorado que tenía y que llegó de la guerra con suficientes medallas para llenar un cofre. ¿Es eso cierto?

Teddy se encogió de hombros.

—Me contó que estuvo en las Ardenas y que formó parte de las fuerzas liberadoras en Dachau.

Teddy volvió a encogerse de hombros.

—Y después murió su mujer. Agente, ¿cuánta violencia puede soportar un hombre antes de desmoronarse?

—No lo sé, doctor —respondió Teddy—. Yo también me lo pregunto.

Cawley se inclinó hacia delante y le dio una palmadita en la rodilla.

—Antes de marcharse, apúntese esos nombres, ¿de acuerdo? Dentro de cinco años, agente, me gustaría estar aquí sentado y saber que todavía está en este mundo.

Teddy contempló la mano que descansaba sobre su rodilla y levantó la mirada.

—A mí también —respondió Teddy en voz baja.

Se reunió de nuevo con Chuck en el sótano del dormitorio masculino, lugar en el que habían dispuesto camas plegables para todo el mundo mientras durara la tormenta. Para llegar hasta allí, Teddy había recorrido una serie de pasillos subterráneos que conectaban todos los edificios del recinto. Un ayudante llamado Ben, una gruesa montaña de mórbida piel blanca, le había conducido a través de cuatro puertas cerradas con llave y de tres puestos de control vigilados. Desde allí abajo, uno ni siquiera se daba cuenta de que, un poco más arriba, el mundo estaba bramando.

Los pasillos no sólo eran largos y grises, sino que también estaban mal iluminados. Sin embargo, a Teddy no le apetecía compararlos con el pasillo de su sueño. El pasillo de su sueño no era tan largo, ni tampoco estaba lleno de repentinas zonas de oscuridad, pero era igual de lúgubre y frío.

Al ver a Chuck, se sintió avergonzado. Nunca había padecido una migraña tan fuerte en público y, al recordar que había vomitado en el suelo, se sintió abochornado. Se había sentido tan indefenso como un bebé y habían tenido que levantarle de la silla.

Sin embargo, cuando Chuck gritó «hola, jefe» desde el otro extremo de la habitación, le sorprendió darse cuenta de lo mucho que le alegraba que estuvieran juntos de nuevo. Teddy había solicitado ocuparse de esa investigación él solo, pero se habían negado a aceptarlo. En aquel momento se había enfadado, pero después de pasar dos días en aquel lugar, después del mausoleo, del aliento de Rachel en su boca y de aquellas malditas pesadillas, no le quedaba más remedio que admitir que le alegraba no estar solo en el asunto.

Se estrecharon la mano, y recordó lo que Chuck le había dicho en el sueño —«Yo nunca saldré de esta isla»—, y Teddy sintió que el espectro de un gorrión le atravesaba el centro del pecho y batía las alas.

—¿Cómo estás, jefe? —le preguntó Chuck, dándole una palmadita en la espalda.

Teddy le sonrió tímidamente.

—Estoy mejor. Un poco débil pero, en conjunto, me encuentro bien.

—Joder —exclamó Chuck, bajando la voz y apartándose de dos ayudantes que estaban fumando, apoyados en una columna—. Me has asustado, jefe. Creía que te había dado un ataque al corazón, una apoplejía o algo así.

—Sólo era una migraña.

—Sólo —repitió Chuck. Bajó la voz todavía más, y se dirigieron hacia la pared de cemento color beis del extremo sur de la sala, lejos de los demás hombres—. ¿Sabes?, al principio creía que estabas fingiendo, y que querías echar un vistazo a los historiales, o algo así.

—Ojalá fuera tan listo.

Con ojos resplandecientes y vivos, Chuck miró fijamente a Teddy.

—Sin embargo, me diste una idea.

—No.

—Sí.

—¿Qué hiciste?

—Le dije a Cawley que iba a hacerte compañía. Al cabo de un rato, le llamaron y salió de su despacho.

—¿Miraste sus archivos?

Chuck asintió con la cabeza.

—¿Y qué encontraste?

—De hecho, no encontré demasiadas cosas —respondió Chuck, más desanimado—. No pude acceder a sus archivadores, tenían una especie de cerraduras que no había visto nunca. Y he abierto muchas. Podría haber intentado abrirlas, pero habría dejado marcas, ¿sabes?

—Hiciste lo correcto —respondió Teddy, haciendo un gesto de asentimiento.

—Sí, bien... —Chuck saludó a un ayudante que pasaba por allí delante, y Teddy tuvo la sensación surrealista de que habían sido transportados a una película de James Cagney y de que había presos en el patio planeando su fuga—. Pero conseguí echar un vistazo a los cajones de su escritorio.

—¿Qué?

—Una locura, ¿verdad? Puedes castigarme más tarde.

—¿Castigarte? Lo que voy a hacer es darte una medalla.

—Nada de medallas, no encontré demasiadas cosas, jefe. Sólo su agenda. Lo curioso, sin embargo, es que ayer, hoy, mañana y pasado mañana estaban tachados, marcados en negro.

—Debe de ser por el huracán —respondió Teddy—. Sabía que se avecinaba.

Chuck negó con la cabeza.

—Escribió algo en los cuatro días. ¿Entiendes lo que quiero decirte? Como cuando apuntas «vacaciones en Cape Cod», o algo así. ¿Me sigues?

—Sí, claro —contestó Teddy.

Trey Washington se les acercó sigilosamente, con un cigarro medio torcido en la boca, y con la cabeza y la ropa empapadas por la lluvia.

—¿Qué pasa? ¿Han pasado a la clandestinidad, agentes?

—Y que lo diga —respondió Chuck.

—¿Ha estado ahí afuera? —le preguntó Teddy.

—Sí, y ahora es brutal, agentes. Hemos puesto sacos de arena por todo el recinto y hemos reforzado con tablones las ventanas. Mierda. Y las malditas tablas no hacían más que caerse al suelo. —Trey encendió de nuevo su cigarro con un Zippo y se volvió hacia Teddy—. ¿Se encuentra bien, agente? Por ahí afuera ha circulado el rumor de que le había dado una especie de ataque.

—¿Qué clase de ataque?

—Si tuviera que contarle todas las versiones de la historia, tendríamos que pasarnos aquí la noche entera.

Teddy sonrió.

—Padezco migrañas muy fuertes.

—Una tía mía también tenía unas migrañas muy fuertes. Se encerraba en el dormitorio, apagaba la luz, corría las cortinas, y no la veías en veinticuatro horas.

—La compadezco.

Trey chupó su cigarro.

—Hace mucho tiempo que está muerta, pero esta noche, cuando rece, se lo diré. De todas formas, con o sin migrañas, era una mujer mala. Solía pegarnos a mí y a mi hermano con un palo de madera de nogal. Y, a veces, por nada. Yo le decía «pero, tía, ¿qué he hecho?», y ella me respondía «no lo sé, pero pienso que estás a punto de hacer algo terrible». ¿Qué puede hacerse con una mujer así?

Como parecía que realmente estaba esperando una respuesta, Chuck dijo:

—Correr más rápido.

Trey soltó carcajadas sin quitarse el cigarro de la boca.

—Sí, señor. Es verdad. —Suspiró—. Bueno, ahora voy a secarme. Nos vemos más tarde.

—Hasta luego.

La sala estaba llenándose de hombres que llegaban de fuera. Se sacudían las gotas de agua de los chubasqueros negros y de las gorras negras de guarda forestal, tosían, fumaban y se pasaban esos frascos que habían dejado de ser secretos.

Teddy y Chuck se apoyaron en la pared color beis y hablaron en voz baja de cara a la sala.

—Así pues, las palabras de la agenda...

—Sí.

—Supongo que no ponía «vacaciones en Cape Cod».

—No.

—¿Qué ponía?

—Paciente sesenta y siete.

—¿Eso es todo?

—Sí.

—Supongo que es suficiente, ¿no?

—Sí, diría que sí.

No podía dormir. Oyó a los hombres roncar, resollar, inspirar y espirar aire, algunos con débiles silbidos, e incluso oyó que algunos hablaban mientras dormían. Oyó a alguien decir: «Deberías habérmelo contado, eso es todo. Deberías haber pronunciado esas palabras...». Y a otro: «Tengo palomitas en la garganta». Algunos daban patadas a las sábanas, otros no paraban de dar vueltas, mientras que otros se incorporaban lo suficiente para darle un manotazo a la almohada antes de dejarse caer de nuevo en el colchón. Al cabo de un rato, el ruido adquirió una especie de ritmo confortable que a Teddy le recordó el sonido apagado de un himno.

Los ruidos procedentes del exterior también le llegaban muy amortiguados, a pesar de que Teddy podía oír cómo la tormenta arrasaba el suelo y sacudía los cimientos del edificio. Deseó que hubiera ventanas allí abajo, aunque sólo fuera para ver los relámpagos, la extraña luz que debía de estar tiñendo el cielo.

Pensó en lo que Cawley le había dicho.

La cuestión no será si lo hará o no lo hará. La cuestión será cuándo.

¿Se comportaba como un suicida?

Seguramente sí. Desde la muerte de Dolores, no había transcurrido ni un solo día en el que no hubiera pensado reunirse con ella y, en algunas ocasiones, las cosas habían ido mucho más lejos. A veces tenía la sensación de que seguir viviendo era un acto de cobardía. ¿Qué sentido tenía ir a comprar comida, llenar el depósito de su Chrysler, afeitarse, ponerse los calcetines, hacer otra cola, escoger una corbata, plancharse la camisa, lavarse la cara, peinarse, canjear cheques, renovar el permiso de conducir, leer el periódico, orinar, comer —solo, siempre solo—, ir al cine, comprar un disco, pagar las facturas, afeitarse de nuevo, lavarse de nuevo, dormir de nuevo, despertarse de nuevo..., si nada de eso le acercaba más a ella?

Sabía que debía seguir adelante, recuperarse, superarlo. O, como mínimo, eso le habían dicho los pocos amigos y los pocos familiares cercanos, y también sabía que si él mismo estuviera viéndolo desde fuera, le diría a ese otro Teddy que debía animarse, recuperar el valor y continuar viviendo.

Sin embargo, para hacer una cosa así, tendría que encontrar la manera de poner a Dolores en una estantería, de permitir que se cubriera de polvo, con la esperanza de que ese polvo acumulado pudiera mitigar los recuerdos que tenía de ella. Aplacar su imagen, hasta que un día se convirtiera en un sueño y no en una persona que había vivido.

«La gente dice: "Tienes que superarlo, tienes que superarlo", pero... ¿para qué? ¿Para vivir esta maldita vida? ¿Cómo voy a olvidarte? De momento, no lo he conseguido, y ¿cómo se supone que debo hacerlo? Lo único que me pregunto es cómo se supone que debo dejarte marchar. Quiero abrazarte otra vez, olerte... y, sí, también quiero que desaparezcas. Por favor, por favor, desaparece...»

Deseó no haber tomado aquellas píldoras. A las tres de la mañana estaba completamente despierto. Despierto y oyendo a su mujer: su voz ronca, el ligero acento de Boston que se volvía más marcado cuando le susurraba que le amaría para siempre. Sonrió en la oscuridad mientras la oía, le veía los dientes, las pestañas, el perezoso apetito carnal de sus miradas del domingo por la mañana.

La noche en que la conoció en el Cocoanut Grove. La gran y estridente orquesta tocaba, el aire se había vuelto de color plata a causa del humo, y todo el mundo iba vestido de punta en blanco: marineros y soldados ataviados con sus mejores trajes, blancos, azules y grises; civiles con llamativas corbatas de flores, con trajes de botonadura doble y con los pañuelos elegantemente doblados en el bolsillo; sombreros de ala puntiaguda en todas las mesas, y las mujeres..., las mujeres estaban por todas partes. Bailaban incluso cuando se dirigían al cuarto de baño, bailaban de una mesa a otra y giraban sobre sus talones mientras encendían cigarrillos, y abrían de golpe sus polveras mientras se deslizaban hacia la barra y echaban la cabeza hacia atrás para reírse. Esas mujeres tenían el cabello tan reluciente como el raso y, cuando se movían, brillaba bajo la luz.

Teddy estaba con Frankie Gordon, otro sargento del Servicio de Inteligencia, y con unos cuantos tipos más. Todos ellos tenían que embarcar una semana más tarde, pero él se separó de Frankie en cuanto la vio, le dejó con la palabra en la boca y se dirigió hacia la pista de baile. Durante un minuto, la perdió entre la multitud, ya que todo el mundo se había apartado para dejar sitio a un marinero y a una rubia que llevaba un vestido blanco. El marinero lanzó a la chica por detrás de su espalda y, con un giro rápido, la hizo pasar por encima de su cabeza; a continuación la cogió de nuevo y la dejó en el suelo mientras la multitud estallaba en aplausos. Entonces, volvió a ver el vestido color violeta.

Era un vestido precioso, y el color había sido lo primero que le había llamado la atención. Sin embargo, esa noche había muchísimos vestidos bonitos, demasiados para ser contados; por lo tanto, no fue el vestido lo que le atrajo, sino la forma en que lo llevaba: nerviosa y tímidamente, tocándoselo con una leve aprensión. Se lo ajustaba una y otra vez. Apretaba las hombreras con las manos.

Era prestado o alquilado. Nunca había llevado un vestido así antes. El hecho de llevarlo le asustaba tanto que no estaba segura de si los hombres y las mujeres la miraban con deseo, envidia o lástima.

Había pillado a Teddy observándola mientras manoseaba el vestido y se ajustaba la tira del sujetador. Ella bajó los ojos, empezó a enrojecer desde el mismísimo cuello y después levantó la mirada de nuevo. Teddy la miró fijamente, sonrió y pensó: «Yo también me siento estúpido con este traje». Deseó que sus pensamientos llegaran hasta el otro lado de la pista de baile. Y quizá funcionó, porque ella le devolvió la sonrisa, a pesar de que era una sonrisa más bien de agradecimiento que de coquetería. En ese mismo instante, Teddy dejó a Frankie Gordon, que estaba hablando de las tiendas de piensos de Iowa, o algo parecido. Cuando consiguió atravesar el sudoroso cerco de bailarines, se dio cuenta de que no tenía nada que decirle. ¿Qué podría decirle? ¿Un bonito vestido? ¿Puedo invitarla a una copa? ¿Tiene unos ojos muy bonitos?

—¿Se ha perdido? —le preguntó ella.

Sabía que tenía que responderle algo, pero no podía apartar los ojos de ella. Era una mujer menuda y, con tacones, no debía de medir más de metro sesenta y cuatro. Era tremendamente hermosa, pero no de una forma convencional, como muchas de las mujeres que había allí, con la nariz, el pelo y los labios perfectos. Había algo extraño en su rostro, tal vez tuviera los ojos demasiado separados, o quizá sus gruesos labios no encajaran en su cara pequeña, o quizá fuera su barbilla desdibujada.

—Sí —respondió él.

—Bien, ¿qué está buscando?

—A usted —contestó, antes de tener tiempo de poder pensarlo.

Ella abrió los ojos de par en par, y Teddy vio un defecto en su iris izquierdo, un puntito color bronce. Teddy sintió que el horror le recorría el cuerpo al tiempo que se daba cuenta de que había metido la pata, de que se había comportado como Romeo, con demasiada franqueza y mostrando demasiada seguridad en sí mismo.

A usted.

¿Dónde coño había aprendido esa frase? ¿Qué demonios creía...?

—Bien... —empezó ella.

Deseaba salir corriendo. No podía soportar mirarla ni un minuto más.

—... por lo menos no ha tenido que recorrer una gran distancia.

Notó que el rostro se le iluminaba con una sonrisa tonta, y se vio reflejado en los ojos de ella. Era un idiota, un patán. Estaba tan contento que no podía respirar.

—No, señorita. Supongo que no.

—Dios mío —dijo ella, inclinando el cuerpo hacia atrás

para verle mejor, y con el vaso de Martini apoyado en la parte superior del pecho.

—¿Qué?

—Aquí se siente tan fuera de lugar como yo, ¿verdad, soldado?

Se sentó en la parte trasera del taxi con su amiga, Linda Cox, y mientras ella se inclinaba hacia delante para darle la dirección al taxista, Teddy se apoyó en la ventanilla.

—Dolores.

—Edward.

Teddy se rió.

—¿Qué pasa?

—Nada —respondió, levantando una mano.

—En serio, ¿qué pasa?

—Nadie me llama Edward, sólo mi madre.

—Teddy, entonces.

Le encantaba oírla pronunciar esa palabra.

—De acuerdo.

—Teddy —repitió, como si estuviera practicando.

—Eh. ¿Cómo te apellidas? —le preguntó.

—Chanal.

Al oírlo, Teddy levantó una ceja.

—Ya lo sé —asintió Dolores—. No me pega. Suena demasiado presuntuoso.

—¿Puedo llamarte?

—¿Tienes buena memoria para los números?

Teddy sonrió.

—De hecho...

—Winter Hill 64346 —respondió.

Cuando el taxi se alejó, él se quedó de pie en la acera y, al recordar su cara tan cerca de la de él —a través de la ventanilla del taxi, en la pista de baile—, su cerebro estuvo a punto de sufrir un cortocircuito, y de olvidar su nombre y su número de teléfono.

«Así que esto es lo que se siente cuando uno se enamora», pensó. No tenía lógica alguna, apenas la conocía. Pero, con todo, era eso lo que sentía. Acababa de conocer a la mujer que, de alguna manera, conocía desde antes de nacer. La medida de todos los sueños que nunca se había atrevido a satisfacer.

Dolores. Sentada en el asiento trasero, pensaba en él, y le sentía tal y como él estaba sintiéndola a ella.

Dolores.

Todo lo que siempre había necesitado tenía ahora un nombre.

Teddy se dio la vuelta en la cama plegable, alargó la mano hacia el suelo, y buscó hasta que encontró la libreta y una caja de cerillas. Encendió la primera cerilla con el pulgar y la sostuvo encima de la página que había garabateado durante la tormenta. Tuvo que encender cuatro cerillas antes de atribuir las letras apropiadas a los números.

18 — 1 — 4 — 9 — 5 — 4 — 19 — 1 — 12 — 4 — 23 — 14 — 5
R A D I E D S A L D W N E

Sin embargo, una vez hubo terminado, no tardó mucho en descifrar el código. Después de encender dos cerillas más, Teddy miraba fijamente el nombre al tiempo que los fósforos se consumían y las llamas iban acercándosele a los dedos.

Andrew Laeddis.

Mientras las cerillas iban calentándose cada vez más, se

volvió hacia Chuck, que estaba durmiendo dos camas más allá, y esperó que su carrera profesional no se viera afectada. Eso no debería suceder y él mismo cargaría con toda la culpa. A Chuck no le ocurriría nada. Pasara lo que pasara, le rodeaba su aura; Chuck saldría ileso.

Volvió a mirar la página y le echó un último vistazo antes de que la cerilla se apagara.

«Hoy mismo te encontraré, Andrew. Si no le debo mi vida a Dolores, como mínimo, le debo esto.

»Te encontraré.

»Y te mataré.»

TERCER DÍA

PACIENTE SESENTA Y SIETE

14

Las dos casas que estaban fuera del recinto —la del jefe adjunto de vigilancia y la de Cawley— habían sufrido graves daños. La mitad del tejado de la casa de Cawley había desaparecido y las tejas habían volado por todo el hospital, como si hubieran tenido que aprender una lección de humildad. Un árbol había atravesado la ventana de la sala de estar del adjunto, a pesar de los tablones que habían colocado en las ventanas para proteger la casa, y el árbol entero —con raíces y todo— estaba en medio de su casa.

Había conchas y ramas por todo el recinto, y cuatro centímetros de agua en el suelo. Las tejas de la casa de Cawley, unas cuantas ratas muertas y una veintena de manzanas mojadas estaban recubiertas de arena. Los cimientos del hospital parecían haber sido derribados con una taladradora; el pabellón A había perdido cuatro ventanas y varias secciones habían sido arrastradas hacia la parte trasera. Dos de las casitas de los empleados habían quedado reducidas a un montón de palos, y muchas otras habían quedado tumbadas de costado. Los dormitorios de las enfermeras y de los ayudantes habían perdido varias ventanas, y también habían sufrido daños a causa del agua. El pabellón B se había salvado del estropicio y no tenía ni un solo desperfecto. Por toda la isla, Teddy vio árboles con la copa arrancada, la madera pelada apuntando hacia arriba, como lanzas.

El aire, denso y plomizo, estaba otra vez inmóvil. La lluvia caía de forma cansina y constante. Los peces muertos cubrían la orilla. Por la mañana, cuando salieron por vez primera del edificio, una única platija yacía en el porche, agitándose y resollando, con un ojo triste e hinchado mirando hacia el mar.

Teddy y Chuck observaron cómo McPherson y uno de los ayudantes balanceaban un jeep de un lado a otro. Consiguieron ponerlo en marcha al quinto intento y cruzaron la verja a toda velocidad. Un minuto más tarde, Teddy les vio subiendo la cuesta de detrás del hospital, dirigiéndose rápidamente al pabellón C.

Cawley entró en el recinto, se detuvo un momento para coger un trozo de su tejado y lo observó antes de dejarlo caer sobre el suelo empapado. Volvió la mirada dos veces hacia Teddy y Chuck antes de reconocerlos, puesto que llevaban el uniforme blanco de los ayudantes, y un impermeable y un sombrero negros. Les dedicó una irónica sonrisa y, cuando estaba a punto de acercárseles, un médico que llevaba un estetoscopio alrededor del cuello salió corriendo del hospital y se dirigió hacia él.

—El número dos ha muerto, no podemos hacer nada por él. Además, tenemos dos pacientes en estado crítico. Se morirán, John.

—¿Dónde está Harry?

—Harry está haciendo todo lo que puede, pero no tiene electricidad. ¿De qué sirve un generador si no genera nada?

—De acuerdo. Vayamos.

Partieron a grandes zancadas.

—¿No les funciona el generador? —preguntó Teddy.

—Por lo que parece, estas cosas pasan cuando hay un huracán —respondió Chuck.

—¿Ves alguna luz?

Chuck echó un vistazo a las ventanas.

—No —contestó.

—¿Crees que se ha estropeado todo el sistema eléctrico?

—Es bastante probable.

—Eso incluye las verjas de entrada.

Chuck recogió una manzana que llegó flotando hasta sus pies. Agitó el brazo varias veces, levantó una pierna y lanzó la fruta contra la pared.

—¡*Strike* uno! —Se volvió hacia Teddy—. Sí, incluiría las verjas.

—Y todo el sistema electrónico de seguridad, las vallas, las puertas...

—Que Dios nos ayude —dijo Chuck. Luego cogió otra manzana, se la pasó por encima de la cabeza y la recogió por detrás de la espalda—. Quieres entrar en ese fuerte, ¿verdad?

Teddy inclinó la cabeza bajo la suave lluvia.

—Es el día perfecto para hacerlo.

El jefe adjunto de vigilancia llegó en un jeep con otros tres vigilantes más, y el agua se removió bajo los neumáticos. El jefe cayó en la cuenta de que Teddy y Chuck estaban ociosos en el patio, y eso pareció molestarle. Teddy se percató de que, al igual que Cawley, los había tomado por ayudantes, y que le había irritado que no tuvieran rastrillos o bombas de agua en las manos. Sin embargo, pasó por delante de ellos sin detenerse, con la cabeza erguida hacia delante, como si tuviera cosas más importantes de las que ocuparse. Teddy se dio cuenta de que todavía no había oído la voz de aquel hombre, y se preguntó si era tan negra como su pelo o tan blanca como su piel.

—Entonces deberíamos ponernos en marcha —sugirió Chuck—. Esto no durará para siempre.

Teddy echó a andar hacia la valla y Chuck fue tras él.

—Me gustaría silbar, pero tengo la boca demasiado seca —dijo Chuck.

—¿Tienes miedo? —le preguntó Teddy de repente.

—Creo que estoy cagado de miedo, jefe —respondió, lanzando una manzana contra otra parte de la pared.

Se acercaron a la valla, vieron que el vigilante tenía cara de niño y ojos crueles.

—Todos los ayudantes tienen que pasar por la oficina y presentarse ante el señor Willis en administración. Estáis en el destacamento de limpieza, chicos.

Chuck y Teddy observaron sus respectivos uniformes blancos.

—Huevos Benedictine —dijo Chuck.

Teddy asintió con la cabeza.

—Gracias, estaba preguntándomelo. ¿Y para comer?

—Rosbif cortado en lonchas muy finas.

Teddy se volvió hacia el vigilante y le mostró la placa.

—Nuestra ropa todavía está en la lavandería.

El vigilante echó un vistazo a la placa de Teddy, y luego, expectante, miró a Chuck.

Chuck soltó un suspiro, sacó la cartera y la abrió de golpe bajo las narices del vigilante.

—¿Qué motivo tienen para salir del recinto? —les dijo el vigilante—. Ya han encontrado a la paciente desaparecida.

Teddy decidió que cualquier explicación les haría parecer débiles y que inclinaría la balanza del poder a favor de aquel desgraciado. Durante la guerra, Teddy había estado con media docena de desgraciados como aquél. La mayoría nunca regresaron, y Teddy se había preguntado a menudo si a alguien le habría importado. Uno no podía relacionarse con esa clase de gilipollas, ni tampoco podía enseñarles nada. No obstante, podía pararles los pies si comprendía que lo único que respetaban era el poder.

Teddy dio un paso hacia delante, le estudió la cara, esbozando una sonrisa con las comisuras de los labios, y esperó a que el tipo le mirara fijamente a los ojos.

—Vamos a dar un paseo —contestó Teddy.

—No tienen autorización.

—Sí, sí que la tenemos. —Teddy se le acercó todavía más y al chico no le quedó más remedio que levantar los ojos para verle. Incluso podía olerle el aliento—. Somos agentes federales y estamos en una institución federal. Eso significa que tenemos la autorización del mismísimo Dios en persona. No tenemos por qué responderte, no tenemos que darte explicaciones. Mira, chico, aunque te pegáramos un tiro en la polla, no habría ni un solo tribunal en todo el país que quisiera ocuparse del caso. —Teddy se le acercó unos cuantos centímetros más—. Así que abre esa maldita valla.

El chico intentó sostenerle la mirada, tragó saliva e hizo lo posible por mantenerse firme.

—Te lo repito. Abre esa... —dijo Teddy.

—De acuerdo.

—No te he oído —dijo Teddy.

—Sí, señor.

Teddy siguió mirándole con gesto enfadado durante un segundo más, y después expulsó aire ruidosamente por la nariz.

—Muy bien, chico. ¡Vaya follón que has armado!

—Vaya follón —repitió el chico pensativamente, con la nuez de la garganta salida.

El chico metió la llave en la cerradura, abrió la puerta, y Teddy la cruzó sin volver la vista atrás.

Doblaron a la izquierda y caminaron a lo largo de la parte exterior del muro durante un rato.

—Te ha quedado muy bien eso del «follón».

—Sí, a mí también me ha gustado —dijo Teddy.

—En el extranjero debías de imponer mucho.

—Fui sargento de un batallón y tuve a un montón de chicos a mis órdenes. La mitad de ellos murieron sin haber echado un polvo. No se consigue su respeto siendo amable con ellos, sino asustándolos.

—Así es, sargento. No cabe ninguna duda de que tienes razón. —Chuck le saludó bruscamente—. Aunque no haya electricidad, recuerda que queremos infiltrarnos en ese fuerte, ¿no es verdad?

—No, no lo he olvidado.

—¿Alguna idea?

—No.

—¿Crees que debe de haber un foso? Eso sí sería un problema.

—Tal vez nos lancen tinajas de aceite caliente desde las almenas.

—Y los arqueros... —empezó Chuck—, si tienen arqueros, Teddy...

—Y nosotros sin la cota de malla.

Pasaron por encima de un árbol caído, y se dieron cuenta de que el suelo estaba empapado y resbaladizo por las hojas mojadas. A través de la vegetación que había ante ellos, vieron el fuerte, sus grandes muros grises; también vieron las rodadas del jeep que había estado entrando y saliendo de allí durante toda la mañana.

—Creo que ese vigilante tenía razón —afirmó Chuck.

—¿En qué sentido?

—Ahora que ya han encontrado a Rachel, nuestra autoridad aquí, tal y como la teníamos antes, es prácticamente inexistente. Si nos pillan, jefe, seremos incapaces de darles una explicación lógica.

Teddy sintió una gran pesadez en los ojos. Estaba agotado, y un poco mareado. La noche anterior sólo había dormido cuatro horas, y había sido un sueño inducido por las drogas y repleto de pesadillas. La llovizna le tamborileaba en el gorro y las gotas de agua se juntaban en un extremo. El cerebro le zumbaba, de forma casi imperceptible, aunque constante. Si ese día llegara algún ferry —a pesar de que dudaba de que así fuera—, una parte de él sólo desearía subirse y marcharse, abandonar esa maldita isla. Pero, si regresaba con las manos vacías, sin el certificado de defunción de Andrew Laeddis y sin ninguna prueba para el senador Hurly, su misión habría fracasado. No sólo seguiría teniendo pensamientos suicidas, sino que también tendría el peso añadido en su conciencia de no haber hecho nada para intentar cambiar las cosas.

Abrió la libreta de golpe.

—¿Recuerdas los montones de piedras que Rachel nos dejó ayer? Éste es el código descifrado —le comunicó a Chuck, entregándole la libreta.

Chuck rodeó la libreta con la mano y la mantuvo cerca del pecho.

—Así que está aquí.

—Así es.

—¿Crees que es el paciente sesenta y siete?

—Diría que sí.

Teddy se detuvo en medio de una enfangada pendiente, junto a unas plantas.

—Puedes regresar, Chuck. No tienes por qué involucrarte en esto.

Chuck levantó la mirada y se dio un golpecito en la mano con la libreta.

—Somos agentes federales, Teddy. ¿Y qué hacen siempre los agentes?

—Cruzar puertas —respondió Teddy, sonriente.

—Los primeros —dijo Chuck—. Cruzamos las puertas

los primeros. Y si el tiempo apremia, no esperamos a que ningún policía tontorrón de la ciudad venga a ayudarnos. Vamos a cruzar esa jodida puerta.

—Eso haremos.

—Entonces, de acuerdo —dijo Chuck.

A continuación le devolvió la libreta a Teddy y se encaminaron hacia el fuerte.

Cuando lo vieron de cerca por primera vez —sólo los separaba una hilera de árboles y un pequeño prado—, Chuck expresó en voz alta los pensamientos de Teddy:

—Estamos jodidos.

El cerco de alambres que normalmente rodeaba el fuerte estaba hecho trizas. Algunos trozos del cerco estaban en el suelo, otros habían sido arrastrados hasta la lejana hilera de árboles, los demás presentaban diferentes grados de inutilidad.

No obstante, el recinto estaba custodiado por vigilantes armados. Varios de ellos hacían rondas en un jeep. Un contingente de ayudantes recogía los escombros del exterior, y otro grupo estaba trabajando junto a un árbol grueso que había quedado empotrado en la pared. No había ningún foso, pero el edificio tenía una única entrada: una pequeña puerta de hierro de color rojo y algo abollada en el centro de la pared. Los vigilantes hacían guardia en las almenas, con los rifles apoyados en el hombro y en el pecho. Las diminutas ventanas del muro de piedra estaban enrejadas. No había ningún paciente en el exterior, esposado o no. Sólo vigilantes y ayudantes, a partes iguales.

Teddy vio a dos de los vigilantes hacerse a un lado, y varios ayudantes acercarse al borde de las almenas para avisar a la gente de abajo que se apartara. Arrastraron medio árbol hasta un extremo del tejado y lo fueron empujando y arrastrando hasta que se balanceó. A continuación, desaparecieron, se colocaron detrás y empujaron, y el medio árbol avanzó un metro más y se inclinó hacia delante. Los hombres empezaron a gritar mientras el árbol caía y se estrellaba contra el suelo. Los ayudantes se acercaron de nuevo al borde de las almenas para contemplar su obra, y comenzaron a estrecharse las manos y a darse palmaditas en la espalda.

—Debe de haber un conducto de alguna clase, ¿no crees? —preguntó Chuck—. Tal vez algún sitio en el que viertan agua y residuos para que lleguen al mar. Podríamos entrar por ahí.

Teddy negó con la cabeza.

—¿Por qué molestarnos tanto? Vamos a entrar por la puerta principal.

—Ah, ¿como Rachel salió del pabellón B? Ya lo entiendo. Sí, como ella, nos tomaremos esos polvos que te hacen invisible. Buena idea.

Chuck frunció el ceño y Teddy se tocó el cuello del impermeable.

—No vamos vestidos de agentes, Chuck. ¿Entiendes lo que quiero decir?

Chuck observó de nuevo a los ayudantes que estaban trabajando en la parte exterior del fuerte, y vio que uno de ellos salía por la puerta de hierro con una taza de café en la mano; el vapor se elevaba a través de la llovizna formando pequeñas espirales de humo.

—Amén —dijo Chuck—. Amén, hermano.

Recorrieron el camino de entrada hacia el fuerte, fumando cigarrillos y hablando de cosas sin importancia.

Cuando estaban a mitad de camino, un vigilante se les

acercó, con el rifle colgado descuidadamente del brazo y apuntando al suelo.

—Nos han mandado hasta aquí... Creo que tiene algo que ver con el árbol del tejado —dijo Teddy.

El vigilante se volvió hacia el fuerte.

—No, ese tema ya lo han resuelto.

—Estupendo —dijo Chuck, mientras se daban la vuelta para marcharse.

—Un momento, pistoleros —ordenó el vigilante—. Todavía queda mucho trabajo por hacer.

Se dieron la vuelta.

—Ya hay treinta tipos trabajando en esa pared —dijo Teddy.

—Sí, pero el interior es un caos. Una tormenta no puede derribar un sitio como éste pero puede meterse dentro, ¿sabéis?

—Claro —dijo Teddy.

—¿Dónde está el destacamento de limpieza? —le preguntó Chuck al vigilante que estaba apoyado distraídamente en la pared, junto a la puerta.

Levantó el dedo pulgar, abrió la puerta y pasaron al vestíbulo.

—No quiero parecer un ingrato —dijo Chuck—, pero creo que ha sido demasiado fácil.

—No le des más vueltas —respondió Teddy—. A veces se tiene suerte.

La puerta se cerró a sus espaldas.

—¿Suerte? —preguntó Chuck, con una leve vibración en la voz—. ¿A esto le llamas tú suerte?

—Así es.

Lo primero que llamó la atención de Teddy fueron los

olores: un aroma a desinfectante muy fuerte que hacía todo lo posible por disimular el hedor a vómitos, excrementos, sudor y, sobre todo, orina.

Entonces oyeron un ruido procedente de la parte trasera y de las plantas superiores del edificio: el retumbar de gente corriendo, gritos que resonaban en las gruesas paredes y el aire húmedo, repentinos gañidos agudos que se oían y después desaparecían, el gimoteo constante de varias voces que hablaban a la vez.

—¡No puedes! —gritó alguien—. ¡No puedes hacer eso, joder! ¿Me oyes? No puedes. Márchate... —Y las palabras se desvanecieron.

En alguna parte de la planta superior, al otro lado de la curva de una escalera de piedra, un hombre cantaba *Cien botellas de cerveza sobre una pared*. Había terminado con la botella número setenta y siete, y estaba empezando con la setenta y seis.

Había dos botes de café en una mesa de jugar a cartas, junto a un montón de vasos de cartón y a unas cuantas botellas de leche. Un vigilante que estaba sentado a la mesa que había al pie de la escalera los observaba sonriente.

—Es la primera vez, ¿verdad?

Teddy se volvió hacia él; incluso cuando los antiguos sonidos fueron reemplazados por otros nuevos, el lugar entero se convirtió en una especie de orgía sónica, llamando la atención de los oídos en todas direcciones.

—Sí. Habíamos oído historias, pero...

—Te acostumbras —dijo el vigilante—. Uno se acostumbra a todo.

—Ah, cómo lo sabes.

—Si no vais a trabajar en el tejado, podéis colgar los impermeables y los sombreros en el cuartito que hay detrás de mí.

—Nos han dicho que tenemos que ir al tejado —replicó Teddy.

—¿A quién habéis hecho enfadar? —les preguntó el vigilante—. Subid esas escaleras. La mayor parte de los locos ya están atados a sus camas, pero aún andan sueltos unos cuantos. Si veis uno, gritáis, ¿de acuerdo? Sobre todo, no intentéis contenerlos vosotros solos. No estamos en el pabellón A. Esos cabronazos podrían mataros. ¿Queda claro?

—Clarísimo.

Cuando empezaron a subir las escaleras, el vigilante gritó:

—Esperad un momento.

Se detuvieron y se dieron la vuelta.

El vigilante estaba sonriendo y los señalaba con el dedo. Teddy no dijo nada. Chuck tampoco.

—Os conozco —dijo en un tono cantarín.

Teddy y Chuck se quedaron mudos.

—Os conozco —repitió el vigilante.

—¿Ah, sí? —consiguió decir Teddy.

—Sí, sois los tipos a los que os han asignado trabajar en el tejado, con esta maldita lluvia —dijo, riéndose, alargando el dedo y golpeando la mesa con la otra mano.

—Así es —asintió Chuck—. Ja, ja.

—Ja, jodidos, ja —repitió el vigilante.

—Nos has pillado, amigo —comentó Teddy, mientras le señalaba. Luego se volvió hacia las escaleras—. Nos has calado.

Las risas del idiota les siguieron escaleras arriba.

En el primer rellano hicieron una pausa. Se encontraron ante un gran vestíbulo que tenía un techo abovedado de cobre y un suelo color oscuro que relucía de lo encerado que estaba. Teddy sabía que si lanzaba una pelota de béisbol o una de las manzanas de Chuck desde el vestíbulo, nunca conseguiría hacerla llegar hasta el otro extremo de la sala. El salón estaba vacío y la puerta que tenían ante ellos estaba entreabierta. Cuando entraron en la sala, Teddy sintió un gran estremecimiento, pues le recordó la habitación de sus pesadillas, el mismo lugar en el que Laeddis le había ofrecido una copa y en el que Rachel había asesinado a sus hijos. No era exactamente igual —la de sus pesadillas tenía ventanales altos, cortinas tupidas, chorros de luz, suelo de parqué y pesadas lámparas en el techo—, pero se parecía bastante.

Chuck le dio una palmadita en el hombro y Teddy sintió que las gotas de sudor empezaban a cubrirle el cuello.

—Insisto —susurró Chuck esbozando una débil sonrisa—, es demasiado fácil. ¿Dónde está el vigilante de esa puerta? ¿Por qué no está cerrada con llave?

Teddy vio a Rachel, despeinada y chillando, mientras atravesaba la sala con un cuchillo de carnicero.

—No lo sé.

Chuck se inclinó hacia delante y le susurró al oído:

—Esto es una trampa, jefe.

Teddy empezó a cruzar la sala. Le dolía el corazón porque no había dormido lo suficiente, por la lluvia, por los gritos apagados y por los pasos precipitados del piso superior. Los dos niños y la niña se habían cogido de la mano y, temblorosos, miraban hacia atrás.

Teddy oyó de nuevo al paciente que cantaba: «... coges una, la pasas, y te quedan cincuenta y cuatro botellas de cerveza sobre la pared».

Los dos niños y la niña pasaron rápidamente ante sus ojos, flotando en el aire, y Teddy vio aquellas píldoras amarillas que Cawley le había puesto en la mano la noche anterior, y una sensación de náusea le revolvió el estómago.

«Cincuenta y cuatro botellas de cerveza sobre la pared, cincuenta y cuatro botellas de cerveza...»

—Tenemos que salir de aquí ahora mismo, Teddy. Tenemos que marcharnos. Esto está mal. Lo huelo. Y tú también lo hueles.

Al otro extremo de la sala, un hombre apareció de repente junto a la puerta.

Iba descalzo y tenía el torso desnudo, sólo llevaba los pantalones del pijama. Tenía la cabeza afeitada pero, con esa luz tan tenue, era imposible ver sus facciones.

—¡Hola! —dijo.

Teddy empezó a andar más rápido.

—¡Te he pillado! ¡Eres eso! —exclamó el hombre, apartándose de la puerta de un salto.

Chuck alcanzó a Teddy.

—Por el amor de Dios, jefe.

Estaba allí. Laeddis. En alguna parte. Teddy lo presentía.

Llegaron al otro extremo de la sala y se encontraron ante un amplio rellano de piedra, en el que había una escalera que bajaba en picado hacia la oscuridad, y otra escalera que subía hacia el griterío y el parloteo. Habían empezado a oír los ruidos desde más cerca, y Teddy oyó chasquidos de metal y de cadenas.

También oyeron a alguien gritar: «¡Billings! ¡Ya ha pasado todo, chico! ¡Cálmate! ¡No puedes huir a ninguna parte! ¿Me oyes?».

Teddy oyó que alguien respiraba a su lado. Se volvió hacia la izquierda y vio que la cabeza afeitada estaba sólo a un centímetro de distancia.

—Eres eso —le dijo a Teddy, y le dio un golpecito en el brazo con el dedo índice.

—Soy eso —afirmó Teddy.

—Claro que, teniendo en cuenta lo cerca que estoy —dijo el hombre—, podría retorcerte la muñeca, volver a convertirme en eso, luego retorcerme la mía para que tú fueras eso de nuevo, y podríamos seguir así durante horas, incluso todo el día; podríamos quedarnos aquí, convirtiéndonos en eso, una y otra vez, sin ni siquiera hacer la pausa de la comida, ni la de la cena, podríamos seguir y seguir...

—¿Crees que sería divertido? —le preguntó Teddy.

—¿Sabes lo que hay ahí afuera? —le preguntó el tipo, moviendo la cabeza hacia las escaleras—. ¿Sabe lo que hay en el mar?

—Peces —respondió Teddy.

—Peces —repitió el hombre, asintiendo con la cabeza—. Muy bien. Sí, hay peces, muchos peces. Pero..., sí, peces, muy bien, peces, sí, pero además, además... hay submarinos. Sí, eso es, submarinos soviéticos. Están a trescientos o cuatrocientos kilómetros de la costa. Hemos oído decirlo, sí. Nos lo han contado. Seguro. Nos hemos acostumbrado a la idea. En realidad, lo que quiero decir es que nos olvidamos. De acuerdo, hay submarinos. Gracias por la información. Se han convertido en parte de nuestra existencia diaria. Sabemos que están allí, pero dejamos de pensar en ellos. Sin embargo, siguen estando ahí y están provistos de proyectiles. Apuntan a Nueva York, a Washington, a Boston. Ahí están, a la espera. ¿Es que eso no le preocupa nunca?

Teddy podía oír a Chuck junto a él: respiraba lentamente y esperaba a que Teddy le diera alguna indicación.

—Como usted mismo ha dicho, prefiero no pensar demasiado en eso —respondió Teddy.

—Ya veo —dijo el tipo, asintiendo con la cabeza. Luego se frotó la cara sin afeitar—. Aquí dentro nos enteramos de ciertas cosas. Le parece imposible, ¿verdad? Pero, sí..., nos enteramos. Cada vez que llega un paciente nuevo, nos cuenta algo. Los vigilantes hablan y vosotros, los ayudantes, también habláis. Sabemos cosas del mundo exterior, de las pruebas de la bomba de hidrógeno, de los atolones. ¿Sabes cómo funciona una bomba de hidrógeno?

—¿Con hidrógeno? —preguntó Teddy.

—Muy bien. Qué inteligente. Sí, sí. —El hombre asintió con la cabeza varias veces—. Sí, con hidrógeno. Pero no funciona igual que las demás bombas. Cuando lanzas una bomba, incluso una bomba atómica, explota, ¿no es así? Y tienes razón. Pero las bombas de hidrógeno implosionan. Los explosivos apuntan hacia el centro de una esfera, se produce una serie de explosiones internas, e implosionan. ¿Qué sucede después de la implosión? Pues que crean masa y densidad. Lo ves, la fuerza de su propio poder de destrucción crea un monstruo completamente nuevo. ¿Lo comprendes? Cuanto mayor es la explosión, mayor es la fragmentación que produce y, en consecuencia, se convierte en algo muy potente. ¿Y qué pasa después? ¡Un maldito estallido! ¡Bum, bum! Como está fragmentada, se extiende por todas partes, y crea una implosión, a partir de su propia explosión, que es cien veces, mil veces, un millón de veces más devastadora que cualquier otra bomba de la historia. Ése es nuestro legado. No lo olvides. —Le dio unas cuantas palmaditas a Teddy en el brazo, unas palmaditas muy ligeras, como si estuviera tocando un tambor con las yemas de los dedos—. ¡Eres eso! ¡De pies a cabeza! ¡Ja, ja!

Empezó a bajar la oscura escalera a saltos, y no cesaba de gritar «bum» mientras descendía.

«... cuarenta y nueve botellas de cerveza. Si quitas una...»

Teddy se volvió hacia Chuck. Tenía la cara húmeda y respiraba lentamente por la nariz.

—Tienes razón —dijo Teddy—. Salgamos de aquí.

—Así se habla.

Se oyó una voz procedente de la escalera:

—¡Que alguien me ayude, por el amor de Dios!

Teddy y Chuck levantaron la mirada y vieron a dos hombres que bajaban rodando las escaleras. Uno llevaba el uniforme azul de vigilante y el otro, la bata blanca de paciente. Se detuvieron de repente en la curva del escalón más ancho. El paciente consiguió soltar una mano, arañó al vigilante debajo del ojo izquierdo y le arrancó un trozo de piel. El vigilante lanzó un grito y echó la cabeza hacia atrás violentamente.

Teddy y Chuck subieron las escaleras a todo correr. El paciente había levantado la mano de nuevo, pero Chuck le agarró la muñeca.

El vigilante se secó el ojo y notó que le bajaba sangre por la barbilla. Teddy oyó cómo todos respiraban intensamente, la distante canción de las botellas de cerveza...; el paciente ya iba por la botella número cuarenta y dos, y estaba a punto de comenzar con la cuarenta y uno, y entonces vio que el tipo que tenía debajo se encabritaba con la boca abierta de par en par.

—¡Cuidado, Chuck! —exclamó, y le pegó un manotazo en la frente al paciente antes de que éste pudiera morderle la muñeca a Chuck.

—Tiene que quitárselo de encima —le dijo al vigilante—. Venga. Hágalo.

El vigilante consiguió desembarazarse de las piernas del paciente y subió dos escalones a rastras. Teddy se colocó encima del cuerpo del paciente, lo inmovilizó sobre el suelo de piedra y después se volvió para mirar a Chuck. La porra pasó entre ellos dos, cortó el aire con un silbido y rompió la nariz del paciente.

Teddy sintió que el cuerpo del paciente dejaba de ofrecer resistencia.

—¡Santo cielo! —exclamó Chuck.

El vigilante volvió a levantar el brazo, pero Teddy se colocó junto al cuerpo del paciente y le paró el brazo con el codo.

Observó su rostro sangriento.

—¡Eh! ¡Eh! ¡Le has dejado sin conocimiento! ¡Eh!

Pero el vigilante podía oler su propia sangre y volvió a levantar la porra.

—¡Mírame! ¡Mírame! —gritó Chuck.

El vigilante se volvió rápidamente hacia Chuck.

—¡Quítate de ahí! ¿Me oyes? ¡Haz el favor de apartarte! ¡Ya le tenemos controlado!

Chuck soltó la muñeca del paciente y el brazo le cayó pesadamente sobre el pecho. Se sentó y se apoyó en la pared, pero sin apartar los ojos del vigilante.

—¿Me oyes? —repitió en voz baja.

El vigilante bajó los ojos y soltó la porra. Se tocó la herida de la mejilla con la camisa y observó la sangre que cubría el tejido.

—Me ha desgarrado la cara.

Teddy se inclinó hacia delante y echó un vistazo a la herida. Había visto heridas mucho peores, y el chico no iba a morirse por eso. No obstante, era una herida fea, y ningún doctor sería capaz de cosérsela sin que le quedaran marcas.

—No pasa nada. Un par de puntos.

Oyeron el ruido de varios cuerpos y de algunos muebles en la planta superior.

—¿Crees que hay un motín? —le preguntó Teddy.

El vigilante inspiró y espiró aire por la boca hasta que su cara recuperó el color habitual.

—Casi.

—¿Los pacientes se han hecho con el control? —preguntó Chuck.

El chico miró a Teddy atentamente y después se volvió hacia Chuck.

—Todavía no.

Chuck sacó un pañuelo del bolsillo y se lo tendió al chico.

El vigilante hizo un gesto con la cabeza a modo de agradecimiento y se lo colocó sobre la cara.

Chuck levantó de nuevo la muñeca del paciente y Teddy vio cómo le tomaba el pulso. A continuación dejó caer la muñeca y le subió uno de los párpados.

—Vivirá —afirmó, mirando a Teddy.

—Levantémosle —sugirió Teddy.

Se pasaron los brazos del paciente por encima de los hombros y siguieron al vigilante escaleras arriba. No pesaba mucho, pero era una escalera muy larga, y las puntas de los pies no hacían más que darles golpecitos. Cuando llegaron arriba, el vigilante se volvió; les pareció mayor, y quizás un poco más inteligente.

—Son los agentes federales —afirmó.

—¿Por qué dices eso?

El vigilante asintió con la cabeza.

—Sí que lo son. Les vi llegar. —Le dedicó una sonrisita a Chuck—. Me fijé en la cicatriz que tiene en la cara.

Chuck soltó un suspiro.

—¿Qué están haciendo aquí? —les preguntó el chico.

—Salvarte el pellejo —le respondió Teddy.

El vigilante se quitó el pañuelo de la herida, le echó un vistazo y volvió a colocarlo sobre la herida.

—El tipo que llevan se llama Paul Vingis. De Virginia Occidental. Mató a la mujer y a las dos hijas de su hermano mientras él luchaba en Corea. Las guardó en el sótano para disfrutar viendo cómo se descomponían.

A Teddy le entraron ganas de soltar el brazo de Vingis y dejarlo caer escaleras abajo.

—La verdad es... —empezó el chico, y luego se aclaró la garganta—. La verdad es que me tenía.

El vigilante los miró con ojos enrojecidos.

—¿Cómo te llamas?

—Baker. Fred Baker.

Teddy le estrechó la mano.

—Oye, Fred, nos alegra haber podido ayudarte.

El chico se miró los zapatos y las manchas de sangre que los cubrían.

—¿Qué están haciendo aquí? —les preguntó de nuevo.

—Echando un vistazo —contestó Teddy—. Un par de minutos. Nos marcharemos enseguida.

El vigilante se tomó cierto tiempo para reflexionar sobre la respuesta, y entonces Teddy sintió el peso de los dos últimos años de su vida: la pérdida de Dolores, la persecución de Laeddis, el hecho de enterarse de la existencia de aquel lugar, de encontrarse con George Noyce y de oír todas sus historias acerca de la experimentación con drogas y lobotomías, de ponerse en contacto con el senador Hurly, de esperar a que llegara el momento adecuado para cruzar el puerto, de la misma forma que habían esperado para cruzar el Canal de la Mancha para llegar a Normandía. Pensó en todo eso durante la pausa del chico.

—¿Saben? —empezó el chico—, he trabajado en sitios muy duros. En cárceles, en una prisión de máxima seguridad, en otro lugar que también era un hospital para presos con problemas mentales... —Se volvió hacia la puerta y abrió los ojos de par en par, como si estuviera a punto de bostezar, a pesar de que ni siquiera abrió la boca—. Sí, he trabajado en sitios difíciles, pero este lugar... —Les lanzó una mirada larga y desapasionada—. Esto es otra historia.

El chico clavó los ojos en Teddy, que intentó leer la respuesta en su mirada, pero era una mirada lejana, inexpresiva y antigua.

—¿Se marchan enseguida? —dijo el vigilante, asintiendo para sí mismo—. De acuerdo, nadie se dará cuenta con todo este alboroto. Un par de minutos y se marchan, ¿de acuerdo?

—Seguro —contestó Chuck.

—Ah, otra cosa. —El vigilante les dedicó una débil sonrisa mientras se dirigía hacia la puerta—. Intenten no morir durante esos dos minutos, ¿vale? Se lo agradecería mucho.

15

Cruzaron la puerta y llegaron a un bloque de celdas, de paredes y suelos de granito, que se extendía a lo largo del fuerte bajo unas arcadas de tres metros de ancho y de cuatro metros de alto. La sala sólo estaba iluminada por la luz que entraba a través de los altos ventanales que había a ambos lados de la estancia. Había goteras en el techo y los suelos estaban encharcados. Las celdas, a derecha e izquierda, estaban sumidas en la oscuridad.

—Nuestro generador principal dejó de funcionar a eso de las cuatro de la mañana —les comunicó Baker—. Las cerraduras de las celdas se controlan de forma electrónica. Es una de nuestras innovaciones más recientes. Una idea estupenda, ¿eh? Así que todas las celdas se abrieron a las cuatro. Por suerte, todavía podemos controlar las cerraduras de forma manual y logramos meter a la mayoría de los pacientes dentro de las celdas y volver a cerrarlas con llave. Pero hay un cabrón que tiene una llave. Se acerca sigilosamente a las celdas y consigue abrir una, como mínimo, antes de desaparecer otra vez.

—¿Un hombre calvo, tal vez?

—¿Un hombre calvo? —repitió Baker, al tiempo que se volvía hacia él—. Sí, como aún no sabemos dónde está, nos hemos imaginado que debía de ser él. Se llama Litchfield.

—Está en la parte inferior de la escalera que acabamos de subir.

Baker los condujo a la tercera celda de la derecha y abrió la puerta.

—Déjenlo ahí dentro.

Tardaron varios segundos en encontrar la cama a causa de la oscuridad, pero Baker encendió una linterna y los iluminó desde fuera. Dejaron a Vingis sobre la cama, y éste empezó a gemir mientras le salían burbujas de sangre de la nariz.

—Tengo que ir a buscar refuerzos y localizar a Litchfield —anunció Baker—. En el sótano están los tipos a los que ni siquiera damos de comer a no ser que haya seis vigilantes en la celda. Si consiguen salir de las celdas, esto se convertirá en el puto Álamo.

—Primero deberías ir a buscar asistencia médica —le sugirió Chuck.

Baker encontró un trozo de pañuelo que todavía estaba limpio y se lo presionó contra la cara.

—No tengo tiempo.

—No lo digo por ti, sino por él.

—Sí, de acuerdo, iré a buscar un médico —les dijo Baker a través de las rejas—. Y ustedes dos... márchense enseguida, ¿de acuerdo?

—Muy bien, pero ve a buscar un médico para este hombre —dijo Chuck, saliendo de la celda.

Baker cerró la puerta con llave.

—Eso mismo voy a hacer ahora.

Recorrió el bloque de celdas a toda prisa, esquivó a tres vigilantes que arrastraban a un gigante barbudo hacia la suya y siguió corriendo.

—¿Qué opinas? —preguntó Teddy.

A través de las arcadas, Teddy vio a un hombre que colgaba de los barrotes de la ventana más alejada, y a unos vigilantes que tiraban de una manguera. Sus ojos estaban empezando a adaptarse a la poca luz de peltre que quedaba en el pasillo principal, pero las celdas seguían sumidas en la oscuridad.

—Tiene que haber historiales en alguna parte —respondió Chuck—. Aunque sólo sean los que hagan referencia a cuestiones médicas básicas. ¿Qué te parece si tú buscas a Laeddis y yo busco los historiales?

—¿Dónde supones que están esos historiales?

Chuck se volvió hacia la puerta.

—Por lo que parece, cuanto más subes, menos peligroso es. Me imagino que la oficina debe de estar en algún piso superior.

—De acuerdo. ¿Dónde y cuándo nos reunimos de nuevo?

—¿Dentro de quince minutos?

Los vigilantes, que estaban utilizando la manguera y lanzando agua a presión, consiguieron apartar al paciente de las rejas y tirarlo al suelo.

Algunos hombres aplaudían desde sus celdas, mientras que otros gemían. Eran unos gemidos tan profundos y desesperados que parecían provenir de un campo de batalla.

—Quince minutos está bien. ¿Qué te parece si nos reunimos en el gran vestíbulo?

—De acuerdo.

Se estrecharon la mano, la de Chuck estaba mojada. También le resbalaban gotas de sudor por el labio superior.

—Ve con cuidado, Teddy.

Un paciente golpeó la puerta que había a sus espaldas y pasó por delante de ellos a todo correr. Iba descalzo, tenía los pies mugrientos y corría como si estuviera entrenándose para un combate de boxeo profesional: daba unos ágiles pasos al tiempo que boxeaba con un adversario imaginario.

—Haré lo que pueda —respondió Teddy, esbozando una sonrisa.

—De acuerdo, entonces.

—De acuerdo.

Chuck se encaminó hacia la puerta. Se detuvo para volver la vista atrás. Teddy asintió con la cabeza.

Chuck abrió la puerta en el preciso instante en el que dos ayudantes llegaban por las escaleras. Giró por la esquina y desapareció.

—¿Has visto pasar a la Gran Esperanza Blanca? —le preguntó a Teddy uno de los ayudantes.

Teddy se volvió y, a través de las arcadas, vio al paciente bailando sobre sus talones y golpeando el aire con distintas combinaciones.

Teddy le señaló, y los tres hombres empezaron a coger el paso.

—¿Era boxeador? —les preguntó Teddy.

El tipo de la izquierda, un hombre alto negro, mayor que los demás, le respondió:

—Vienes de la playa, ¿eh? De los pabellones de vacaciones. Sí, se llama Willy, y cree que está entrenándose para enfrentarse con Joe Louis en el Madison Square. El caso es que no es tan malo.

Estaban acercándose al supuesto boxeador, y Teddy observó cómo sus puños rasgaban el aire.

—Los tres solos no podremos con él.

El ayudante mayor soltó una risita.

—Una persona será más que suficiente. ¿No sabes que yo soy su representante?

—Eh, Willy, tengo que darte un masaje, tío. Apenas queda una hora para que empiece el combate.

—No quiero ningún masaje —respondió Willy, golpeando el aire con puñetazos rápidos.

—No tengo intención de perder mis ganancias —dijo el ayudante—. ¿Me oyes?

—La única vez que las perdiste fue cuando luché contra Jersey Joe.

—Y ya ves cómo fueron las cosas.

—Tienes razón —dijo Willy, dejando caer los brazos a los costados.

—La sala de entrenamiento está ahí mismo —le dijo el ayudante, cogiéndole orgullosamente el brazo y conduciéndole hacia la izquierda.

—No me toques. No me gusta que me toquen antes de un combate. Ya lo sabes.

—Ya lo sé, campeón —dijo el ayudante, mientras abría la celda—. Ahora entra.

Willy caminó hacia la celda.

—La oyes, ¿verdad? A la gente.

—Sí, tío, y están ovacionándote. Están todos de pie.

Teddy y el otro ayudante siguieron andando.

—Me llamo Al —dijo.

El ayudante le tendió la mano.

Teddy le estrechó la mano y respondió:

—Yo soy Teddy. Encantado de conocerte.

—¿Por qué vas vestido así, Teddy?

—Porque me han enviado al tejado —contestó Teddy, echando un vistazo a su impermeable—. He visto a un paciente en las escaleras y le he perseguido hasta aquí. Me he imaginado que no os vendría mal un poco de ayuda.

Alguien lanzó un montón de excrementos junto al pie de Teddy y soltó una risita desde la oscuridad de la celda. Teddy siguió con la mirada al frente y no aminoró el paso.

—Intenta andar lo más cerca posible del centro —le sugirió Al—. Aun así, consiguen darte con algo una vez a la semana, por lo menos. ¿Has visto a tu hombre?

Teddy negó con la cabeza.

—No, yo...

—¡Mierda! —exclamó Al.

—¿Qué pasa?

—He visto al mío.

Se les estaba acercando, completamente empapado, y Teddy vio que los vigilantes dejaban caer la manguera y empezaban a perseguirle. Era un tipo menudo de pelo rojizo, con una cara parecida a un enjambre de abejas, cubierta de granos, y con unos ojos tan rojos que le hacían juego con el pelo. Giró a la derecha en el último instante y se dio un golpe contra un boquete que sólo vio cuando Al le pasó los brazos por encima de la cabeza. El hombrecillo se colocó de rodillas, se dio la vuelta y luego se levantó.

Al echó a correr tras él, y los vigilantes pasaron a toda prisa por delante de Teddy, con las porras levantadas sobre la cabeza, tan mojados como el hombre al que perseguían.

Aunque sólo fuera por instinto, Teddy también empezó a perseguirle, pero entonces oyó a alguien susurrar:

—Laeddis.

Se detuvo en medio del bloque, para ver si lo oía de nuevo. Nada. El gemido colectivo, que se había detenido momentáneamente a causa de la persecución del pequeño pelirrojo, comenzó a intensificarse de nuevo, surgiendo como un zumbido entre el vago repiqueteo de las cuñas.

Teddy volvió a pensar en aquellas píldoras amarillas. Si Cawley llegara realmente a sospechar que él y Chuck estaban...

—Laeddis.

Teddy se volvió y vio tres celdas a su derecha. Todas estaban a oscuras. Teddy esperó, sabiendo que la persona que había hablado podía verle, y se preguntó si podría ser el mismísimo Laeddis.

—Se suponía que debías salvarme.

La voz procedía de la celda del centro o de la que estaba a la izquierda. No era la voz de Laeddis, de eso no cabía ninguna duda. Aun así, la voz le pareció familiar.

Teddy se acercó a las rejas del centro. Rebuscó en sus bolsillos, encontró una caja de cerillas y la sacó. Rascó el fósforo en la tira de sílex y la cerilla produjo una llamarada. Vio un pequeño lavamanos y un hombre de costillas hundidas arrodillado encima de la cama, escribiendo en la pared. Se volvió para mirar a Teddy. No era Laeddis, ni tampoco nadie que conociera.

—Si no le importa, prefiero trabajar a oscuras. Gracias.

Teddy se apartó de las rejas, giró hacia su izquierda y cayó en la cuenta de que la pared de ese lado de la celda estaba escrita. No había ni un solo centímetro en blanco, estaba recubierta de líneas menudas y precisas; de hecho, las palabras eran tan pequeñas que resultaban ilegibles, a no ser que uno se acercara mucho.

Se dirigió a la siguiente celda, la cerilla se apagó, y una voz, cada vez más cercana, le dijo:

—Me has fallado.

A Teddy le tembló la mano mientras intentaba encender otra cerilla; el fósforo resbaló y se rompió.

—Me dijiste que me sacarías de aquí. Me lo prometiste.

Teddy intentó encender otra cerilla, pero salió disparada hacia el otro lado de la celda, todavía apagada.

—Me has mentido.

La tercera cerilla se encendió con un chisporroteo y la llama resplandeció por encima de sus dedos. Teddy la acercó a las rejas y contempló el interior de la celda. El hombre estaba sentado en el extremo izquierdo de la cama, cabizbajo. Tenía la cabeza entre las piernas y los brazos alrededor de las pantorrillas. Era calvo, salvo por los pelos medio canos de las sienes. Sólo llevaba unos calzones blancos, y los huesos le temblaban bajo la piel.

Teddy se lamió los labios y el paladar.

—¿Hola? —dijo, mirando por encima de la cerilla.

—Han vuelto a pillarme. Dicen que soy suyo.

—No puedo verte la cara.

—Dicen que ahora estoy en casa.

—¿Podrías levantar la cabeza?

—Dicen que estoy en casa, y que nunca me marcharé de aquí.

—Deja que te vea la cara.

—¿Por qué?

—Quiero verla.

—¿Es que no reconoces mi voz? ¿Con todas las conversaciones que hemos tenido?

—Levanta la cabeza.

—Me gustaba pensar que no era algo sólo profesional, que nos habíamos hecho amigos. A propósito, la cerilla está a punto de apagarse.

Teddy observó la piel desnuda y los temblorosos miembros del cuerpo del hombre.

—Te lo repito, amigo...

—¿Qué piensas decirme? ¿Qué quieres contarme? Más mentiras, seguro.

—Yo no...

—Eres un mentiroso.

—No, no es cierto. Levanta...

La llama le quemó la punta del dedo índice y una parte del pulgar, y tiró la cerilla al suelo.

La celda desapareció. Sin embargo, podía oír el resuello de los muelles del colchón, el burdo susurro de la tela sobre el suelo de piedra, el chirrido de los huesos.

Teddy oyó el nombre de nuevo:

—Laeddis.

Esa vez procedía del lado derecho de la celda.

—Esto nunca tuvo nada que ver con la verdad.

Teddy sacó dos cerillas y las juntó.

—Nunca.

Teddy encendió las cerillas. La cama estaba vacía. Movió la mano hacia la derecha y vio al hombre de pie en una esquina de la celda, de espaldas a él.

—¿No es cierto?

—¿A qué te refieres? —le preguntó Teddy.

—A que nunca tuvo nada que ver con la verdad.

—Sí.

—No.

—Esto tiene que ver con la verdad. Exponer...

—Se trata de ti y Laeddis. Siempre ha sido así. Yo fui un pretexto. Una puerta de entrada.

El hombre se dio la vuelta y caminó hacia Teddy. Tenía la cara pulverizada. Era una hinchada mezcla de color morado, negro y rojo cereza. Tenía la nariz rota, cubierta con un vendaje blanco en forma de X.

—Santo cielo —exclamó Teddy.

—¿Te gusta?

—¿Quién te ha hecho eso?

—Tú lo has hecho.

—¿Cómo demonios puedes pensar que yo haría...?

George Noyce se acercó a las rejas. Tenía los labios tan gruesos como el neumático de una bicicleta, y la cara negra por las suturas.

—Después de todo lo que me dijiste, y aquí estoy otra vez. Por tu culpa.

Teddy recordó la última vez que le había visto en la sala de visitas de la cárcel. Aunque estaba muy pálido por la falta de sol, le había parecido que tenía un aspecto saludable y vigoroso, y que estaba bastante animado. Le había contado un chiste, algo relacionado con un italiano y un alemán que entraban en un bar de El Paso.

—Mírame —le dijo George Noyce—. No apartes la vista. Nunca has tenido la intención de descubrir la verdad de este lugar.

—George —dijo Teddy, en un tono de voz bajo y tranquilo—, eso no es cierto.

—Sí lo es.

—No. ¿Para qué piensas que he estado preparándome durante este último año? Para esto. Para estar aquí y ahora.

—¡Que te jodan!

Teddy sintió que aquel grito le golpeaba el rostro.

—¡Que te jodan! —gritó George de nuevo—. ¿Para qué has estado preparándote este último año? Para matar, eso es todo. Para cargarte a Laeddis. Ése es tu maldito juego, y mira lo que he conseguido yo. Vuelvo a estar aquí, y no soporto este lugar. No aguanto esta maldita casa del terror. ¿Me oyes? Otra vez, no. Otra vez, no. Otra vez, no.

—Escucha, George. ¿Cómo te localizaron? Seguro que hay órdenes de traslado, consultas psiquiátricas... Historiales, George, documentos.

George se rió. Colocó la cara entre los barrotes y empezó a subir y a bajar las cejas violentamente.

—¿Quieres que te revele un secreto?

Teddy dio un paso hacia delante.

—Es algo... —empezó George.

—Dime.

Y George le escupió en la cara.

Teddy dio un paso hacia atrás, dejó caer las cerillas y se secó la flema de la frente con la manga de la camisa.

—¿Sabes cuál es la especialidad de nuestro querido doctor Cawley? —le preguntó George en la oscuridad.

Teddy se pasó la mano por la frente y por el caballete de la nariz, y vio que estaba seco.

—La culpabilidad del superviviente, los traumas dolorosos...

—Noooooo. —Después, George soltó una risita sofocada—. La violencia. Concretamente, la del macho de la especie. Está haciendo un estudio.

—No. Eso está haciéndolo Naehring.

—No —replicó George—. Todo eso es asunto de Cawley. Consigue que le manden los pacientes y los delincuentes más violentos de todo el país. ¿Por qué crees que hay tan pocos pacientes? ¿Y de verdad crees que alguien está dispuesto a mirar las órdenes de traslado de alguien con un largo historial de hechos violentos y de problemas psicológicos? ¿Lo crees realmente?

Teddy encendió otras dos cerillas.

—Ahora no podré salir nunca más —dijo Noyce—. Lo conseguí una vez, pero jamás sucede dos veces.

—Cálmate —dijo Teddy—. ¿Cómo te localizaron?

—Lo sabían. ¿No lo entiendes? Estaban al corriente de lo que te proponías, de tus planes. Esto es una farsa, una obra de teatro muy bien montada. Todo esto —dijo, barriendo el aire con el brazo— es por ti.

Teddy sonrió.

—Sí, claro, han escenificado un huracán porque venía yo. Un truco muy bueno.

George se quedó en silencio.

—Explícamelo —dijo Teddy.

—No puedo.

—Ya sabía que no podrías hacerlo. Dejémonos de paranoias, ¿de acuerdo?

—¿Has estado solo? —le preguntó Noyce desde el otro lado de los barrotes.

—¿Cómo dices?

—Que si has estado... ¿Has estado solo alguna vez desde que empezó todo esto?

—Continuamente —respondió Teddy.

—¿Completamente solo? —le preguntó.

—Con mi compañero.

—¿Y quién es tu compañero?

Teddy señaló el bloque de celdas con el dedo pulgar.

—Se llama Chuck. Él...

—Déjame que lo adivine —dijo Noyce—. Es la primera vez que trabajas con él, ¿verdad?

Teddy sintió todas las celdas a su alrededor. Los huesos de la parte superior del brazo se le quedaron fríos. Durante un momento fue incapaz de hablar; era como si su cerebro hubiera olvidado qué tenía que hacer para conectarse con la lengua.

—Es un agente federal de Seattle... —afirmó al cabo de un rato.

—Es la primera vez que trabajas con él, ¿verdad?

—Eso no tiene nada que ver —replicó Teddy—. Conozco a los hombres. Le conozco y confío en él.

—¿Y en qué te basas?

No había ninguna respuesta simple para eso. ¿Cómo podía saber alguien de qué manera se establece la confianza? Podía aparecer de repente. En la guerra, Teddy había conocido a hombres a los que les confiaría su vida en el campo de batalla, pero a los que nunca les dejaría la cartera una vez que la guerra hubiera terminado. También había conocido a hombres a los que les confiaría la cartera y la mujer, pero a los que jamás les daría la espalda en una pelea o con los que nunca cruzaría una puerta.

Chuck podría haberse negado a acompañarle, podría haber optado por quedarse en el dormitorio, por quedarse durmiendo mientras limpiaban los destrozos de la tormenta, esperando a que le comunicaran que había llegado el ferry. Su trabajo había terminado: Rachel Solando había aparecido. Chuck no tenía ningún motivo, ningún interés, para seguir a Teddy en su búsqueda de Laeddis, en su empeño por demostrar que Ashecliffe era una parodia del juramento hipocrático. Y, aun así, allí estaba.

—Confío en él —repitió Teddy—. No sé explicártelo de otra manera.

Noyce le miró tristemente desde el otro lado de los barrotes de acero.

—Entonces, ya han ganado.

Teddy apagó las cerillas y las dejó caer al suelo. Abrió la caja y encontró un último fósforo. Oyó a Noyce, que aún estaba junto a los barrotes, husmear el aire.

—Por favor —susurró, y Teddy supo que estaba llorando—. Por favor.

—¿Qué?

—Por favor, no me dejes morir aquí.

—No morirás aquí.

—Van a llevarme al faro, y tú lo sabes.

—¿Al faro?

—Van a extraerme el cerebro.

Teddy encendió la cerilla y, a la luz de la repentina llama, vio que Noyce asía los barrotes y temblaba, y que las lágrimas le brotaban de sus ojos hinchados y que le resbalaban por la cara abotargada.

—No van a...

—Ve allí. Míralo con tus propios ojos. Y si regresas con vida, cuéntame lo que hacen. Compruébalo tú mismo.

—Iré, George. Lo haré. Voy a sacarte de aquí.

Noyce bajó los ojos, apoyó la cabeza desnuda en los barrotes y lloró en silencio.

Teddy recordó la última vez que se habían visto en la sala de visitas, cuando George le había dicho: «Si alguna vez tuviera que regresar a ese lugar, me suicidaría». Y Teddy le había respondido: «Eso no va a suceder».

Una mentira, por lo visto.

Porque Noyce estaba allí. Vencido, herido, temblando de miedo.

—George, mírame.

Noyce levantó la cabeza.

—Voy a sacarte de aquí. Aguanta. No hagas nada que no tenga remedio. ¿Me oyes? Aguanta. Vendré a buscarte.

George Noyce sonrió a través del torrente de lágrimas y negó lentamente con la cabeza.

—No puedes matar a Laeddis y revelar la verdad al mismo tiempo. Tienes que escoger. Lo entiendes, ¿verdad?

—¿Dónde está?

—Dime que lo entiendes.

—Lo entiendo. ¿Dónde está?

—Tienes que elegir.

—No mataré a nadie. De verdad, George. No lo haré.

Y mientras miraba a Noyce a través de los barrotes, sintió que lo que decía era verdad. Si eso suponía sacar a ese pobre desgraciado de allí, llevar a aquella terrible víctima a su casa, entonces aplazaría su venganza.

No se olvidaría de ella. La reservaría para otra ocasión. Esperaba que Dolores lo comprendiera.

—No mataré a nadie —repitió.

—Mentiroso.

—No.

—Está muerta. Déjala marchar.

Noyce apoyó la cara sonriente y llorosa entre los barrotes y miró a Teddy con sus débiles ojos hinchados.

Teddy sintió a su mujer dentro de él, ejerciendo presión

en la parte inferior de la garganta. La veía, sentada en la calina de principios de julio, bajo esa luz color naranja oscuro que tiñe las ciudades en las noches de verano tras la puesta de sol, alzando los ojos mientras él aparcaba junto a la acera y los niños jugaban al béisbol en medio de la calle, la ropa tendida al viento, y ella observando cómo se acercaba, con la barbilla apoyada en la palma de la mano y el cigarrillo cerca de la oreja; por una vez, él le había llevado flores, y ella simplemente era su amor, su chica, la veía acercarse, como si estuviera memorizándolo todo, él, su forma de andar, las flores, ese momento, deseaba preguntarle qué ruido hacía un corazón al romperse de placer, cuando el mero hecho de ver a alguien te llenaba de una forma que la comida, la sangre o el aire jamás podrían hacer, cuando uno se sentía como si hubiera nacido para un único momento, y ése, al margen de los motivos, fuera aquel momento.

«Déjala marchar», le había dicho Noyce.

—No puedo —dijo Teddy, pero pronunció las palabras en un tono de voz roto y demasiado agudo, y sintió que unos gritos le brotaban del centro del pecho.

Sin soltar los barrotes, Noyce se inclinó hacia atrás todo lo que pudo, e inclinó la cabeza de tal manera que la oreja le quedó apoyada en el hombro.

—Entonces, nunca saldrás de esta isla.

Teddy no dijo nada.

Noyce suspiró, como si lo que estaba a punto de decir le aburriera soberanamente.

—Lo sacaron del pabellón C. Y si tampoco está en el pabellón A, sólo puede estar en un lugar.

Esperó a que Teddy lo comprendiera.

—En el faro —respondió Teddy.

Noyce asintió con la cabeza, y la última cerilla se apagó. Durante un minuto, Teddy permaneció inmóvil, con la mirada clavada en la oscuridad, y después volvió a oír los muelles del colchón mientras Noyce se tumbaba en la cama.

Se dio la vuelta para marcharse.

—Eh.

Teddy se detuvo, de espaldas a los barrotes, y esperó.

—Que Dios te ayude.

16

Cuando se dio la vuelta para atravesar de nuevo el bloque de celdas, vio que Al estaba esperándole. Estaba de pie en medio del pasillo de granito y lanzó una mirada distraída a Teddy.

—¿Has encontrado a tu hombre? —le preguntó Teddy.

Al se le acercó, y ajustó el paso al suyo.

—Claro que sí. Es un cabrón escurridizo, pero en esta isla no puede llegarse muy lejos.

Cruzaron de nuevo el bloque, manteniéndose en medio del pasillo, y Teddy volvió a oír a Noyce preguntándole si alguna vez había estado solo allí. Se preguntó cuánto tiempo hacía que Al estaba observándole. Pensó en los tres días que había pasado en la isla, e intentó recordar un momento en el que hubiera estado completamente solo. Incluso cuando iba al cuarto de baño, estaba usando las instalaciones de los empleados, y siempre había alguien en el lavabo de al lado, o simplemente esperando detrás de la puerta.

Pero, no, él y Chuck habían salido solos a recorrer la isla en varias ocasiones.

Él y Chuck.

¿Qué sabía exactamente de Chuck? Imaginó su cara durante un momento, y le vio en el ferry, contemplando el mar...

Un tipo estupendo, que caía bien enseguida, que tenía una gran facilidad para relacionarse con la gente: la clase de persona con la que te sentías muy cómodo. Venía de Seattle y le habían trasladado hacía poco tiempo. Era un excelente jugador de póquer. Odiaba a su padre... y eso era lo único que no parecía encajar con todo lo demás. Había otra cosa que tampoco encajaba, algo que Teddy era incapaz de recordar, algo... ¿Qué era?

Extraño. Sí, ésa era la palabra. Pero, no, no había nada extraño en Chuck. Era la amabilidad en persona. La simpatía personificada, para usar una expresión que le gustaba mucho a su padre. No, no había nada remotamente extraño en ese hombre. ¿Era eso verdad? En cierto instante, le había parecido que Chuck actuaba con torpeza. Sí. Teddy estaba seguro del momento en el que había sucedido, pero era incapaz de recordar los detalles. No podía hacerlo ni allí ni entonces.

Y, de cualquier manera, era una idea ridícula. Confiaba en Chuck. Al fin y al cabo, Chuck había rebuscado en el escritorio de Cawley.

«¿Viste cómo lo hacía?»

En ese preciso instante, Chuck estaba arriesgando su carrera profesional para intentar conseguir el historial de Laeddis.

«¿Cómo lo sabes?»

Llegaron a la puerta.

—Suba esa escalera —le indicó Al—. No tendrá problema para llegar al tejado.

—Gracias.

Teddy esperó y no abrió la puerta, pues quería ver cuánto tiempo se quedaría Al por allí.

Sin embargo, Al se limitó a asentir con la cabeza y a dirigirse de nuevo hacia el bloque de celdas. Teddy recuperó la confianza. Por supuesto que no le vigilaban. Por lo que a

Al respectaba, Teddy era sólo un ayudante más. Noyce era un paranoico. Era comprensible —¿quién no lo sería en su situación?—, pero no por ello dejaba de ser un paranoico.

Al siguió andando. Teddy giró el pomo de la puerta y la abrió. No había ni ayudantes ni vigilantes en el rellano. Estaba solo, completamente solo. Nadie le vigilaba. Dejó que la puerta se cerrara tras él y, cuando se dio la vuelta para dirigirse hacia las escaleras, vio a Chuck en la misma curva en la que habían encontrado a Baker y a Vingis. Estaba fumando un cigarrillo con nerviosismo, dando profundas y rápidas caladas. Levantó la mirada en cuanto Teddy empezó a bajar las escaleras. Se dio la vuelta y comenzó a moverse con rapidez.

—Creía que íbamos a reunirnos en el vestíbulo.

—Están aquí —le dijo Chuck cuando Teddy le alcanzó y llegaron al gran vestíbulo.

—¿A quiénes te refieres?

—Al jefe adjunto de vigilancia y a Cawley. No te detengas, no hay tiempo que perder.

—¿Te han visto?

—No lo sé. Cuando salía de la oficina de la segunda planta, los vi al otro lado del vestíbulo, y justo en el instante en que Cawley se daba la vuelta, salí de la habitación y fui hacia las escaleras.

—Seguro que no le dieron ninguna importancia.

Chuck estaba prácticamente corriendo.

—Sí, claro, ven a un ayudante con un impermeable y un gorro de guardabosque saliendo de la oficina... y no sospechan nada.

Las luces se encendieron sobre ellos con una serie de crujidos líquidos, un sonido similar al de los huesos que se rompen bajo el agua. Se oyó un zumbido de cargas eléctricas en el aire y, a continuación, se produjo una explosión de alaridos, silbidos y lamentos. Por un instante, tuvieron la sensación de que el edificio se elevaba y volvía a caer de nuevo. Las alarmas retumbaron en los suelos de piedra y en las paredes.

—Volvemos a tener electricidad. Qué bien —dijo Chuck, y se encaminó hacia las escaleras.

Bajaron las escaleras al tiempo que cuatro vigilantes las subían a toda prisa, y se apartaron para dejarles pasar.

El vigilante de la mesa todavía seguía allí, hablando por teléfono, y los miró con ojos ligeramente vidriosos mientras descendían. Después, con la mirada más despejada, dijo por teléfono:

—Espera un momento.

Cuando estaban bajando el último escalón, se dirigió a ellos:

—Eh, vosotros dos. Deteneos.

Estaba formándose una pequeña multitud en el vestíbulo —ayudantes, vigilantes, dos pacientes esposados y cubiertos de barro—, y Teddy y Chuck se dirigieron hacia ellos, esquivando a un tipo que venía de la mesa donde tenían el café y que balanceó su taza descuidadamente ante el pecho de Chuck.

—¡Eh! ¡Vosotros dos! ¡Eh! —exclamó el vigilante.

No aminoraron la marcha y Teddy se percató de que la gente, al oír los gritos del vigilante, empezaba a mirar a su alrededor para ver a quiénes se refería.

Un segundo o dos más tarde, esas mismas caras clavarían sus ojos en Teddy y en Chuck.

—¡He dicho que os detengáis!

Teddy golpeó la parte superior de la puerta con la mano. No se movió.

—¡Eh!

Vio el pomo de bronce, un pomo con forma de piña como el que había visto en casa de Cawley, lo asió, y lo encontró resbaladizo a causa de la lluvia.

—¡Tengo que hablar con vosotros!

Teddy giró el pomo y abrió la puerta de golpe en el mismo instante en el que dos vigilantes subían los escalones. Teddy giró sobre sus talones, y sostuvo la puerta para que pasaran Chuck y los vigilantes. El hombre de la izquierda inclinó la cabeza para darles las gracias y, cuando pasaron, Teddy soltó la puerta, y corrieron escaleras abajo.

A su izquierda, vio a un grupo de hombres vestidos de forma idéntica, fumando y bebiendo café bajo la débil llovizna; algunos estaban apoyados en la pared, y todos bromeaban, lanzando el humo de sus cigarrillos al aire. Chuck y Teddy se dirigieron hacia ellos, sin volver la vista atrás, esperando oír el ruido de la puerta al abrirse a sus espaldas, una nueva ronda de gritos.

—¿Has encontrado a Laeddis? —le preguntó Chuck.

—No, pero he encontrado a Noyce.

—¿Qué?

—Lo que has oído.

Cuando llegaron hasta el grupo, inclinaron la cabeza para saludarlos. Sonrisas, saludos. Uno de los tipos incluso le dio fuego a Teddy. Siguieron andando a lo largo de la pared, andando mientras la misma pared parecía extenderse otros quinientos metros, siguieron andando a pesar de que los gritos que les lanzaban golpeaban el aire, siguieron mientras veían cómo las puntas de los fusiles asomaban de las almenas a quince metros de altura.

Llegaron al final de la pared, doblaron a la izquierda y se encontraron ante un campo verde inundado en el que ciertas partes de la valla ya habían sido reparadas. Grupos de hombres llenaban los huecos de los postes con cemento líquido, y vieron que la valla rodeaba todo el recinto. Se dieron cuenta de que no había forma de salir de allí.

Retrocedieron y pasaron por delante de la valla, pues

Teddy sabía que su única opción era seguir todo recto. Si no pasaban por delante de los vigilantes, levantarían las sospechas de demasiada gente.

—Vamos a ir a por todas, ¿verdad, jefe?

—Así es. Todo recto.

Teddy se quitó el gorro y Chuck le imitó. A continuación se quitaron los impermeables, se los colgaron del brazo y siguieron caminando bajo la llovizna. Estaba esperándoles el mismo vigilante.

—Ni siquiera aminores el paso —le dijo a Chuck.

—Trato hecho.

Teddy intentó leer la expresión del vigilante, pero su cara era totalmente inexpresiva, y Teddy se preguntó si era debido al aburrimiento o porque quería evitar un conflicto.

Cuando pasaron por delante de él, Teddy le saludó con la mano.

—Ahora ya tienen camiones —les comunicó el vigilante.

Siguieron avanzando, pero Teddy se dio la vuelta y empezó a andar hacia atrás.

—¿Camiones? —preguntó.

—Sí, para llevaros de vuelta al edificio principal. No hace ni cinco minutos que se ha ido uno. Si queréis esperar...; creo que volverá en cualquier momento.

—No, necesitamos hacer ejercicio.

Durante un momento, la expresión del vigilante cambió. Quizá sólo fuera la imaginación de Teddy, o tal vez el vigilante se hubiera dado cuenta de que era una trola.

—Que vaya bien.

Teddy se dio la vuelta, y él y Chuck se dirigieron hacia los árboles. Sintió que el vigilante los observaba, que el fuerte entero los observaba. Quizá Cawley y el vigilante estuvieran en ese instante en las escaleras de la puerta principal, o en el tejado, observándolos también.

Llegaron a los árboles; nadie gritó, ni tampoco se oyó ningún disparo de advertencia. Se adentraron en la arboleda y desaparecieron bajo la hilera de gruesos troncos y de hojas dañadas.

—Joder —dijo Chuck—. Joder. Joder. Joder.

Teddy se sentó sobre un canto rodado y notó que el sudor le empapaba el cuerpo, la camisa y los pantalones, y se sintió muy animado. El corazón todavía le latía violentamente, los ojos le picaban, y sentía comezón en los hombros y en el cuello; sabía que, aparte del amor, ésa era la mejor sensación del mundo.

Haber escapado.

Miró a Chuck, y ambos se sostuvieron la mirada hasta que se echaron a reír.

—Cuando doblamos la esquina y vi que habían vuelto a colocar la valla —dijo Chuck—, joder, creí que era el final.

Teddy se tumbó sobre la piedra y se sintió libre como sólo se había sentido de niño. Observó que el cielo empezaba a aparecer tras unas humeantes nubes, y notó el aire sobre la piel. Podía oler las hojas mojadas, la tierra mojada, la corteza mojada, y oír el suave tictac de las últimas gotas de lluvia. Deseaba cerrar los ojos y despertarse al otro lado del puerto, en Boston, en su cama.

Estuvo a punto de quedarse dormido, y eso le recordó lo cansado que estaba. Se incorporó, sacó un cigarrillo del bolsillo de la camisa y le pidió fuego a Chuck.

—Debemos suponer que ahora se enterarán de que hemos estado en el fuerte —dijo Teddy, apoyándose sobre las rodillas—. Si es que no lo saben ya.

Chuck asintió con la cabeza.

—No cabe duda de que, si le interrogan, Baker hablará.

—Ese vigilante nos la tenía jurada.

—Tal vez sólo quería que firmáramos al salir.

—Sea lo que sea, se acordará de nosotros.

La sirena del faro de Boston gimió desde el otro lado del puerto, un sonido que Teddy había oído todas las noches de su niñez desde Hull. Era el sonido más solitario que conocía. A uno le entraban ganas de abrazar algo: a una persona, una almohada, a sí mismo.

—Noyce —dijo Chuck.

—¿Qué?

—¿De verdad está aquí?

—En persona.

—Por el amor de Dios, Teddy —dijo Chuck—. ¿Cómo ha podido suceder una cosa así?

Entonces Teddy le contó el encuentro con Noyce: la paliza que le habían dado, su animosidad hacia Teddy, su miedo, sus temblorosos miembros, sus sollozos. Se lo contó todo, salvo lo que Noyce había sugerido acerca de Chuck. Y Chuck le escuchó, asintiendo con la cabeza de vez en cuando, observando a Teddy, como un niño observa al monitor del campamento cuando de noche se empiezan a contar historias de miedo alrededor del fuego.

Teddy estaba comenzando a preguntarse si todo aquello no se parecía a esas historias.

—¿Le crees? —le preguntó Chuck cuando acabó.

—Lo que creo es que está aquí, de eso no cabe duda.

—Sin embargo, podría haber tenido una crisis psicológica. Me refiero a una de verdad, ya le ha sucedido con anterioridad. Todo esto podría ser legítimo. Tal vez sufriera un ataque nervioso en la cárcel y los responsables de la prisión dijeran: «Este tipo había sido paciente de Ashecliffe. ¡Enviémosle allí de nuevo!».

—Es posible —respondió Teddy—, pero la última vez que le vi, me pareció bastante cuerdo.

—¿Cuándo fue eso?

—Hace un mes.

—Las cosas pueden cambiar mucho en un mes.

—Es cierto.

—¿Y qué opinas del faro? —le dijo Chuck—. ¿De verdad piensas que allí hay un grupo de científicos locos, y que ahora mismo están implantando antenas en el cerebro de Laeddis?

—No lo sé, pero es muy extraño que una planta depuradora esté completamente vallada.

—En eso te doy la razón —dijo Chuck—. Sin embargo, todo esto es un *grand guignol*, ¿no crees?

Teddy frunció el ceño.

—No sé qué coño quieres decir con eso.

—Me refiero a algo terrorífico, como si fuera de un cuento de hadas.

—Eso sí que lo entiendo —respondió Teddy—. ¿Qué era eso del gran qué?

—El *grand guignol*. Lo siento, es francés.

Teddy observó que Chuck intentaba seguir sonriendo, probablemente para pensar en la forma de cambiar de tema.

—¿Estudiaste mucho francés cuando vivías en Portland?

—Seattle.

—Eso —dijo Teddy, llevándose la mano al pecho—. Perdóname.

—Me gusta el teatro, ¿de acuerdo? —dijo Chuck—. Es una expresión del mundo del teatro.

—¿Sabes? Conocí a un tipo que trabajaba de agente en Seattle —comentó Teddy.

—¿De verdad? —preguntó Chuck, tocándose distraídamente los bolsillos.

—Sí. Quizá le conozcas.

—Es probable —contestó Chuck—. ¿Quieres ver qué he encontrado en el historial de Laeddis?

—Se llamaba Joe. Joe... —Teddy chasqueó los dedos, y

se quedó mirando a Chuck—. Ayúdame. Lo tengo en la punta de la lengua. Joe... Joe...

—Hay mucha gente que se llama Joe —respondió Chuck, alargando la mano al bolsillo trasero.

—Creía que se trataba de un departamento pequeño.

—Aquí está —dijo Chuck, a pesar de que no tenía nada en la mano.

Teddy vio el trozo doblado de papel que le sobresalía del bolsillo de atrás.

—Joe Fairfield —dijo Teddy, al tiempo que se fijaba en la extraña manera en la que Chuck intentaba sacar el papel del bolsillo—. ¿Le conoces?

—No —contestó Chuck, mientras intentaba sacar de nuevo el trozo de papel.

—Estoy seguro de que le destinaron allí.

Chuck se encogió de hombros.

—El nombre no me suena.

—Tal vez fuera Portland. A veces me confundo.

—Sí, ya me he dado cuenta.

Chuck consiguió asir el papel, y Teddy recordó el día de su llegada, los problemas que Chuck había tenido para entregarle la pistola al vigilante, la torpe manera en la que había cogido la funda de la pistola. Los agentes federales no solían tener ese tipo de problemas. De hecho, un error así podría costarte la vida.

Chuck le mostró el trozo de papel.

—Es el formulario de admisión de Laeddis. Sólo he podido encontrar eso y el historial médico. La hoja de incidentes, las notas de las sesiones y la fotografía no estaban. Es muy extraño.

—Muy extraño —repitió Teddy—. Sin duda.

Chuck todavía tenía el brazo extendido, y asía el trozo de papel con la punta de los dedos.

—Cógelo.

—No —respondió Teddy—. Guárdalo tú.

—¿No quieres verlo?

—Le echaré un vistazo más tarde —contestó Teddy.

Se quedó mirando a su compañero y dejó que el silencio se alargara.

—¿Qué pasa? —preguntó Chuck, al cabo de un rato—. No conozco a Joe-cómo-coño-se-llame. ¿Por eso me miras así?

—No te miro de ninguna manera, Chuck. Ya te he aclarado que a veces confundo Portland con Seattle.

—De acuerdo. Entonces...

—Sigamos andando —le sugirió Teddy.

Teddy se levantó, pero Chuck se quedó sentado, contemplando el trozo de papel que aún colgaba de su mano. Primero miró los árboles que los rodeaban, después a Teddy, y finalmente se quedó mirando al vacío, en dirección al mar.

La sirena sonó de nuevo.

Chuck se puso en pie y volvió a guardar el trozo de papel en el bolsillo trasero.

—De acuerdo —dijo—. Muy bien. Tú delante, claro está.

Teddy empezó a cruzar el bosque hacia el este.

—¿Adónde vas? —le preguntó Chuck—. Ashecliffe está en dirección contraria.

Chuck parecía molesto, casi asustado.

—¿Adónde coño vamos, Teddy?

Teddy sonrió.

—Al faro, Chuck.

—¿Dónde estamos? —preguntó Chuck.

—Nos hemos perdido.

Habían salido de la arboleda y, en vez de aparecer delante de la valla que rodeaba el faro, habían ido a parar un poco más al norte. A causa de la tormenta, la arboleda se había convertido en un pantano y, en varias ocasiones, se habían visto obligados a desviarse del camino por culpa de los árboles caídos. Desde un principio, Teddy había sabido que se desviarían un poco pero, a juzgar por sus últimos cálculos, se habían apartado tanto del camino que casi estaban en el cementerio.

Podía ver claramente el faro. Una tercera parte de la construcción sobresalía tras una larga elevación, otra hilera de árboles y una ringlera marrón y verde de vegetación. Más allá del campo en el que se encontraban había una extensa marisma originada por la marea y, un poco más lejos, unas rocas negras y desiguales formaban una barrera natural ante el acantilado. Teddy sabía que la única opción que les quedaba era volver sobre sus pasos e intentar encontrar el lugar en el que se habían equivocado de camino, y así no tener que regresar al punto de partida.

Se lo explicó tal cual a Chuck.

Chuck usó un palo para golpearse las perneras de los pantalones y librarse de los abrojos.

—Tal vez podríamos dar la vuelta y acceder al faro desde el este. ¿Te acuerdas de ayer por la noche con McPherson? El conductor pasó por una especie de camino de entrada. Lo que se ve encima de esa colina debe de ser el cementerio. ¿No crees que podríamos rodearla?

—Quizá sea mejor que volver sobre nuestros pasos.

—¿No te ha gustado el camino? —Chuck se pasó la palma de la mano por la nuca—. A mí me encantan los mosquitos. De hecho, creo que sólo tengo dos puntitos en la cara en los que no me han picado.

Era la primera conversación que mantenían en una hora, y Teddy sentía que ambos intentaban superar la burbuja de tensión que había ido creciendo entre los dos.

Pero esos momentos en los que Teddy había permanecido en silencio durante demasiado tiempo ya habían pasado, y Chuck echó a andar a lo largo de un extremo del campo, dirigiéndose más o menos hacia el noroeste, mientras la isla los empujaba en todo momento hacia la orilla.

Teddy observó la espalda de Chuck mientras andaban, trepaban y volvían a andar. Le había explicado a Noyce que era su compañero y que confiaba en él. Pero ¿por qué? Porque no le había quedado más remedio que hacerlo, porque era impensable que alguien pudiera enfrentarse solo a todo aquello.

Si desapareciera, si nunca saliera de esa isla, como mínimo contaba con la amistad del senador Hurly. No cabía duda de que sus indagaciones saldrían a la luz, y de que serían escuchadas. No obstante, teniendo en cuenta el clima político del momento, ¿prestarían suficiente atención a los informes de un demócrata relativamente desconocido de un pequeño estado de Nueva Inglaterra? Los agentes federales se preocupaban de sus compañeros, y era obvio que mandarían a alguien para investigar los hechos. Sin embargo, era una cuestión de tiempo...; ¿llegarían allí antes de que Ashecliffe y sus médicos hubieran alterado a Teddy irremediablemente, de que le hubieran convertido en Noyce? O, algo mucho peor, ¿de que le hubieran convertido en el hombre que iba dando brincos por las escaleras?

Teddy así lo esperaba, ya que cuanto más miraba la espalda de Chuck, más se convencía de que en aquel momento estaba solo en el asunto. Completamente solo.

—Más piedras —dijo Chuck—. Santo cielo, jefe.

Se encontraban en un estrecho promontorio. A su derecha, el peñasco caía en picado al mar; y a su izquierda, había unas cuarenta áreas de llanura cubierta de maleza. El viento empezaba a arreciar de nuevo, el cielo se teñía de un color marrón rojizo, y el aire sabía a sal.

Los montones de piedras estaban distribuidos por toda la llanura. Había nueve montones dispuestos en tres hileras protegidos por todas partes por unas pendientes que resguardaban la llanura.

—¿Qué? ¿No vamos a echar un vistazo? —preguntó Teddy.

Chuck señaló el cielo con la mano.

—El sol se pondrá de aquí a un par de horas. Por si no te has dado cuenta, todavía no hemos llegado al faro. De hecho, ni siquiera estamos en el cementerio. Además, tampoco tenemos la certeza de que podamos llegar allí desde aquí. Y tú quieres ir hasta ahí abajo y echar un vistazo a las piedras.

—Si están codificadas...

—¿Qué importancia tiene ya? Tenemos pruebas de que Laeddis está aquí, y has visto a Noyce. Lo único que tenemos que hacer es regresar a casa con esa información, con esas pruebas. Y nuestro trabajo habrá terminado.

Chuck tenía razón, y Teddy lo sabía.

Sin embargo, sólo tendría razón si estuvieran en el mismo bando.

Si no lo estuvieran, y eso fuera un código que Chuck no deseara que viera...

—Tardaremos diez minutos en bajar y diez minutos más en subir —dijo Teddy.

Chuck se sentó con gesto cansado en la oscura pared de roca y sacó un cigarrillo del bolsillo de la chaqueta.

—De acuerdo, pero esta vez te espero aquí.

—Haz lo que quieras.

Chuck ahuecó las manos alrededor del cigarrillo para poder encenderlo.

—Muy bien.

Teddy observó cómo el humo ondeaba entre los encorvados dedos de Chuck y cómo el aire lo llevaba hacia el mar.

—Hasta luego —dijo Teddy.

—Intenta no romperte la crisma —le dijo Chuck, de espaldas a él.

Teddy bajó en siete minutos, en tres minutos menos de lo que había calculado, pues el suelo era poco firme y arenoso, y resbaló en varias ocasiones. Deseaba haberse tomado algo más que un simple café por la mañana, el estómago le gruñía de hambre. La falta de azúcar en la sangre, junto a la falta de descanso, hacía que le diera vueltas la cabeza, y que viera puntitos dispersos y movedizos ante él.

Contó las piedras que había en cada montón y anotó la cantidad en su libreta, al lado de su correspondiente asignación alfabética:

13(M)-21(U)-25(Y)-18(R)-1(A)-5(E)-8(H)-15(O)-9(I)

Cerró la libreta, la guardó en el bolsillo delantero y comenzó a subir la pendiente arenosa, agarrándose con las manos en las partes más escarpadas, y asiendo plantas enteras cada vez que resbalaba y caía. Tardó veinticinco minutos en llegar hasta arriba, y el cielo ya se había teñido de color bronce oscuro. Sabía que Chuck estaba en lo cierto, al margen del bando en el que estuviera: el día estaba llegando rápidamente a su fin, y eso había sido una pérdida de tiempo, por muy importante que pudiera ser el código.

Con toda probabilidad, no podrían llegar al faro; y aunque pudieran, ¿qué pasaría después? Si Chuck estaba colaborando con ellos, entonces ir con él hasta el faro era como meterse en la boca del lobo.

Teddy vio la cima de la colina, el borde del promontorio y el cielo color bronce formando arcos por encima de ellos. «Quizá todo tenga que terminar aquí, Dolores. Tal vez esto sea todo lo que puedo ofrecerte de momento. Laeddis vivirá. Ashecliffe seguirá funcionando. Sin embargo, nos conformaremos con saber que hemos iniciado un proceso, un proceso que, a la larga, podría acabar con todo esto.»

Encontró una abertura en lo alto de la colina, una estrecha brecha que se juntaba con el promontorio; estaba tan erosionada que Teddy pudo ponerse de pie dentro de la abertura, apoyarse en la pared arenosa, colocar ambas manos sobre la lisa roca que tenía encima, impulsarse con fuerza hacia arriba, sacar el pecho por el promontorio y balancear las piernas tras él.

Se tumbó de lado y observó el mar. Era de un azul intenso a esa hora del día, relucía mientras la tarde se apagaba a su alrededor. Se quedó allí tumbado, notando la brisa en el rostro, viendo cómo el mar se extendía hasta el infinito bajo un cielo cada vez más oscuro, y se sintió muy pequeño, completamente humano; sin embargo, no fue una sensación desagradable, sino que se sintió extrañamente orgulloso de formar parte de todo aquello. Cierto, él sólo era un puntito. Pero formaba parte de ello, constituía un todo. Y respiraba.

Miró al otro lado de la piedra oscura y lisa, con una mejilla apoyada en la misma piedra, y sólo entonces cayó en la cuenta de que Chuck no estaba allí arriba con él.

17

El cuerpo de Chuck yacía en el fondo del acantilado, envuelto por las olas.

Teddy se deslizó hasta el borde del promontorio. Primero sacó las piernas, y fue tanteando las rocas negras con las suelas de los zapatos hasta que estuvo casi seguro de que aguantarían su peso. Soltó el aire, a pesar de que no había sido consciente de que estaba aguantando la respiración; se apoyó con los codos en el borde, y sintió que los pies se le hundían en las rocas. Notó que una se movía, y su tobillo derecho se inclinó hacia la izquierda con la roca, se agarró a la superficie del acantilado, volvió a apoyar el peso de la parte superior de su cuerpo y comprobó que las rocas estaban firmes bajo sus pies.

Se dio la vuelta y se agachó hasta quedar pegado a las rocas como un cangrejo. A continuación, empezó a descender. Era imposible bajar con rapidez. Algunas rocas estaban perfectamente enclavadas en el acantilado, y eran tan seguras como las tuercas del casco de un acorazado, mientras que otras sólo se aguantaban por las piedras que tenían debajo, y era imposible saber de qué tipo de rocas se trataba hasta que no las pisabas.

Diez minutos más tarde vio uno de los cigarrillos de

Chuck. Sólo había fumado la mitad; la ceniza se había ennegrecido y sobresalía como la punta del lápiz de un carpintero.

¿Por qué habría caído? El viento había empezado a cobrar velocidad, pero no la suficiente para hacer caer a un hombre del saliente de una roca.

Teddy imaginó a Chuck, allí arriba, solo, fumándose un cigarrillo durante el último minuto de su vida, y pensó en todas las demás personas queridas que habían muerto mientras le obligaban a seguir luchando en la guerra. Dolores, por supuesto. Y su padre, que debía de estar en el fondo de ese mismo mar. Su madre, que había muerto cuando él tenía dieciséis años. Tootie Vicelli, a quien le pegaron un tiro en la boca en Sicilia, y que había sonreído curiosamente a Teddy, como si se hubiera tragado algo cuyo sabor le sorprendiera, mientras la sangre le goteaba por las comisuras de los labios. Martin Phelan, Jason Hill, aquel grandullón polaco de Pittsburgh que se encargaba de la ametralladora..., ¿cómo se llamaba? Yardak. Así se llamaba. Yardak Gilibiowski. El chico rubio que les había hecho reír en Bélgica, a quien pegaron un tiro en la pierna y cuya herida no parecía nada grave hasta que vieron que no paraba de sangrar. Y Frankie Gordon, evidentemente, al que había dejado plantado esa noche en el Cocoanut Grove. Dos años más tarde, Teddy le había birlado a Frankie uno de los cigarrillos que guardaba en el casco y le había llamado «desgraciado cabronazo de Iowa». Cuando Frankie había empezado a responderle «sueltas las peores palabrotas que jamás...», pisó una mina. Teddy todavía tenía un trozo de metralla en la pantorrilla izquierda.

Y ahora Chuck.

¿Sabría Teddy alguna vez si debería haber confiado en él? ¿Si debería haberle concedido ese último beneficio de la duda? Chuck, un hombre que le había hecho reír y que le había ayudado a que esa arriesgada misión de los últimos tres días fuera mucho más fácil de soportar. Chuck, la persona que esa misma mañana había anunciado que servirían huevos Benedictine para desayunar y rosbif cortado en lonchas muy finas para comer.

Teddy levantó los ojos y observó el borde del promontorio. Según sus cálculos, había recorrido la mitad del camino. El cielo tenía el color azul oscuro del mar y estaba anocheciendo a toda prisa.

¿Por qué se habría caído Chuck de ese saliente?

Por ninguna causa natural.

A no ser que se le hubiera caído algo. A no ser que hubiera empezado a bajar para coger algo, tal y como estaba haciendo Teddy en aquel momento, asiendo y pisando rocas que tal vez no aguantaran su peso.

Teddy, con el rostro bañado en sudor, se detuvo para respirar. Con suma cautela, apartó una mano de las rocas y la frotó contra los pantalones hasta que estuvo seca. Volvió a cogerse de la roca, e hizo lo mismo con la otra mano. Entonces, cuando iba a poner la mano sobre una roca puntiaguda, vio el trozo doblado de papel que había junto a él.

Estaba encajado entre una piedra y un zarcillo marrón de raíces, y la brisa lo hacía ondear ligeramente. Teddy apartó la mano de la roca y lo cogió con los dedos. Ni siquiera tuvo que desdoblarlo para saber qué era.

Era el formulario de admisión de Laeddis.

Se lo guardó en el bolsillo trasero y recordó la inestabilidad con la que el trozo de papel había sobresalido del bolsillo de Chuck. Entonces supo por qué Chuck había bajado hasta allí.

Para coger ese trozo de papel.

Por Teddy.

Los últimos seis metros de acantilado eran de cantos roda-dos y de gigantescos huevos negros cubiertos de algas. Cuan-do llegó a ellos, Teddy se dio la vuelta de tal manera que los brazos le quedaron detrás de la espalda y las palmas de las manos le aguantaban el peso. Intentó bajar y acceder al últi-mo trecho, al tiempo que veía cómo unas ratas se ocultaban en las hendiduras de la roca.

Cuando alcanzó el último metro, ya estaba en la orilla. Luego divisó el cuerpo de Chuck y, cuando se acercó más, se percató de que no era un cuerpo. Era simplemente una ro-ca, emblanquecida por el sol, y cubierta por gruesas y oscu-ras cuerdas de algas.

Gracias a... lo que fuera. Chuck no estaba muerto. No era esa roca larga y estrecha cubierta de algas.

Teddy hizo bocina con las manos y, mirando hacia arri-ba, gritó el nombre de Chuck. Gritó y gritó, y oyó su nom-bre alejarse hacia el mar y resonar en las rocas, cómo se lo llevaba el viento, con la esperanza de ver a Chuck asoman-do la cabeza por el borde del promontorio.

Quizás estuviera preparándose para bajar a buscar a Teddy. Tal vez estuviera allá arriba, a punto de iniciar el descenso.

Teddy gritó su nombre hasta que empezó a dolerle la gar-ganta.

Entonces se detuvo y esperó a que Chuck le llamara a él. Estaba oscureciendo tanto que prácticamente era imposible ver la parte superior del acantilado. Teddy escuchó la brisa, a las ratas escondidas en las hendiduras de la roca, el grazni-do de una gaviota, el chapaleo de las olas. Unos minutos más tarde volvió a oír la sirena del faro de Boston.

Sus ojos se acostumbraron a la oscuridad, y vio unos ojos que le miraban. Había docenas de ellos. Las ratas, impertérri-tas, descansaban en las rocas y le miraban fijamente. Por la noche, la playa les pertenecía a ellas, no a él.

Sin embargo, Teddy tenía miedo del agua, no de las ratas. A la mierda con esas odiosas criaturas. Podría dispararles, a ver cuántas aguantaban el tipo después de que sus amigas estallaran.

Salvo que no tenía pistola y que, mientras las observaba, la cantidad de ratas se había duplicado. Movían sus largas colas de un lado a otro de la roca. Teddy sintió el agua en los pies, y todos esos ojos sobre su cuerpo y, al margen de que les tuviera miedo o no, estaba empezando a sentir un hormigueo en la columna vertebral y picor en los tobillos.

Comenzó a andar lentamente por la orilla, y vio que había cientos de ratas, lanzándose hacia las rocas a la luz de la luna como si fueran focas bajo el sol. Observó cómo saltaban desde las piedras hasta la arena para ir a caer en el mismo lugar en el que él había estado segundos antes. Teddy se dio la vuelta y echó un vistazo a lo poco que quedaba de su trozo de playa.

No era mucho. Unos treinta metros más allá, otro acantilado sobresalía por encima del agua y cortaba totalmente el paso por la orilla; a la derecha, y ya en medio del mar, Teddy vio una isla que ni siquiera sabía que existía. A la luz de la luna semejaba una pastilla de jabón marrón, y le pareció que no estaba bien sujeta al mar. El día de su llegada había estado en esos acantilados con McPherson y no había visto ninguna isla. Estaba convencido de ello.

¿De dónde demonios había salido esa isla?

Oía a las ratas: algunas se peleaban, pero la mayoría se limitaba a dar golpecitos en las rocas con las uñas y a lanzarse gritos agudos. Teddy sintió que el picor de los tobillos se extendía a las rodillas y a la parte interior de los muslos.

Contempló la playa de nuevo, y vio que había desaparecido bajo los cuerpos de las ratas.

Miró hacia arriba, sintiéndose agradecido por la luna,

que era casi llena, y por las estrellas, brillantes e innumerables. Entonces vio un color que le pareció tan extraño como la isla que no existía dos días antes.

Era un color anaranjado, y estaba en medio del acantilado más grande. Naranja. En un acantilado negro. Al anochecer.

Teddy miró con atención, y observó cómo el color parpadeaba, relucía y perdía intensidad una y otra vez. En realidad, vacilaba.

Era algo semejante a una llama.

Cayó en la cuenta de que se trataba de una cueva o, como mínimo, de una hendidura de tamaño considerable. Y había alguien dentro. Chuck. No podía ser nadie más. Quizás había bajado desde el promontorio para coger aquel trozo de papel. Tal vez se había lastimado y no había llegado hasta la orilla.

Teddy se quitó el gorro y se dirigió hacia la roca más cercana. Media docena de ojos le observaban, pero Teddy las golpeó con el gorro y las ratas apartaron sus asquerosos cuerpos. Teddy subió a la roca, apartó a unas cuantas ratas más en la siguiente, y así fue subiendo de una a otra, hasta que cada vez había menos ratas, hasta que no quedaba ninguna esperándole junto a esos huevos negros; y entonces empezó a trepar por el peñasco, a pesar de que las manos todavía le sangraban por el descenso.

Sin embargo, esa ascensión le pareció más fácil. Era un peñasco más alto y mucho más ancho que el primero, pero tenía pendientes pronunciadas y más salientes.

Tardó una hora y media en subir a la luz de la luna y, mientras ascendía, las estrellas le observaban, como antes habían hecho las ratas, y perdió a Dolores, fue incapaz de recordar su rostro, sus manos o sus labios demasiado gruesos. La sintió lejos, de una forma que no había sentido desde que ella muriera, y sabía que era a causa del agotamiento físico, de la falta de alimento y de descanso. Mientras subía, su recuerdo iba desapareciendo.

Sin embargo, la oía. Aunque no pudiera recordarla, la oía en su cerebro mientras ella le decía: «Sigue adelante, Teddy. Adelante. Puedes seguir viviendo».

¿Eso era todo? ¿Después de esos dos años de caminar bajo el agua, de contemplar la pistola que descansaba sobre un extremo de la mesa de la sala de estar mientras escuchaba a Tommy Dorsey y a Duke Ellington sentado en la oscuridad, de estar convencido de que nunca podría dar un paso más en esa asquerosa vida, de echarla tanto de menos que en una ocasión incluso se había roto un extremo del incisivo apretando los dientes para olvidar lo mucho que la necesitaba? Después de todo eso, ¿podría ser aquél el momento en el que realmente pudiera apartarla de sus pensamientos?

«No te soñé, Dolores. Ya lo sé. Pero, en este preciso instante, siento que así fue.»

«Y así debería ser, Teddy. Déjame marchar.»

«¿De verdad?»

«De verdad, cariño.»

«Lo intentaré, ¿de acuerdo?»

«Muy bien.»

Teddy vio la luz color naranja parpadeando por encima de él. Sintió el calor, tenue pero inequívoco. Colocó la mano sobre el saliente que tenía encima y vio el reflejo naranja en su muñeca; a continuación se apoyó en los codos para poder subir, y divisó el reflejo de la luz en las paredes escarpadas.

Se puso de pie. El techo de la cueva casi le rozaba la cabeza, y vio que la entrada se curvaba hacia la derecha. Siguió avanzando, y comprobó que la luz procedía de un pequeño montón de madera, colocado en un pequeño agujero que había sido cavado en el suelo de la cueva. Al otro lado del fuego había una mujer con las manos tras la espalda.

—¿Quién es usted?

—Teddy Daniels.

La mujer tenía el pelo largo, y llevaba una camisa de paciente color rosa claro, pantalones con cordones y zapatillas.

—Ése será su nombre —replicó la mujer—. Pero... ¿a qué se dedica?

—Soy policía.

La mujer ladeó la cabeza y Teddy vio que su pelo empezaba a encanecer.

—Usted es el agente federal.

Teddy asintió con la cabeza.

—¿Podría quitar las manos de detrás de la espalda?

—¿Por qué? —preguntó ella.

—Porque me gustaría saber qué está sujetando.

—¿Por qué?

—Porque desearía saber si puede hacerme daño.

La mujer le dedicó una breve sonrisa.

—Supongo que es justo.

—Se lo agradezco.

La mujer quitó las manos de detrás de la espalda, y Teddy vio que agarraba un escalpelo largo y fino.

—Si no le importa, preferiría no soltarlo.

—Por mí, no hay ningún problema —respondió Teddy, levantando las manos.

—¿Sabe quién soy?

—Una paciente de Ashecliffe —contestó Teddy.

La mujer ladeó la cabeza de nuevo y se tocó la camisa.

—Caramba. ¿Cómo lo ha sabido?

—De acuerdo, de acuerdo. Tiene razón.

—¿Son así de listos todos los agentes federales?

—No he comido nada desde hace horas, y voy un poco más lento de lo habitual.

—¿Duerme mucho?

—¿A qué se refiere?

—A si ha dormido mucho desde que está en la isla.

—No he dormido muy bien. Supongo que eso responde a su pregunta.

—Desde luego que sí.

La mujer se arremangó los pantalones hasta las rodillas, se sentó en el suelo y le indicó que hiciera lo mismo.

Teddy se sentó y la miró fijamente desde el otro lado del fuego.

—Usted es Rachel Solando —dijo Teddy—. La verdadera.

La mujer se encogió de hombros.

—¿Ha matado a sus hijos? —le preguntó.

—Nunca he tenido hijos —respondió ella, al tiempo que empujaba un tronco con el escalpelo.

—¿No?

—No. Nunca he estado casada. Y le sorprenderá saber que aquí he sido algo más que una simple paciente.

—¿Cómo se puede ser algo más que una paciente?

La mujer le dio un empujoncito a otro tronco, que crujió al moverse. Unas cuantas chispas saltaron por encima del fuego y se apagaron antes de llegar al techo.

—Era parte del personal —respondió—. Empecé a trabajar aquí justo después de la guerra.

—¿Era enfermera?

—Era doctora, agente —le contestó, desde el otro lado del fuego—. La primera doctora que fue contratada por el hospital Drummond de Delaware. Y también la primera doctora que trabajó en Ashecliffe. Señor, tiene ante sus ojos a una verdadera pionera.

«O a una paciente mental con delirios de grandeza», pensó Teddy.

Teddy levantó los ojos y vio que la mujer le miraba fijamente. Tenía una mirada bondadosa, cauta y avispada.

—Cree que estoy loca.

—No es cierto.

—¿Qué otra cosa podría pensar de una mujer que se esconde en una cueva?

—He pensado que podría tener sus motivos.

Ella sonrió misteriosamente y negó con la cabeza.

—No estoy loca. No. Sin embargo, ¿no es eso precisamente lo que dicen todos los locos? Ésa es la genialidad kafkiana de todo este asunto. Si no estás loco, pero la gente le ha dicho al mundo que sí lo estás, entonces todas tus protestas por demostrar lo contrario no hacen más que corroborar que tienen razón. ¿Entiende lo que quiero decirle?

—Más o menos —contestó Teddy.

—Considérelo un silogismo. Digamos que el silogismo empieza con este principio: «Los locos niegan que están locos». ¿Me sigue?

—Más o menos —respondió Teddy.

—De acuerdo. Segunda parte: «Bob niega estar loco». Tercera parte: el *ergo*. «*Ergo*: Bob está loco.» —La mujer dejó el escalpelo en el suelo, junto a su rodilla, y avivó el fuego con un palo—. Si se califica a alguien de loco, entonces todas las acciones que en otras circunstancias demostrarían que no lo está, no hacen más que corroborar que son las acciones propias de un loco. Sus enérgicas protestas constituyen una «negación». Sus miedos justificados se consideran una «paranoia». Sus instintos de supervivencia son calificados como «mecanismos de defensa». Es una situación imposible. De hecho, es una condena a muerte. Una vez que se está dentro, no se puede salir. Nadie sale del pabellón C. Nadie. Sí, de acuerdo, han salido unas cuantas personas, lo reconozco. Pero les han operado el cerebro, les han perforado los ojos. Es un acto médico inhumano, desmedido, y así se lo dije. Me puse en su contra, escribí cartas. Podrían haberme destituido, ¿sabe? Podrían haberme despedido, dejar que aceptara un puesto de profesora o que ejerciera mi profesión en otro estado. Sin embargo, nada de eso era suficiente para ellos. No podían dejarme marchar. No podían hacerlo. No. No. No.

Iba poniéndose más y más nerviosa a medida que hablaba, golpeaba el fuego con el palo, y más bien parecía estar hablándoles a sus rodillas que a Teddy.

—¿Era médico de verdad? —le preguntó Teddy.

—Por supuesto que sí. Sí, era doctora. —Dejó de mirarse las rodillas y el palo—. De hecho, todavía lo soy. Sí, estuve trabajando aquí. Empecé a hacer preguntas acerca de las grandes remesas de sodio-amital y de alucinógenos con opio. Comencé a preguntarme, en voz alta, por desgracia, acerca de unos métodos quirúrgicos que parecían demasiado experimentales, por no decir más.

—¿Qué están tramando aquí? —le preguntó Teddy.

Ella frunció los labios y le dedicó una sonrisa oblicua.

—¿No tiene ni idea?

—Sé que están violando el Código de Nuremberg.

—¿Violando? Ni siquiera lo reconocen.

—Sé que están haciendo tratamientos radicales.

—Radicales, sí; tratamientos, no. Aquí no se hacen tratamientos, agente. ¿Sabe de dónde procede la financiación de este hospital?

Teddy asintió con la cabeza.

—Del Comité de Actividades Antiamericanas.

—Además de los fondos para sobornos —añadió—. Aquí entra dinero en grandes cantidades. Ahora responda: ¿cómo cree que el dolor entra en el cuerpo?

—Depende del lugar en el que se tenga la herida.

—No —respondió ella negando con la cabeza enérgicamente—. No tiene nada que ver con la piel. El cerebro manda neurotransmisores a través del sistema nervioso. El cerebro controla el dolor, el miedo, el sueño, la empatía, la sensación de hambre... Todo lo que asociamos con el corazón, con el alma o con el sistema nervioso está controlado por el cerebro. Todo.

—De acuerdo...

Los ojos de la mujer resplandecían junto al fuego.

—¿Qué sucedería si pudiera controlarlo?

—¿Se refiere al cerebro?

La mujer hizo un gesto de asentimiento.

—Podrían crear a un hombre que no necesitara dormir o que no sintiera dolor. Ni amor. Ni compasión. Un hombre que no podría ser interrogado porque sus bancos de memoria habrían sido vaciados. —Avivó el fuego y levantó la mirada—. Aquí están fabricando fantasmas, agente. Fantasmas que saldrán al mundo y que harán un trabajo fantasmal.

—Pero esa capacidad, ese tipo de conocimiento es...

—Cuestión de años —asintió ella—. Sí, es un proceso que llevará décadas, agente. Han empezado prácticamente con lo mismo que los soviéticos: con el lavado de cerebro y los experimentos de privación. Algo muy similar a lo que hicieron los nazis, que experimentaron con los judíos para ver los efectos del calor y del frío extremos, y después aplicar esos resultados para ayudar a los soldados del Reich. ¿No se da cuenta, agente? De aquí a cincuenta años, la gente mirará atrás y dirá: «Aquí... —golpeó el suelo con el dedo índice—... aquí empezó todo. Los nazis utilizaron a los judíos. Los soviéticos usaron a los prisioneros en sus *gulags*. Aquí, en Norteamérica, hicimos experimentos con los pacientes de Shutter Island».

Teddy se quedó mudo, no sabía qué decir.

La mujer volvió a contemplar el fuego.

—No permitirán que se marche. Lo sabe, ¿verdad?

—Soy agente federal —respondió Teddy—. ¿Cómo van a impedírmelo?

Ese comentario hizo que ella sonriera alegremente y que aplaudiera.

—Y yo era una conocida psiquiatra que procedía de una familia respetable. En algún momento pensé que eso sería suficiente. Lamento comunicárselo, pero no lo fue. Permítame que se lo pregunte: ¿ha tenido algún trauma en la vida?

—¿Hay alguien que no los tenga?

—Sí, claro, pero no estamos hablando de generalidades, de los demás. Estamos hablando de un caso particular: usted. ¿Tiene debilidades psicológicas de las que ellos podrían aprovecharse? ¿Hay algún hecho en su pasado que pueda considerarse un factor determinante para hacerle perder la cordura? Si es así, cuando le encierren aquí, y no le quepa duda de que lo harán, sus amigos y sus compañeros de trabajo dirán: «Era de esperar. Al final se ha venido abajo. A cualquiera le habría sucedido lo mismo. Ha sido culpa de la guerra, o del hecho de haber perdido a su madre... o a quien sea».

—Eso podría decirse de cualquiera —protestó Teddy.

—Bien, ésa es precisamente la idea. ¿No se da cuenta? Sí, podría decirse de cualquiera, pero lo dirán de usted. ¿Qué me dice de su cabeza?

—¿De mi cabeza?

La mujer se mordió el labio y asintió varias veces con la cabeza.

—Sí, me refiero a lo que tiene encima del cuello. ¿Cómo está? ¿Ha tenido sueños extraños últimamente?

—Sí, claro.

—¿Dolores de cabeza?

—Soy propenso a las migrañas.

—Santo cielo. No puede ser.

—Pues lo es.

—¿Ha tomado alguna píldora desde que llegó aquí, aunque sólo sea una aspirina?

—Sí.

—¿Se siente un poco decaído, quizás? ¿Como si no acabara de funcionar al cien por cien? Seguro que se dice a sí mismo que no es importante, que sólo se siente un poco flojo. Quizá su cerebro no esté haciendo las conexiones con la rapidez habitual. Sin embargo, me ha explicado que no duerme bien. Una cama extraña, un lugar desconocido, la tormenta. ¿Se dice todas esas cosas a sí mismo?

Teddy asintió con la cabeza.

—Y supongo que ha comido en la cafetería del hospital, que ha aceptado los cafés que le han ofrecido. Dígame, como mínimo, que ha estado fumando sus propios cigarrillos.

—Los de mi compañero —admitió Teddy.

—¿Nunca ha aceptado un cigarrillo de un médico o de un ayudante?

Teddy sentía en el bolsillo de la camisa los cigarrillos que había ganado jugando al póquer aquella noche. También recordó haber fumado uno de los cigarrillos de Cawley el día de su llegada, y que le había parecido más dulce que cualquier otra clase de tabaco que hubiera probado en su vida.

Ella adivinó la respuesta en su rostro.

—Los narcóticos neurolépticos suelen tardar unos tres o cuatro días en llegar a unos niveles perceptibles en la sangre. Durante ese período de tiempo, apenas se notan los efectos. A veces, los pacientes sufren ataques. A menudo, se puede hacer creer que esos ataques son migrañas, especialmente si el paciente es propenso a padecerlas. En cualquier caso, no son muy habituales. Por lo general, los únicos síntomas visibles son que el paciente...

—Deje de llamarme «paciente».

—... sueña de forma más intensa y durante más tiempo, que los sueños a menudo se confunden, se entremezclan y acaban pareciendo una novela escrita por Picasso. El otro efecto visible es que el paciente se siente un poco... confuso. Sus pensamientos no son tan accesibles como antes. Sin embargo, como no ha estado durmiendo bien, y como ha tenido todos esos sueños, acepta el hecho de sentirse un poco más torpe de lo normal. Y no, agente, no estaba llamándole «paciente». Todavía no. Estaba hablando de forma retórica.

—Si a partir de ahora evitara la comida, el café y los medicamentos, y dejara de fumar esos cigarrillos, ¿cree que ya habría sufrido algún daño?

La mujer se apartó el pelo de la cara y lo retorció en un nudo detrás de la cabeza.

—Me temo que sí. Y grave.

—Imaginemos que no puedo salir de esta isla hasta mañana y que las drogas han empezado a hacer efecto. ¿Cómo lo sabré?

—Los signos más evidentes son que tendrá la boca seca y que, paradójicamente, empezará a babear. También sufrirá parálisis, y notará pequeños temblores. Empiezan en la parte donde la muñeca se junta con el dedo pulgar y, por lo general, afectan a ese dedo durante un tiempo antes de apropiarse de las manos.

Apropiarse.

—¿Qué más? —preguntó Teddy.

—La luz le molestará, sufrirá dolores de cabeza en la parte izquierda del cerebro y se le trabará la lengua. Cada vez tartamudeará más.

Teddy oía el sonido del mar en el exterior: la marea estaba subiendo y las olas se estrellaban contra las rocas.

—¿Qué hacen en el faro? —preguntó.

La mujer se rodeó el cuerpo con los brazos y se inclinó hacia el fuego.

—Operaciones.

—¿Operaciones? Eso puede hacerse en cualquier hospital.

—Operaciones cerebrales.

—Eso también puede hacerse en los hospitales —replicó Teddy.

La mujer clavó la mirada en las llamas.

—Operaciones cerebrales experimentales. Sin embargo, no son de las del tipo abramos-el-cerebro-y-arreglémoslo, sino del tipo abramos-el-cerebro-y-veamos-qué-pasa-si-cambiamos-eso. Estoy hablándole de operaciones ilegales, agente. De las que aprendieron de los nazis. Allí es donde intentan fabricar sus fantasmas.

—¿Quién lo sabe? Me refiero a la gente de la isla.

—¿Lo del faro?

—Sí, lo del faro.

—Todo el mundo.

—Venga ya. ¿Los ayudantes? ¿Las enfermeras?

Ella le sostuvo la mirada desde el otro lado de las llamas, con ojos firmes y claros.

—Todo el mundo —repitió.

No recordaba haberse quedado dormido, pero debía de haber sido así, puesto que ella estaba despertándole.

—Tiene que marcharse —le dijo—. Creen que estoy muerta, que me ahogué. Si vienen a buscarle a usted, quizá me encuentren a mí. Lo siento, pero debe irse.

Teddy se levantó y se frotó las mejillas, justo debajo de los ojos.

—Hay una carretera al este de la cima de ese acantilado —le explicó—. Siga recto, y después verá que gira hacia el oeste. Al cabo de una hora de caminata, llegará a la mansión del antiguo comandante.

—¿Es usted Rachel Solando? —le preguntó—. Sé que la mujer que vi no era la verdadera.

—¿Cómo lo sabe?

Teddy recordó cómo tenía los pulgares la noche anterior. Mientras le metían en la cama, no podía dejar de mirarlos. Sin embargo, cuando se despertó, ya estaban limpios. Al principio pensó que era betún para zapatos, pero después recordó haber tocado la cara de Rachel...

—Hacía poco que le habían teñido el pelo —respondió.

—Tiene que irse —dijo ella, volviéndose hacia la abertura.

—Si necesito volver...

—No estaré aquí, cambio de sitio durante el día. Y todas las noches duermo en un sitio diferente.

—Pero podría venir a buscarla, sacarla de aquí.

Ella esbozó una triste sonrisa y se pasó la mano por los mechones de pelo que le cubrían la sien.

—No ha oído ni una sola palabra de lo que le he dicho, ¿verdad?

—No es cierto.

—Nunca saldrá de aquí. Ahora es uno de nosotros —dijo, presionándole el hombro con los dedos y empujándole hacia la abertura.

Teddy se detuvo en el saliente de la roca y se volvió hacia ella.

—Tenía un amigo. Estaba conmigo esta noche, pero nos separamos. ¿Le ha visto?

Ella esbozó aquella triste sonrisa de nuevo.

—Agente —contestó—. Usted no tiene amigos.

18

Cuando consiguió llegar a la parte trasera de la casa de Cawley, apenas podía andar.

Salió por detrás de la casa y empezó a recorrer el camino que conducía a la entrada principal. Tenía la sensación de que la distancia se había cuadriplicado desde esa misma mañana. Un hombre surgió de la oscuridad y le cogió del brazo.

—Estábamos preguntándonos cuándo aparecería.

Era el jefe de vigilancia.

Su piel tenía la blancura de la cera de una vela, era tan lisa que parecía laqueada, y también era vagamente translúcida. Teddy cayó en la cuenta de que sus uñas eran tan largas y tan blancas como su piel, de que los extremos estaban a punto de curvarse y de que las uñas estaban meticulosamente limadas. Sin embargo, sus ojos eran lo más inquietante de su persona. Eran de color azul sedoso y tenían un extraño aire de sorpresa. Eran los ojos de un bebé.

—Encantado de conocerle finalmente, jefe. ¿Cómo está?

—¡Oh! —respondió el hombre—. Perfectamente. ¿Y usted?

—Nunca he estado mejor.

—Me alegra oírlo —respondió el jefe de vigilancia, apretándole el brazo—. ¿Qué? ¿Dando un paseo?

—Ahora que la paciente ha sido localizada, he pensado que podría dar una vuelta por la isla.

—Supongo que lo habrá pasado bien.

—Estupendamente.

—Me alegro. ¿Se ha encontrado con los nativos?

Teddy tardó un minuto en responder. La cabeza había empezado a zumbarle de una forma constante, y las piernas apenas le aguantaban de pie.

—Ah, las ratas —dijo.

El jefe de vigilancia le dio una palmadita en la espalda.

—Claro, las ratas. Hay algo extrañamente regio en ellas, ¿no cree?

—Son ratas —respondió Teddy, mirándole fijamente a los ojos.

—Sí, son bichos. Ya comprendo. Me refería a la forma que tienen de sentarse en cuclillas, de mirarte como si creyeran que están a una distancia segura, a la rapidez de sus movimientos, al hecho de que puedan entrar y salir de un hoyo en un abrir y cerrar de ojos... —Levantó la mirada hacia el cielo—. Bien, tal vez «regio» no sea la palabra más adecuada. ¿Qué le parece «útiles»? Son unas criaturas excepcionalmente útiles.

Habían llegado a la entrada principal, pero el jefe de vigilancia no le soltó el brazo hasta que divisaron la casa de Cawley y el mar.

—¿Ha disfrutado del último regalo de Dios? —le preguntó el jefe de vigilancia.

Teddy miró al hombre, y se dio cuenta de que aquellos ojos perfectos estaban enfermos.

—¿Cómo dice?

—El regalo de Dios —respondió el hombre, recorriendo el suelo devastado con el brazo—. Su violencia. Cuando bajé a la planta baja de mi casa y vi un árbol en mi sala de estar, fue como si me alcanzara la mano divina. No lo digo en sentido literal, claro está, sino en sentido figurado. A Dios le encanta la violencia. Lo entiende, ¿verdad?

—No —contestó Teddy—. No lo entiendo.

El jefe de vigilancia dio unos cuantos pasos hacia delante y luego se volvió para mirar a Teddy.

—Si no fuera así, ¿por qué cree que hay tanta violencia? Está en nosotros. Procede de nosotros. Es lo único que nos sale de una forma más espontánea que respirar. Hacemos guerras. Sacrificamos a gente. Saqueamos y arrancamos la piel de nuestros hermanos. Llenamos extensos campos con nuestros malolientes muertos. ¿Y por qué? Para mostrarle que hemos aprendido de Su ejemplo.

Teddy le observó acariciar el lomo del pequeño libro que apretaba contra el abdomen.

Sonrió, y Teddy vio que tenía los dientes amarillos.

—Dios nos manda terremotos, huracanes, tornados. También nos da montañas que escupen fuego sobre nuestras cabezas, océanos que se tragan barcos. Dios nos concede la naturaleza, que es una asesina sonriente. Nos concede enfermedades para que, el día de nuestra muerte, sepamos que Él nos otorgó orificios a fin de que pudiéramos sentir cómo nos desangrábamos por ellos. Él nos ha otorgado la lujuria, la ira, la codicia y nuestros inmundos corazones para que podamos ser violentos en Su honor. No hay ningún orden moral tan puro como la tormenta que acabamos de presenciar. De hecho, el orden moral no existe. Lo único que existe es: ¿puede mi violencia vencer a la tuya?

—No estoy seguro de... —empezó Teddy.

—¿De que pueda? —preguntó el jefe de vigilancia, acercándose a Teddy, que pudo oler su desagradable aliento.

—¿De que pueda qué? —le preguntó Teddy.

—De que mi violencia pueda vencer a la suya.

—Yo no soy violento —replicó Teddy.

El jefe de vigilancia escupió en el suelo, cerca de sus pies.

—Usted es tan violento como todos los demás. Lo sé, porque yo también lo soy. No se avergüence de su propia sed de sangre, hijo. Y tampoco debería avergonzarme a mí. Si las normas de la sociedad fueran eliminadas y usted no tuviera nada para comer, me partiría la cabeza con una roca y se comería las partes más jugosas de mi cuerpo. —Se le acercó un poco más—. Si ahora mismo le mordiera los ojos, ¿podría detenerme antes de que yo le dejara ciego?

Teddy vio alegría en sus ojos de bebé. Se imaginó el corazón del hombre, negro y vivo, detrás de su pecho.

—Inténtelo —le sugirió.

—Ése es el espíritu —susurró el hombre.

Teddy dio unos golpes en el suelo con los pies y sintió cómo la sangre le circulaba por los brazos.

—Sí, sí —musitó el hombre—. «Eran mis propias cadenas y nos hicimos amigos.»

—¿Qué?

Teddy se dio cuenta de que hablaba en susurros y de que su cuerpo vibraba con un extraño hormigueo.

—Es de un poema de Byron —respondió el hombre—. Recuerda ese verso, ¿verdad?

Teddy sonrió al tiempo que el jefe de vigilancia daba un paso atrás.

—No cabe duda de que con usted rompieron el molde, ¿verdad, jefe?

El hombre esbozó una sonrisa tan breve como la de Teddy.

—Él piensa que está bien.

—¿El qué?

—Usted, su especie de jaque mate. Él cree que es relativamente inofensivo, pero yo no estoy de acuerdo.

—¿No?

—No.

El jefe de vigilancia dejó caer el brazo y dio unos cuantos pasos hacia delante. Entrelazó las manos detrás de la espalda, y el libro le quedó en la parte inferior de la columna. A continuación se volvió, separó las piernas con aire militar y miró a Teddy fijamente.

—Acaba de decirme que ha ido a dar una vuelta, pero yo sé que no es cierto. Le conozco, hijo.

—Acabamos de conocernos —replicó Teddy.

El jefe de vigilancia negó con la cabeza.

—La gente de nuestra clase hace siglos que se conoce. Le conozco muy bien, y creo que está triste. Lo pienso de verdad. —Se mordió los labios y observó sus zapatos—. No me parece mal que esté triste. La tristeza es algo patético, pero no pasa nada, porque a mí no me afecta. Además, pienso que es un hombre peligroso.

—Todo el mundo tiene derecho a formarse una opinión —contestó Teddy.

El rostro del hombre se oscureció.

—No, no es cierto. Los hombres son estúpidos. Comen, beben, evacuan, fornican y procrean, y esto último es especialmente desafortunado, ya que el mundo sería un lugar mucho mejor si no hubiera tanta gente. Retrasados mentales, niños perversos, locos, gente sin moral...; eso es lo que creamos. Estropeamos la tierra con todo eso. En el sur, ahora están intentando mantener a los negros a raya. Pero le diré una cosa...: he vivido en el sur, y ahí abajo todos son negros, hijo. Negros de raza blanca, negros de raza negra, negros de sexo femenino. Hay negros por todas partes, y son tan inútiles como los perros de dos patas. Como mínimo, los perros pueden olfatear algo de vez en cuando. Tú eres un negro, hijo. Tienes poco carácter. Lo noto.

Su voz era sorprendentemente aguda, casi femenina.

—Bien —dijo Teddy—, a partir de mañana no tendrá que preocuparse de mí.

—Claro, hijo —respondió el hombre, sonriente.

—Desapareceré de su vista y me marcharé de esta isla.

El jefe de vigilancia dio dos pasos hacia él, y su sonrisa desapareció. Inclinó la cabeza hacia Teddy y le miró con sus ojos fetales.

—No vas a ir a ninguna parte, hijo.

—Siento tener que disentir.

—Puedes disentir todo lo que quieras.

El hombre se le acercó, husmeó el aire a la derecha de la cara de Teddy, después movió la cabeza y husmeó el aire de la parte izquierda.

—¿Huele algo? —le preguntó Teddy.

—Mmm —dijo el hombre, dando un paso atrás—. Creo que huelo miedo, hijo.

—Entonces, quizá debería ir a ducharse —respondió Teddy—. Y quitarse toda esa mierda de encima.

Ninguno de los dos habló durante un rato.

—Recuerda esas cadenas, negro —dijo el hombre finalmente—. Son tus amigas. Estoy esperando que llegue nuestro baile final. Ah. Qué matanza haremos.

Y se dio la vuelta y echó a andar por el camino que conducía a su casa.

El dormitorio masculino estaba desierto. No había ni un alma en el interior. Teddy subió a su habitación, colgó el impermeable en el armario y buscó algún indicio de que Chuck hubiera regresado. Sin embargo, no encontró nada.

Contempló la posibilidad de sentarse en la cama, pero sabía que, si lo hacía, seguramente se quedaría dormido y no se despertaría hasta la mañana siguiente; de modo que fue al cuarto de baño, se lavó la cara con agua fría y se pasó un peine mojado por el pelo corto. Los huesos le rechinaban, notaba que tenía la sangre tan espesa como un batido, tenía los ojos hundidos y rojos, y la piel de color marrón. Se pasó un poco más de agua fría por la cara, se la secó y salió del edificio.

Nadie.

De hecho, el aire era cada vez más caliente y estaba volviéndose húmedo y pegajoso. Los grillos y las cigarras habían comenzado a recuperar la voz. Teddy recorrió el recinto, con la esperanza de que Chuck hubiera conseguido regresar antes que él y de que estuviera haciendo lo mismo: vagar de un lado a otro para toparse con Teddy.

Había un vigilante junto a la valla, y Teddy vio luces en las habitaciones pero, aparte de eso, el lugar estaba vacío. Se dirigió al hospital, subió los escalones y, cuando iba a abrir la puerta, la encontró cerrada con llave. Oyó un chirrido de bisagras y, al levantar los ojos, vio que el vigilante había abierto la verja y que había salido para reunirse con el compañero que vigilaba desde el otro lado. Cuando la verja se cerró de nuevo, Teddy oyó el crujido de sus zapatos sobre el rellano de cemento mientras se alejaba de la puerta.

Durante un minuto se quedó sentado en los escalones. Al diablo con la teoría de Noyce. En ese instante, no cabía duda de que estaba completamente solo. Atrapado, sí. Pero tenía la sensación de que nadie le vigilaba.

Se encaminó hacia la parte trasera del hospital y sintió una gran alegría al ver a un ayudante sentado en el rellano, fumando un cigarrillo.

Teddy se le acercó, y el chico, un negro alto y delgado, alzó la vista. Teddy sacó un cigarrillo del bolsillo.

—¿Tienes fuego? —le preguntó.

—Sí, claro.

Teddy se inclinó hacia delante mientras el chico le daba fuego; después se echó hacia atrás, le sonrió a modo de agradecimiento, pensó en lo que la mujer le había explicado sobre sus cigarrillos y dejó que el aire le saliera lentamente de la boca sin tragarse el humo.

—¿Cómo estás? —le preguntó.

—Estoy bien, señor. ¿Y usted?

—Bien. ¿Dónde está todo el mundo?

El chico señaló el edificio que había a sus espaldas con el dedo pulgar.

—Ahí dentro. Hay una reunión importante, aunque no sé de qué va.

—¿Están también los médicos y las enfermeras?

El chico asintió con la cabeza.

—Y algunos de los pacientes, y casi todos los ayudantes. Yo he tenido que quedarme a vigilar la puerta porque el picaporte no funciona muy bien. Pero, aparte de eso, sí, todos están ahí dentro.

Teddy dio otra calada al cigarrillo, y esperó que el chico no se diera cuenta. Se preguntó si simplemente debería limitarse a subir las escaleras y confiar en que el chico le tomara por un ayudante más, uno del pabellón C, tal vez.

A través de la ventana vio que el vestíbulo estaba llenándose y que la gente se dirigía a la puerta principal.

Le dio las gracias al chico por el fuego y se encaminó hacia la parte delantera del edificio. Había una gran multitud de gente, moviéndose de un lado a otro, hablando y encendiendo cigarrillos. Vio que la enfermera Marino le decía algo a Trey Washington y que, mientras lo hacía, le colocaba la mano sobre el hombro. Trey echó la cabeza hacia atrás y se rió.

Cuando Teddy empezaba a ir hacia ellos, Cawley le gritó desde las escaleras.

—¡Agente!

Teddy se volvió, Cawley bajó las escaleras, le dio una palmadita en el codo y empezó a andar hacia el muro.

—¿Dónde estaba? —le preguntó.

—Paseando. Echando un vistazo a su isla.

—¿Ah, sí?

—Sí.

—¿Ha encontrado algo interesante?

—Ratas.

—Sí, claro, hay muchas.

—¿Cómo va la reparación del tejado? —le preguntó Teddy.

Cawley suspiró.

—Tengo cubos por toda la casa para recoger el agua. El desván está en muy mal estado, como el suelo de la habitación de invitados. A mi mujer va a darle un ataque. Su vestido de novia está en ese desván.

—¿Dónde está ahora su mujer? —le preguntó Teddy.

—En Boston —respondió Cawley—. Tenemos un apartamento allí. Ella y los niños necesitaban un respiro y han tomado una semana de vacaciones. A veces, este lugar acaba poniéndote nervioso.

—Yo sólo llevo tres días aquí, doctor, y ya lo estoy.

Cawley le dedicó una sonrisa tímida y asintió con la cabeza.

—Pero está a punto de marcharse.

—¿Marcharme?

—Sí, a casa, agente. Ahora que Rachel ya ha aparecido... El ferry suele llegar a las once de la mañana. Supongo que al mediodía ya estará en Boston.

—Qué bien.

—Sí, ¿verdad? —Cawley se pasó la mano por el pelo—. No me importa decírselo, agente, y no quiero ofenderle...

—Ya veo que va a volver a insistir.

Cawley levantó una mano.

—No. No. No voy a darle mi opinión acerca de su estado emocional. No, lo que estaba a punto de decirle es que su presencia aquí ha inquietado a muchos pacientes. Ya sabe..., es agente federal, y eso ha hecho que muchos se sintieran tensos.

—Lo lamento.

—No es culpa suya. No es nada personal, es lo que usted representa.

—Bien, si es así, supongo que no pasa nada.

Cawley se acercó a la pared, apoyó un pie en ella y, con la bata arrugada y el nudo de la corbata flojo, parecía estar tan cansado como Teddy.

—Esta tarde han circulado rumores en el pabellón C de que había un hombre no identificado, que llevaba ropa de ayudante, en la sala principal.

—¿De verdad?

—Sí —respondió Cawley, mirándole fijamente.

—Caramba.

Cawley vio que tenía un hilo en la corbata, y lo quitó con los dedos.

—Por lo que parece, ese desconocido tuvo que reducir por la fuerza a algunos hombres peligrosos.

—No me diga.

—Sí, sí.

—¿Qué más hizo el desconocido en cuestión?

—Bien. —Cawley echó los hombros hacia atrás, se quitó la bata y se la colocó sobre el brazo—. Me alegro de que le interese.

—No hay nada mejor que los rumores, que un poco de cotilleo.

—Estoy de acuerdo. Según dicen, el desconocido, aunque yo no puedo confirmarlo, no se crea, mantuvo una larga conversación con un conocido esquizofrénico paranoide. Un hombre que se llama George Noyce.

—Mmm —dijo Teddy.

—Como le digo.

—Así que ese tal...

—Noyce —dijo Cawley.

—Noyce —repitió Teddy—. Ese tipo... es un paranoico, ¿verdad?

—Total —dijo Cawley—. Cuenta historias inverosímiles, disparatadas, y pone nervioso a todo el mundo...

—Esa palabra otra vez.

—Lo siento. Sí, en fin, los pone de mal humor. Hace dos semanas, de hecho, hizo enfadar tanto a la gente, que un paciente le golpeó.

—Imagínese.

Cawley se encogió de hombros.

—Cosas que pasan.

—¿Qué clase de historias inverosímiles son las que cuenta? —le preguntó Teddy.

Cawley agitó los brazos.

—Las típicas historias de los paranoicos, que todo el mundo le persigue y cosas así. —Alzó la vista hacia Teddy mientras encendía un cigarrillo, y sus ojos resplandecieron junto a la llama—. Así pues, se marcha.

—Supongo que sí.

—Con el primer ferry.

Teddy le dedicó una fría sonrisa.

—Si alguien nos despierta.

—Creo que eso no será ningún problema —respondió Cawley, devolviéndole la sonrisa.

—Estupendo.

—Muy bien —dijo Cawley—. ¿Un cigarrillo?

Teddy levantó una mano para rechazar su oferta.

—No, gracias.

—¿Está intentando dejarlo?

—Estoy intentando fumar menos.

—Bien hecho. He estado leyendo en los periódicos que el tabaco puede estar relacionado con un montón de cosas terribles.

—¿De verdad?

Cawley asintió con la cabeza.

—Sí, he oído decir que una de ellas es el cáncer.

—Hay tantas formas de morir actualmente.

—Cierto, pero también hay más maneras de curar a la gente.

—¿Eso cree?

—Si no lo creyera, no me dedicaría a esta profesión —respondió Cawley, y después expulsó el humo hacia arriba.

—¿Han tenido aquí alguna vez a un paciente llamado Andrew Laeddis? —le preguntó Teddy.

Cawley bajó la barbilla hacia el pecho.

—No me suena.

—¿No?

Cawley se encogió de hombros.

—¿Debería sonarme?

Teddy negó con la cabeza y respondió:

—Era un tipo que conocía...

—¿Cómo?

—¿A qué se refiere?

—Le preguntaba que cómo le conoció.

—En la guerra —contestó Teddy.

—¡Ah!

—En cualquier caso, había oído decir que se había vuelto algo majara y que le habían enviado aquí.

Cawley chupó lentamente el cigarrillo.

—Pues no le han informado bien.

—Eso parece.

—Son cosas que pasan —dijo Cawley—. Me ha parecido oírle decir «nos» hace un minuto.

—¿Qué?

—Sí, «nos». Primera persona del plural.

Teddy se llevó la mano al pecho y le preguntó:

—¿Refiriéndome a mí mismo?

Cawley hizo un gesto de asentimiento y respondió:

—Hace un rato me ha parecido oírle decir: «Si alguien nos despierta».

—Ah, sí, claro que lo he dicho. A propósito, ¿le ha visto?

Cawley le miró con las cejas levantadas.

—Venga —dijo Teddy—. ¿Está aquí?

Cawley se rió y le miró un buen rato.

—¿Qué pasa? —le preguntó Teddy.

Cawley se encogió de hombros y respondió:

—Creo que estoy un poco confundido.

—¿Confundido por qué?

—Usted, agente. ¿Es otra de sus extrañas bromas?

—¿Bromas? —preguntó Teddy—. Sólo quiero saber si está aquí.

—¿Quién? —inquirió Cawley con cierto tono de irritación en la voz.

—Chuck.

—¿Chuck? —dijo Cawley despacio.

—Mi compañero —le explicó Teddy—. Chuck.

Cawley se separó de la pared, con el cigarrillo colgándole de los dedos.

—Usted no tiene ningún compañero, agente. Usted llegó solo.

19

—Espere un momento... —dijo Teddy.

Vio que Cawley se le había acercado y que le miraba fijamente.

Teddy cerró la boca y sintió que la noche de verano le cerraba los párpados.

—Cuénteme otra vez lo de su compañero —le sugirió Cawley.

La mirada de curiosidad de Cawley era lo más frío que Teddy había visto en su vida. Era penetrante, inteligente e intensamente insulsa. Era la mirada de un hombre honrado en un espectáculo de vodevil, alguien que fingía no saber cuál iba a ser la frase clave.

Y Teddy se sintió como si fuera el Flaco, y Cawley el Gordo. Un bufón con los tirantes caídos, y un barril de madera en vez de pantalones. El último en enterarse del chiste.

—¿Agente? —Cawley dio otro pasito hacia delante.

Parecía que intentara cazar una mariposa.

Si Teddy protestaba, si le preguntaba dónde estaba Chuck, si afirmaba siquiera que existía un tal Chuck..., entonces le tendrían en sus manos.

Teddy miró a Cawley y vio que había alegría en sus ojos.

—Los locos niegan estar locos —afirmó Teddy.

—¿Cómo dice? —le preguntó, dando otro paso hacia delante.

—Bob niega estar loco.

Cawley cruzó los brazos por encima del pecho.

—*Ergo* —prosiguió Teddy—: Bob está loco.

Cawley se balanceó sobre los talones y esbozó una sonrisa.

Teddy le respondió con otra sonrisa.

Se quedaron así un rato. La brisa nocturna se movía a través de los árboles del otro lado del muro con un suave murmullo.

—¿Sabe? —dijo Cawley, tocando la hierba con la punta del pie y con la cabeza gacha—, aquí he creado algo muy valioso. Sin embargo, las cosas valiosas a menudo son infravaloradas en su propia época. Todo el mundo quiere una solución rápida. Estamos cansados de tener miedo, de estar tristes, de sentirnos abrumados..., estamos cansados de sentirnos cansados. Queremos recuperar los viejos tiempos, y ni siquiera los recordamos. Y, por paradójico que parezca, deseamos llegar al futuro a toda velocidad. La paciencia y el dominio sobre uno mismo se convierten en las primeras víctimas del progreso. Eso no es nada nuevo, puesto que siempre ha sido así. —Cawley levantó la cabeza—. Por lo tanto, a pesar de los muchos amigos poderosos que tengo, también tengo enemigos muy poderosos. Gente que desearía quitarme de las manos lo que he construido. No puedo permitirlo sin luchar. ¿Lo comprende?

—Oh, claro que lo entiendo, doctor —respondió Teddy.

—Bien. —Cawley descruzó los brazos—. ¿Qué hay de su compañero?

—¿Qué compañero? —preguntó Teddy.

Cuando Teddy regresó a la habitación, vio que Trey Washington estaba tumbado en la cama, leyendo un antiguo ejemplar de *Life*.

Teddy echó un vistazo a la litera de Chuck. Habían hecho la cama, y las sábanas y la manta estaban remetidas debajo del colchón; por lo tanto, nadie podría decir que alguien había dormido allí dos noches antes.

Habían traído el traje, la camisa y la corbata de Teddy de la lavandería, y todas aquellas prendas colgaban del armario en una funda de plástico. Teddy se quitó la ropa de ayudante y se puso la suya, mientras Trey pasaba las hojas ilustradas de su revista.

—¿Cómo se encuentra esta noche, agente?

—No me quejo.

—Eso está bien. Eso está bien.

Cayó en la cuenta de que Trey no le había mirado ni una sola vez, de que tenía los ojos clavados en la revista y de que pasaba las mismas páginas una y otra vez.

Teddy cambió el contenido de sus bolsillos de una chaqueta a otra, y metió el formulario de admisión de Laeddis en el bolsillo interior del abrigo, junto a la libreta. Se sentó en la litera de Chuck, justo delante de Trey, se anudó la corbata, se ató los zapatos y se quedó allí sentado en silencio.

—Mañana va a hacer calor —dijo Trey pasando otra página de la revista.

—¿Ah, sí?

—Sí, un calor de muerte. Y a los pacientes no les gusta el calor.

—¿No?

Trey negó con la cabeza, pasó otra página y respondió:

—No, señor. Les hace sentir inquietos y juguetones. Además, para empeorar las cosas, mañana por la noche habrá luna llena. ¡Lo que nos faltaba!

—¿Por qué?

—¿Por qué qué, agente?

—Quería saber por qué la luna llena vuelve loca a la gente.

—Es así —respondió.

Trey encontró una arruga en una de las páginas y usó el dedo índice para alisarla.

—Pero... ¿por qué?

—Pensándolo bien, la luna afecta a las mareas, ¿no?

—Sí, claro.

—Debe de tener una especie de efecto magnético o algo similar sobre el agua.

—De acuerdo.

—Más del cincuenta por ciento del cerebro humano está formado por agua —añadió Trey.

—¿Lo dice en serio?

—Completamente. Si la luna puede alterar el mar de esa manera, imagínese el efecto que puede tener sobre la mente.

—¿Cuánto tiempo lleva aquí, señor Washington?

Trey acabó de alisar la arruga, pasó la página y contestó:

—Hace mucho tiempo. Desde que dejé el ejército, en el cuarenta y seis.

—¿Estuvo en el ejército?

—Sí. Fui a por una pistola y me dieron una olla. Luché contra los alemanes cocinando mal, señor.

—Eso es una tontería —replicó Teddy.

—Y tanto que sí, agente. Si nos hubieran dejado participar en la guerra, habría terminado en el cuarenta y cuatro.

—Eso no voy a discutírselo.

—Usted ha estado en muchos sitios, ¿no?

—Sí, he visto mundo.

—¿Y qué opina?

—Idiomas diferentes, pero la misma mierda.

—Sí, eso es cierto.

—¿Sabe cómo me ha llamado esta noche el jefe de vigilancia, señor Washington?

—¿Cómo, agente?

—Negro.

Trey levantó la mirada de la revista y le preguntó:

—¿Cómo dice?

Teddy asintió con la cabeza y contestó:

—Dijo que había demasiada gente débil en el mundo. Razas de segunda, negros, retrasados mentales... Después añadió que me consideraba un negro.

—Y eso no le ha gustado nada, ¿verdad? —Trey soltó una risita y el sonido dejó de oírse en cuanto salió de su boca—. Pero usted no sabe lo que es ser negro.

—Soy consciente de ello, Trey, pero ese hombre es su jefe.

—No, no es mi jefe. Yo trabajo para el hospital. El Diablo Blanco se ocupa de la cárcel.

—Aun así, sigue siendo su jefe.

—No, no lo es. —Trey se incorporó apoyándose en un codo—. ¿Me oye? ¿Le ha quedado claro, agente?

Teddy se encogió de hombros.

Trey balanceó las piernas por encima de la cama y luego se sentó.

—¿Intenta hacerme enfadar, señor?

Teddy negó con la cabeza.

—Entonces, ¿por qué no está de acuerdo conmigo cuando le digo que no trabajo para ese hijo de puta blanco?

Teddy volvió a encogerse de hombros y respondió:

—En caso de necesidad, si él empezara a darle órdenes, usted correría hacia él...

—¿Qué dice que haría?

—Correr hacia él como un conejo.

Trey se pasó la mano por la barbilla y observó a Teddy con una dura mueca de incredulidad.

—No quería ofenderle —añadió Teddy.

—No, no, claro que no.

—Lo que pasa es que me he dado cuenta de que en esta isla la gente tiende a crear su propia verdad. Deben de suponer que si lo repiten suficientes veces, entonces es verdad.

—Yo no trabajo para ese hombre.

Teddy le señaló y afirmó:

—Sí, ésa es la verdad de la isla que conozco y amo.

Trey parecía estar a punto de pegarle.

—Por ejemplo —prosiguió Teddy—, esta noche han tenido una reunión. Y después viene el doctor Cawley y me dice que yo nunca he tenido un compañero. Y si se lo pregunto a usted, me responderá lo mismo. Negará que estuvo sentado con ese hombre, que jugó al póquer con ese hombre, que se rió con ese hombre. Negará que él le explicó que la única manera de solucionar el problema de su malvada tía era correr más rápido. Negará que durmió en esta misma cama. ¿No es cierto, señor Washington?

Trey se quedó mirando el suelo y contestó:

—No sé de qué está hablándome, agente.

—Ya lo sé. Ya lo sé. Nunca he tenido un compañero. Ésa es la verdad ahora. Se ha decidido que yo nunca tuve un compañero, y que él no está en la isla, herido, muerto, encerrado en el pabellón C o en el faro. Nunca he tenido un compañero. ¿Quiere repetirlo conmigo para que quede más claro? Nunca he tenido un compañero. Venga. Inténtelo.

Trey alzó la vista y declaró:

—Nunca ha tenido un compañero.

—Y usted no trabaja para el jefe de vigilancia —añadió Teddy.

Trey se agarró las rodillas con las manos. Luego miró a

Teddy, y Teddy vio que aquella situación estaba consumiéndole. Los ojos de Trey se humedecieron y la piel de la barbilla le temblaba.

—Debería salir de aquí —susurró.

—Eso ya lo sé.

—No —replicó Trey, al tiempo que negaba repetidamente con la cabeza—. No tiene ni idea de lo que sucede de verdad aquí. Olvide lo que ha oído, olvide lo que cree que sabe. Van a ir a por usted. Y el daño que van a hacerle no podrá ser reparado. De ninguna de las maneras.

—Cuéntemelo —le sugirió Teddy, a pesar de que Trey había empezado a negar con la cabeza de nuevo—. Cuénteme lo que está pasando aquí.

—No puedo hacerlo. No puedo. Míreme. —Trey levantó las cejas y abrió los ojos desmesuradamente—. No... puedo... hacerlo. Usted está solo. Y, yo que usted, no contaría con subirme a ningún ferry.

Teddy se rió entre dientes.

—Si ni siquiera puedo salir de este recinto, ¿cómo voy a marcharme de esta isla? Y aunque pudiera, mi compañero...

—Olvídese de su compañero —siseó Trey—. Se ha marchado. ¿Lo entiende? Y no va a regresar. Tiene que irse. Ahora tiene que vigilar su pellejo y el de nadie más.

—Trey —dijo Teddy—. Estoy atrapado.

Trey se levantó, se acercó a la ventana y observó la oscuridad o su propio reflejo. Teddy era incapaz de saberlo.

—No puede regresar, ni contarle a nadie lo que le he explicado.

Teddy esperó.

Trey se volvió hacia él y le preguntó:

—¿Entendido?

—Entendido —contestó Teddy.

—El ferry llegará mañana a las diez, y saldrá hacia Boston a las once en punto. Si viaja de polizón en ese barco, tal vez logre llegar hasta el puerto. Si no lo consigue, tendrá que esperar dos o tres días más, y un barco de pesca, el *Betsy Ross*, se acercará a la orilla de la costa sur para descargar unas cuantas cosas. —Se volvió de nuevo hacia Teddy—. Son un tipo de cosas que los hombres no deberían tener en esta isla. Pero el barco no llega hasta la misma orilla. No, señor. Tendrá que ir nadando hasta allí.

—No puedo pasar tres putos días en esta isla —dijo Teddy—. No conozco el terreno, pero el jefe de vigilancia y sus hombres seguro que sí. Me encontrarán.

Trey no pronunció palabra durante un buen rato.

—Entonces tiene que coger el ferry —dijo.

—Sí, eso está claro, pero... ¿cómo salgo del recinto?

—Joder —dijo Trey—. No se lo creerá, pero hoy es su día de suerte. La tormenta lo ha estropeado todo, especialmente el sistema eléctrico. Ya hemos reparado la mayoría de los cables del muro... La mayor parte.

—¿Qué partes no han arreglado todavía? —le dijo Teddy.

—La esquina suroeste. Esos dos cables no funcionan, justo donde las paredes se juntan formando un ángulo de noventa grados. Los demás cables le freirán como si fuera un pollo, ni se le ocurra acercarse y tocarlos. ¿Me oye?

—Sí.

Trey hizo un gesto de asentimiento ante su propio reflejo.

—Le sugeriría que se pusiera en marcha. No hay tiempo que perder.

Teddy se levantó:

—Chuck —dijo.

Trey frunció el ceño.

—Chuck no existe, ¿de acuerdo? Nunca ha existido. Cuando regrese al mundo, hable de Chuck todo lo que quiera. Pero aquí... nunca ha existido.

Mientras se dirigía a la esquina suroeste del muro, a Teddy se le ocurrió pensar que Trey podría haberle mentido. Si esos cables funcionaban, y Teddy colocaba una mano sobre ellos, y los agarraba con fuerza, a la mañana siguiente encontrarían su cadáver al pie del muro, tan negro como un bistec chamuscado. Problema solucionado. Trey sería nombrado el empleado del año, y tal vez le regalarían un bonito reloj de oro.

Buscó por los alrededores hasta que encontró un palo largo, y después fue hasta la sección de cableado que estaba a la derecha de la esquina. Se acercó corriendo al muro, apoyó un pie y dio un salto. Lanzó el palo hacia el cable, que estalló en llamas, y el palo empezó a arder. Teddy bajó del muro y observó el trozo de madera que sostenía en las manos. La llama se había apagado, pero la madera seguía ardiendo.

Lo intentó de nuevo, pero esa vez en el otro lado de la esquina. Nada.

Bajó del muro, inspiró profundamente, volvió a subir al muro de un salto y tocó el cable de nuevo. Y sucedió lo mismo: nada.

Había un poste de metal en lo alto de la sección en la que las paredes se juntaban, y Teddy tomó carrerilla tres veces antes de saltar. Se agarró con fuerza y subió hasta lo alto del muro. Rozó con los hombros, las rodillas y los antebrazos el cable, y en cada una de esas ocasiones pensó que estaba muerto.

No lo estaba. Y una vez llegó arriba, sólo tenía que bajar por el otro lado.

Permaneció entre las hojas de los árboles y se dio la vuelta para ver Ashecliffe.

Había ido hasta allí en busca de la verdad y no la había encontrado. Había ido a por Laeddis y tampoco le había encontrado. Por el camino, había perdido a Chuck. Tendría tiempo de lamentarse de todo eso cuando estuviera de vuelta en

Boston. Tiempo de sentirse culpable y avergonzado. Tiempo para considerar las opciones, consultarlo con el senador Hurly y proponer un plan de ataque. Regresaría. Y pronto. De eso no cabía ninguna duda. Y era de esperar que pudiera hacerlo armado de citaciones judiciales y de órdenes federales de registro. Y tendrían su propio jodido ferry. Entonces él se enfadaría, montaría en cólera.

En ese instante, sin embargo, se sentía aliviado por estar vivo y al otro lado del muro.

Aliviado. Y asustado.

Tardó una hora y media en llegar a la cueva, pero la mujer se había marchado. La hoguera había quedado reducida a unas cuantas ascuas y Teddy se sentó junto al fuego, a pesar de que el aire del exterior era inoportunamente cálido y de que estaba volviéndose más húmedo a cada instante.

Teddy la esperó, y confió en que sólo hubiera salido a buscar leña, pero, en el fondo de su corazón, sabía que no iba a regresar. Quizás ella creía que ya le habían atrapado y que, en ese preciso instante, estaba contándoles a Cawley y al jefe de vigilancia lo de su escondite. Tal vez —y eso era demasiado esperar, pero Teddy se permitió la indulgencia— Chuck la había encontrado y juntos se habían marchado a un lugar que ella considerara más seguro.

Cuando el fuego se apagó, Teddy se quitó la chaqueta del traje, se la colocó sobre el pecho y los hombros, y apoyó la cabeza en la pared. Tal y como había sucedido la noche anterior, lo último que le llamó la atención antes de quedarse dormido fueron sus pulgares.

Había empezado a sentir el hormigueo.

CUARTO DÍA

EL MAL MARINERO

20

Todos los muertos y quizá muertos estaban poniéndose el abrigo.

Estaban en una cocina y los abrigos colgaban de las perchas. El padre de Teddy cogió su vieja chaqueta de marinero, se la puso y después ayudó a Dolores a ponerse la suya.

—¿Sabes qué me gustaría que me regalaran para Navidad? —le preguntó a Teddy.

—No, papá.

—Una gaita.

Y Teddy entendió que quería palos de golf y una bolsa para guardarlos.

—Igual que Ike —dijo.

—Exactamente —respondió su padre, alargándole el gabán a Chuck.

Chuck se lo puso. Era un bonito gabán. Era de cachemir de antes de la guerra. La cicatriz de Chuck había desaparecido, pero todavía tenía aquellas manos delicadas y prestadas; las levantó delante de Teddy y movió los dedos.

—¿Te marchaste con la doctora? —le preguntó Teddy.

Chuck negó con la cabeza y respondió:

—Tengo demasiados estudios para hacer una cosa así. Me fui a las carreras.

—¿Ganaste?

—Perdí un montón de dinero.

—Lo siento.

—Besa a tu mujer de mi parte —le dijo Chuck—. En la mejilla.

Teddy pasó por delante de su madre, Tootie Vicelli le sonrió con la boca llena de sangre y le dio un beso a Dolores en la mejilla.

—Cariño, ¿por qué estás tan mojada? —le preguntó.

—Estoy completamente seca —le respondió ella al padre de Teddy.

—Si tuviera la mitad de años —dijo el padre de Teddy—, me casaría contigo, chica.

Todos estaban empapados, incluso su madre y Chuck. Sus abrigos goteaban por todo el suelo.

Chuck le entregó tres troncos y exclamó:

—Para el fuego.

—Gracias —respondió Teddy.

Cogió los troncos, pero luego olvidó dónde los había dejado.

Dolores se rascó el estómago y protestó:

—Malditos conejos. ¿Para qué sirven?

Laeddis y Rachel Solando entraron en la habitación. No llevaban abrigo. De hecho, no llevaban nada, y Laeddis pasó una botella de whisky por encima de la cabeza de la madre de Teddy, y después cogió a Dolores en brazos; en otras circunstancias, Teddy habría sentido celos, pero Rachel se arrodilló delante de él, le bajó la cremallera de los pantalones y se metió el pene en la boca. Chuck, su padre, Tootie Vicelli y su madre le saludaron con la mano al marcharse, y Laeddis y Dolores empezaron a retozar en el dormitorio; Teddy los oía en la cama, manoseándose torpemente la ropa, respirando con voz quebrada, y todo le pareció perfecto, maravilloso, mientras levantaba a Dolores del suelo y oía a Rachel y a Laeddis follando como locos, y besó a su mujer y, colocándole la mano encima del agujero de su vientre, le dijo «gracias». Teddy apartó los troncos de la mesa de la cocina, la penetró por detrás, y el jefe de vigilancia y sus hombres empezaron a beber el whisky que Laeddis había traído, y el jefe de vigilancia le guiñó el ojo a Teddy para comunicarle que aprobaba sus técnicas sexuales, levantó el vaso y les dijo a sus hombres:

—Es un negro de raza blanca bien dotado. Si le veis, lo primero que tenéis que hacer es dispararle. ¿Me oís? No debéis dudarlo ni un solo instante. Si ese hombre sale de la isla, caballeros, todos estaremos bien jodidos.

Teddy se quitó el abrigo de encima del pecho y avanzó a rastras hasta un extremo de la cueva.

El jefe de vigilancia y sus hombres estaban en el saliente que había encima de él. El sol ya estaba alto y las gaviotas chillaban.

Teddy miró el reloj: las ocho en punto de la mañana.

—No corran ningún riesgo —les ordenó el jefe de vigilancia—. Este hombre ha sido entrenado para el combate, ha luchado y se ha endurecido en la guerra. Le han condecorado con el Corazón Púrpura y con la Hoja de Roble con estrellas. En Sicilia mató a dos hombres con sus propias manos.

Teddy sabía que toda esa información estaba en su historial, pero... ¿de dónde demonios lo habían sacado?

—Es muy hábil con el cuchillo y en los combates cuerpo a cuerpo. No se acerquen a ese hombre. Si se les presenta la oportunidad, redúzcanle por la fuerza, como si fuera un perro de dos patas.

Teddy se percató de que estaba sonriendo, a pesar de la situación. ¿En cuántas otras ocasiones habrían tenido que oír aquellos hombres comparaciones con perros de dos patas?

Tres vigilantes bajaron con unas cuerdas por la parte más estrecha del peñasco; Teddy se alejó de la entrada de la cueva y observó cómo bajaban hasta la playa. Unos minutos más tarde, volvieron a subir, y Teddy oyó que uno de ellos decía:

—Aquí abajo no está, señor.

Los oyó durante un rato, mientras buscaban cerca del promontorio y de la carretera, pero después se alejaron. Teddy esperó una hora entera antes de salir de la cueva, por si alguien se había quedado atrás, y para darle al equipo de búsqueda suficiente tiempo, no quería toparse con ellos.

Ya eran las nueve y veinte de la mañana cuando llegó a la carretera; empezó a andar en dirección oeste, intentando avanzar con rapidez, pero sin dejar de mantenerse alerta, por si había hombres delante o detrás de él.

Trey había acertado con la predicción del tiempo. Hacía un calor terrible. Teddy se quitó la chaqueta y la dobló por encima del brazo. Aflojó el nudo de la corbata para poder pasársela por la cabeza y luego la guardó en el bolsillo. Tenía la boca completamente seca y los ojos le picaban a causa del sudor.

Vio a Chuck de nuevo en su sueño, poniéndose el abrigo, y esa imagen le dolió mucho más que la de Laeddis tonteando con Dolores. Antes de que Rachel y Laeddis aparecieran en el sueño, todos los demás estaban muertos. Excepto Chuck. Sin embargo, había tomado el abrigo de la misma percha y se había ido tras ellos. Teddy odiaba lo que eso simbolizaba. Si le habían atrapado en el promontorio, probablemente se lo habrían llevado por la fuerza, mientras Teddy intentaba regresar a campo traviesa. Y quienquiera que fuera el que lo había apresado, debía haberlo hecho muy bien, puesto que Chuck ni siquiera había gritado.

¿Hasta qué punto debía ser uno poderoso para hacer desaparecer no a uno, sino a dos agentes federales?

Sumamente poderoso.

Y si su plan consistía en conseguir que Teddy se volviera loco, entonces el plan para Chuck no podría haber sido el mismo. Nadie creería que dos agentes federales habían perdido el juicio en el mismo período de cuatro días. Por lo tanto, Chuck tenía que desaparecer de una forma accidental. Con toda probabilidad, durante el huracán. De hecho, si eran lo bastante listos —y por lo que parecía, lo eran— podrían hacer creer a la gente que la muerte de Chuck no había hecho más que empeorar el estado mental de Teddy.

Había una simetría innegable en esa idea.

No obstante, si Teddy no conseguía salir de la isla, el departamento no se creería la historia, al margen de lo lógica que pudiera parecer, y enviaría a otros agentes para que lo comprobaran por sí mismos.

¿Y qué encontrarían?

Teddy observó los temblores de las muñecas y de los pulgares. Cada vez eran más fuertes. Y aunque había dormido toda la noche de un tirón, tampoco tenía el cerebro despejado. Se sentía confuso y le costaba hablar. Si las drogas conseguían vencerle, cuando llegaran los agentes federales, le encontrarían babeando, ataviado con una bata y defecando por todas partes. Y eso no haría más que corroborar la versión de la verdad que daba Ashecliffe.

Oyó la sirena del ferry, y llegó a una elevación en el preciso instante en el que el ferry acababa de volverse en el puerto para dar marcha atrás y atracar en el muelle. Aceleró el paso y, diez minutos más tarde, vio la parte trasera de la casa estilo Tudor de Cawley entre los árboles.

Dejó la carretera, se adentró en el bosque y oyó a los hombres descargar el ferry: el ruido sordo de las cajas al caer en el muelle, el estruendo de las carretillas metálicas, las pisadas sobre las tablas de madera. Llegó a la última hilera de árboles y vio varios ayudantes en el muelle. Los dos pilotos del ferry estaban apoyados en la popa, y también había vigilantes, muchísimos, con la culata del rifle apoyada en la cadera, el cuerpo girado hacia el bosque y los ojos clavados en los árboles y en los caminos que conducían a Ashecliffe.

Cuando los ayudantes terminaron de descargar la mercancía, se marcharon con sus carretillas; sin embargo, los vigilantes se quedaron, y Teddy sabía que, esa mañana, su único trabajo consistía en asegurarse de que él no subiera a ese barco.

Volvió cautelosamente sobre sus pasos a través de la arboleda y apareció delante de la casa de Cawley. Oyó hombres en el piso de arriba, y vio a uno vigilando en el tejado, de espaldas a él. Encontró el coche en el garaje de la parte oeste de la casa: un Buick Roadmaster del 47. Era de color marrón y por dentro estaba tapizado de cuero blanco. Estaba limpio y resplandeciente el día después de un huracán. Un vehículo muy apreciado.

Teddy abrió la puerta del conductor y olió la piel a nueva. Abrió la guantera, encontró varias cajas de cerillas y las tomó todas.

Sacó la corbata del bolsillo, encontró una piedrecilla en el suelo y enrolló el extremo estrecho de la corbata alrededor de la piedra. Levantó la matrícula, quitó la tapa del depósito de gasolina, e introdujo poco a poco la corbata y la piedra en el depósito hasta que lo único que sobresalía era la parte estampada de la corbata, como si colgara del cuello de un hombre.

Teddy recordó el día en que Dolores le había regalado esa corbata, cuando, sentada en su regazo, le hizo cerrar los ojos.

—Lo siento, cariño —susurró él—. Me encanta porque me la has regalado tú, pero lo cierto es que me parece horrorosa.

Sonrió hacia el cielo para pedirle disculpas. A continuación encendió una hoja de papel con una cerilla y prendió fuego a la corbata con la hoja.

Después corrió todo lo rápido que pudo.

Cuando el coche explotó, él estaba en medio de la arboleda. Oyó hombres gritar, volvió la vista atrás y, a través de los árboles, vio cómo las llamas se elevaban formando bolas. Luego se produjo una serie de explosiones más pequeñas, como estallidos de petardos, y las ventanas saltaron por los aires.

Teddy llegó al extremo del bosque, hizo un ovillo con la chaqueta del traje y la puso debajo de unas rocas. Vio que los vigilantes y los hombres del ferry se dirigían a toda prisa hacia la casa de Cawley, y supo que, si pensaba hacerlo, tenía que ser en ese preciso instante, que no tenía tiempo para pensarlo dos veces, y eso estaba bien, porque si reflexionaba sobre lo que estaba a punto de hacer, no lo haría nunca.

Salió del bosque, corrió a lo largo de la orilla y, justo antes de llegar al muelle y de que alguien pudiera regresar y verle, se inclinó hacia la izquierda y se tiró al agua.

Dios santo, estaba helada. Teddy había creído que el calor del día la habría calentado un poco, pero el frío recorrió su cuerpo como si de una corriente eléctrica se tratara y le hizo expulsar el aire del pecho. Sin embargo, Teddy siguió avanzando, intentando no pensar en lo que podría habitar esas aguas: anguilas, medusas, cangrejos y tal vez tiburones. Parecía ridículo, pero Teddy sabía que los tiburones solían atacar a los humanos en sólo un metro de agua, y ésa era precisamente su situación, puesto que el agua le llegaba a la altura de la cintura y cada vez le cubría más. Teddy oyó gritos procedentes de la casa de Cawley y, haciendo caso omiso de los violentos latidos de su corazón, se zambulló bajo el agua.

Vio a la chica de sus sueños, flotando junto a él, con los ojos abiertos y resignados.

Cuando movió a un lado la cabeza al salir, la chica desapareció y vio la quilla que tenía delante: una raya gruesa y negra que ondulaba entre las verdes aguas. Nadó hasta la quilla y se agarró a ella con las manos. Después se desplazó hacia la parte delantera y salió al otro lado, a pesar de que se obligó a sacar sólo la cabeza y a hacerlo muy poco a poco. Sintió el sol en la cara, espiró aire, inspiró oxígeno e intentó no tener en cuenta la visión de sus piernas balanceándose en las profundidades, todas las posibles criaturas que estarían nadando a su alrededor, preguntándose qué era, acercándose para olerle...

La escalera estaba en el mismo sitio en que creía haberla visto. Justo delante de él. Colocó la mano sobre el tercer peldaño y se quedó allí colgado. Oía a los hombres corriendo de nuevo hacia el muelle, sus fuertes pisadas sobre las tablas de madera, y entonces oyó que el jefe de vigilancia decía:

—Registren el barco.

—Señor, sólo nos hemos ausentado...

—¿Han abandonado su puesto y ahora quieren discutir?

—No, señor. Perdone, señor.

La escalera se hundió entre las manos de Teddy a causa del peso de los hombres, y les oyó ir de un lado a otro, abrir y cerrar puertas, levantar muebles.

Algo se deslizó entre sus muslos como si fuera una mano. Teddy apretó los dientes, asió la escalera con más fuerza y obligó a su mente a quedarse completamente en blanco, puesto que no quería imaginar el aspecto que debía de tener. Fuera lo que fuera, no paraba de moverse y Teddy inspiró profundamente.

—Mi coche. Ha hecho explotar mi maldito coche —repetía Cawley, cansado y sofocado.

—Esto ha llegado demasiado lejos, doctor —añadió el jefe de vigilancia.

—Convinimos en que las decisiones las tomaría yo.

—Si ese hombre consigue salir de la isla...

—No va a salir de la isla.

—Estoy seguro de que tampoco creía que iba a convertir su coche en un infierno. Tenemos que poner fin a esta operación y cortar por lo sano.

—He trabajado demasiado para tirar la toalla ahora.

—Si ese hombre consigue salir de la isla, acabarán con nosotros —dijo el jefe de vigilancia, levantando el tono.

—¡No va a salir de esta maldita isla! —exclamó Cawley, alzando tanto la voz como el jefe de vigilancia.

Ninguno de los dos pronunció palabra durante un minuto. Teddy oía el peso de sus cuerpos oscilando en el muelle.

—Muy bien, doctor, pero el ferry se queda aquí. No zarpará del muelle hasta que encontremos a ese hombre.

Teddy seguía allí colgado, y tenía tanto frío en los pies que le ardían.

—Boston nos pedirá explicaciones —remarcó Cawley.

Teddy cerró la boca antes de que los dientes le empezaran a castañetear.

—Deles las explicaciones que quiera, pero este ferry no va a moverse de aquí.

Algo empujó ligeramente la parte izquierda de la pierna de Teddy.

—De acuerdo, jefe.

Teddy volvió a sentir un empujón en la pierna, pegó una patada y el chapoteo golpeó el aire como un disparo.

Pasos en la popa.

—Ahí dentro no está, señor. Hemos mirado por todas partes.

—Entonces, ¿adónde ha ido? —preguntó el jefe de vigilancia—. ¿Alguien lo sabe?

—¡Mierda!

333

—¿Sí, doctor?

—Ha ido al faro.

—Sí, ya lo había pensado.

—Yo me ocuparé.

—Llévese algunos hombres.

—Acabo de decir que me ocuparé yo. Allí ya hay hombres.

—No son suficientes.

—Se lo repito. Me ocuparé personalmente de este asunto.

Teddy oyó cómo los zapatos de Cawley resonaban en el muelle y cómo el sonido iba desvaneciéndose a medida que se acercaba a la arena.

—Al margen de que esté o no en el faro —dijo el jefe de vigilancia a sus hombres—, este ferry no va a ir a ninguna parte. Pídale las llaves del motor al piloto y tráigamelas.

Nadó durante casi todo el recorrido.

Se soltó del ferry y nadó hacia la orilla hasta que estuvo lo bastante cerca del fondo arenoso como para ponerse de pie. Siguió avanzando hasta que pensó que estaba bastante lejos y que ya podía correr el riesgo de mirar atrás. Había recorrido unos cuantos cientos de metros, y podía ver a los vigilantes formando un círculo alrededor del muelle.

Se sumergió de nuevo bajo el agua y continuó avanzando como pudo, ya que el hecho de nadar estilo libre o de chapotear levantaría demasiada espuma. Al cabo de un rato, llegó a un recodo de la orilla, lo rodeó y caminó hasta la arena. Se sentó al sol y empezó a tiritar de frío. Caminó a lo largo de la orilla todo lo que pudo, pero después se encontró con unos matojos y tuvo que meterse en el agua de nuevo. Ató los cordones de los zapatos, se los colgó alrededor del cuello y comenzó a nadar otra vez. Se imaginó los huesos de su padre descansando en algún lugar del fondo de ese mismo océano, también imaginó tiburones, sus aletas, y sus grandes y rápidas colas, barracudas con hileras de dientes blancos, y supo que estaba pasando por todo eso porque no le quedaba más remedio, y el agua le había dejado entumecido, pero no tenía elección, y tal vez tuviera que hacerlo de nuevo dos días después, cuando llegara el *Betsy Ross* para dejar su botín en la orilla sur de la isla. También sabía que la única manera de vencer el miedo era haciéndole frente, lo había aprendido muy bien en la guerra, pero aun así, si conseguía salir de allí, nunca jamás volvería a meterse en el mar. Sentía cómo el mar le observaba y le tocaba. También sentía su edad, puesto que era más antiguo que los dioses y estaba orgulloso de las muertes que había causado.

Vio el faro a eso de la una del mediodía. No estaba muy seguro, pues su reloj estaba en la chaqueta del traje, pero el sol estaba más o menos en el lugar adecuado. Se acercó a la orilla justo debajo del peñasco sobre el que se erigía el faro, se tumbó en una roca y dejó que el sol le calentara el cuerpo hasta que los temblores cesaron y hasta que su piel perdió el tono azulado.

Si Chuck estaba ahí arriba, Teddy iba a sacarle de allí, al margen del estado en el que se encontrara. Vivo o muerto, no pensaba dejarle allí.

«Entonces morirás.»

Era la voz de Dolores, y Teddy sabía que ella tenía razón. Si tenía que esperar dos días hasta la llegada del *Betsy Ross*, junto a cualquier cosa menos un Chuck totalmente despierto y funcional, nunca lo lograrían. Los cazarían...

Teddy sonrió.

... como si fueran perros de dos patas.

—No puedo dejarle —le explicó a Dolores—. No puedo hacer una cosa así. Si no le encuentro, entonces será diferente. Pero es mi compañero.

«Apenas le conoces.»

—Es cierto, pero sigue siendo mi compañero. Si está ahí adentro, si están haciéndole daño, si están reteniéndole en contra de su voluntad, tengo que sacarle de ahí.

«¿Aunque mueras?»

—Aunque muera.

«Entonces espero que no esté ahí.»

Bajó de la roca, y siguió un camino de arena y conchas que rodeaba las algas, y entonces se le ocurrió que Cawley no estaba en lo cierto al pensar que él tenía un comportamiento suicida. Más bien tenía ganas de morirse. Cierto, durante años no se le había ocurrido ninguna buena razón para vivir. Sin embargo, tampoco tenía ningún buen motivo para morir. ¿Por decisión propia? Incluso en sus noches más tristes, eso le había parecido una opción patética, violenta, cobarde.

Pero...

El vigilante surgió ante él de repente, y pareció tan sorprendido por la aparición de Teddy como éste por la suya. Todavía llevaba la bragueta bajada y el rifle le colgaba de la espalda. Primero empezó a subirse la cremallera, pero luego cambió de opinión; para entonces, sin embargo, Teddy le había dado un manotazo en la nuez. Le agarró por el cuello, se puso en cuclillas, pasó la pierna por detrás de la del vigilante, y éste cayó de espaldas al suelo. Teddy se enderezó, le dio una fuerte patada en la oreja derecha y el vigilante se quedó con los ojos en blanco y con la boca abierta.

Teddy se agachó junto a él, le pasó la tira del arma por el hombro y sacó el rifle de debajo de su cuerpo. Respiraba. No le había matado.

Además, ahora tenía un arma.

La usó con el siguiente vigilante, el que estaba delante de la verja. Le desarmó y el vigilante, que en realidad era un chico muy joven, un niño, le preguntó:

—¿Va a matarme?

—Claro que no, chaval —respondió Teddy, y le dio un golpe en la sien con la culata del rifle.

Había un pequeño cobertizo en la parte interior de la verja y Teddy decidió inspeccionarlo. Encontró unas cuantas camas plegables, revistas de chicas, una cafetera con café frío y un par de uniformes de vigilante que colgaban de un gancho en la puerta.

Salió, se dirigió al faro y utilizó el rifle para abrir la puerta de un golpe. En el primer piso no encontró nada, salvo una húmeda habitación de cemento, en la que sólo había una pared mohosa y una escalera de caracol que estaba hecha con la misma clase de piedra que las paredes.

Subió la escalera hasta una segunda habitación, que estaba vacía como la primera, y supo que debía de haber algún sótano, una sala grande que tal vez estuviera conectada con el resto del hospital por aquellos pasillos porque, hasta aquel momento, eso sólo era... un faro.

Oyó un sonido rechinante en el piso superior. Se dirigió de nuevo hacia la escalera, subió hasta el siguiente rellano y se encontró ante una pesada puerta de hierro. La empujó con la punta del cañón del rifle y la puerta cedió un poco.

Volvió a oír el sonido rechinante, olió humo de cigarrillo y, desde ahí arriba, oyó el mar y sintió el viento. Sabía que si el jefe de vigilancia había sido lo bastante listo como para colocar hombres tras esa puerta, entonces Teddy moriría en cuanto la abriera.

«Corre, cariño.»

—No puedo.

«¿Por qué no?»

—Porque todo converge aquí.

«¿El qué?»

—Todo.

«No entiendo...»

—Tú, yo, Laeddis, Chuck, Noyce, ese pobre chaval. Todo viene a parar aquí. O todo esto se para ahora. O yo me paro.

«Eran sus manos, las de Chuck. ¿No te das cuenta?»

—No. ¿A qué te refieres?

«A sus manos, Teddy. No encajaban con el resto de su cuerpo.»

Teddy sabía lo que ella quería. Sabía que había algo importante respecto a las manos de Chuck, pero no lo bastante importante como para seguir perdiendo más tiempo pensando en ello en aquella escalera.

—Ahora tengo que cruzar esa puerta, cariño.

«De acuerdo. Ve con cuidado.»

Teddy se agachó junto al lado izquierdo de la puerta, apoyó la culata del rifle en su costado izquierdo y la mano derecha en el suelo para no perder el equilibrio. Después pegó una patada con el pie izquierdo y la puerta se abrió par de en par; se arrodilló, se llevó el rifle al hombro y apuntó con el cañón.

A Cawley.

Estaba sentado tras una mesa, de espaldas a una pequeña ventana cuadrada. El océano, azul y plateado, se extendía detrás de él; el olor a mar llenaba la sala y la brisa le rozaba el pelo de las sienes.

Cawley no parecía sorprendido, ni tampoco asustado. Apagó el cigarrillo en un extremo del cenicero que tenía ante él y le preguntó:

—¿Por qué estás tan mojado, cariño?

21

Las paredes detrás de Cawley estaban recubiertas de unas sábanas color rosa, y las esquinas estaban pegadas con unos trozos arrugados de cinta adhesiva. En la mesa que tenía ante él había varias carpetas, un transmisor de radio, la libreta de Teddy, el formulario de admisión de Laeddis y la chaqueta del traje de Teddy. En una silla de la esquina había apoyada una grabadora. Las bobinas estaban en marcha y había un pequeño micrófono en la parte superior. Cawley tenía una libreta negra encuadernada en cuero justo delante de él; garabateó algo en ella y dijo:

—Siéntese.

—¿Qué ha dicho?

—Que se siente.

—Antes de eso.

—Sabe perfectamente lo que he dicho.

Teddy bajó el rifle del hombro, pero siguió apuntándole mientras entraba en la sala.

Cawley empezó a escribir de nuevo:

—Está vacío.

—¿El qué?

—El rifle. No tiene ninguna bala. Dada su experiencia con las armas, ¿cómo ha podido no darse cuenta de una cosa así?

Teddy tiró de la recámara hacia atrás y echó un vistazo. Estaba vacía. Para asegurarse, apuntó a la pared de su izquierda y disparó. Salvo el sonido sordo del percutor, su esfuerzo fue en vano.

—Déjelo en esa esquina —le sugirió Cawley.

Teddy dejó el rifle en el suelo y sacó la silla de debajo de la mesa, pero no se sentó.

—¿Qué hay debajo de esas sábanas?

—Ya llegaremos a eso. Siéntese y quítese la ropa. —Cawley se agachó, cogió una pesada toalla y se la lanzó desde el otro lado de la mesa—. Si no se seca un poco, cogerá frío.

Teddy se secó el pelo y después se quitó la camisa. La dobló de cualquier manera, la tiró a una esquina de la habitación y se secó el tórax. Cuando terminó, cogió su chaqueta de la mesa.

—¿Le importa?

Cawley levantó la vista y respondió:

—No, no. Coja lo que quiera.

Teddy se puso la chaqueta y se sentó en la silla.

Cawley siguió anotando unas cuantas cosas más. El bolígrafo raspaba sobre el papel.

—¿Son graves las heridas que les ha causado a los vigilantes?

—No demasiado —contestó Teddy.

Cawley asintió con la cabeza, dejó caer el bolígrafo sobre la libreta, cogió el transmisor y dio vueltas a la manivela para hacerlo funcionar. Levantó el auricular de la base, apretó el botón de transmisión y empezó a hablar.

—Sí, está aquí. Que el doctor Sheehan eche un vistazo a sus hombres antes de venir.

Colgó el teléfono.

—El escurridizo doctor Sheehan —remarcó Teddy.

Cawley movió las cejas arriba y abajo.

—Déjeme adivinarlo. Ha llegado con el ferry de esta mañana.

Cawley negó con la cabeza y respondió:

—Ha estado en la isla todo este tiempo.

—Escondiéndose a plena vista —comentó Teddy.

Cawley alargó las manos y se encogió de hombros.

—Es un psiquiatra muy bueno. Es joven, pero le aguarda un futuro muy prometedor. Todo esto lo planeamos entre los dos.

Teddy sintió un estremecimiento en el cuello, justo debajo de la oreja izquierda.

—Y, de momento, ¿qué tal le ha funcionado?

Cawley levantó una página de su libreta, echó un vistazo a la que había debajo y la dejó caer.

—No demasiado bien. Mis expectativas no se han visto cumplidas del todo.

Cawley observó a Teddy, y Teddy vio en su rostro lo que había visto en la escalera durante el segundo día, y en la reunión previa a la tormenta, y no encajaba con el perfil de ese hombre, ni con esa isla, ni con el faro, ni con el terrible juego al que estaban jugando.

Piedad.

Si Teddy no hubiera tenido ya una opinión formada, habría jurado que se trataba de eso.

Teddy apartó la mirada del rostro de Cawley y echó un vistazo a la pequeña sala, a las sábanas que colgaban de la pared.

—Así que esto es el faro.

—Así es —asintió Cawley—. Esto es el faro, el Santo Grial, la verdad que ha estado buscando. ¿Es lo que esperaba encontrar?

—Todavía no he visto el sótano.

—No hay sótano. Es un faro.

Teddy observó la libreta que descansaba encima de la mesa.

—Sí, son sus notas del caso. La encontramos cerca de su chaqueta, en la arboleda que hay al lado de mi casa. Ha volado mi coche.

Teddy se encogió de hombros.

—Lo siento.

—Ese coche me encantaba.

—Ya me lo imaginaba.

—Asistí al salón del automóvil en la primavera del cuarenta y siete y, mientras lo elegía, recuerdo que pensé: «John, ya tienes un problema solucionado. No tendrás que comprar otro coche hasta dentro de quince años, como mínimo». —Suspiró—. Me alegró mucho solucionar ese asunto.

Teddy levantó las manos y exclamó:

—Le pido disculpas una vez más.

Cawley negó con la cabeza y le preguntó:

—¿Llegó a pensar en algún momento que le permitiríamos marcharse en ese ferry? Aunque hubiera hecho estallar la isla entera para pasarlo bien, ¿qué cree que habría sucedido?

Teddy se encogió de hombros.

—Usted es un hombre solo —afirmó Cawley—, y la única misión que tenían esta mañana todas las personas de la isla era impedir que usted subiera a ese ferry. No entiendo su lógica.

—Era la única forma de salir de aquí —replicó Teddy—. Tenía que intentarlo.

Cawley parecía confundido y, antes de bajar los ojos, musitó:

—Dios. Cómo me gustaba ese coche.

—¿Tiene un poco de agua? —le preguntó Teddy.

Cawley lo pensó un momento, giró la silla, y Teddy vio

que había una jarra y dos vasos en el alféizar de la ventana. Cawley llenó los dos vasos de agua y le alargó uno a Teddy desde su lado de la mesa.

Teddy se bebió el vaso de un trago.

—Tiene la boca seca, ¿verdad? —le preguntó Cawley—. Tiene la lengua tan seca que, al margen de lo mucho que beba, es como un picor que no puede rascarse, ¿no es cierto? —Le pasó la jarra de agua y observó cómo llenaba el vaso de nuevo—. Además, tiene temblores en las manos, que no hacen más que empeorar. ¿Qué tal la cabeza?

Y mientras pronunciaba esas palabras, Teddy sintió una punzada de dolor detrás del ojo izquierdo; después se extendió hasta la sien, le subió hasta la parte superior de la cabeza y luego le bajó hasta la mandíbula.

—Regular —contestó.

—Irá a peor.

Teddy bebió un poco más de agua.

—No me cabe la menor duda. Me lo explicó la doctora.

Cawley, sonriente, se reclinó en la silla y empezó a darle golpecitos a la libreta con el bolígrafo.

—¿A quién se refiere ahora?

—No me dijo cómo se llamaba —respondió Teddy—, pero trabajaba con usted.

—Ya veo. ¿Y qué le dijo exactamente?

—Me explicó que los neurolépticos tardaban cuatro días en alcanzar niveles perceptibles en la sangre. También predijo que tendría la boca seca, dolores de cabeza y temblores.

—Una mujer inteligente.

—Sí.

—Pero todo eso no lo provocan los neurolépticos.

—¿No?

—No.

—Entonces, ¿cuál es la causa?

343

—Síndrome de abstinencia.

—¿Abstinencia de qué?

Cawley sonrió de nuevo, pero después su mirada se volvió distante. A continuación, abrió la libreta de Teddy por la última página que estaba escrita y se la pasó desde el otro lado de la mesa.

—Es su letra, ¿verdad?

Teddy echó un vistazo.

—Sí.

—¿El código final?

—Es un código.

—Pero no lo ha descifrado.

—No he tenido la ocasión. Por si no se ha dado cuenta, ha habido una actividad frenética.

—Claro, claro —asintió Cawley, dando unos golpecitos sobre la página—. ¿Le importaría descifrarlo ahora?

Teddy miró los nueve números y las nueve letras:

13(M)-21(U)-25(Y)-18(R)-1(A)-5(E)-8(H)-15(O)-9(I)

Sentía un alambre clavándose en la parte posterior del ojo.

—Ahora no me encuentro muy bien que digamos.

—Pero es sencillo —replicó Cawley—. Sólo son nueve letras.

—Esperemos a que deje de dolerme la cabeza.

—De acuerdo.

—Abstinencia... ¿de qué? —preguntó Teddy—. ¿Qué me ha dado?

Cawley hizo crujir los nudillos, se reclinó en la silla con un bostezo escalofriante y respondió:

—Clorpromacina. Tiene sus desventajas. Y me temo que muchas. No me gusta demasiado, y había abrigado la esperanza de empezar a darle imipramina antes de esta serie de incidentes, pero creo que ahora no voy a hacerlo. —Se inclinó hacia delante—. Por lo general, no me gusta mucho usar farmacología, pero en su caso era necesario.

—¿Imipramina?

—Ciertas personas la conocen como Tofranil.

Teddy sonrió y dijo:

—Clorpro...

—... macina —dijo Cawley, con un gesto de asentimiento—. Clorpromacina. Eso es lo que está tomando ahora. Mejor dicho, lo que ya no se le administra. Es lo mismo que hemos estado dándole durante estos dos últimos años.

—¿Los últimos qué? —preguntó Teddy.

—Dos años.

Teddy se rió entre dientes.

—Mire, ya sé que son gente muy poderosa, pero no es necesario que exageren tanto.

—No estoy exagerando.

—¿Hace dos años que me drogan?

—Prefiero la palabra «medicar».

—¿Está diciéndome que tenían a alguien en la oficina? ¿Consistía su trabajo en echarme algo en el café todas las mañanas? Espere, tal vez trabajara en el puesto en el que compro el café antes de entrar en la oficina. Eso estaría mejor. Así que, durante dos años, han tenido a alguien en Boston para que me drogara.

—En Boston, no —replicó Cawley con tranquilidad—. Aquí.

—¿Aquí?

Cawley asintió con la cabeza y añadió:

—Aquí. Hace dos años que está aquí. Es un paciente de esta institución.

Teddy oía cómo subía la marea, airada, precipitándose

hacia la base del peñasco. Entrelazó las manos para calmar los temblores e intentó no hacer caso de las pulsaciones que sentía detrás del ojo, que cada vez eran más intensas y frecuentes.

—Soy agente federal —protestó Teddy.

—Era agente federal —puntualizó Cawley.

—Todavía lo soy —dijo Teddy—. Soy agente federal y trabajo para el Gobierno de Estados Unidos. Salí de Boston el lunes por la mañana, el 22 de septiembre de 1954.

—¿De verdad? —le preguntó Cawley—. Cuénteme cómo llegó hasta el ferry. ¿Condujo hasta allí? ¿Dónde aparcó?

—Cogí el metro.

—El metro no llega tan lejos.

—Luego cogí un autobús.

—¿Por qué no fue en coche?

—Porque el coche está en el garaje.

—Ah. Y el domingo..., ¿qué recuerda del domingo? ¿Podría explicarme lo que hizo ese día? ¿Sería capaz de explicarme a ciencia cierta lo que hizo el día antes de despertarse en el cuarto de baño del ferry?

Teddy era capaz de hacerlo. Bien, la cuestión es que podría haberlo hecho, pero las malditas punzadas estaban atravesándole la parte posterior del ojo y los conductos nasales.

«Muy bien. Recuérdalo. Explícale lo que hiciste el domingo. Regresaste a casa después del trabajo. Fuiste a tu casa de Buttonwood. No, no, no era Buttonwood. Esa casa quedó reducida a cenizas cuando Laeddis le prendió fuego. No, no. ¿Dónde vives? ¡Por el amor de Dios! Podía ver el lugar. Muy bien, muy bien. La casa de..., la casa de... Castlemont. Eso es. Castlemont Avenue. Junto al agua.

»De acuerdo, de acuerdo. Relájate. Regresaste a tu casa de Castlemont, cenaste, bebiste un poco de leche y te fuiste a la cama. ¿Fue así? Sí.»

—¿Qué me dice de esto? —le preguntó Cawley—. ¿Ha tenido ocasión de echarle un vistazo?

Le pasó el formulario de admisión de Laeddis.

—No.

—¿No? —Cawley silbó—. Es lo que vino a buscar. Si le hubiera entregado este trozo de papel al senador Hurly, la prueba de que el paciente número sesenta y siete existe, a pesar de que nosotros negamos su existencia, podría haber levantado la liebre acerca de este lugar.

—Cierto.

—Claro que es cierto. ¿Y durante las últimas veinticuatro horas no ha tenido tiempo de leerlo?

—Se lo repito, ha habido una actividad...

—Frenética, sí, ya lo sé. Lo comprendo. Échele un vistazo ahora.

Teddy miró el trozo de papel, y vio el nombre, la edad y la fecha de admisión de Laeddis. En la sección de comentarios, leyó:

El paciente es muy inteligente y tiene ideas ilusorias. Propensión a la violencia. Es muy nervioso. No muestra ningún arrepentimiento por sus crímenes, pues los niega hasta tal punto que, según él, esos crímenes nunca se perpetraron. El paciente ha construido una serie de historias, de enorme complejidad y completamente fantásticas que, en estos momentos, le impiden aceptar la verdad de sus acciones.

Estaba firmado por el doctor L. Sheehan.

—Diría que es correcto —afirmó Teddy.

—¿Eso cree?

Teddy asintió con la cabeza.

—¿Respecto a quién?

—A Laeddis.

Cawley se levantó, se dirigió hacia la pared y tiró de una de las sábanas.

Había cuatro nombres escritos en letras mayúsculas a unos quince centímetros de altura.

EDWARD DANIELS — ANDREW LAEDDIS
RACHEL SOLANDO — DOLORES CHANAL

Teddy esperó, pero Cawley también parecía estar esperando; de modo que ninguno de los dos pronunció palabra durante un minuto.

—Supongo que tiene una idea —dijo Teddy, al cabo de un rato.

—Mire los nombres.

—Ya los veo.

—Su nombre, el del paciente número sesenta y siete, el nombre del paciente que falta y el nombre de su mujer.

—Ya lo veo. No estoy ciego.

—Ahí tiene su Ley de los Cuatro —dijo Cawley.

—¿Cómo puede ser? —preguntó Teddy, frotándose la sien y masajeándola para intentar librarse de las punzadas.

—Bien, usted es el genio de los códigos. Dígamelo usted.

—¿Qué quiere que le diga?

—¿Qué tienen en común los nombres Edward Daniels y Andrew Laeddis?

Teddy observó su propio nombre y el de Laeddis durante un momento.

—Ambos tienen trece letras.

—Cierto —asintió Cawley—. Así es. ¿Qué más?

Teddy los miró una y otra vez y contestó:

—No lo sé.

—Eh, venga —dijo Cawley.

A continuación se quitó la bata de laboratorio y la dejó sobre el respaldo de la silla.

Teddy intentó concentrarse, cansado ya de aquel juego de salón.

—Tómese el tiempo que necesite.

Teddy observó las letras hasta que los extremos empezaron a difuminarse.

—¿Ve algo más? —le preguntó Cawley.

—No, no veo nada. Sólo trece letras.

Cawley golpeó las letras con la palma de la mano.

—¡Venga!

Teddy negó con la cabeza y sintió náuseas. Las letras se movían de un lado a otro.

—Concéntrese.

—Ya estoy concentrándome.

—¿Qué tienen en común esas letras? —le preguntó Cawley.

—Yo no..., son trece letras. Trece.

—¿Qué más?

Teddy observó las letras hasta que empezó a verlas borrosas y contestó:

—Nada.

—¿No ve nada?

—Nada —repitió Teddy—. ¿Qué quiere que le diga? No puedo decirle lo que no sé. No puedo...

—¡Son las mismas letras! —gritó Cawley.

Teddy se inclinó hacia delante e intentó que las letras dejaran de moverse.

—¿Qué?

—Son las mismas letras.

—No.

—Los nombres son anagramas.

—No —repitió Teddy.

—¿No? —Cawley frunció el ceño y señaló la hilera de letras con la mano—. Son exactamente las mismas letras. Mírelas. Edward Daniels. Andrew Laeddis. Son las mismas letras. Usted es un experto en códigos, incluso acarició la idea de convertirse en el descifrador oficial de códigos durante la guerra, ¿no es verdad? Dígame que no ve las mismas trece letras cuando observa esos dos nombres.

—¡No!

Teddy se apretó los ojos con las palmas de las manos, para ver con mayor claridad o tapar la luz, no estaba muy seguro.

—¿Qué quiere decir con eso? ¿Que no son las mismas letras o que no quiere que lo sean?

—No pueden serlo.

—Pues lo son. Abra los ojos y mírelas.

Teddy abrió los ojos, pero siguió negando con la cabeza, y las letras temblorosas se movieron de un lado a otro.

Cawley dio un golpecito a la siguiente línea de letras con el dorso de la mano.

—Entonces, inténtelo con éstas —le sugirió—. Dolores Chanal y Rachel Solando. Ambos nombres tienen trece letras. ¿Quiere decirme lo que estos nombres tienen en común?

Teddy sabía lo que estaba viendo, pero también sabía que no era posible.

—¿No? ¿Tampoco comprende esto?

—No puede ser.

—Es posible —dijo Cawley—. Son las mismas letras de nuevo. Anagramas. ¿Ha venido en busca de la verdad? Pues ahí está su verdad, Andrew.

—Teddy —le corrigió Teddy.

Cawley lo miró fijamente; una vez más, su expresión estaba llena de mentiras piadosas.

—Usted se llama Andrew Laeddis —dijo Cawley—. ¿Sabe quién es el paciente número sesenta y siete del hospital Ashecliffe? Es usted, Andrew.

22

—¡Y una mierda! —vociferó Teddy, y el grito le retumbó en la cabeza.

—Usted se llama Andrew Laeddis —repitió Cawley—. Le encerraron aquí por orden judicial hace veintidós meses.

Al oírlo, Teddy se escandalizó y exclamó:

—Eso es impropio incluso de ustedes.

—Mire las pruebas. Por favor, Andrew. Usted...

—No me llame así.

—... llegó aquí hace dos años porque perpetró un crimen terrible. Un crimen que la sociedad no puede perdonar, aunque yo sí. Míreme, Andrew.

Teddy alzó la vista; primero miró la mano que Cawley había extendido, ascendió por el brazo y cruzó el pecho hasta la cara de Cawley. En ese momento, los ojos del doctor brillaban con una falsa piedad, con esa imitación de la decencia.

—Me llamo Edward Daniels.

—No —dijo Cawley, negando con la cabeza con cierto aire de cansada derrota—. Se llama Andrew Laeddis. Hizo algo horrible y, como al margen de lo que hiciera, no puede perdonarse a sí mismo, está actuando. Ha creado una estructura narrativa densa y compleja, en la que usted es el héroe,

Andrew. Se convence a sí mismo de que todavía es agente federal y de que se encuentra aquí porque le han asignado un caso. Ha descubierto una conspiración, lo que significa que cualquier cosa que le digamos no hace más que alimentar su fantasía de que estamos conspirando en su contra. Y quizá podríamos permitirle eso, dejar que viva en su mundo de fantasías. Me gustaría hacerlo. Si usted fuera inofensivo, no tendría ningún reparo en permitírselo. Pero es una persona violenta, muy violenta. Además, como ha tenido entrenamiento militar y policial, lo hace muy bien. Es el paciente más peligroso que tenemos. No podemos contenerle. Hemos decidido... Míreme.

Teddy levantó la mirada y vio a Cawley medio estirándose por encima de la mesa, con ojos suplicantes.

—Hemos decidido que si no podemos hacerle recuperar la cordura, ahora, ahora mismo, tendremos que tomar medidas permanentes para asegurarnos de que nunca más volverá a lastimar a nadie. ¿Comprende lo que estoy diciéndole?

Durante un momento, ni siquiera un momento entero, la décima parte de un momento..., Teddy casi le creyó.

Entonces Teddy sonrió.

—Ha montado una obra de teatro muy buena, doctor. ¿Quién hace de policía malo? ¿Sheehan? —Teddy se volvió hacia la puerta y dijo—: Creo que está a punto de llegar.

—Míreme —le ordenó Cawley—. Míreme a los ojos.

Teddy así lo hizo. Los tenía rojos e inquietos por la falta de sueño. Y había otra razón. ¿Qué era? Teddy le sostuvo la mirada y observó esos ojos con atención. Y entonces lo adivinó... Si no tuviera motivos para creer lo contrario, juraría que a Cawley estaba partiéndosele el corazón.

—Escuche —prosiguió Cawley—. Yo soy todo lo que tiene. Todo lo que jamás ha tenido. Hace dos años que escucho sus fantasías. Conozco cada detalle, cada matiz: los códigos, el compañero desaparecido, la tormenta, la mujer de la cueva, los perniciosos experimentos del faro. Sé lo de Noyce y lo del ficticio senador Hurly. Sé que sueña con Dolores continuamente, que el estómago de su mujer gotea y que por eso está siempre mojada. También sé lo de los troncos.

—Está mintiéndome. —dijo Teddy.

—¿Cómo iba a saber todo eso?

Teddy se lo demostró con sus dedos temblorosos:

—He estado comiendo sus alimentos, bebiendo su café, fumando sus cigarrillos. Qué demonios. Incluso me tomé las tres «aspirinas» que me dio el día que llegué. Y, además, me drogó la otra noche. Estaba ahí sentado cuando me desperté. No he sido el mismo desde entonces. En ese momento empezó todo. Esa noche, después de mi migraña. ¿Qué me dio?

Cawley echó el cuerpo hacia atrás. Hizo un gesto como si estuviera tragando ácido. Después apartó la mirada y observó la ventana.

—Está acabándoseme el tiempo —susurró.

—¿Cómo dice?

—El tiempo —repitió en voz baja—. Me dieron cuatro días, y el plazo está terminándose.

—Entonces, déjeme marchar. Regresaré a Boston, presentaré una queja ante el departamento de agentes federales, pero no se preocupe...: con todos los amigos poderosos que tiene, no creo que le pase nada.

—No, Andrew —comentó Cawley—. Casi no me quedan amigos. Hace ocho años que libro una batalla, y la balanza se ha inclinado hacia el otro lado. Voy a perder. Perderé mi posición y mi financiación. Juré ante la junta entera de inspectores que realizaría el experimento de juego de roles más grandioso que la psiquiatría jamás hubiera visto, y que con eso le salvaría a usted. Que conseguiría hacerle recuperar la cordura. Pero que si me equivocaba... —Abrió los ojos y se apretó la barbilla, como si deseara colocarla en su sitio. A continuación dejó caer la mano y miró a Teddy desde su lado de la mesa—. ¿No lo comprende, Andrew? Si usted fracasa, yo también fracaso. Y si yo fracaso, todo esto habrá terminado.

—Caramba —dijo Teddy—. Es una pena.

En el exterior graznaban algunas gaviotas. Teddy olió la sal, el sol, la arena húmeda y salada.

—Intentémoslo de otra manera —le sugirió Cawley—. ¿Cree que es una coincidencia que Rachel Solando, un producto de su imaginación, por cierto, tenga las mismas letras que el nombre de su difunta esposa, y también haya matado a sus hijos?

Teddy se puso de pie, y los temblores le recorrieron el brazo desde los hombros.

—Mi mujer no mató a sus hijos, puesto que nosotros nunca los tuvimos.

—¿Que usted nunca tuvo hijos? —le preguntó Cawley, acercándose a la pared.

—Nunca tuvimos hijos, maldito cabronazo.

—Ah, muy bien —dijo Cawley tirando de otra sábana.

En la pared que había detrás aparecieron un esquema del lugar del crimen, fotografías de un lago y de tres niños muertos. Y, después, los nombres, escritos con las mismas letras mayúsculas.

EDWARD LAEDDIS
DANIEL LAEDDIS
RACHEL LAEDDIS

Teddy bajó la vista y se quedó mirando sus manos. Se agitaban de tal manera que ya no parecía que formaran parte de su cuerpo. Si pudiera pisotearlas, lo haría.

—Son sus hijos, Andrew. ¿Piensa seguir ahí sentado y negar que vivieron? ¿Es eso lo que tiene intención de hacer?

Teddy le señaló con su temblorosa mano.

—Ésos son los hijos de Rachel Solando. Y lo otro es el esquema del lugar del crimen de la casa que Rachel Solando tenía junto al lago.

—Ésa es su casa. Fueron a vivir allí porque los médicos sugirieron que sería bueno para su mujer. ¿No lo recuerda? Fue después de que su esposa prendiera fuego «accidentalmente» a su antigua casa. Le dijeron que se marchara de la ciudad, que viviera en un ambiente un poco más bucólico. Que tal vez mejoraría.

—No estaba enferma.

—Estaba loca, Andrew.

—Deje de llamarme así, joder. Ella no estaba loca.

—Su esposa padecía una depresión clínica. Le habían diagnosticado que era maníaco-depresiva. Además...

—No es cierto —replicó Teddy.

—... tenía tendencias suicidas y les hizo daño a sus hijos. Usted se negaba a verlo. Pensaba que ella era débil. Se dijo a sí mismo que la cordura era una elección, y que lo único que su mujer tenía que hacer era recordar sus «responsabilidades». Hacia usted. Hacia los niños. Usted bebía, y su adicción no hizo más que empeorar. Gravitaba en su propio planeta. Pasaba muy poco tiempo en casa e hizo caso omiso de todos los indicios. No hizo caso de lo que le dijeron los profesores, el cura de la parroquia, su propia familia.

—¡Mi mujer no estaba loca!

—¿Y por qué? Porque se sentía avergonzado.

—Mi mujer no estaba...

—La única razón por la que fue a ver a un psiquiatra fue porque intentó suicidarse, y acabó ingresada en un hospital. Ni siquiera usted podía controlarlo. Le dijeron que era un peligro para sí misma. Le dijeron...

—¡Nunca fuimos a ningún psiquiatra!

—... que era un peligro para sus hijos. Se lo advirtieron una y otra vez.

—Nunca tuvimos hijos. Pensamos en tenerlos, pero ella no podía quedarse embarazada.

¡Dios santo! Tenía la sensación de que alguien estaba golpeándole la cabeza con un rodillo de cocina.

—Venga aquí —le dijo Cawley—. Acérquese un poco más y mire los nombres en las fotografías del lugar del crimen. Le interesará saber...

—Eso puede falsificarse. Pueden fabricarse.

—Sueña. Siempre sueña. No puede dejar de soñar, Andrew, y me ha contado sus sueños. ¿Ha tenido algún sueño últimamente que guarde relación con los dos niños y la niña? ¿No es cierto que la niña le ha llevado a su propia lápida? Es un «mal marinero», Andrew. ¿Sabe lo que eso significa? Que es un mal padre. No navegó por ellos, Andrew. No los salvó. ¿Quiere hablar de los troncos? Acérquese y mírelos. Dígame que no son los niños de sus sueños.

—Todo eso son tonterías.

—Entonces mire. Acérquese y mire.

—Me ha drogado, ha asesinado a mi compañero e insiste en que nunca existió. Va a encerrarme aquí dentro porque sé lo que está haciendo. Estoy al corriente de los experimentos, de lo que administra a los esquizofrénicos, de su práctica arbitraria de lobotomías, de su absoluto desprecio al Código de Nuremberg. Soy yo el que puede joderle, doctor.

—¿De verdad? —Cawley se apoyó en la pared y cruzó los brazos—. Explíquemelo, por favor. Ha recorrido la isla entera en estos últimos cuatro días y ha estado en todos los rincones de este centro. ¿Dónde están los doctores nazis? ¿Y los experimentos satánicos?

Fue hasta la mesa y consultó sus notas un momento.

—¿Todavía cree que estamos lavándoles el cerebro a los pacientes, Andrew? ¿Que estamos llevando a cabo algunos experimentos pasados de moda para crear..., cómo los llamó? Ah, sí, aquí está: soldados fantasmales, asesinos. —Soltó una risita—. De verdad, tengo que felicitarle, Andrew, incluso en esta época de creciente paranoia, sus fantasías se llevan la palma.

Teddy le señaló con un dedo tembloroso.

—Esto es un hospital experimental con un enfoque radical...

—Sí, es cierto.

—Sólo admiten a los pacientes más violentos.

—Eso también es cierto. Y debo advertirle que no sólo aceptamos a los más violentos, sino también a los que tienen los sentidos más perturbados.

—Y ustedes...

—¿Qué pasa con nosotros?

—... experimentan...

—¡Sí! —Cawley aplaudió y le hizo una pequeña reverencia—. Me declaro culpable.

—... haciendo operaciones.

Cawley levantó un dedo y replicó:

—Eso sí que no. Lo lamento. No hacemos operaciones experimentales. Ése es el último recurso y, cuando se hace, siempre es en contra de mis más enérgicas protestas. Sin embargo, yo solo no puedo cambiar décadas de hábitos aceptados de un día para otro.

—Está mintiendo.

Cawley suspiró.

—Deme una prueba de que su teoría está bien fundada. Sólo una.

Teddy se quedó en silencio.

—Y ante todas las pruebas que yo le he presentado, se ha negado a responder.

—Porque no hay ninguna prueba. Todo es inventado.

Cawley juntó las manos y se las llevó a los labios, como si se dispusiera a rezar.

—Déjeme salir de esta isla —le pidió Teddy—. En mi condición de agente federal, le exijo que me deje marchar.

Cawley cerró los ojos durante un instante. Cuando los abrió de nuevo, eran más claros y más duros.

—De acuerdo, de acuerdo. Me ha convencido, agente. Le facilitaré las cosas.

Levantó un maletín de piel del suelo, desabrochó las hebillas, lo abrió y dejó la pistola de Teddy encima de la mesa.

—Es su pistola, ¿verdad?

Teddy la observó con atención.

—Las iniciales grabadas en la empuñadura son suyas, ¿no es cierto?

Teddy siguió observándola, con los ojos cubiertos de sudor.

—¿Sí o no, agente? ¿Es suya esta pistola?

Veía la abolladura en el cañón del día en el que Phillip Stacks le había disparado y agujereado la pistola con una bala que, al rebotar, había acabado hiriendo al mismo Stacks. Veía las iniciales «E. D.» grabadas en la empuñadura, un regalo del departamento después de que acabara con Breck en Maine. Y allí, en el envés del gatillo, el metal estaba rayado y un poco desgastado, pues la pistola se le había caído al suelo durante una persecución a pie que hizo en St. Louis en el invierno del 49.

—¿Es su pistola?

—Sí.

—Cójala, agente. Y asegúrese de que está cargada.

Teddy miró la pistola y luego se volvió hacia Cawley.

—Adelante, agente. Cójala.

Teddy levantó la pistola de la mesa y el arma le tembló en la mano.

—¿Está cargada? —le preguntó Cawley.

—Sí.

—¿Está seguro?

—Noto el peso.

Cawley asintió con la cabeza.

—Si es así, dispare, porque no podrá salir de esta isla de ninguna otra forma.

Teddy intentó mantener el arma firme con la otra mano, pero también le temblaba. Inspiró aire varias veces, lo expulsó poco a poco y apuntó a Cawley con el cañón, a pesar del sudor en sus ojos y los temblores del cuerpo. Veía a Cawley al otro extremo de la pistola, a medio metro de distancia como máximo, pero se movía arriba y abajo, y de un lado a otro, como si ambos estuvieran a bordo de un barco en alta mar.

—Tiene cinco segundos, agente.

Cawley levantó el auricular del transmisor de radio y dio vueltas a la manivela. Teddy observó cómo se llevaba el teléfono a la boca.

—Ahora sólo le quedan tres. Si no aprieta el gatillo, pasará el resto de sus días en esta isla.

Teddy sentía el peso de la pistola. A pesar de los temblores, quizá tuviera una posibilidad. Podría matar a Cawley, y a quienquiera que estuviera esperando fuera.

—Jefe de vigilancia —dijo Cawley—, dígale que suba.

La visión de Teddy mejoró, sus temblores quedaron reducidos a pequeñas vibraciones y apuntó a Cawley mientras colgaba el teléfono.

Cawley tenía una expresión curiosa en el rostro, como si se le hubiera ocurrido pensar por primera vez que Teddy podría estar en disposición de apretar el gatillo.

Cawley levantó una mano.

—De acuerdo, de acuerdo.

Y Teddy le disparó en medio del pecho.

Después levantó las manos un centímetro y le pegó un tiro en la cara.

Con agua.

Cawley frunció el ceño. Luego parpadeó varias veces y sacó un pañuelo del bolsillo.

La puerta se abrió detrás de Teddy. Teddy se volvió en la silla y apuntó en el mismo instante en el que un hombre entraba en la habitación.

—No dispares —dijo Chuck—. Me he olvidado de ponerme el impermeable.

23

Cawley se secó la cara con el pañuelo y se sentó de nuevo. Chuck rodeó la mesa y se acercó a Cawley, y Teddy le dio la vuelta a la pistola en la mano y la miró un buen rato.

Fijó su mirada al otro lado de la mesa mientras Chuck se sentaba, y se dio cuenta de que Chuck llevaba una bata de laboratorio.

—Creía que estabas muerto —dijo Teddy.

—No —respondió Chuck.

De repente a Teddy le costó hablar. Sintió cierta propensión a tartamudear, tal y como había predicho la doctora.

—Yo..., yo... estaba... dispuesto a morir para sacarte de aquí.

Dejó caer la pistola sobre la mesa, y sintió que su cuerpo se quedaba sin fuerzas. Se desplomó sobre la silla, incapaz de continuar.

—Lo lamento de veras —dijo Chuck—. Durante semanas, antes de empezar con la representación, el doctor Cawley y yo sufrimos muchísimo por eso. No quería que te sintieras traicionado, ni causarte una angustia excesiva. Tienes que creerme. Pero estábamos seguros de que no teníamos otra alternativa.

—Debo reconocer que eso fue un poco excesivo —dijo

Cawley—, pero fue nuestro último esfuerzo por hacerle recuperar la cordura, Andrew. Una idea radical, incluso para un lugar como éste, pero yo esperaba que funcionara.

Teddy intentó secarse el sudor de los ojos, pero acabó mojándoselos más. Luego observó a Chuck a través de sus ojos borrosos.

—¿Quién eres? —le preguntó.

Chuck alargó la mano desde el otro lado de la mesa.

—Soy el doctor Lester Sheehan.

Teddy dejó que la mano colgara en el aire y, al cabo de un rato, Sheehan la retiró.

—Así pues —concluyó Teddy, mientras inspiraba aire mojado por las ventanillas de la nariz—, permitiste que te dijera que necesitábamos encontrar a Sheehan... cuando Sheehan eras tú.

Sheehan asintió con la cabeza.

—Me llamaste «jefe». Me contaste chistes. Me tuviste entretenido. No dejaste de vigilarme ni un solo momento, ¿verdad, Lester?

Clavó los ojos en él desde su lado de la mesa, y Sheehan intentó sostenerle la mirada, pero no pudo. Empezó a observar la corbata y a sacudirla sobre su pecho.

—Tenía que vigilarte, tenía que asegurarme de que estabas a salvo.

—A salvo —repitió Teddy—. Y eso lo solucionaba todo, lo convertía en algo moral.

Sheehan soltó la corbata y exclamó:

—Hace dos años que nos conocemos, Andrew.

—No me llamo así.

—Durante dos años he sido tu principal psiquiatra. Dos años. Mírame. ¿Ni siquiera me reconoces?

Teddy usó el puño de la chaqueta del traje para secarse el sudor de los ojos, y esa vez lo consiguió. Luego se volvió hacia Chuck. El bueno de Chuck, y su extraña manera de coger las armas, y esas manos que no encajaban con su profesión, porque no eran las manos de un policía. Eran las de un médico.

—Eras amigo mío —comentó Teddy—. Confiaba en ti. Te conté lo de mi mujer. Te hablé de mi padre. Bajé un maldito acantilado para buscarte. ¿Me observabas entonces? ¿Me mantuviste a salvo entonces? Eras amigo mío, Chuck. Ah, lo siento. Lester.

Lester encendió un cigarrillo, y Teddy se alegró al ver que a él también le temblaban las manos. No demasiado. No le temblaban tanto como a Teddy, y los temblores cesaron en cuanto encendió el cigarrillo y dejó la cerilla en un cenicero, pero aun así...

«Sea lo que sea, espero que tú también lo padezcas», pensó Teddy.

—Sí —respondió Sheehan (y Teddy tuvo que recordarse a sí mismo que no era Chuck)—. Intentaba mantenerte a salvo. Sí, mi desaparición fue parte de tus fantasías. Sin embargo, se suponía que debías ver el formulario de admisión de Laeddis en la carretera, no en medio del peñasco. Se me cayó en el promontorio por error. Cuando lo saqué del bolsillo salió volando. Fui tras él, porque sabía que si no lo hacía, lo acabarías haciendo tú. Y me quedé con un palmo de narices, porque veinte minutos más tarde empezaste a bajar. Justo delante de mí. A menos de veinte centímetros de distancia. De hecho, podía alargar el brazo y tocarte.

Cawley carraspeó y añadió:

—Cuando le vimos bajar por ese peñasco, estuvimos a punto de suspender la representación. Tal vez deberíamos haberlo hecho.

—Suspender la representación —repitió Teddy, intentando disimular una risita.

—Sí —dijo Cawley—. Era una representación, Andrew. Una...

—Me llamo Teddy.

—... obra de teatro. Usted la escribió y nosotros le ayudamos a representarla. Sin embargo, las obras de teatro no sirven si no tienen final, y el final consistía en que llegara al faro.

—Muy adecuado —dijo Teddy, echando un vistazo a las paredes.

—Hace casi dos años que nos cuenta la misma historia: que llegó aquí en busca de un paciente desaparecido y que descubrió nuestros experimentos quirúrgicos inspirados en el Tercer Reich, nuestros lavados de cerebro inspirados en la Unión Soviética; que la paciente Rachel Solando había matado a sus hijos prácticamente de la misma manera que su mujer había matado a los suyos; que cuando estaba a punto de descubrir la verdad, su compañero... ¿No le encanta el nombre que le pusó? Chuck Aule. Por el amor de Dios. Pronúncielo rápido un par de veces.* Parece otro de sus chistes, Andrew. Su compañero desapareció y tuvo que arreglárselas solo. Pero nosotros le rescatamos, le drogamos y le encerramos antes de que pudiera contarle la historia a su imaginario senador Hurly. ¿Quiere saber los nombres de los actuales senadores del estado de New Hampshire, Andrew? Los tengo aquí mismo.

—¿Ha sido todo una farsa? —preguntó Teddy.

—Sí.

Teddy se rió. Nunca se había reído tanto desde la muerte de Dolores. Siguió riéndose, oyó el estruendo de sus risas, y los ecos se repitieron a sí mismos y se entremezclaron con

---

* Chuck Aule se asemeja en su pronunciación a *jackal*, es decir, «chacal». *(N. de la T.)*

el torrente de carcajadas que todavía salía de su boca; todo aquel estrépito reventó por encima de su cabeza, salpicó las paredes y se mezcló con la espuma de las olas.

—¿Cómo puede improvisarse un huracán? —preguntó, mientras golpeaba la mesa—. Respóndame, doctor.

—No, un huracán no puede improvisarse —contestó Cawley.

—No, no es posible —asintió Teddy, golpeando la mesa de nuevo.

Cawley le miró la mano y luego clavó los ojos en él.

—Sin embargo, puede predecirse de vez en cuando, Andrew. Especialmente en una isla.

Teddy negó con la cabeza, y sintió que su rostro todavía esbozaba una sonrisa, a pesar de que su calor había desaparecido y de que debía de parecer tonta y débil.

—Veo que nunca se rinden.

—Una tormenta era esencial para sus fantasías —afirmó Cawley—. Esperamos a que llegara el momento oportuno.

—Mentiras —dijo Teddy.

—¿Mentiras? Explíquenos los anagramas. Explíquenos por qué los niños de esas fotografías, niños a los que nunca había visto ni sabía si eran de Rachel Solando, son los mismos niños que aparecen en sus sueños. Explíqueme, Andrew, por qué yo sabía que debía preguntarle «¿por qué estás tan mojado, cariño?», cuando entró por esa puerta. ¿Cree que puedo leer la mente?

—No —contestó Teddy—, pero yo estaba mojado.

Durante un momento dio la sensación de que a Cawley iba a despegársele la cabeza del cuello. Inspiró profundamente, juntó las manos y se apoyó en la mesa.

—Su pistola estaba llena de agua. Y sus códigos hablan por sí mismos, Andrew. Está gastándose bromas a sí mismo. Mire el código de su libreta, el último. Mírelo. Nueve letras.

Tres líneas. Debería ser capaz de descifrarlo en un abrir y cerrar de ojos. Mírelo.

Teddy miró la página:

13(M)-21(U)-25(Y)-18(R)-1(A)-5(E)-8(H)-15(O)-9(I)

—Se nos está acabando el tiempo —dijo Lester Sheehan—. Por favor, comprende que todo está cambiando. La psiquiatría ha estado librando su propia batalla durante un tiempo, y nosotros estamos perdiendo.

M-U-Y-R-A-E-H-O-I

—¿Sí? —preguntó Teddy, con aire distraído—. ¿Y quiénes son «nosotros»?

—Los hombres que creemos que la solución para las enfermedades mentales no consiste en perforar el cerebro con una piqueta ni en administrar elevadas dosis de medicamentos peligrosos, sino en la verdadera comprensión del propio yo.

—La verdadera comprensión del propio yo —repitió Teddy—. Caramba. Eso suena bien.

Cawley le había dicho que eran tres líneas. Por lo tanto, tenía que haber tres letras por línea.

—Escúchame —le dijo Sheehan—. Si fallamos con esto, estamos perdidos. No sólo contigo. Ahora mismo, el poder está en manos de los cirujanos, pero eso va a cambiar rápidamente. Los farmacéuticos ocuparán su lugar y, aunque pueda parecérselo, no será menos cruel. La misma reducción a un estado de zombi y el aislamiento de pacientes que está produciéndose ahora continuará, pero bajo una apariencia que, a los ojos de la gente, será más aceptable. Aquí, en este lugar, se reduce a ti, Andrew.

—Me llamo Teddy. Teddy Daniels.

Teddy imaginó que la primera línea debía de ser *you* (tú).

—Naehring tiene intención de operarte, Andrew.

Teddy levantó la vista.

Cawley asintió con la cabeza y añadió:

—Nos ha dado cuatro días. Si fracasamos, le operará.

—¿De qué me operará?

Cawley miró a Sheehan, pero éste no apartó los ojos del cigarrillo.

—¿De qué? —repitió Teddy.

Cawley abrió la boca para hablar, pero Sheehan le interrumpió con voz cansada.

—Te practicará una lobotomía transorbital.

Al oírlo, Teddy parpadeó y volvió a mirar la página. Encontró la segunda palabra: *are* (eres).

—Igual que ha hecho con Noyce —comentó Teddy—. Y supongo que me dirá que él tampoco está aquí.

—Sí está aquí —respondió Cawley—. Y la mayor parte de la historia que le ha contado al doctor Sheehan sobre él es verdad, Andrew. Sin embargo, él nunca regresó a Boston y no le conoció en la cárcel. Noyce está aquí desde el mes de agosto del año cincuenta. En cierta época, mejoró tanto que le sacamos del pabellón C y confiamos en que podría vivir en el pabellón A. Pero entonces usted le atacó.

Teddy levantó la mirada de las tres últimas letras y preguntó:

—¿Qué ha dicho?

—Que le atacó. Hace dos semanas. Estuvo a punto de matarle.

—¿Por qué haría una cosa así?

Cawley se volvió hacia Sheehan.

—Porque te llamó Laeddis —contestó Sheehan.

—No, no es cierto. Le vi ayer y...

—¿Y qué?

—No me llamó Laeddis, maldita sea, estoy seguro.

—¿No? —le preguntó Cawley, al tiempo que abría su libreta—. Tengo una transcripción de su conversación. Tengo las cintas en mi despacho, pero de momento podemos empezar con la transcripción. Dígame si le suena familiar. —Se ajustó las gafas, con la cabeza inclinada sobre la página—. Empiezo a leer: «Se trata de ti. Y, Laeddis, siempre ha sido así. Yo fui un pretexto. Una puerta de entrada».

Teddy negó con la cabeza y protestó:

—No está llamándome Laeddis. Lo que pasa es que usted ha cambiado la entonación. Estaba refiriéndose a mí y a Laeddis.

Cawley se rió entre dientes.

—Realmente es un caso.

—Es lo mismo que estaba pensando yo de ustedes —respondió Teddy, con una sonrisa.

Cawley miró de nuevo la transcripción y le preguntó:

—¿Qué le parece esto? ¿Recuerda haberle preguntado a Noyce qué le había sucedido en la cara?

—Claro. Le pregunté quién había sido el responsable.

—Sus palabras exactas fueron: «¿Quién te ha hecho eso?». ¿Es cierto?

Teddy hizo un gesto de asentimiento.

—Y Noyce respondió: «Tú lo has hecho».

—Sí, pero... —protestó Teddy.

Cawley, que le miraba como si estuviera examinando un insecto tras un cristal, le preguntó:

—¿Sí?

—Hablaba como...

—Le escucho.

Teddy tenía problemas para relacionar las palabras, para que le salieran de la boca una detrás de la otra, como si de furgones de carga se tratara.

—Lo que intentaba decirme —dijo Teddy lenta y cautelosamente— era que mi fracaso al evitar que le devolvieran aquí causó indirectamente que le dieran una paliza. No dijo que yo le pegara.

—Dijo textualmente: «Tú lo has hecho».

Teddy se encogió de hombros.

—Es cierto. Pero no interpretamos igual lo que significa.

Cawley pasó una página.

—Entonces, ¿qué le parece esto? De nuevo son palabras de Noyce: «Lo sabían. ¿No lo entiendes? Estaban al corriente de lo que te proponías, de tus planes. Esto es una farsa, una obra de teatro muy bien montada. Todo esto es por ti».

Teddy se reclinó en la silla y le preguntó:

—Entonces, ¿cómo es posible que todos esos pacientes, que toda esa gente que supuestamente conozco desde hace dos años, no me dijeran nada mientras interpretaba mi... farsa durante estos últimos cuatro días?

Cawley cerró la libreta.

—Porque están acostumbrados —respondió—. Ya hace un año que les enseña esa placa de plástico. Al principio, pensé que valdría la pena probarlo, darle la placa para ver cómo reaccionaba. Pero le gustó más de lo que me había imaginado. Adelante, abra la cartera y dígame si es o no de plástico, Andrew.

—Déjeme acabar con el código.

—Casi ha terminado. Sólo le faltan tres letras. ¿Quiere que le ayude, Andrew?

—Teddy.

Cawley negó con la cabeza.

—Andrew —replicó—. Andrew Laeddis.

—Teddy.

Cawley observó cómo distribuía las letras de la página.

—¿Qué dice?

Teddy se rió.

—Díganoslo.

Teddy negó con la cabeza.

—No, por favor, compártalo con nosotros.

—Lo hicieron ustedes —dijo Teddy—. Ustedes dos fueron los que dejaron esos códigos, los que crearon el nombre de Rachel Solando con las letras del nombre de mi mujer. Todo esto es cosa suya.

Cawley habló despacio y claramente:

—¿Qué dice el último código?

Teddy dio la vuelta a la libreta para que pudieran verlo.

you
are
him*

—¿Satisfechos? —preguntó Teddy.

Cawley se levantó. Parecía agotado, como si no le quedaran fuerzas. Habló con un aire de desolación que Teddy no había oído antes.

—Abrigábamos la esperanza..., la esperanza de poder salvarle. Hemos arriesgado nuestra reputación. Y ahora todo el mundo se enterará de que hemos permitido que uno de nuestros pacientes representara su fantasía más importante; y que, además, lo único que hemos obtenido a cambio son unos cuantos vigilantes heridos y un coche carbonizado. La humillación profesional no me importa. —Se quedó miran-

---

* «Tú eres él.» *(N. de la T.)*

do la pequeña ventana cuadrada—. Quizás este lugar sea demasiado pequeño para mí; o, tal vez, yo sea demasiado pequeño para este lugar. Pero algún día, agente, y no creo que pase mucho tiempo, medicaremos la experiencia humana a partir de la misma experiencia humana. ¿Lo comprende?

—La verdad es que no.

—Ya lo imaginaba —dijo Cawley. Luego asintió con la cabeza, cruzó los brazos sobre el pecho y, durante unos momentos, la sala se quedó en silencio, salvo por la brisa y el batir de las olas contra las rocas—. Es un soldado condecorado y ha sido entrenado para luchar cuerpo a cuerpo. Desde que está aquí, ha agredido a ocho vigilantes, sin contar los dos de hoy, a cuatro pacientes y a cinco ayudantes. El doctor Sheehan y yo hemos luchado por usted todo lo que hemos podido. Pero la mayoría del personal médico y todos los empleados del departamento penal están pidiéndonos resultados. Y si no podemos ofrecérselos, que lo incapacitemos.

Se apartó del alféizar de la ventana, se apoyó en la mesa y clavó sus tristes y oscuros ojos en Teddy.

—Ha sido nuestro último intento, Andrew. Si no acepta quién es y lo que ha hecho, si no hace ningún esfuerzo por intentar recuperar la cordura, entonces no podremos salvarle.

Cawley alargó la mano hacia él.

—Estréchela —le dijo, con voz ronca—. Por favor, Andrew. Ayúdeme a salvarle.

Teddy le estrechó la mano con firmeza. Mirándole fijamente a los ojos, le dio la mano con la mayor decisión posible. Luego sonrió.

—Deje de llamarme Andrew —dijo.

24

Le encadenaron y le llevaron al pabellón C.

Una vez dentro, le condujeron al sótano, donde los hombres empezaron a gritarle desde sus celdas. Juraban que le agredirían. Que le violarían. Uno de ellos prometió que le ataría como a un cerdo y que después le comería los dedos de los pies uno a uno.

Mientras permanecía esposado, tenía un vigilante a cada lado. Luego entró una enfermera y le inyectó algo en el brazo.

La mujer tenía el pelo color fresa y olía a jabón. Teddy sintió su aliento mientras ella se inclinaba hacia delante para ponerle la inyección. La conocía.

—Tú eres la mujer que fingía ser Rachel —dijo.

—Sujétenle —sugirió la enfermera.

Los vigilantes le cogieron de los hombros y tiraron de los brazos.

—Eras tú. Con el pelo teñido. Eres Rachel.

—No tenga miedo —le dijo, y le clavó la aguja.

—Eres una actriz estupenda —dijo Teddy, mirándole a los ojos—. Realmente me convenciste con toda esa historia de tu querido Jim. Muy convicente, Rachel.

Ella apartó la mirada.

—Me llamo Emily —afirmó, al tiempo que le quitaba la aguja—. Ahora duerma un poco.

—Por favor —dijo Teddy.

La enfermera se detuvo ante la puerta de la celda y se dio la vuelta para mirarle.

—Eras tú —repitió Teddy.

Emily no hizo el gesto de asentimiento con la barbilla, sino con los ojos, moviéndolos ligeramente hacia abajo. Después esbozó una sonrisa tan decaída que a Teddy le entraron ganas de besarle el pelo.

—Buenas noches —dijo ella.

Teddy no se dio cuenta de que los vigilantes le habían quitado las esposas, ni tampoco les oyó salir de la celda. Los sonidos procedentes de las otras celdas se apagaron poco a poco, y el aire que le rodeaba se tiñó de color ámbar. Se sentía como si estuviera tumbado de espaldas en el centro de una nube mojada y sus pies y manos se hubieran convertido en una esponja.

Y soñó.

Y en sus sueños, él y Dolores vivían en una casa junto al lago.

Porque habían tenido que irse de la ciudad.

Porque la ciudad era cruel y violenta.

Porque su mujer había prendido fuego a la casa de Buttonwood.

En un intento por librarse de los fantasmas.

Soñó que su amor era tan resistente como el acero, insensible al fuego, a la lluvia o a los golpes de martillo.

Soñó que Dolores estaba loca.

Y una noche en la que él estaba borracho, aunque no lo bastante bebido para no haber podido leerle una historia antes de ir a dormir, su Rachel le preguntó:

—¿Papá?

—¿Sí, cariño?

—A veces mamá me mira con una cara rara.

—¿Qué quieres decir?

—Pues eso, rara.

—¿Te hace reír?

La niña negó con la cabeza.

—¿No?

—No —respondió.

—Entonces, ¿cómo te mira?

—Como si yo la hiciera sentir muy triste.

Teddy arregló la ropa de la cama, le dio el beso de buenas noches, le rozó el cuello con la nariz y le dijo que ella nunca podría causarle tristeza a nadie. Jamás. Que no podría hacer una cosa así, que era imposible.

Otra noche, se fue a la cama y encontró a Dolores rascándose las cicatrices de las muñecas. Ella le miró desde la cama y le dijo:

—Cuando vayas a ese otro sitio, una parte de ti no regresará.

—¿A qué sitio te refieres, cariño? —le preguntó, mientras dejaba el reloj encima de la mesita de noche.

—Y esa parte de ti que sí que regresa —se mordió el labio y dio la impresión de que estaba a punto de golpearse la cara con los puños— no debería haberlo hecho.

Ella creía que el carnicero de la esquina era un espía, y le contó que le había sonreído mientras caían gotas de sangre del cuchillo. Estaba convencida de que el hombre hablaba ruso.

También le explicó que, en algunas ocasiones, podía sentir aquel cuchillo sobre su pecho.

Una vez que estaban en Fenway Park, viendo un partido de béisbol, el pequeño Teddy comentó:

—Podríamos vivir aquí.

—Pero sí ya vivimos aquí.

—Digo en el parque.

—¿Qué tiene de malo el sitio donde vivimos?

—Demasiada agua.

Teddy dio un trago de la botella y observó a su hijo. Era un chico alto y fuerte, pero lloraba con demasiada facilidad para un chico de su edad, y se asustaba enseguida. Así era como crecían los chicos en esa época: débiles y con demasiados privilegios en un período de prosperidad económica. Teddy deseaba que su madre todavía estuviera viva y que pudiera enseñarles a sus nietos que tenían que ser fuertes. Al mundo no le importaba. No daba nada. Sólo tomaba.

Era evidente que esas lecciones debía darlas un hombre, pero era la mujer la que las inculcaba de forma permanente.

Dolores, sin embargo, les llenaba la cabeza de sueños y de fantasías, y los llevaba con demasiada frecuencia al cine, al circo y a los parques de atracciones.

Tomó otro trago y le preguntó a su hijo:

—Demasiada agua. ¿Algún problema más?

—No, señor.

—¿Qué pasa? —solía preguntarle él—. ¿Qué es lo que hago mal? ¿Qué es lo que no te doy? ¿Cómo puedo hacerte feliz?

—Ya soy feliz —respondía ella.

—No, no lo eres. Si me dices lo que tengo que hacer, lo haré.

—Estoy bien.

—Te enfadas tanto. Y si no estás enfadada, te sientes demasiado feliz, demasiado excitada.

—¿Y?

—Asustas a los niños. Me asustas a mí. No estás bien.

—Sí estoy bien.

—Siempre estás triste.

—No —solía responder ella—. El que está triste eres tú.

Habló con el cura, que fue a visitarlos en una o dos ocasiones. Habló con sus hermanas y la mayor, Delilah, incluso fue a verla desde Virginia y pasó una semana en su casa; eso pareció ayudarla durante un tiempo.

Ambos evitaban cualquier sugerencia de ver a un médico. Los médicos eran para la gente loca, y Dolores no lo estaba. Sólo estaba tensa.

Tensa y triste.

Teddy soñó que ella le despertaba una noche y le decía que fuera a buscar la pistola. Decía que el carnicero estaba dentro de su casa. En el piso de abajo, en la cocina. Hablando por teléfono en ruso.

Esa noche que estaba en la acera de delante del Cocoanut Grove, apoyado en la ventanilla del taxi, con la cara a pocos centímetros de la de ella...

Había mirado en el interior del taxi y había pensado:

«Te conozco. Te he conocido toda la vida. He estado esperando..., esperando a que aparecieras. Todos estos años he estado esperándote.»

«Ya te conocía antes de nacer.»

Era simplemente así.

No sentía la desesperación típica de los soldados por mantener relaciones sexuales antes de que los embarcaran, puesto que, en ese momento, sabía que regresaría de la guerra. Regresaría porque los dioses no habían alineado las estrellas para hacerle conocer a su media naranja y después separarle de ella.

Se apoyó en la ventanilla del coche y se lo dijo.

—No te preocupes. Regresaré a casa.

Ella le tocó la cara con el dedo y le preguntó:

—Lo harás, ¿verdad?

Soñó que volvía a la casa del lago.

Había estado en Oklahoma, persiguiendo a un tipo durante dos semanas, desde el muelle del sur de Boston hasta Tulsa, haciendo unas diez paradas por el camino. Teddy le había estado pisando los talones hasta que se topó literalmente con él, cuando el tipo salía del aseo de una gasolinera.

Llegó a casa a las once de la mañana, agradeciendo que fuera un día laborable y que los niños estuvieran en la escuela. Sentía la carretera en los huesos y un gran deseo por su almohada. Entró en casa y llamó a Dolores mientras se servía un whisky doble.

Ella regresó del patio trasero y dijo:

—No había suficiente.

Sin soltar el vaso, se dio la vuelta y le preguntó:

—¿Qué, cariño?

Entonces vio que estaba mojada, como si acabase de salir de la ducha, aunque llevaba un viejo vestido oscuro con un dibujo de flores descolorido. Iba descalza, y el agua le goteaba del pelo y del vestido.

—¿Por qué estás tan mojada, cariño? —le preguntó.

—No había suficiente —respondió, y dejó una botella en la encimera de la cocina—. Todavía estoy despierta.

Y se volvió a marchar.

Teddy vio que se encaminaba hacia el cenador, dando largos y sinuosos pasos, tambaleándose. Dejó el vaso sobre la encimera, cogió el frasco y vio que era el láudano que el doctor le había recetado tras su estancia en el hospital. Cuando Teddy tenía que marcharse de viaje, calculaba la cantidad de cucharadas que imaginaba que necesitaría mientras él estuviera fuera, y las vertía en un pequeño frasco que dejaba en el armario de los medicamentos. Después guardaba la botella en el sótano y lo cerraba con llave.

La botella contenía dosis para seis meses, y ella no había dejado ni una gota.

La vio tambalearse en las escaleras del cenador, caer de rodillas e incorporarse de nuevo.

¿Cómo se las había arreglado para coger la botella? El armario del sótano tenía una cerradura especial, y ni siquiera podría abrirla un hombre fuerte con unas tenazas grandes. Era imposible que la hubiera forzado, y Teddy tenía la única llave.

La vio sentarse en el columpio de la parte central del cenador y echó un vistazo a la botella. Recordó haber estado allí mismo la noche en que se marchó, vertiendo las cucharadas en el frasco del armario de las medicinas, y servirse un dedo o dos de whisky, haber ido al piso de arriba para darles las buenas noches a los niños, volver a bajar cuando sonó el teléfono... Para contestar la llamada del departamento, había tomado el abrigo y la bolsa de viaje, le había dado un beso a Dolores en el umbral de la puerta y se había dirigido hacia el coche...

... y se había dejado la botella grande en la encimera de la cocina.

Salió por la puerta de cristal, atravesó el jardín para llegar hasta el cenador y subió las escaleras. Ella le vio llegar, completamente empapada, con un pie colgando mientras empujaba el columpio hacia delante y hacia atrás con gesto cansado.

—Cariño, ¿cuándo has bebido todo esto? —le preguntó.

—Esta mañana —contestó. Le sacó la lengua, después esbozó una somnolienta sonrisa y miró el techo arqueado—. Pero no hay suficiente. No puedo dormir, y es lo único que quiero hacer. Estoy demasiado cansada.

Vio los troncos flotando en el lago, detrás de su mujer. Aunque supo que no eran troncos, apartó la mirada y se volvió de nuevo hacia su mujer.

—¿Por qué estás cansada?

Ella se encogió de hombros, dejando caer las manos a un lado.

—Estoy cansada de todo esto. Estoy cansada y quiero irme a casa.

—Pero si ya estás en casa.

—A casa de verdad —replicó ella, señalando el techo.

Teddy observó de nuevo los troncos que flotaban suavemente en el agua.

—¿Dónde está Rachel?

—En el colegio.

—Es demasiado pequeña para ir al colegio, cariño.

—No para mi escuela —dijo, y le mostró los dientes.

Y Teddy gritó. Gritó tanto que Dolores se cayó del columpio, y luego pasó por encima de ella, saltó por la barandilla de la parte trasera del cenador y empezó a correr gritando «no», gritando «Dios mío», gritando «por favor», gritando «mis niños, no», gritando «Dios mío», gritando «no, no, no».

Y se zambulló en el agua. Tropezó, cayó de cara, volvió a zambullirse, y el agua le cubrió como si de aceite se tratara, y siguió nadando y nadando hasta que llegó hasta ellos. Los tres troncos. Sus hijos.

Edward y Daniel estaban boca abajo, pero Rachel estaba tumbada de espaldas, con los ojos abiertos y contemplando el cielo. La desolación de su madre estaba grabada en sus pupilas, y sus ojos buscaban las nubes.

Los sacó del agua uno a uno y los tumbó en la orilla. Lo hizo con sumo cuidado. Los sostuvo con firmeza, pero con suavidad. Podía sentir sus huesos. Les acarició las mejillas, los hombros, el tórax, las piernas, los pies. Los besó una y otra vez.

Cayó de rodillas, y vomitó hasta que el pecho empezó a arderle y hasta que sintió que su estómago estaba vacío.

Se acercó de nuevo a ellos y les cruzó los brazos sobre el pecho. Se dio cuenta de que Daniel y Rachel tenían marcas de cuerda en las muñecas, y supo que Edward había sido el primero en morir. Los otros dos habían estado esperando, oyéndolo todo, sabiendo que también iba a llegarles su turno.

Volvió a besar a todos sus hijos en ambas mejillas y en la frente, y luego le cerró los ojos a Rachel.

¿Habían pataleado en sus brazos mientras los llevaba hasta el agua? ¿O se habían limitado a gemir y a resignarse?

Vio a su mujer con el vestido violeta la noche en que la conoció, y volvió a ver la expresión de su rostro la primera vez que se miraron, aquella expresión que le había hecho enamorarse de ella. Al principio había pensado que sólo se trataba del vestido, de la inseguridad que debía de causarle llevar un atuendo tan bonito en un local elegante. Sin embargo, no era eso. Era un terror apenas contenido, un terror que siempre había estado allí. Era un pánico terrible al mundo exterior: a los trenes, a las bombas, a los rápidos tranvías, a las taladradoras, a las avenidas oscuras, a los rusos, a los submarinos, a los bares repletos de hombres enfadados, a los mares llenos de tiburones, a los asiáticos que llevaban libros rojos en una mano y rifles en la otra.

Tenía miedo de eso y de muchas otras cosas más, pero lo que más le aterrorizaba estaba dentro de ella: un insecto de inteligencia anormal que había habitado en su cerebro durante toda su existencia; un insecto que había jugado y retozado con su vida, y que le había arrancado los cables por capricho.

Teddy dejó a sus hijos, se sentó en el suelo del cenador y se quedó allí durante un buen rato. La observó columpiarse, y lo peor de todo fue darse cuenta de lo mucho que la amaba. Si pudiera sacrificar su propia mente para curar la de su mujer, lo haría. Incluso estaría dispuesto a vender los miembros de su cuerpo. Ella era el único amor que había conocido durante mucho tiempo. Había soportado la guerra y aquel mundo terrible gracias a ella. La amaba más que a su propia vida, que a su propia alma.

Sin embargo, él le había fallado. No sólo a ella, sino también a sus hijos. Había hecho fracasar las vidas que habían construido juntos porque se había negado a entender a Dolores, a comprenderla de verdad, a aceptar que su locura no era culpa suya, algo que ella no podía controlar, a aceptar que no era una prueba de debilidad moral o de falta de fortaleza.

Se había negado a verlo, porque si ella era realmente su verdadero amor, su media naranja inmortal, entonces ¿qué querría decir eso sobre su propio cerebro, su propia locura, sus propias debilidades morales?

Por lo tanto, había negado los hechos y se había alejado de ella. La había dejado sola, a su único amor, y había permitido que su mente se consumiera.

La observó columpiarse. Santo cielo, cómo la amaba.

La amaba más que a sus hijos, y eso le producía una gran vergüenza.

Pero... ¿más que a Rachel?

Quizá no. Quizá no.

Vio a Rachel en brazos de su madre mientras ella la llevaba al agua. Vio cómo los ojos de su hija se abrían como platos a medida que se sumergía en el lago.

Miró a su mujer, viendo aún a su hija, y pensó: «¡Eres una hija de perra loca y cruel!».

Teddy se sentó en el suelo del cenador y lloró. No sabría decir durante cuánto tiempo. Lloró y vio a Dolores en el pórtico, mientras él le llevaba flores, la vio cuando se daba la vuelta para mirarle durante su luna de miel, la vio con el vestido violeta, embarazada de Edward, quitándole una pestaña de la mejilla, separándose de él después de darle un beso, acurrucada en sus brazos mientras le daba un besito en la mano, riendo, sonriendo, dedicándole sus sonrisas del domingo por la mañana, mirándole fijamente al tiempo que el resto de su cara se iluminaba alrededor de sus grandes ojos, y parecía tan asustada, tan sola, siempre, siempre, alguna parte en ella, tan sola...

Teddy se levantó y las rodillas le temblaron.

Se sentó junto a su mujer.

—Eres un marido bueno —declaró ella.

—No, no es cierto —replicó él.

—Sí lo eres —insistió ella, cogiéndole la mano—. Sé que me quieres, y también sé que no eres perfecto.

¿Qué debían de haber pensado Daniel y Rachel cuando se despertaron y vieron que su madre estaba atándoles las manos con un trozo de cuerda? ¿Y cuando la miraron a los ojos?

—Dios mío.

—Sé que no eres perfecto, pero eres mío. Puedo demostrártelo.

—Cariño —dijo él—. Por favor, no digas nada más.

Y Edward. Seguro que Edward habría echado a correr,

y que a ella no le habría quedado más remedio que perseguirle por toda la casa.

En ese momento, se sentía alegre y contenta.

—Pongámoslos en la cocina —sugirió.

—¿Qué?

Se sentó encima de él con una pierna a cada lado, y le abrazó con su cuerpo húmedo.

—Sentémoslos a la mesa, Andrew —le propuso, al tiempo que le besaba los párpados.

Él la abrazó, estrechó su cuerpo contra el suyo y lloró sobre el hombro de su mujer.

—Serán nuestros muñecos vivientes. Los secaremos.

—¿Qué?

El hombro amortiguó el sonido de su voz.

—Les cambiaremos la ropa —le susurró ella al oído.

No podía imaginársela en un ataúd, en una caja de caucho blanco con una pequeña ventanilla en la parte superior.

—Esta noche les dejaremos dormir en nuestra cama.

—Por favor, deja de hablar.

—Sólo una noche.

—Por favor.

—Y mañana podemos llevarlos de excursión al campo.

—Si alguna vez me has querido...

Teddy podía verlos tumbados en la orilla.

—Siempre te he amado, cariño.

—Si alguna vez me has querido... —dijo Teddy—, deja de hablar, por favor.

Deseaba regresar con sus hijos, devolverles la vida, alejarlos de allí, alejarlos de ella.

Dolores colocó la mano sobre la pistola de su marido.

Y él le agarró la mano con fuerza.

—Necesito que me quieras —dijo ella—. Necesito que me salves.

Intentó coger la pistola, pero él le apartó la mano. Teddy la miró a los ojos, y le brillaban tanto que dolía. No eran los ojos de un ser humano. De un perro, tal vez. Quizá de un lobo.

Después de la guerra, después de Dachau, había jurado que nunca más volvería a matar, a no ser que no tuviera elección. A no ser que otro hombre estuviera apuntándole con una pistola. Sólo en esa circunstancia.

No podía soportar otra muerte más. No podía.

Ella tiró de la pistola, con los ojos todavía más brillantes, y él le apartó la mano de nuevo.

Observó la orilla y los vio cuidadosamente alineados, hombro con hombro.

Teddy sacó la pistola de la funda y se la enseñó.

Ella se mordió el labio, llorando, y asintió con la cabeza. Después se quedó mirando el techo del cenador.

—Haremos como que están con nosotros. Los bañaremos, Andrew.

Apretó la pistola contra el estómago de su mujer y, con manos y labios temblorosos, dijo:

—Te quiero, Dolores.

E incluso entonces, con la pistola sobre su estómago, tuvo la certeza de que no podría hacerlo.

Ella le miró como si le sorprendiera comprobar que todavía estaba viva, que él aún estaba debajo de ella.

—Yo también te quiero. Te quiero tanto..., te quiero tanto que...

Y apretó el gatillo. El sonido del disparo salió entre los ojos de Dolores, y el aire le salió a borbotones por la boca. Ella colocó la mano sobre el agujero y, mientras le agarraba el pelo con la otra mano, le miró.

Cuando empezaba a desangrarse, él la abrazó y notó que su cuerpo se desplomaba encima del suyo; la estrechó entre sus brazos y lloró su terrible amor sobre el vestido descolorido.

Se incorporó en la oscuridad y olió el humo del cigarrillo antes de verlo, y el cigarrillo se encendió cuando Sheehan dio una calada, mientras le observaba.

Se sentó en la cama y lloró. No podía parar de llorar y pronunciaba su nombre:

—Rachel, Rachel, Rachel.

Y vio sus ojos contemplando las nubes, y su pelo alborotado.

Cuando las convulsiones cesaron y las lágrimas se secaron, Sheehan le preguntó:

—Rachel..., ¿qué Rachel?

—Rachel Laeddis —respondió.

—¿Y usted quién es?

—Andrew —contestó—. Andrew Laeddis.

Sheehan encendió una débil luz, y Teddy vio a Cawley y a un vigilante al otro lado de los barrotes. El vigilante estaba de espaldas a ellos, pero Cawley le miraba fijamente, asiendo los barrotes con las manos.

—¿Por qué está aquí?

Aceptó el pañuelo que Sheehan le ofreció y se secó la cara.

—¿Por qué está aquí? —repitió Cawley.

—Porque maté a mi mujer.

—¿Y por qué lo hizo?

—Porque había asesinado a nuestros hijos y porque necesitaba paz.

—¿Es agente federal? —le preguntó Sheehan.

—Lo fui. Ahora ya no lo soy.

—¿Cuánto tiempo lleva aquí?

—Llegué el 3 de mayo de 1952.

—¿Quién era Rachel Laeddis?

—Mi hija. Tenía cuatro años.

—¿Quién es Rachel Solando?

—No existe. Me la inventé.

—¿Por qué? —le preguntó Cawley.

Teddy negó con la cabeza.

—¿Por qué? —repitió Cawley.

—No lo sé, no lo sé...

—Sí lo sabe, Andrew. Dígamelo.

—No puedo.

—Sí puede.

Teddy se agarró la cabeza y empezó a balancearse.

—No me obliguen a contárselo. Por favor, doctor.

Cawley agarró los barrotes y dijo:

—Necesito que me lo cuente, Andrew.

Teddy le miró a través de las rejas, y le entraron ganas de abalanzarse sobre él y de morderle la nariz.

—Porque... —dijo, pero luego se detuvo. Carraspeó y escupió en el suelo—. Porque no soporto reconocer que permití que mi mujer matara a mis hijos. No hice caso de los indicios. Intenté creer que no era cierto. Maté a mis hijos porque no conseguí ayudar a mi mujer.

—¿Y?

—Y saber algo así es demasiado. No puedo vivir con ello.

—Pero sabe que no tiene más remedio.

Teddy asintió con la cabeza y se llevó las rodillas al pecho.

Sheehan se volvió hacia Cawley, y éste observó con atención a Teddy. Luego encendió un cigarrillo.

—Lo que me preocupa es lo siguiente, Andrew: ya hemos pasado por esta situación. Sufrió la misma crisis hace nueve meses. Y ha vuelto a padecerla demasiado pronto.

—Lo siento.

—Y yo se lo agradezco —dijo Cawley—, pero ahora sus

disculpas no me sirven de nada. Necesito saber que ha aceptado la realidad. Ninguno de nosotros puede permitirse el lujo de que sufra otra recaída.

Teddy se volvió hacia Cawley, aquel hombre sumamente delgado y con grandes ojeras. El hombre que había intentado salvarle. El hombre que tal vez fuera el único amigo verdadero de toda su vida.

Vio el sonido de la pistola en los ojos de su mujer, sintió las húmedas muñecas de sus hijos mientras les colocaba las manos encima del pecho, vio el pelo de su hija mientras se lo apartaba del rostro con el dedo índice.

—No sufriré una recaída —afirmó Teddy—. Me llamo Andrew Laeddis. Maté a mi mujer, Dolores, en la primavera del 52...

25

Cuando se despertó, el sol inundaba la sala.

Se incorporó y miró hacia los barrotes, pero los barrotes ya no estaban. Sólo había una ventana, mucho más baja de lo habitual, pero luego cayó en la cuenta de que estaba en la litera de arriba de la habitación que había compartido con Trey y Bibby.

La habitación estaba vacía. Bajó de la litera de un salto, abrió el armario y vio que toda su ropa estaba allí, recién lavada, y se la puso. Se acercó a la ventana y colocó un pie en el alféizar para atarse el zapato. A continuación echó un vistazo al recinto y vio pacientes, ayudantes y vigilantes en igual número. Algunos paseaban por delante del hospital, otros seguían con las tareas de limpieza, mientras que otros se ocupaban de lo que quedaba de los rosales que rodeaban el edificio.

Se observó las manos mientras se ataba el segundo zapato. Firmes como una roca. Su visión era tan clara como cuando era niño, y tenía la cabeza perfectamente.

Abandonó la habitación, bajó las escaleras y salió del edificio. Una vez en el pasillo, pasó por delante de la enfermera Marino.

—Buenos días —saludó, con una sonrisa.

—Sí, hace un día muy bonito —asintió él.

—Precioso. Creo que la tormenta ha puesto fin al verano.

Se apoyó en la barandilla y contempló un cielo que era de un azul semejante al color de los ojos de un bebé, y olió una frescura en el aire que echaba de menos desde junio.

—Que pase un buen día —dijo la enfermera Marino, y Teddy la vio alejarse pasillo abajo.

Tal vez fuera una buena señal que le hubiera gustado tanto ver el movimiento de sus caderas.

Entró en el recinto y pasó por delante de algunos ayudantes que tenían el día libre y que estaban lanzándose una pelota.

Le saludaron con la mano y le dijeron:

—Buenos días.

—Buenos días —respondió él, haciendo un gesto con la mano.

Oyó el sonido de la sirena del ferry mientras se acercaba al muelle, y vio a Cawley hablando con el jefe de vigilancia en el centro del jardín que se extendía ante el hospital. Movieron la cabeza a modo de saludo, y él hizo lo mismo.

Se sentó en una esquina de los escalones del hospital, contempló todo lo que tenía ante él y tuvo la sensación de que hacía mucho tiempo que no se sentía tan bien.

—Toma.

Aceptó el cigarrillo, se lo puso en la boca, se inclinó hacia la llama y olió la gasolina antes de que volviera a cerrar el Zippo de golpe.

—¿Cómo te encuentras esta mañana?

—Bien. ¿Y tú? —preguntó, inspirando el aire bien dentro de los pulmones.

—No puedo quejarme.

Se percató de que Cawley y el jefe de vigilancia le observaban.

—¿Has conseguido averiguar qué es ese libro que siempre lleva el jefe de vigilancia?

—No. Quizá me muera sin saberlo.

—Eso sería una lástima.

—Quizás estemos en la tierra para no saber ciertas cosas. Míralo así.

—Una perspectiva interesante.

—Bien, yo lo intento.

Dio otra calada al cigarrillo y cayó en la cuenta de que el tabaco tenía un sabor muy dulce. Era más fuerte y se le quedaba pegado a la garganta.

—Así pues, ¿qué vamos a hacer a continuación? —le preguntó.

—Eso deberías decidirlo tú, jefe.

Teddy sonrió a Chuck. Los dos estaban sentados bajo el sol de la mañana, tomándoselo con calma, actuando como si no hubiera ningún problema con el mundo.

—Tenemos que encontrar la manera de salir de esta isla —le sugirió Teddy—. Y regresar a casa.

Chuck asintió con la cabeza.

—Sabía que dirías algo así.

—¿Alguna idea?

—Dame un minuto para pensarlo —respondió Chuck.

Teddy hizo un gesto de asentimiento y se apoyó en los escalones. Tenía un minuto, quizás unos cuantos. Observó cómo Chuck alzaba la mano y negaba con la cabeza al mismo tiempo, y cómo Cawley le hacía un gesto de aprobación con la mano. Después, Cawley le comentó algo al jefe de vigilancia, y los dos hombres cruzaron el jardín en dirección a Teddy, con cuatro ayudantes llevando el paso tras ellos. Uno de los ayudantes llevaba un fardo blanco, una especie de tela, y Teddy creyó ver algo metálico cuando el ayudante desenrolló el fardo y la tela quedó expuesta a los rayos de sol.

—No sé, Chuck —dijo Teddy—. ¿Crees que vienen a por nosotros?

—No —respondió Chuck. Luego inclinó la cabeza hacia atrás y, entornando los ojos para protegerse del sol, sonrió a Teddy—. Somos demasiado listos para permitirlo.

—Sí —asintió Teddy—. Lo somos, ¿verdad?

AGRADECIMIENTOS

Me gustaría dar las gracias a Sheila, George Bick, Jack Driscoll, Dawn Ellenburg, Mike Flynn, Julie Anne McNary, David Robichaud y Joanna Solfrian.

Hay tres libros que han sido indispensables para escribir esta novela: *Boston Harbor Islands*, de Emily y David Kale; *Gracefully Insane*, un relato de Alex Beam acerca del hospital McLean, y *Mad in America*, un libro de Robert Whitaker que documenta el uso de neurolépticos en los pacientes esquizofrénicos de las instituciones psiquiátricas estadounidenses. Estoy en deuda con los escritores de estos tres libros por la gran información que me han proporcionado.

Como siempre, quiero expresar mi agradecimiento a mi editora, Claire Wachtel (todos los escritores deberían tener tanta suerte), y a mi agente, Ann Rittenberg, que me dio el libro al darme a Sinatra.